Czas Pogardy

獵魔士 長篇

Vol.2 蔑視時代

安傑・薩普科夫斯基 —— 著　葉祉君 —— 譯

ANDRZEJ SAPKOWSKI

獵魔士 Vol.2

目次

科維爾
卡爾默罕
溫萊赫河
布拉河
布宜那河
瀚海
青紫山
亞得克拉格
雷達尼亞
喀艾德
拿威格拉德
特雷托格
奧克森福特
彭達爾河
麗克賽拉河
亞丁
特馬利亞
奇達里士
維吉馬
艾蘭德
布蘭薩那谷
奇達里士
布洛奇隆
馬哈喀姆
維爾登
利里亞
斯格利加島
布魯格
下索登
亞魯加河
上索登
亞梅兒山
安格崙
琴特拉
納澤爾

法兒卡，妳的雙手沾滿鮮血
妳的裙襬沾滿鮮血
燃燒吧，燃燒吧，法兒卡，爲了妳的罪孽
化爲灰燼吧，受盡折磨吧

狩魔獵人，或稱獵魔士，「北地林格各族」視之爲神祕而優秀的戰鬥祭司階級，很可能是「德魯伊」的旁支。在人們的想像中，狩魔獵人擁有魔力與超能力，生來就是要對抗惡靈、怪物與所有黑暗勢力。事實上，北方諸王會利用狩魔獵人擅長操使武器的特點，把他們當作部族戰爭中的利器。在戰鬥中，狩魔獵人會進入恍惚狀態，據說是受自我催眠或麻醉藥劑的影響之故，他們腦中只剩一個意念，就是奮力迎戰；再大的痛楚、再嚴重的傷口，對他們完全沒有影響，這也讓人們更加深信他們天生便具有超乎常人的能力。狩魔獵人爲變種與基因工程下的產物一說，從未得到證實。對北地林格諸國人民來說，狩魔獵人皆是英雄（請參見《北方民族的神話與傳說》，菲·得拉赫著）。

《大世界紀元百科全書》第十五卷

——艾凡伯格與塔波特

第一章

阿波列加特通常會告訴剛入行的新手，身為快騎傳信官要想賺取生活所需，就得具備兩樣東西——金頭腦和鐵屁股。

金頭腦是傳信官絕對不能少的，阿波列加特對新進傳信官如是告誡。因為傳信官的郵袋都是藏在衣服底下，緊貼著胸口。不過這皮製郵袋裡裝的，都是些比較不重要的訊息，因此才會記在可能外洩的紙張或羊皮紙上。至於那些茲事體大的真正機密，傳信官得先在腦子裡記好，再複誦給要傳達的對象，一字不漏。這些字句有時並不簡單，連說出口都很難了，更遑論要記在腦子裡。所以，要把這些字句記起來、複誦時不會搞錯，每個傳信官都得要有顆金頭腦。

至於為什麼要有鐵屁股嘛，喔呵，只要當上傳信官，沒多久你們就知道是怎麼回事了。會有這麼一天，得在馬鞍上待個三天三夜，在商道上沒日沒夜地趕個一、兩百哩路，必要時還得翻山越嶺。哈，當然囉，也不會老是坐在馬鞍上，有時可以下馬休息一會兒，因為人受得了，馬卻撐不了那麼久。不過等到休息完畢，得再上馬的時候，你們的屁股大概會大喊：「救命啊！殺人囉！」

「阿波列加特先生，現在誰還用得到傳信官啊？」有時那些新手會這麼抱怨道。「比如說從凡格爾堡到維吉馬，就算是騎最快的馬，還是得花上四、五天，這已經是最快了。可是凡格爾堡的巫師用魔法傳訊給維吉馬的巫師要多久？半個多鐘頭，說不定還更快呢。傳信官可能遇到馬跑斷腿，被劫匪或『松鼠』做掉，被野狼或獅鷲撕裂，好好一個傳信官就這麼沒了。魔法訊息就不會出差錯、不會走錯路、不會延誤，也不會搞丟。現在每個地方、每座宮殿裡都有巫師，還要傳信官做什麼？阿波列加特先生，現在已經沒人在用傳信官了。」

有一段時間，阿波列加特也認為不管對誰來說，自己都已經沒有用處了。他三十六歲，個頭矮小但孔武有力，不畏出任務；當然，他還有個金腦袋。他大可去找別的工作，好餵飽自己和妻子，還可以攢點錢為兩個待嫁女兒辦嫁妝，也可以繼續幫助另一個出嫁的女兒——她丈夫做生意老是出問題，從沒成功過。不過，阿波列加特不想這樣，他沒辦法想像自己去做其他工作。他可是皇家傳信官，這是他的終身職志。

然後，在這麼長一段被人遺忘、閒散得連他自己都汗顏的日子後，阿波列加特突然間又再度派上用場了；馬蹄又再度奔馳於商道與林道之上。傳信官像從前一樣，又開始帶著信件，從這座城市到那座城市，在全國上下四處奔波。

阿波列加特對於其中的玄機了然於胸。他看到很多，聽到更多。每次任務達成後，他理應立刻把訊息從記憶中抹去，忘得乾乾淨淨，就算被嚴刑拷打，也不能想起內容。不過阿波列加特把一切記得清清楚楚，因此他知道為什麼諸王突然不再藉由魔法及魔法師來聯絡彼此、傳信官傳遞的訊息在巫師面前都要保密；諸王突然間不再信任魔法師，不再與他們分享自己的祕密。

國王與巫師間的友誼突然轉淡，阿波列加特並不清楚原因，也不太感興趣。在他看來，國王和魔法師都是讓人無法理解、無法預測的，尤其現在世道越發艱難——他跑遍全國，從一個城市到另一個城市，從一座城堡到另一座城堡，從一個王國到另一個王國，實在很難不注意到世道轉壞這件事。

一路上到處是軍隊。每隔幾步就是一隊步兵或騎兵，每個指揮官都神情緊繃、心事重重，一臉生人勿近，嚴肅得好像全世界的命運就落在他一人手上。各個要塞與城堡駐滿武裝人員，不論白天或黑夜，忙亂喧囂總是持續不斷。通常不見人影的守城將領與副將，如今不斷奔走於城牆與各區域，就像是暴風雨前總會異常緊張忙碌的黃蜂；他們扯著嗓子叫罵，一邊踹著部屬，一邊下達指令。從早到晚，一輛輛滿載的馬車不斷緩緩駛進堡壘與要塞，與一輛輛輕快駕離的空車交會。三歲大的馬群從馬場直接衝出，在商道上揚起滾滾黃沙。牠們不像以往飽受束縛，背上也沒載著身穿盔甲的騎士，而是開開心心地享受這最後幾日的自由；這倒是爲馬夫製造了許多額外工作，也爲其他用路人帶來不少麻煩。

簡言之，這片炎熱凝滯的空氣之中，感受得到即將引發的戰事。

阿波列加特踩著馬蹬站起身，朝四周觀望了一下。山腳下，粼粼河水在長滿雜草與樹群的河洲間蜿蜒流過。過河之後的南方，是一片綿延的樹林。傳信官催促著馬匹快跑，時間緊迫。

他上路已經兩天。從特雷托格回程途中，他在哈格堡稍作休息，卻接到了國王的指令與包裹。是夜他便上馬離開要塞，一路沿著彭達爾河左岸的商道奔馳而去；黎明未至，他已然越過與特馬利亞的交界。現在，也就是隔日的正午時分，他已經抵達伊絲曼那河。要不是佛特斯特不在維吉馬，他當夜便可以把信送達。可惜，國王不在國都裡——他去了國境南邊的馬利堡，離維吉馬約有兩百哩路。阿波列加特知道距離有多遠，所以他在白橋城附近捨棄了通往西方的商道，改走森林往艾蘭德的方向去。這條路有點危險，那片林子裡一直都有「松鼠」出沒；誰要是落到他們手上或弓箭底下，就只能等著倒大楣了。不過，身爲皇家傳信官，就必須冒這種險。這是他們的工作。

他輕輕鬆鬆過了河——六月之後就沒下過雨，波光粼粼的水面明顯下降許多；沿著森林邊緣，他回到大路。這條路從維吉馬開始，一直通往西南，朝馬哈喀姆山群而去，那裡有矮人的煉鐵廠及鍛冶場，還有村落。這條路上有馬車往來，偵查隊也常超前而過。阿波列加特總算鬆了口氣。只要有人跡，就不會有斯寇亞塔也出沒。人類與精靈的對抗在特馬利亞已持續一年，原本盤踞在各個林子的松鼠突擊隊現已分散成更小的零星隊伍，與交通繁忙的道路保持距離，不再到路上襲擊。

傍晚前他已經抵達艾蘭德公國西境、來到爪瓦達村附近的十字路口，從這裡到馬利堡的路既簡單又安全——這是條人來人往的四十二哩長大道。十字路口上有家小旅店，他決定和馬兒在這裡稍作休息。他知道如果破曉出發，日落前就能見到馬利堡紅色塔頂上掛的銀黑色旗幟，不必特別趕路。

他要馬夫離開，親自動手將馬打理好。他是皇家傳信官，而皇家傳信官不會讓任何人碰自己的坐騎。他吃了一份豐盛的香腸炒蛋與四分之一條白麵包，喝了一夸脫啤酒，還聽了一下小道消息，各個國家的都有，投宿在這家旅店裡的客人來自世界各地。

阿波列加特聽到安葛拉谷那邊又有事件發生，利里亞騎兵隊又一次與尼夫加爾德偵查軍在邊境起了衝突，利里亞女王蜜薇又一次公開譴責尼夫加爾德的挑釁，還找了亞丁的戴馬溫來助陣。特雷托格那裡公開處決了一名雷達尼亞男爵，因爲他和尼夫加爾德大帝恩菲爾手下的間諜密謀造反。喀艾德那邊的斯寇亞塔也結成龐大的突擊隊在萊達要塞大開殺戒；爲了報復這場屠殺，喀艾德的首都亞得克拉格裡，有近四百名非人類居民被處決。

南方來的那群商人說，特馬利亞那裡現在一片愁雲慘霧，維瑟格德元帥帶領的琴特拉移民都哀慟不已，因爲奇莉拉公主已死的可怕消息已經確認屬實；小母獅奇莉拉公主是卡蘭特女王，人稱琴特拉獅后的唯一嫡傳血脈。

還有其他更可怕、更不祥的傳言：亞斯德堡附近幾個村落裡，傳出乳牛的乳房突然噴出血水，還有人在破曉晨霧中看見代表恐怖大滅絕即將來臨的「瘟疫處女」【註一】。位於布魯格境內的布洛奇隆森林，也就是那個禁忌的樹精國度附近，上空出現了策馬奔騰的幻影「狂暴幽狩」【註二】；眾所皆知，只要「狂暴幽狩」一出現，就表示戰爭即將開打。還有人在布來梅爾沃德海角那兒看見一艘鬼船，中板上站了個幽靈——一名戴著猛鷲翼頭盔的黑騎士……

傳信官並沒有繼續聽下去，他感到頗爲疲倦，於是走到樓上通舖，往凌亂的床上一倒，呼呼大睡起來。

他在黎明起身，卻在走出旅店時微微吃了一驚——他並不是第一個準備上路的人，這種事可不常發生。馬廄前有匹上了鞍的黑色公馬，一旁的飼料槽前還有個身穿男裝的女子在洗手。女子聽聞阿波列加

【註一】根據斯拉夫神話與波蘭民間傳奇的描寫，這是一名身穿白衣的年輕女子。依照波蘭浪漫主義詩人代表亞當・米茲蓋維奇（Adam Mickiewicz）在其詩集《塔德烏施先生》（*Pan Tadeusz*）中的描述，瘟疫處女的額頭高過最高的樹，左手拿著一條染血帕子。她的出現通常預告了重大傳染疾病或其他類似不幸事件。

【註二】這是北歐與英國民間流傳的天象，每當天空出現一大群駕車狂奔的幽靈，旁邊還伴著凶猛的獵犬或其他幫忙狩獵的動物，就表示大災難即將發生。

特的腳步聲便轉過身，濕著手將一頭濃密黑髮攏到身後。傳信官鞠了個躬，女子則微微點頭示意。

他進入馬廄時，差點又撞到另一隻早起的鳥兒。那是個戴著絲絨貝雷帽的年輕女孩，正把一匹有深色橢圓斑的灰母馬牽出馬廄。女孩抹抹臉，倚著馬兒打了個呵欠。

「天啊，」經過信差時，她喃喃說道，「我大概會在馬背上睡著……一定會睡著……哈啊……」

「等妳的馬兒開始快跑，外頭的冷空氣會讓妳整個人醒過來。」阿波列加特一邊從梁上拉下馬鞍，一邊很有禮貌地說：「一路順風啊，小姑娘。」

女孩轉過身看著他，好像現在才注意到他。她有雙大眼睛，綠得像翡翠。阿波列加特把鞍墊丟到馬背上。

「那是祝妳旅途順利的意思。」他重複道。通常他不是個感情外放又健談的人，可是現在他突然覺得就算身旁站的只是個還沒睡醒的小丫頭，還是需要說說話。也許是因爲他已經獨自一人上路好多天，又或許是因爲小丫頭看起來有點像他的二女兒。

「願眾神保祐妳們不會碰到意外或困難。」他又說：「就妳們兩個女人家上路……現在世道不好，路上到處藏著危機。」

女孩瞪大了那雙綠色眼睛。傳信官突然感到一股寒意襲上後背，讓他打了個冷顫。

「危險……」女孩突然用一種變了調的奇異語氣說，「危險總是無聲無息，當它乘著灰色羽毛飛來時，你不會聽見。我作了個夢，沙子……沙子被太陽曬得滾燙……」

「什麼？」阿波列加特整個人呆住，手裡的馬鞍還抵在肚子上。「小姑娘，妳說什麼？什麼沙子？」

女孩猛地抖了一下，抹了抹臉。深斑灰馬也晃了下腦袋。

「奇莉！」外頭正在調整馬肚帶和鞍囊的黑髮女子大喊，「動作快點！」

女孩打了個呵欠，盯著阿波列加特，嘴裡唸唸有詞，好像很訝異馬廄裡有別人。這回，傳信官不再出聲。

「奇莉，」女子又喚了一次。「妳在裡面睡著了嗎？」

「我來了，葉妮芙小姐！」

阿波列加特終於把馬備好牽出去時，已經不見女子和女孩的蹤影了。公雞放聲高啼，狗兒跟著吠叫，就連林間的布穀鳥也跟著湊湊熱鬧。傳信官跳上馬鞍，腦海裡突然浮現一臉睡意的女孩那雙綠色眼瞳，還有她那些莫名其妙的話。無聲無息的危險？灰色羽毛？滾燙的沙子？那女孩大概腦袋有問題。傳信官如是想著。打仗期間，很多女孩被逃兵或暴徒傷害，所以現在有很多這種腦袋有問題的姑娘……是了，她一定是瘋了。還是說她本來睡得正熟，可是被挖起來，所以還沒完全睡醒？說來也奇怪，有時人在半夢半醒間吐出來的話，還真是半點道理都沒有呢……

他再度打了個冷顫，肩胛間傳來一股痛意。他掄起拳頭按摩了下後背。

一踏上通往馬利堡的道路，他便策馬疾馳。時間緊迫。

□

傳信官並沒有在馬利堡休息很久——還沒待上一天，風便又在他耳畔呼嘯。他身下騎著匹黑白相間的駿馬，是剛從馬利堡的馬廄裡換的新馬，伸著脖子、擺著尾巴，跑得飛快。路旁的柳樹自眼前掠過。阿波列加特的胸前緊緊貼著郵包，裡頭裝的是外交信函。他的臀部疼痛不已。

「呸，最好摔斷你的脖子，該死的冒失鬼！」一名拉著轡繩的車夫被黑白相間、突然掠過的駿馬嚇了一跳，對著那箭一般飛去的身影大吼：「看看他，跑得那快，好像被鬼追似的！騎快點，再騎快點啊，你這莽撞的傢伙，反正你再怎麼跑也跑不過死神！」

阿波列加特抹了下眼睛，如此極速狂奔把他的淚水都逼出來了。

昨天他先把信函交給佛特斯特國王，然後背出戴馬溫國王的祕密口信。

「戴馬溫致佛特斯特。安葛拉谷已準備就緒。僞裝部隊靜待指令。預計時間：七月朔夜後的第二晚。船隊要在兩天後登上彼岸。」

商道上方出現一群嘎嘎啼叫的烏鴉，向著東方，朝馬哈喀姆與安葛拉谷的方向，朝凡格爾堡的方向飛去。傳信官一邊騎馬，一邊在腦子裡默記著特馬利亞國王要他帶給亞丁國王的祕密口信。

「佛特斯特致戴馬溫。第一：我們先按兵不動。那群自作聰明的傢伙要召開大會，要在塔奈島上進行商議。情況可能會因這場大會而有大變動。第二：可以停止搜尋小母獅了。小母獅已死，確認屬實。」

阿波列加特用腳跟踹了下他的斑白駿馬。時間緊迫。

□

狹窄的林道上滿是車輛。阿波列加特慢了下來，緩緩靠近那一長列車陣的最後一輛。他當下了解自己無法穿過這排車陣。如今要回頭已經不可能，也不容回頭，那會浪費太多時間。至於繞過這排車陣改走泥濘的沼澤，也不是吸引人的替代方案。再說，現在已經黃昏了。

「發生什麼事了？」他開口詢問排在車龍最後的車夫，那是兩個老人家，一個看起來像在打瞌睡，另一個好像已經死了。「搶劫？『松鼠』？你們倒是說話啊！我趕時間……」

其中一個老人還來不及回答，林子中看不見頭的車陣開端便傳來一聲聲叫喊。兩個車夫連忙跳上車，不停叫罵、鞭笞著牛馬上路。車陣緩緩動了起來。原先看似打盹的老人已徹底清醒，鬆鬆下巴，抽著騾子的臀部，吆喝牠們上路。而那個看起來已斷氣的老人也活了過來，拿開遮住視線的草帽看向阿波列加特。

「你們看看他。」他說：「他在趕時間呢。喂，小子，你運氣不錯，來得剛剛好。」

「就是啊。」另一個老人鬆了鬆下巴，趕著騾子，也開口說：「來得剛好。要是中午就來，就會像我們一樣卡在這裡等待放行。這裡所有人都很急，不過該等的就是得等。路封住了，怎樣也過不去。」

「這條路剛才封住？怎麼會？」

「有可怕的吃人怪啊，小子。有個騎士帶他的侍從走在這條路上時，被那頭怪獸攻擊。聽說那頭怪獸把騎士連頭帶盔一把扯掉，還把馬的腸子拉了出來。侍從僥倖脫逃，直說那頭妖怪有多可怕又多可怕，還說整條路上都是血……」

「那是什麼怪物？」阿波列加特勒住馬好繼續向緩緩前進的車夫探消息。「是龍嗎？」

「不，不是龍。」那個戴草帽的車夫說：「聽人家說好像是叫人面蝦尾獅還什麼的。那侍從說這頭飛天怪物大得可怕，而且難纏得很！我們以為牠啃完騎士就會飛走，結果根本沒走！那怪物又坐回路中央，操他媽的亮著一口利牙在那兒嘶嘶叫，路就這麼堵住了……那怪物就這樣像個酒瓶塞子擋在中間，任誰見了都會丟下車子往回跑，這半哩長的車陣就是這麼來的。至於道路兩邊，不是草叢就是沼澤，繞也繞不過去、想調頭也調不了，就這樣卡在這裡……」

「這裡這麼多漢子，」傳信官不屑地說，「一個個卻像呆瓜一樣站在這兒！早該拿起斧頭和長矛把那怪物趕到一邊去，不然就乾脆把牠給殺了。」

「對啊，是有幾路人馬去試了。」駕車的老人說，趕著騾子走快些，車陣現在移動得更順暢了。「商人護衛隊裡的三個矮人，還有四名要去卡雷拉斯堡報到的新兵去試了。矮人被怪物撕個粉碎，至於那四名新兵……」

「全跑了。」另一個老人接著把話說完，遠遠朝著騾子間的空隙大聲吐了口痰。「他們才瞄了人面蝦尾獅一眼就全跑了。其中一個大概還拉了一褲子。喔，小子，看啊、看啊，就是那個！在那邊！」

阿波列加特聞言，不禁微微上了火氣說：「你們叫我看拉了一褲子的人做什麼？我沒興趣……」

「不是那個！是怪物！怪物被殺掉了！那些士兵正把牠拉上車，你們看見了嗎？」

阿波列加特在馬蹬上站了起來。四周已逐漸變暗，看熱鬧的人潮也圍得到處都是，但他還是看見士兵所抬的暗黃色巨大屍體。那怪物有蝙蝠般的翅膀和蠍子般的尾巴，現在全都了無生氣地拖在地上。那些士兵大聲一喝，把屍體托高往車上丟。拉著那輛車的馬群顯然被那股腐肉與血腥味嚇到，嘶鳴竄踏，扯得車軸嘎嘎作響。

「別杵在那兒！」領軍的十夫長對著兩位老人大吼：「快過！不要擋路！」老爺爺連忙趕著騾子向前走，車子也跟著在凹凸不平的車轍上跳動。阿波列加特用腳跟輕輕夾了下馬腹，跟上老人的車子。

「看起來是那些士兵宰了那頭野獸？」

「哪是啊！」老人否認道：「那些士兵來了以後，就只會開口閉口地指揮人。一會兒喊停，一會兒喊走，一下這個、一下那個的，壓根兒就不急著去打怪物。後來他們差了人去找獵魔士。」

「找獵魔士？」

「沒錯。」另一個老人附和著：「有人想起曾在村裡見過獵魔士，就派人去找他。他來的時候正好從我們旁邊騎過去，他的頭髮是白色的、一張臉醜得要命，還揹了一把很鋒利的劍，結果不到一個鐘頭，前面的人就喊著路要通了，獵魔士已經把怪物的頭砍下來了。等我們終於開始動的時候，你剛好就來了，小子。」

「哈！」阿波列加特沉吟著：「我跑了這麼多年，還沒碰過獵魔士呢。有人看到他是怎麼解決那怪物的嗎？」

「我看到了！」頭髮蓬亂的男孩從車子另一邊跑過來喊道。他騎的是匹瘦弱母馬，白色帶有褐斑，沒有上鞍，只靠馬絡頭來控制。「我全都看到了！因爲我站在最前面，就在那些士兵旁邊！」

「你們看看他，乳臭未乾的小子，」駕車的老人說：「都還沒斷奶呢，卻一副自以爲了不起的樣子哩。你欠揍啊？」

「讓他說吧，老人家。」阿波列加特說：「反正都要上路了，我想在往卡雷拉斯之前聽聽那個獵魔士的事。說吧，孩子。」

「事情是這樣的。」男孩騎到車旁，馬上開始敘述。「那個獵魔士去見了軍隊指揮官，說他叫傑洛特。指揮官回說不管他叫什麼，趕快動手就是了，然後給他指了路。獵魔士朝那方向走近些，看了一眼。他離那頭怪物大概有一哩，說不定還更遠，不過他只是遠遠地看了下，就馬上說那是頭特別巨大的人面蠍尾獅，要是他們肯付兩百克朗，他可以把怪物殺了。」

「兩百克朗？」另一個老人倒抽一口氣。「他是怎樣，嚇傻了嗎？」

「指揮官也是這麼說，不過用的字眼更難聽。那獵魔士回說，要他出手就是這個代價，他無所謂，就讓那頭怪物在路上坐到世界末日好了。指揮官聽了就說他不會出那麼多錢，情願等怪物自己飛走。獵魔士告訴他那怪獸不會飛走，因爲牠又餓又火大。就算飛走，也會馬上再回頭，因爲這是牠的狩……狩域……狩獵領……」

「你這個小毛頭，說話不要結結巴巴！」駕車的老人被激怒了，邊說話邊試著用拿韁繩的手去擤鼻涕，不過似乎不太成功。「到底怎樣？快說！」

「我不正在說了嘛！獵魔士是這麼說的：這怪物不會飛走，牠會去吃那個死掉的騎士，花一整晚慢慢來，因爲騎士身上有盔甲，要把他挖出來可沒那麼容易。聽到這裡，幾個商人走到獵魔士身旁，好說歹說與他交涉了一下，說要合資付他一百克朗。獵魔士卻告訴他們這頭人面蠍尾獅很危險，如果只有一百克朗，那他們不如拿去塞自己的屁眼，他才不會爲這麼點錢去替他們挨刀子。指揮官聽了一肚子火，說獵魔士這種畜生活該就是要替人挨刀子，還說這就是獵魔士的用處，就像屁股是用來拉屎一樣的道理。那幾個商人最後同意付一百五十克朗，顯然很怕獵魔士一生氣，甩了袖子就走人。然後獵魔士抄起劍，順著商道往那頭怪物在的地方走去。指揮官看著他的背影，做了個惡靈退散的手勢，又往地上吐了一口口水，說不曉得爲什麼這些該死的變種人還可以活在這世上。商人就回他說，要是軍方沒跑去林子裡追著那些精靈到處跑，就可以把那擋在路上的怪物趕走，獵魔士自然也就沒戲唱，也就……」

「不要廢話，」老人打斷他。「快說你看到什麼。」

「我看到獵魔士的馬，」男孩得意地說。「是一頭栗子色母馬，頭上還有一撮箭形白毛。」

「去他的母馬！你有看到獵魔士是怎麼把怪物殺掉的嗎？」

「呃……」男孩一時答不出話。「我沒看到……我被擠到後面去了。所有人都叫得很大聲，馬也跟著叫，所以……」

「我早說過，」老爺爺粗聲道。「他根本連個屁也沒看到，乳臭未乾的小子。」

「可是獵魔士回來的時候，我有看到他！」男孩粗著脖子說。「那個一直盯著獵魔士的指揮官整張臉都白了，還小聲地和士兵說這一定是魔法，不然就是什麼精靈招數，一般人劍不可能使得這麼快……

而獵魔士向商人拿了錢後，就上馬走人。」

「嗯……」阿波列加特沉吟道，「他往哪邊走了？去卡雷拉斯的那條路？如果是的話，我還可以趕上去看他一眼……」

「不是。」男孩說：「他往多利安的方向去了，他在趕時間。」

□

獵魔士幾乎不太作夢，就算作了夢，醒來後也從不會記得夢的內容，就算是作惡夢也一樣——而且通常都是惡夢。

這次也是惡夢，不過獵魔士至少記住了其中一個片段，一些令人不安的模糊身形、令人擔憂的怪異場景、讓人無法理解卻又恐懼的話語和聲響，這一切交織成一道漩渦，然後一個清晰的影像突然從中出現。那是奇莉，另一個奇莉，和他在卡爾默罕記得的奇莉不一樣。她的灰髮在馬上飄揚，頭髮比他記憶中還來得長——就像在布洛奇隆，他第一次遇見她時的長度。她騎著馬從他身旁擦過，他想大叫，卻發不出聲。他想去追她，卻覺得有一半的大腿陷在逐漸冷卻的焦油之中。奇莉好像看不見他，繼續向前奔去，朝黑夜而去，兩旁詭異的赤楊與柳樹彷彿會動一樣，不停舞動著枝椏。他發現有人在追趕她，一匹黑馬跟在她後頭奔馳著，而騎在馬上的，是名身穿黑色鎧甲、頭戴猛鷲翼頭盔的騎士。

他動不了，也喊不出聲，只能眼睜睜地看著戴著翼盔的騎士追上奇莉，扯住她的頭髮、將她拉下馬，然後把她拖在馬後，繼續向前奔去。他只能眼睜睜地看著奇莉的臉因痛楚而轉青，看著無聲的叫喊從她嘴裡傾瀉。快醒來，他命令自己，卻沒辦法從惡夢中掙脫。醒過來！馬上醒過來！

他醒了過來。

他在床上一動也不動地躺了很久，試著回想那個夢境。接著他起身，從枕頭底下拿出錢袋，每十個克朗一數，很快點了一下。這一百五十克朗就是昨天殺那頭人面蠍尾獅的酬勞。卡雷拉斯附近村落的村長拜託他殺的那隻霧妖值五十克朗，另外五十克朗是替布魯朵夫的村民殺掉一頭狼人的代價。一頭狼人五十克朗。這算多了，因為殺狼人不是什麼費力的差事。那頭狼人沒有反抗。牠跑進沒有出路的洞穴，跪在裡面，等著被劍刺穿。獵魔士為此難過。

可是他需要錢。

不到一個鐘頭，他已經走在多利安的街道上，尋找記憶中的巷道與招牌。

□

招牌上寫著：科林爵與分恩——法律諮詢事務所。傑洛特太清楚他們招牌底下做的是何種生意，科林爵與分恩的工作幾乎和法律扯不上邊。再說，他們兩人有很多理由不去碰法律相關的事務。他也強烈懷疑這兩人的客戶是否知道「諮詢」一詞的意思。

建築物一樓並沒有入口，只有一道牢牢深鎖的門，大概是通往車棚或馬廄。如果要找到事務所入口，得繞到房子後方，從滿是雞鴨的泥濘後院爬上窄梯，穿過一條狹小通道與黑暗的小走廊。在那之後，才是堅固的鑲鐵桃花心木門，上頭掛了一只獅頭黃銅門環。

傑洛特敲了下門便立刻退開。他知道這門上安了機關，可能射出好幾支二十吋長的鐵針。理論上來說，鐵針只在有人試著強行開鎖，而科林爵與分恩按下機關時才會射出，不過傑洛特有過很多經驗，知道沒有任何機關是完美的，有時會在不該作用時啓動，反之亦然。

門上一定有裝來人辨識裝置，大概是靠魔法運作。每次敲門後，裡面從來沒有人會進行盤問，也不會要求說明來意。門打開後，裡頭站的便是科林爵。每次都是科林爵，從來不會是分恩。

「嗨，傑洛特。」科林爵說：「進來吧。你不用這麼側著身子，因爲我已經把安全裝置拆了。裡面有個東西幾天前壞了，莫名其妙就發射，把一個小販射了好幾個洞。只管進來吧，有事找我？」

「不。」獵魔士進到黑暗的寬闊前廳，那裡就像往常一樣泛著微微貓臭。「不，不是找你。我找分恩。」

科林爵大笑出來，獵魔士更加相信分恩百分之百只是虛構的幌子，用來欺騙負責稽核、刑法、稅賦的官吏，以及其他那些科林爵厭惡的對象。

他們進到密閉的接待室內，那裡較爲明亮，因爲這是最上層的房間——牢固的鐵窗開在向陽面，所以一天中的大部分時間都照得到陽光。傑洛特坐在客戶專用的椅子上。在他對面一張橡木書桌之後，是科林爵的扶椅，他就舒適地坐在上頭。對這個自稱「律師」的人來說，沒有什麼事是不可能的。

要是有人遇到了困難、麻煩、問題，去找科林爵，很快就會拿到商業夥伴背信、詐欺的證據。科林爵的客戶不用抵押擔保，就能獲得銀行貸款。就算宣告破產的公司有一大票債權人，科林爵的客戶也是唯一能獲賠的。有個客戶的富有叔叔曾說過不會留一毛錢給他，但遺產最後還是到了手——客戶打贏了遺產官司，因爲就連家族中最討厭他的那些人，也意外地放棄繼承權。有個客戶的兒子進了地牢，最後證據不足而無罪釋放，又或者因爲缺乏證據而獲得不起訴；那些證據消失得無聲無息，而所謂的證人也都搶著翻供。專門騙嫁妝的男子原本對客戶的女兒猛獻殷勤，卻突然把目標轉向別的女子。客戶妻子的愛人或女兒的情人碰上意外，四隻手腳有三隻受到複雜性骨折，而且至少有一個是上肢。客戶討厭的對手或礙事的對象不再製造麻煩——通常會消失得無影無蹤。

沒錯，要是有人有問題，就會去多利安，飛奔到「科林爵與分恩」事務所，敲響桃花心木門。門裡會站著「律師」科林爵，個子不高，身材清瘦，髮色灰白，一臉不太健康、很少接觸新鮮空氣的樣子。科林爵會將客人帶到接待室，然後坐到扶椅上，把一隻黑白相間的大貓抓到膝上撫摸。他們兩個——科林爵與公貓會用他們那黃綠色的眼睛，以令人不安且不舒服的眼神盯著客人。

「我有收到你的信。」科林爵和公貓用黃綠色的眼瞳審視著獵魔士。「亞斯克爾也有來找我。幾個禮拜前他經過多利安，稍微提了你的擔憂。不過他說得很少，太少了。」

「是嗎？這還眞是讓我意外，這還是我第一次聽說亞斯克爾沒那麼多話。」

「亞斯克爾說得不多，」科林爵並沒有跟著笑。「因爲他知道的也不多。而他沒把知道的全說出來，只是因爲有些事你不准他說。這股對人的不信任感是打哪兒來的？而且還是對同行？」

傑洛特輕輕哼了一聲。科林爵原本可以假裝沒注意到，不過不行，因爲他的貓注意到了。牠張大了眼，露出兩根森白尖牙，並發出若有似無的嘶聲。

「別逗我的貓。」律師一面說著，一面安撫貓兒。「『同行』這個字眼讓你很訝異嗎？這是實話啊。我也是個獵魔士，我也把很多人從怪物口中或可怕的麻煩中救出來。當然，我也有收費。」

「還是有一定的差異。」傑洛特喃喃說著。那隻貓仍然以不太友善的眼光看著他。

「的確。」科林爵認同道：「你是個不合時宜的獵魔士，而我是個符合潮流、與時並進的獵魔士。所以，不久後你將會失業，而我的生意則會越來越好。斯奇嘉、翼龍、長尾蛛與狼人很快就會從這世上消失，而那些渾帳王八蛋卻永遠都會存在。」

「你幫忙擺平問題的對象大多數不就是那些渾帳王八蛋，科林爵。那些有麻煩的窮人沒錢雇你。」

「他們也沒錢雇你。窮人這輩子就是什麼錢都花不起，所以就只能是窮人。」

「眞是太有邏輯了，而且還是個令人屏息的大發現呢。」

「實話總是令人氣結，而事實就是我們這行憑藉的正是下流無恥。只是你的已經所剩無幾，而我的則是不斷增強。」

「好了、好了，進入正題吧。」

「也該是時候了。」科林爵點了點頭。貓兒被他撫摸得舒服極了，拉長身子，發出呼嚕的滿意聲後，把爪子埋進他的膝蓋。「就按事情的重要性來處理吧。第一件事：親愛的獵魔士同行，我的收費呢，要兩百五十拿威格拉德克朗。你有這筆錢嗎？又或者你也是有困難的窮人？」

「我們先確定你的付出値不値這個價。」

「你要確定的，」律師冷冷地說，「只有自己身上錢夠不夠，而且要快。等你確定好了，就把錢放桌上。之後，我們再來談那些比較不重要的事。」

傑洛特將錢袋從腰帶解下，哐噹一聲丟到桌上，這舉動讓貓兒倏地跳下科林爵膝頭跑開。律師並沒有查看裡頭的數目，直接把錢袋收進抽屜。

「你把我的貓嚇跑了。」他一臉認眞地抱怨道。

「抱歉。我以爲最不可能嚇到你那隻貓的，就是錢幣的聲音。把你打聽到的說出來吧。」

「那個你很感興趣的黎恩斯，」科林爵開始說道。「是個頗爲神祕的人物，我只曉得他在班阿爾得的巫師學院唸過兩年書，犯過幾次偷竊而被開除，偷的都不是什麼太重要的東西就是了。一如往常，學院外頭有些喀艾德情報組織的招募員等在那兒，並選上了黎恩斯。至於他爲喀艾德的情報組織辦的是什麼事，我就沒打聽到了。不過，巫師學院開除的那些學生通常都會被訓練成殺手。滿意了嗎？」

「非常滿意，繼續說吧。」

「接下來的消息來自琴特拉。黎恩斯先生在那邊坐過牢，那時還是卡蘭特女王當家。」

「他爲什麼坐牢？」

「欠債。你有猜到嗎？他並沒有在裡頭蹲很久，因爲有人把他贖了出來，幫他把欠債連本帶利全還了。錢是透過銀行進來的，而這個善心人士要求匿名。我試著去追查來源，不過陸續問過四家銀行後，只能放棄。那個把黎恩斯贖出來的人是個行家，而且非常不想讓人知道他是誰。」

科林爵頓了一下，以手帕掩口，咳得非常用力。

「戰爭結束後，黎恩斯先生突然出現在索登、安格崙和布魯格。」他擦了擦嘴唇，還看了下手帕，繼續說：「他變得讓人認不出來，至少就他的舉止、身上的現金，還有花錢方式來看是這樣。就隱藏身分方面來說，這個不要臉的混蛋並沒有在這件事上下工夫——他還是用黎恩斯這個名字。之後他以黎恩斯的身分開始到處找人，或者該說是某個女子。他去了安格崙附近照顧戰亂孤兒的德魯伊那邊，結果一段時間過後，有人在附近林子裡發現德魯伊的屍體，上頭有很明顯的刑求痕跡，慘不忍睹。在那之後，黎恩斯出現在扎澤徹……」

「這我知道。」傑洛特打斷道：「我知道他對扎澤徹那戶農家做了什麼。兩百五十克朗的情報應該不只這樣。目前爲止，只有巫師學院和喀艾德情報組織這兩點是新資訊，其他我都知道。我知道黎恩斯是個無所不用其極的殺手，這個傲慢的惡棍甚至完全沒打算改名換姓，我知道他是替某個人辦事。誰，科林爵？」

「替某個巫師。當年是巫師把他從牢裡贖出來的。你提過黎恩斯會用魔法，而亞斯克爾也確認了這點。那是貨眞價實的魔法，不是障眼法，被學院開除的學生不應該會這種魔法。有人在背後替他撐腰，給他護身符，大概也曾經祕密訓練過他。有些在檯面上執業的魔法師會培養這樣的學徒與爪牙去做那些違法或骯髒事。這在巫師的圈子裡就叫拴了鏈子的嘍囉。」

「既然如此，黎恩斯大可以利用隱藏魔法。而他既沒改名，也沒僞裝，甚至不想漂掉臉上被葉妮芙燒傷的那塊皮膚。」

「這更加表示他的確是拴了鏈子在辦事。」科林爵又咳起來，並用手帕抹了嘴巴。「因爲隱藏術根本就不是隱藏術，只不過是些半吊子伎倆。要是黎恩斯用了遮蔽術或幻影面具，任何魔法警示器都能馬上偵查到，而現在每扇堡壘大門都裝了這種警示器。至於幻影面具，任何巫師都能輕易識破。就算是人再多、再擠的地方，黎恩斯都會引起所有巫師的注意，就好像他耳裡竄著火、屁股冒著煙似的。我再說一次：黎恩斯是替某個巫師辦事，而且他行事低調，盡量不引起其他巫師的注意。」

「有些人認爲他是尼夫加爾德的間諜。」

「我知道，像雷達尼亞的情報頭子戴斯特拉就這樣認爲。戴斯特拉很少出錯，所以他對黎恩斯的判斷應該也沒錯。不過這兩者並沒有衝突，巫師的爪牙也可以同時是尼夫加爾德間諜。」

「也就是說，某個執業巫師透過祕密爪牙來替尼夫加爾德蒐集情報。」

「亂講。」科林爵再度咳了起來，並且專注地審視了手帕。「會有巫師替尼夫加爾德蒐集情報嗎？圖什麼？錢嗎？太可笑了。難道是盼望在勝利者尼夫加爾德大帝的統治下，能拿到多大的權力嗎？這就更好笑了。眾所皆知，恩菲爾．法．恩瑞斯對他手下那些巫師管得很嚴。在尼夫加爾德，巫師被當作工具，這麼說吧，就像馬夫一樣；而他們擁有的權力不會比馬夫來得多。我們這些桀驁不馴的魔法師，會有人想要替把自己當作馬夫的帝王打仗嗎？是在雷達尼亞替維吉米爾國王宣讀法令規章的菲莉帕．愛哈特？在喀艾德一拳敲在桌上打斷國王韓瑟頓談話，要他閉嘴聽她說的莎賓娜．葛雷維席格？還是那個不久前才對亞丁的戴馬溫說沒空，來自盧格溫的維列佛茲？」

「長話短說，科林爵。所以那個黎恩斯到底是怎麼回事？」

「很簡單。尼夫加爾德的情報組織試著拉攏巫師的手下，好把那名巫師揪出來。就我所知，黎恩斯不會和尼夫加爾德的弗洛倫幣過不去，他會毫不猶豫地背叛自己的主人。」

「現在換你胡說了。就算是我們這裡那些傲慢的魔法師，也會察覺自己被背叛，被看穿的黎恩斯就會被掛上絞刑架晃，而這還要他的運氣夠好才行。」

「傑洛特，你真像個孩子。一旦間諜被揭發，不會被吊死，只會被反過來再利用。他會到處提供假情報，成為雙面間諜……」

「科林爵，小孩開始無聊了。我對情報組織的運作或是政治不感興趣。黎恩斯像個牛皮糖似地黏著我，我要知道這到底是為什麼，還有他是替誰做事。目前看來他是替某個巫師辦事。這個巫師是誰？」

「這我還不清楚，不過很快就會知道了。」

「很快？」獵魔士一個字一個字地說：「對我來說太慢了。」

「我不排除這個可能性。」科林爵認真地說。「你給自己找了個大麻煩。幸好你來找我，我最擅長把人從麻煩中拉出來。事實上，我已經把你拉了出來。」

「是嗎？」

「是的。」律師以手帕掩口，咳了起來。「你看，兄弟，除了巫師，可能也會扯到尼夫加爾德，不過這場競賽裡還有第三個玩家。他們找上我，自稱是佛特斯特國王的情報組織。他們碰上了難題，國王命令他們去找某個失蹤的公主。結果他們發現這件事沒那麼簡單，所以決定找行家幫忙；在向行家說明問題時，他們提到有個獵魔士可能知道不少關於那位失蹤公主的事，甚至可能知道她在哪裡。」

「那這個行家做何反應？」

「一開始他很意外，那些人竟然沒把那個獵魔士關進地牢、以傳統方式讓他說出一切，甚至編些根本不知道的事來搪塞，好讓他們滿意；那些密探說上頭不允許他們這麼做，因爲獵魔士的神經很脆弱，一旦被刑求，馬上就會斷氣——照那些密探的形容，獵魔士腦子裡的血管會爆開。有鑑於此，他們受命跟蹤獵魔士，不過後來他們發現，這也不是件簡單的差事。那個行家說密探找對人了，並且要他們兩星期後再去找他。」

「他們有去找他嗎？」

「不然呢？當時那個把你當成客戶的行家給他們看了不少證據，證明獵魔士傑洛特，不曾、沒有、也不會和失蹤的公主有任何關係。這個行家找了些證人來證明奇莉拉公主，也就是卡蘭特女王的外孫女、芭維塔公主的女兒已經死了，三年前就死於安格崙的難民營裡，死因是患了白喉。那孩子死前吃了非常多苦頭。說了你也不信，不過那些特馬利亞密探聽了我的證人描述後，眼裡都泛淚了呢。」

「我也熱淚盈眶了。我猜特馬利亞的密探不想付你兩百五十克朗以上的數目吧？」

「獵魔士，你這番指控傷了我的心。我把你從麻煩中拉出來，而你不但不感謝，還傷了我的心。」

「謝謝，還有，很抱歉。科林爵，爲什麼佛特斯特國王要叫密探去找奇莉？要是找到她，他要他們做什麼？」

「你還眞鈍，當然是殺了她。他們認爲她想登上琴特拉的寶座，而他們對寶座另有打算。」

「這沒道理呀，科林爵。琴特拉的寶座早就和宮殿、城市，以及整個王國一起化爲灰燼。現在那裡是尼夫加爾德在當家。這點佛特斯特很清楚，其他國王也很清楚。奇莉要怎麼去搶根本不存在的寶座？」

「來吧。」科林爵站了起來。「我們試著一起找出問題的答案吧。趁這個機會，我順便給你個證據，證明我值得信任……你爲什麼對這幅畫這麼感興趣？」

「這上面好似被啄木鳥啄過好幾季，破了好幾個洞。」傑洛特看著掛在律師桌子對面的牆上，一幅鑲有金框的圖畫說：「還有，這畫像看起來異常愚蠢。」

「這是我那在天上的老爸。」科林爵微微癟嘴道：「他是個異常愚蠢的笨蛋。我把他的肖像掛在這裡，好讓自己無時無刻看得見。這是用來警惕的。來吧，獵魔士。」

他們來到門廳。那隻公貓本來躺在地毯中央，以怪異的角度猛舔後腳，一看到獵魔士便馬上跑進漆黑的走廊。

「傑洛特，爲什麼貓這麼不喜歡你？是因爲……」

「對。」他打斷道：「就是這樣。」

桃花心木鑲板無聲地開啓，現出一條密道。科林爵率先踏出步伐。毫無疑問地，那鑲板是以魔法驅動，兩人進入通道後便自動關上，不過鑲板並沒有隱入黑暗，密道深處射來一道光線。

通道盡頭一片陰冷乾燥，空氣中瀰漫著沉悶的灰塵與燭火味。

「傑洛特，這是我的同事。」

「分恩？」獵魔士笑著說：「不可能。」

「就是可能。承認吧，你本來懷疑分恩根本就不存在對吧？」

「哪有。」

幾乎碰到拱頂的書櫃與書架間傳來一陣吱呀聲，不久，怪異的車輛從裡頭出現。那是一張裝了輪子的高扶椅。椅子上坐著的，是一名頭非常大、沒有頸子、肩膀窄得不成比例的侏儒；那侏儒沒有腳。

「來見個面吧。」科林爵說：「雅庫博・分恩，法律學家，我的合夥人與最重要的工作夥伴。這是我們的訪賓與客戶……」

「利維亞的獵魔士傑洛特。」分恩接著說道。「這點不必費力就猜得到，你的問題我已經處理了好幾個月。兩位男士請跟我來。」

他們跟著那張不斷發出聲響的扶椅走在迷宮般的書架間，那些書架已經被沉重的書卷壓得有些變形了，這裡頭藏書之多，絕不輸給奧克森福特的大學圖書館。傑洛特心想，那些古書一定是科林爵與分恩兩家花了幾世代蒐集而來的。他很高興見到所謂信任的證明，也很欣喜終於能認識分恩。然而傑洛特知道，眼前的人物雖然是百分之百眞實，仍帶有部分神祕色彩。神祕的分恩，科林爵可靠的分身，應該要在外面與科林爵一同見客，但這位黏在扶椅上的法律學者大概從沒離開過這棟建築物。

室內中央的照明特別亮，那裡擺了張配合輪椅高度的矮桌，上頭高高堆滿書本、羊皮與牛皮紙卷、紙張、墨水與油墨瓶、好幾束羽毛，以及成千上萬的謎樣用具。不過，也不是所有東西都那麼神祕，傑洛特認出仿造印章的模子與鑽石型銼刀，可用來移除官方文書上的文字。桌子中央還有張可連續射擊的小型弩弓，一旁天鵝絨布底下則有幾支水晶製大型放大鏡——這種放大鏡很少見，價格也不便宜。

「分恩，有什麼新發現嗎？」

「不多。」侏儒微笑，那笑容很親切，非常有魅力。「我把可能是黎恩斯主人的名單縮減到二十八位巫師……」

「先不談這個。」科林爵迅速打斷他說：「我們現在想知道的是另一件事。你告訴傑洛特，爲什麼那個失蹤的琴特拉公主會變成四國特務全面搜索的對象。」

「那女孩身上流的是卡蘭特女王的血。」分恩說，好像很訝異這麼清楚的事還要解釋。「她是王族最後一滴血脈。琴特拉頗具戰略與政治意義，那女孩可能僭奪王位，卻失去蹤影、不在控制之中，這情況很不利，若她受到不正確的影響，甚至稱得上危險；比方說，受尼夫加爾德的影響。」

「就我記憶所及，」傑洛特說。「琴特拉的法律不允許女子繼承王位。」

「的確如此。」分恩同意著，臉上再度露出一抹微笑。「不過女子可以成爲男性繼承人的妻子與母親。四國的密探聽聞黎恩斯迫切地四處搜尋小公主，認定這就是原因。因此，他們決定要讓小公主當不了妻子和母親；方法簡單卻很有效。」

「不過那公主已經死了。」科林爵馬上接話，邊觀察侏儒帶笑說話的同時，傑洛特的表情是否有所變化。「那些特務收到消息後，便停止搜索公主的行動了。」

「目前暫時停止。」獵魔士勉強維持住平穩而冷淡的語氣。「紙是包不住火的。再說，那些皇家密探只是這場遊戲的一方。你們自己也說了，那些特務之所以跟蹤奇莉，是爲了打亂其他跟蹤者的計劃。那些人可能沒那麼容易被誤導。我雇用你們，就是希望你們找到方法保證那孩子的人身安全。你們有什麼提議？」

「我們有個想法。」分恩看了合夥人一眼，後者臉上並沒有出現保持緘默的指示。「我們想低調但四處散播消息說，不單是奇莉拉公主，就算她有天生了男嗣，那孩子也無權繼承琴特拉的王位。」

「在琴特拉，母系沒有繼承權。」科林爵一邊和再度襲來的咳嗽奮鬥，一邊解釋：「只有父系才能繼承。」

「就是這樣。」法律學者附和道。「傑洛特自己剛剛也說了。這是自古以來的法則，就算是那個魔鬼卡蘭特也改不了，而她可是大大努力了一番。」

「她祕密謀劃，試著推翻這條法律。」科林爵拿起手帕擦嘴，肯定地說。「非法的密謀策劃。你來解釋吧，分恩。」

「卡蘭特是達果拉得國王與亞達莉雅皇后的獨生女。雙親過世後，貴族只把她視爲新王的婚配對象，她卻與眾人對抗，想獨自統治這個國家。爲了維持王朝的形式與運作，她同意招個夫婿並共同治國，但他不過是個無用的傀儡，而那些古老的家族堅持不同意。當時卡蘭特有三種選擇：入戰、退位，或是與艾冰格的王子雷恩格納締結婚姻關係。她選了第三個選項。國家由她掌管，但雷恩格納得坐在她身邊。當然，她不會讓人征服，也不會讓人趕到女人堆去。她是琴特拉的獅后；統治者是雷恩格納，只是沒人稱他爲獅王。」

「而卡蘭特呢，」科林爵補充道，「拚了命要懷上子嗣，生個男孩；不過她沒成功，生了個女兒芭維塔，然後流了兩次胎，顯然沒辦法再懷孕。她試盡了各種辦法。這就是女人的宿命，崩壞的子宮毀掉了雄心壯志。」

傑洛特皺起眉頭。

「科林爵，你眞的是太老套了。」

「我知道，眞相就是這麼老套。因爲雷恩格納開始注意其他理想又豐滿的臀部，最好是從高曾祖母那代起就確定能開枝散葉的年輕公主。卡蘭特自此陷入窘境。種種跡象顯示，當時琴特拉的獅后採取了行動。國王的每一頓餐、每一杯葡萄酒都可能摻了死亡材料，每一次打獵都可能以不幸的意外收場。總之，琴特拉獅后做了什麼，最後雷恩格納死了，但當時琴特拉正天花肆虐，所以沒人對國王的死訊感到訝異。」

獵魔士看似冷靜地開口說：「我開始了解你們打算悄悄散布到各地的消息是什麼了。奇莉會變成下毒又剋夫的皇后外孫女？」

「別這麼心急，傑洛特。說下去吧，分恩。」

侏儒笑了笑說：「卡蘭特雖然保住了自己的命，卻也離王位越來越遠。雷恩格納死後，獅后集大權於一身，貴族便又提出意見，說她違反法律與傳統。琴特拉的寶座上該坐的是國王，而不是皇后。他們把話說得很清楚：只要小芭維塔開始有點女人的樣子，就要馬上替她找個夫婿，那人將成爲琴特拉的新王。至於無法生育的皇后再婚，則完全不在考量之內。琴特拉的獅后了解到，自己最多只能成爲皇后的母親。更糟的是，芭維塔的丈夫可能會把丈母娘踢出政局。」

「我又要老套了。」科林爵事先警告。「卡蘭特一再拖延芭維塔選夫一事。那女孩十歲時，卡蘭特毀了她的第一件婚事；女孩十三歲時，卡蘭特又再次進行破壞。貴族看了看計劃，要求芭維塔十五歲誕辰必須是她身為閨女的最後一個生日。卡蘭特不得已只好同意。不過在這之前，卡蘭特便已經得到她想要的效果。芭維塔在深閨待了太久，終於心癢難耐，看到從岸邊來的流浪者便馬上撲了過去，那是個受詛咒的怪物。這當中還牽扯了一些超自然現象、魔法、承諾……什麼驚奇法則之類的？對吧，傑洛特？」

「後來發生的事，你一定記得一清二楚吧。卡蘭特把獵魔士叫到琴特拉，而獵魔士卻把事情搞得亂七八糟。他不知道自己被操控，破除了怪物刺蝟的詛咒，讓刺蝟得以和芭維塔締結連理。於此同時，獵魔士也讓卡蘭特更輕易地守住寶座。即使那怪物的魔咒已被破除，芭維塔與怪物的婚姻還是讓那群貴族震驚過度，以至於突然決定接受獅后與艾斯特．圖利瑟阿赫的婚事。對他們來說，斯格利加島的伯爵畢竟比流浪的刺蝟來得好。卡蘭特就靠這個辦法繼續統治琴特拉。艾斯特就像每個海島居民一樣，給予琴特拉獅后極度的尊重，不會反對任何事情，對統治根本不感興趣；他把王國完全交到她手中。而卡蘭特呢，她不斷使用藥物及煉金藥，日日夜夜把夫婿拖在床上；她想要一直統治到生命最後一天。如果要她作母后，也得是自己兒子的才行。不過呢，就像我說過的，野心很大，但……」

「既然你已經說過，就不用再提了。」

「至於芭維塔公主，怪人刺蝟的妻子，在婚禮上就已經穿著啓人疑竇的寬鬆禮服。心灰意冷的卡蘭特決定改變計劃。她心想，如果不是她兒子，那至少要是芭維塔的兒子。不過芭維塔生了個女兒。這不是詛咒是什麼？不過公主還是可以繼續生。我的意思是，她本來可以，不過發生了死亡意外，她和怪人刺蝟一起死在原因不明的海難中。」

「科林爵，你不會說得太多了嗎？」

「只是想盡量把情況說清楚罷了。芭維塔死後，卡蘭特非常沮喪，不過沒有很久。她最後的希望就寄託在外孫女、芭維塔的女兒奇莉拉身上。奇莉，一個在皇家城堡中肆虐的魔鬼化身。對一些人，尤其是較爲年長的人來說，她是他們眼中的珍寶，因爲她和卡蘭特小時候非常相像。不過對其他人來說……她是個變種，是怪物刺蝟的女兒；再說，還有某個獵魔士也宣告了自己對她的權利。現在我們要進入重點了：這個被當成繼承人來教養的卡蘭特寵兒，被視爲卡蘭特的化身，是繼承獅后之血的小母獅，但當時某些人已認定她沒資格繼承王位，奇莉拉出身不好；芭維塔下嫁給低層人士，所以奇莉是皇室血脈與不明浪人的混血。」

「有意思，科林爵。不過，事實並非如此。奇莉的父親根本就不是平民，而是王子。」

「你說什麼？我不知道這件事。他是哪國的王子？」

「他來自南方的某個王國……從邁阿赫特……對，就是邁阿赫特。」

「眞有趣。」科林爵喃喃自語道：「邁阿赫特很久以前就劃入尼夫加爾德的疆域，隸屬梅提那省。」

「但仍然是個王國。」分恩插嘴道：「那裡還是由國王統治。」

「那裡的統治者是恩菲爾．法．恩瑞斯。」科林爵打斷他說：「不管那王座上坐的是誰，都是拜恩菲爾的恩寵與決定所賜。不過說到這，查一下恩菲爾讓誰當了那裡的國王。我不記得了。」

「我馬上找。」侏儒推著扶椅的輪子，轆轆地移向書櫃。他從中取出厚厚的卷軸，開始調閱其中資料，並把查看過的卷軸扔在地上。「嗯……我知道了。邁阿赫特王國，紋章是一分爲四的紅藍色塊，上頭有銀色魚隻與王冠圖樣交叉呈現……」

「分恩，去他的紋章。那裡的國王是誰？」

「赫特，人稱正義的赫特，是由投票選出的……」

「尼夫加爾德的恩菲爾投的票。」科林爵冷冷地猜道。

「……九年前。」

「不是他。」律師飛快計算了一下。「這個不是我們要的，在他之前是誰？」

「等一下。有了，阿克斯巴克，已經過世……」

「被恩菲爾或那個正義赫特的心腹一刀刺穿肺部，嚴重發炎而死。」科林爵再度提出臆測。「傑洛特，這個阿克斯巴克有讓你想起什麼嗎？他會不會就是那個刺蝟的親親老爸？」

「沒錯。」獵魔士思索了一會兒後確認道：「阿克斯巴克。我記得杜尼就是這樣稱自己的父親。」

「杜尼？」

「他的名字，他是個王子，那個阿克斯巴克的兒子……」

「不對。」分恩看著卷軸，打斷道：「我這裡有全部的名字。婚生男嗣：歐姆、果姆、托姆、赫姆及剛札列。婚生女嗣：阿麗雅、瓦麗雅、妮娜、波麗娜、馬爾維娜與阿娟緹娜……」

「我收回對尼夫加爾德與正義赫特的指控。」科林爵認眞地宣告。「那個阿克斯巴克沒被謀殺，只不過是精盡人亡罷了。他一定還有其他私生子，對吧，分恩？」

「有，而且不少。但我看這裡沒有一個叫杜尼。」

「我也不指望你會看見。傑洛特，你的刺蝟根本不是王子。就算那個種馬阿克斯巴克真的有在哪裡留下他這個種，要繼承這個頭銜，除了尼夫加爾德外，他還得排在那幾個歐姆、果姆，還有剛札列等一長串要命的婚生子之後，還有那堆兄弟所生的無數子嗣。就官方角度來看，芭維塔嫁的是個平民。」

「至於奇莉，作爲平民之女，無權繼承王位？」

「沒錯。」

分恩推著扶椅的輪子緩慢地移動到桌前。「就是這個道理。」他巨大的腦袋點了點，說：「就是這個說法。別忘了，傑洛特，我們不是要爲奇莉拉公主爭王位，也不是要剝奪她的繼承權。我們放出去的消息，是要讓世人相信沒辦法靠這小女孩來奪取琴特拉。不管誰想試，都會備受質疑。這女孩不再是政治角力中的重點，而是顆不太重要的棋子，到時候……」

「他們就會讓她活下來。」科林爵平靜地把話接完。

「從官方角度來看，」傑洛特問道。「你們的論點站得住腳嗎？」

分恩先是瞄了下科林爵，然後看向獵魔士。

「不盡然。」他老實說：「奇莉拉就算是隔代，也是卡蘭特的血脈。在尋常國家這樣或許可以把她從王位上拉下來，不過目前情況並不尋常，獅后之血有其政治意義……」

「血……」傑洛特揉了揉前額說。「科林爵，什麼是『繼承上古之血的孩子』？」

「我不懂。有人用這種字眼說奇莉拉嗎？」

「有。」

「誰？」

「是誰不重要。這是什麼意思？」

「路內得阿波恆伊凱爾。」分恩離開桌前，突然說道：「正確來說，並不是『孩子』，而是『繼承上古之血的女兒』。嗯……上古之血……我有聽過這個說法，不是很確定……這大概是某個精靈族的預言。伊特莉娜的預言有很多版本，就我看來，一些比較古早的版本中，有引用到『上古精靈之血』，也就是阿因恆伊凱爾。不過我們這裡沒有這個預言的完整內容，得去找精靈……」

「先把這個擱一邊吧。」科林爵冷冷地打斷說：「不要一次處理那麼多問題，分恩，別一次揭露太多預言和祕密，把自己搞到燈盡油枯。暫且先到此爲止，謝謝你。做得好，再見了。傑洛特，來吧，我們回去接待室。」

「太少了，對吧？」他們回來後，律師才剛坐到桌前，坐到他對面的獵魔士便肯定地說：「報酬太低，對吧？」

科林爵拿起桌上一個星狀金屬物在指間把玩。

「太低，傑洛特。去精靈那堆預言裡挖資料對我來說是見鬼的麻煩，浪費時間又浪費錢。要辦這件事，就得想辦法找到精靈，除了他們，沒有人看得懂他們的文字。精靈的手稿多半是些歪曲的符號、離合詩，有時通篇密碼。上古語最少一定有雙重意涵，謄錄下來可能多達十種意義。精靈從沒想要幫助任何試圖解讀他們預言的人。眼下這個局勢，與『松鼠』的血戰在森林中不斷上演，一旦演變成大屠殺，接近他們會是很危險的事，雙倍危險。精靈可能會認為我在煽動他們，而人類可能會指控我為背叛者……」

「多少？科林爵。」

律師沉默了一會兒，手中不停把玩著金屬星物。

「一成。」他終於開口道。

「什麼東西的一成？」

「別和我打哈哈，獵魔士。這件事越來越嚴重了。情況越來越不明朗，而每當情況不明朗的時候，當然就關係到錢。此時對我來說，一成的代價會比尋常的報酬來得有吸引力。把你會拿到的分我一成，之前已經付過的就從裡面扣掉。要簽約了嗎？」

「不，我不想讓你蒙受損失。科林爵，零的一成還是零。我親愛的同行，我不會有任何收穫。」

「我再說一次，不要打哈哈。我不相信你會去做沒有利益的事，我不相信沒有藏……」

「我並不是很在意你相信什麼。我不會和你簽約，也不會給你任何抽成。直接說你要多少報酬才會去搜集情報。」

「今天要是其他人，」科林爵開始咳嗽。「任何想和我玩花樣的人，馬上會被我丟出門。不過這種高貴、天真、無所圖的風格，還頗符合你這個不合時宜的獵魔士。你就是這樣，偉大而神聖的老派作風……可以白白送死……」

「別浪費時間。科林爵，多少？」

「雙倍，一共五百。」

「眞遺憾，」傑洛特搖頭說，「我付不起這個數目，至少目前沒辦法。」

「那我就再提一次先前說過的提議，就是我們剛認識的那時候。」律師仍舊把玩著星塊，慢條斯理地說：「你來替我做事，這樣就付得起了，可以買情報和其他奢侈品。」

「不，科林爵。」

「爲什麼？」

「你不會懂的。」

「這次你傷到的不是我的心，而是我的專業驕傲，因爲我通常自認什麼都懂。做我們這行的基本上就是當個不折不扣的無賴，不過你卻寧可繼續不合時宜，也不願與時並進。」

獵魔士露出一抹微笑。

「說得好。」

科林爵又再度咳得坐起身，他擦過嘴唇，看了下手帕，然後抬起那雙黃綠色眼睛。「你偷瞄過桌上那張魔法師名單了嗎？可能指使黎恩斯的那份巫師名單？」

「看過了。」

「沒有確實查過之前，我不會把那張名單交給你。不管你看到什麼，別太在意。亞斯克爾和我說，菲莉帕．愛哈特大概知道是誰指使黎恩斯，但她不願和你分享這個資訊。菲莉帕不會保護小嘍囉到這種程度，所以站在這個白痴之後的，是個重要角色。」

獵魔士聞言，默不作聲。

「小心點，傑洛特。你的處境非常險惡，某個人在和你玩遊戲，而且非常清楚地預知你的每一步，事實上，你的行動受這個人擺布。不要太過自信傲慢，這個和你玩遊戲的人不是斯奇嘉，也不是狼人，不是米雪列兄弟，甚至不是黎恩斯。『繼承上古之血的孩子』，該死。好像琴特拉的王位、巫師、諸王和尼夫加爾德還不夠，現在還得再加上精靈。獵魔士，別再繼續這場遊戲了，抽身吧。打亂既定計劃，做些出人意表的事。切斷這個瘋狂的關係，別讓人把你和奇莉拉聯想在一起。把她留給葉妮芙，自己回卡爾默罕去，不要再出來。你就好好待在山裡，而我會去瀏覽精靈手稿，平心靜氣，不慌不忙，巨細靡遺。在我拿到與繼承上古之血的孩子有關的情報、知道隱身這場遊戲中那個巫師的名字前，你還可以準備好錢，到時我們一手交錢、一手交貨。」

「我沒辦法等，那女孩的處境很危險。」

「沒錯，不過我知道你被當成找她的絆腳石，是別人無論如何都要優先剷除的對象。正因如此，你的處境也不安全。他們會先解決你，才去找那女孩。」

「或者是等我中斷遊戲，躲回卡爾默罕。我付你太多錢了，科林爵，讓你給我提這麼多建議。」

律師把鐵星放在指尖上翻轉。

「獵魔士，我已經用你今天付我那筆錢積極運作了好一段時間。」他忍著咳嗽道：「給你的建議都是經過深思熟慮的。去卡爾默罕躲著，就此消失。到那時，那些尋找奇莉的人會找到他們要的奇莉。」

傑洛特瞇起眼睛，勾起笑容。科林爵直視著他。

「我知道自己在說什麼。」不受獵魔士的眼神與笑容所影響，科林爵說道：「追你家奇莉那些人會找到她，對她做任何他們想做的事。於此同時，不論她，或是你，就會安全了。」

「麻煩解釋一下，長話短說。」

「我找到一個女孩。琴特拉貴族，戰爭孤兒。她待過幾個難民營，現在是以肘當尺，給布魯格的布店裁布。她身上沒有任何特殊之處，除了一點，她長得很像琴特拉小母獅……想看看她的畫像嗎？」

「不，科林爵，我不想。而且，我也不同意用這種辦法。」

「傑洛特，」律師閉上雙眼。「你是怎麼了？要是想救你那個奇莉……我以爲現在的你，沒有本錢浪費在『輕蔑』上。不，我說錯了。你根本就沒那個本錢去藐視『輕蔑』。同行的獵魔士啊，蔑視時代即將來臨，一個沒有設限，全面輕蔑的時代。你得適應才行。我的提議不過就是個替代方案，要讓一個人活命，就得讓另一人喪命。活下來的，就是你愛的人。既然能活下來的只有你愛的人，那麼該死的便是另一個女孩，你素未謀面……」

「哪一個是我可以蔑視的？」獵魔士打斷他。「我得爲了我愛的人而付出自我蔑視爲代價？不，科林爵。別去動那孩子，就讓她繼續舉著手肘去量布吧。把她的畫像毀掉、燒掉。而你收到抽屜那兩百五十克朗血汗錢，就拿來換別的東西吧。我需要一些情報。相信你知道葉妮芙和奇莉離開了艾蘭德，也知道她們打算去哪，有沒有人在後面追她們。」

科林爵以手指敲著桌面，咳了一下。

「野狼不但對警告視而不見，還想要去狩獵。看不清自己才是被捕獵的對象，而且已經走進眞正的獵人所設下的陷阱了。」他說。

「不要東拉西扯，講重點。」

「如果這是你要的，好吧。葉妮芙的去向不難猜想，她會去塔奈島的加樂斯但宮，參加七月召開的巫師大會。她不斷改變路徑，也不用魔法，所以很難查出她的下落。一個星期前她還在艾蘭德，我推算了一下，再過三、四天就會抵達葛思維冷城，從那裡到塔奈就只差一步了。要去葛思維冷，她勢必得經過安戈爾鎮。要是你馬上出發，還有機會逮到那些跟在她後面的人；因為她的確被跟蹤了。」

「但願，」傑洛特的笑容變得非常可怕，說：「那不是什麼皇家密探？」

「不是。」律師看著手上把玩的金屬星星說：「不是密探，不過也不是黎恩斯。他比你聰明多了。米雪列兄弟那場騷動後，他便躲到某處的洞裡，壓根不敢動。追葉妮芙的是三個刺客。」

「我猜你認識他們？」

「我認識所有人。也因為這樣，我有個提議：別去惹他們。別去安戈爾。我會動用關係和人脈試著與他們談條件，看能不能反過來利用他們。換句話說，我會讓他們去找黎恩斯。要是成功的話……」

他突然打住，用力甩了一下。那塊鐵星唰地一聲射中牆上的肖像，直接穿過老科林爵的額頭，約有一半沒入牆面。

「不賴吧？」律師開心地笑著。「這叫獵戶星，外國發明的。我練了一個月，現在已經百發百中。這說不定有一天能派上用場。這塊小星星可以輕易藏在手套或帽子的絲帶上，三十呎內可以取人性命。這一年來，獵戶星成了每個尼夫加爾德特勤人員的配備。哈、哈，黎恩斯要是有替尼夫加爾德蒐集情報，那就有趣了。等他們找到太陽穴上插著獵戶星的他……你覺得怎樣？」

「沒怎樣，那是你的事，兩百五十克朗是放在你的抽屜。」

「當然。」科林爵點點頭。「我就當你這話是同意讓我放手去做。傑洛特，我們來靜默一下。靜默一分鐘，來慶祝黎恩斯先生那即將到來的死亡。搞什麼，你幹嘛皺眉頭？你對死亡的嚴肅一點敬意都沒有嗎？」

「有，而且還挺多的，所以沒辦法平心靜氣地聽這些嘲諷死亡的蠢話。科林爵，你可曾想過自己的死亡？」

律師吃力地咳了起來，盯住摀在嘴上的帕子看了很久。然後，他抬起眼。

「當然。」他靜靜地說：「我想過，而且想了很多。不過我怎麼想與你無關，獵魔士。你會去安戈爾嗎？」

「我會去。」

「拉爾夫．步路登，人稱教授。海默．坎特。矮子亞克薩。這些名字你聽過嗎？」

「沒有。」

「這三個人的劍都使得不錯，比米雪列一家厲害；所以我建議你用更可靠、攻擊距離更遠的武器，比方說這些尼夫加爾德的鐵星。你想要的話，我可以賣幾個給你，我有很多。」

「我不會買。這不實用，射出去時的聲音太吵。」

「那哨音有心理攻勢的作用，可以讓目標因恐懼而無法動彈。」

「也許吧，不過也可能讓對方心生警惕，是我的話，就躲得過。」

「要是你看到對方朝你射的話，當然。我知道你閃得過弓箭或是弩弓……不過，要是從背後……」

「從背後也一樣。」

「一樣才怪。」

「我們可以來賭一下。」傑洛特冷冷地說：「我轉身面向你的笨蛋老爹，而你就拿這個獵戶星射我。射中了，就算你贏。沒射中，就算你輸。你要是輸了，就幫我解譯精靈手稿、幫我找跟『繼承上古之血的孩子』有關的資料。分期付款。」

「那要是我贏了呢？」

「你還是去找那些資料，但交給葉妮芙。她會付錢給你，你不會吃虧。」

科林爵打開抽屜，拿出另一枚獵戶星。

「你認爲我不會接受這個賭注。」他不是發問，而是肯定地說。

「不。」獵魔士笑了笑。「我很確定你會接受。」

「你在玩火。難道你忘了嗎？我是不會良心不安的。」

「我沒忘。畢竟，蔑視時代即將來臨，而你總是與時並進。可是你那『不合時宜的天眞』的指控，我可是放在心上，而這次我也一樣甘願不求回報去冒險。所以呢？要賭一把嗎？」

「好。」科林爵拿了鐵星，站起身。「我的好奇心總是戰勝理智，更別說是那種沒有道理的憐憫。轉過去。」

獵魔士轉過身，看著滿目瘡痍的畫像及嵌在上頭的獵戶星；然後，閉上了眼睛。

鐵星呼嘯而過，嵌入離畫框四吋遠的牆面。

「靠！」科林爵大喊。「你根本連動都沒動，你這個王八蛋！」

傑洛特轉回來，露出笑容，一個異常可惡的笑容。

「我爲什麼要動？我聽得出來你是故意射不中。」

□

旅店裡人不多。角落的長椅上坐了個掛著黑眼圈的年輕女子，側過身害羞地餵奶。一個寬肩男子，可能是女子的丈夫，靠著牆面在一旁打瞌睡。壁爐後方的陰暗處還坐了個人，但室內太暗，阿波列加特看不清楚。

旅店主人抬起頭，看了看阿波列加特，瞧見他服裝與護胸上的亞丁紋章後，馬上皺起眉頭。阿波列加特已經習慣這種招呼方式。他是皇家傳信官，有權要求更換坐騎，旁人不得有議。皇家命令寫得很清楚——傳信官得以在任何城市、鄉村、旅店、農舍要求更換新馬，誰要膽敢拒絕，就等著倒大楣。當然，傳信官會把自己的馬，連同帶走新馬的憑據一同留下，馬主可以拿憑據向當地首長請領賠償。不過，結果不一定令人滿意。因此，常人看傳信官的眼神總是不太情願，帶著擔憂——他會開口要求嗎？他會毀了我們的金寶嗎？我們養得白白胖胖的小馬？我們的寶貝小烏鴉？馬兒被牽出馬廄時，孩子們會激動抱住那他們視為珍寶的玩伴——這種情景阿波列加特已見過很多次了;而大人臉上那憤憤不平卻又無計可施的蒼白表情,他也見過不只一次。

「我不需要新馬。」他簡短地說,旅店主人似乎鬆了口氣。

「不過我需要食物,我在路上餓壞了。」傳信官又說:「鍋裡有東西嗎?」

「還有點湯,我馬上盛,您坐。您會過夜嗎?已經是黃昏了。」

阿波列加特思忖著。兩天前他遇到韓頌,一個他認識的傳信官,並照規定跟他換了消息。韓頌接手要給戴馬溫國王的信函與包裹,穿過特馬利亞及馬哈咯姆,往凡格爾堡奔去。阿波列加特則是拿了要給雷達尼亞維吉米爾國王的包裹,往奧克森福特與特雷托格的方向去;路程超過三百哩。

「我吃完就上路。」他下了決定。「今天正好滿月,而且商道也又直又平。」

「您說了算。」

那碗湯很稀,沒有味道,不過傳信官並不在意這種枝微末節。在家裡,他會好好品嚐妻子的手藝;在路上,他有什麼就吃什麼。他喝湯喝得很慢,但很大聲,由於馬鞭還握在手上,所以他以很笨拙的方式抓著湯匙。

原本在壁爐前長椅上打盹的貓,突然抬起頭出聲威嚇。

「皇家傳信官?」

阿波列加特頓了一下,問話的是那個坐在黑影中的人。那人走出黑暗,站到傳信官身邊。來人有一頭牛乳般的白髮,額前綁了條皮帶,穿著釘了銀色鉚釘的黑外套,還有一雙長筒靴;身後揹了一把劍,圓形劍首在他右肩上方亮晃晃地閃著。

「你要往哪條路去？」

「往國王所願之路。」阿波列加特冷淡地答道，這是他對類似提問的標準答案。

白髮男子沉默了一會兒，以審視的目光看著傳信官。他有一張不自然的蒼白臉龐，以及怪異的深色眼瞳。

終於，那人用令人不悅、帶點粗啞的聲音說：「國王的意願，一定是要你趕路吧？你一定很急著上路？」

「這與您有何干係？您又是何身分，這麼趕著我上路？」

「我誰都不是。」白髮男子露出極爲嘲諷的笑容。「也沒在趕你。不過我要是你，會盡可能立刻離開這地方。我不希望你碰到什麼不好的事。」

對於這種說法，阿波列加特也自有一套應對。簡短有力，平緩冷靜，但又同時提醒對方皇家傳信官是爲誰效力，膽敢碰傳信官又會有何下場。不過白髮男子的聲音有某種特質，讓阿波列加特沒說出平常制式的回答。

「我得讓馬喘口氣，先生。一個鐘頭，也許兩個鐘頭。」

「我懂了。」白髮男子點點頭，抬起頭仔細聆聽外頭由遠而近的聲音。阿波列加特也跟著豎起耳朵，但只聽見蟋蟀聲。

「那就好好休息吧。」白髮男子調整斜過胸前的劍帶說。「不過別到外頭去。不管發生什麼事，別出來。」

阿波列加特忍住內心的疑問，直覺認爲這樣比較好。他低下頭，繼續撈著浮在湯裡的幾塊炸豬皮。當他抬起頭時，白髮男子已經不在屋內。

過了一段時間，外頭傳來一陣嘶鳴及躂躂的馬蹄聲。

旅店裡來了三名男子。旅店老闆見狀，加快擦拭杯子的速度。帶著嬰孩的女子挨近打盹的丈夫，以手肘將他推醒。阿波列加特不動聲色地將放腰帶與短劍的凳子拉近身。

那些男子目光掃過旅店內的客人，緩緩走向吧台，他們每踏一步，馬刺與武器的聲響便跟著傳來。

「幾位客人，歡迎。」旅店主人清了清喉嚨。「需要什麼嗎？」

「伏特加。」說話的是其中一個又矮又壯的男子。他的手像猿猴一樣很長，背後交叉掛了兩把澤利堪尼亞的馬刀。「要來一杯嗎？教授。」

「樂意之至。」第二名男子推了推鷹勾鼻上的金框眼鏡，同意道。那鏡片是用水晶拋製，呈現淡淡的藍色。「只要不是摻了任何添加物的就行。」

旅店主人倒了酒。阿波列加特注意到他的手微微發抖。那些男子背靠著吧台，慢慢啜著小陶碗。

「親愛的老闆，」那個戴眼鏡的突然開口，「我猜，不久前有兩個女子從這裡經過，趕著去葛思維冷，對吧？」

「這裡來來去去的人很多。」老闆嘀咕著。

「那兩個被通緝的女人，」戴眼鏡的男子慢條斯理地說，「你不可能沒注意到。其中一個是黑頭髮，異常美麗，騎著一匹烏鴉般黑的公馬。另一個，年紀比較輕，有頭淺髮和一對綠眼，騎著深斑灰馬。她們有來過這裡嗎？」

「沒有。」阿波列加特搶在老闆之前回答，同時，突然覺得背後有股寒意。「沒來過。」灰羽般的危險，炙熱的沙……

「傳信官？」

阿波列加特點點頭。

「你從哪來？要去哪裡？」

「依國王之命而來，依國王之命而去。」

「你有沒有碰巧在路上看見我詢問的女子？」

「沒有。」

「你似乎否認得太快了。」第三個男子粗聲粗氣地說。他很高、很瘦，像根竹竿，頭髮又黑又亮，好似抹了油。「而且也不像有認眞想過。」

「算了，海默。」戴眼鏡的男子揮了揮手。「這是傳信官，不要節外生枝。老闆，這地方喚什麼名字？」

「安戈爾。」

「離葛思維冷有多遠距離？」

「啥？」

「幾哩?」

「我不會用哩算,不過大概要三天路程……」

「騎馬?」

「駕車。」

「喂,」那個壯漢突然挺直了身子看向敞開的門外,壓低聲音說,「教授,看一下那邊。那傢伙是誰?難道是……」

戴眼鏡的男子同樣看向外頭,接著,他的臉突然扭曲了。

「對。」他從牙縫間迸出答案。「這肯定是他,我們走運了。」

「等他進來嗎?」

「他不會進來,他看到了我們的馬。」

「他知道我們……」

「閉嘴,亞克薩。他好像在說什麼。」

「你們有兩個選擇。」外頭傳來有點距離的微啞嗓音,但還是聽得清楚他在說什麼。阿波列加特馬上認出聲音的主人。「派一個人出來,告訴我是誰派你們來的;在那之後你們可以離開,不會有麻煩;又或者你們三個一起出來。我等你們決定。」

「王八蛋……」黑髮男子咆哮著。「他知道了。我們怎麼做?」

戴眼鏡的男子慢慢把陶碗放到吧台上。

「這就是對方付錢給我們的原因。」

他在手上啐了一口，活動了下關節，然後拿起劍。其餘兩人見狀，也跟著抽出佩劍。旅店主人張口就要叫出聲，但那藍色鏡片後的冰冷眼神讓他馬上噤聲。

「你們在這裡坐著。」戴眼鏡的男子咬牙切齒地說：「別給我出一點聲。海默，等一下開始時，試著繞到他後面。好了，兄弟們，祝好運。我們走。」

這一切就在他們走出去那一刻開始。哀鳴、腳蹬地的聲音、刀劍交鋒，在那之後是尖叫，會讓頭髮全立起來的尖叫。

旅店老闆一臉慘白，而女子嚇得目瞪口呆，將懷裡的嬰孩摟得更緊。壁爐前，原本待在長凳上的貓嚇得四肢僵直地跳了起來，弓起身子，尾巴的毛髮豎直如刺蝟，看起來像把刷子。阿波列加特連人帶椅很快地往牆角移動，短劍放在膝上，不過並沒有把劍從劍鞘抽出。

外頭再度傳來木板踏動聲，還有利劍揮舞與撞擊的聲音。

「啊，你……」某個人大聲怒吼，這聲叫喊雖以不堪入耳的咒罵作結，卻聽得出其中的絕望多於憤怒。「你……」劍聲再起。緊接在後的是刺耳的尖叫，好似連空氣都被劃破。接著是一聲重擊，像是有個沉甸甸的穀袋摔落地上。馬廄那頭，飽受驚嚇的馬匹不斷踏步、嗚叫。

地板上又一次響起撞擊聲，那是又重又快的跑步聲。摟著孩子的女人抱住丈夫，旅店主人背抵牆面。阿波列加特拿起短劍，仍將手藏在桌下。迎面跑來的男子打算直奔旅店，顯然就要跑到門口。不過他還沒站上門邊，劍聲就先追了上來。

那人大叫一聲，跌進室內。好像就要摔在門檻上，不過他沒倒下。那人踉蹌了幾步後，才重重摔倒在室內中央，震得積在地板縫隙中的灰塵都揚了起來。他跪倒地面，兩手癱軟，面部朝下。水晶眼鏡哐啷落地，摔成一堆藍色碎片。那人已經一動也不動，一灘又黑又亮的水窪從他身下擴散開來。

現場沒有人動，也沒有人尖叫。

白髮男子進到室內。

他把手上的劍俐落地插回背後的劍鞘，往櫃台走去，甚至連看也沒看一眼那具躺在地上的屍體。旅店老闆縮了起來。

「壞人……」白髮男子用嘶啞的聲音說。「壞人已經死了。執行官來的時候，他們的人頭或許可以換些賞金。那筆賞錢就讓執行官處置吧。」

旅店主人連忙點頭。

過了一會兒，白髮男子又說：「也許，這些壞人的同夥或是其他人會來打聽他們。你就告訴他們，那些人都被狼砍了。白狼。然後再告訴他們，要注意左右。某天，當他們環顧四周之時，將會看見狼的身影。」

□

三天後，阿波列加特抵達特雷托格城門時，早已過了午夜。他怒不可遏，因爲他不但在護城河前浪費不少時間，還得喊破喉嚨要人開門——守城士兵偷跑去睡覺，拖了很久才打開大門。他把守城士兵全家上下徹底罵了一頓，還追溯到他們的祖宗三代。在那之後，他很愉悅地聽那個被吵醒的指揮官如何替他對那些士兵母親、祖母與曾祖母的辱罵再補上全新的細節。當然，他知道不可能在半夜晉見維吉米爾國王。這樣剛好，他可以一直睡到隔天早上晨鐘響起。然而他錯了。沒人告訴他該在哪休息，反而馬上把他帶到守衛室，裡頭等著他的不是城主，而是另外那位——高大肥胖的那一位；阿波列加特知道他是誰——那是戴斯特拉，雷達尼亞國王信賴的人物。傳信官知道戴斯特拉有國王授權，可以聽取那些只能進國王耳中的消息。阿波列加特把信函交給了他。

「有口信嗎？」

「有的，先生。」

「說吧。」

「戴馬溫致維吉米爾。」阿波列加特閉上眼，把消息複誦出來：「第一：僞裝部隊尸爲七月朔夜後的第二晚做好準備。看好佛特斯特，別讓他壞事。第二：我個人不會親自蒞臨那群自作聰明的傢伙在塔奈舉辦的大會，建議你也別去。第三：小母獅已經死了。」

戴斯特拉微微皺眉，以手指敲著桌面。

「這是給戴馬溫國王的信。至於口信……聽清楚了，把它好好記下來，要把每一字、每一句都帶給你的國王。只能告訴他，不能讓其他人知道，任何人都不行，聽清楚了嗎？」

「聽清楚了，先生。」

「口信如下：維吉米爾致戴馬溫。偽裝部隊無論如何得先按下。有人叛變。白焰已經在安葛拉谷召集軍隊，就等著借題發揮。你重複一遍。」

阿波列加特依言重述了一次。

「很好。」戴斯特拉點了點頭。「天一亮你就出發。」

「我已經在路上五天了，大人。」傳信官搓了搓臀部。「至少讓我睡到中午……您可以同意嗎？」

「你的國王戴馬溫現在夜裡有睡覺嗎？我有睡覺嗎？光憑這個問題，就該給你這傢伙呼幾巴掌。有人會給你吃的，然後就去乾草堆裡舒展一下筋骨。不過日出前就得出發。我要人幫你備了一匹快馬，看著吧，牠會跑得像風一樣快。另外還有一袋額外賞金給你，免得你說維吉米爾是個守財奴。」

「謝了，先生。」

「到彭達爾河畔的森林後，要小心點，有人見到『松鼠』在那裡出沒，那一帶盜賊也不少。」

「喔，先生，這我知道。哦，三天前我看見……」

「看到什麼？」

阿波列加特快速地把安戈爾發生的事敘述了一遍。戴斯特拉雙手叉在胸前聽著。

「教授……」他思索著。「海默．坎特和矮子亞克薩，全被獵魔士斬首了。安戈爾那有條路通往葛思維冷，也就是往塔奈島，去加樂斯但……不過小母獅已經不在了？」

「先生，您說什麼？」

「這不重要。」戴斯特拉抬起頭說：「至少對你不重要。好好休息，天一亮就上路。」

阿波列加特吃了送上來的食物，稍微躺了一下，因爲過於疲累，根本無法闔眼；天還沒亮，他就已經站在城門外了。那匹馬的確是匹快馬，不過很難駕馭。阿波列加特不喜歡這種馬。

他突然感覺左肩與脊椎間有股難耐的搔癢，該不會是在馬廄休息時被跳蚤咬了吧？那個地方怎麼抓也抓不到。

駿馬揚起前蹄，高聲嘶鳴。傳信官一鞭揮下，馬兒便急騁而去。時間緊迫。

□

「加利安，」卡布雷從隱身觀察商道的枝枒中探出來，壓低聲音說。「恩都因阿恩欸發拉斯特賽得！」

朵魯薇從地上爬起，抓了劍佩在身上，用鞋尖踢了下一旁靠著倒木打盹的葉文大腿。那精靈頓時醒了過來，手掌卻被炙熱的沙粒燙到，而發出「嘶」地一聲。

「快蘇可斯？」

「路上有人騎馬。」

「一個人？」葉文拿起弓與箭筒。

「卡布雷？只有一個？」

「只有一個，他往這邊來了。」

「我們把他幹掉，這樣都因就少一個了。」

「算了吧。」朵魯薇拉住他的袖子道：「幹嘛這樣？我們只負責偵查，然後就要回去突擊隊。我們要殺掉每個路人嗎？自由之戰該是這樣嗎？」

「就是這樣，讓開。」

「要是路上留下屍體，那經過的巡邏隊就會發出警示。軍隊會開始捕殺我們。到時淺灘那邊就會都是他們的人，我們可能就過不了河了！」

「這條路很少人走。等到屍體被發現時，我們早就遠走高飛了。」

「那個騎馬的人已經走遠了。」卡布雷從樹上說：「剛剛就應該要射他，而不是在這裡廢話。現在太晚了，他已經距離我們兩百多步了。」

「用我那把六十磅的弓？」葉文順了順弓。「用三十吋的箭？再說，那根本不到兩百步，最多只有一百五十步。米瑞，克斯帕因瑞。」

「葉文，別管他……」

「特斯阿波，朵魯薇。」

精靈將帽子轉向一旁，免得被綴在上頭的松鼠尾巴礙了視線。他把弓拉滿，直至耳際，仔細瞄準目標後，把弦放掉。

阿波列加特沒聽見箭聲。那是所謂的無聲箭，上頭裝有特殊的細長灰羽，羽根還有特殊刻痕，以增加硬度並減輕重量。剃刀般銳利的三刃箭頭深深射進傳信官左肩與脊椎間的背部。箭緣是以特殊角度設計，一旦箭頭刺入體內就會轉向，像螺絲般鑽入，對組織造成嚴重破損的同時，也會切斷血管、粉碎骨頭。阿波列加特趴倒在馬頭上，滑落地面，像個癱軟的棉袋。

路上的沙子被太陽曬得很燙，好似可以把人燒傷，不過傳信官已經感覺不到。他在中箭當下便斷了氣。

要說我認識她，那算是誇大了。我想，除了獵魔士與女巫，沒有人真的認識她。我第一次見到她時，情況非常特殊，但根本不覺得她有什麼特別。我知道有些人聲稱第一次見到她時，便察覺她的身後緊跟著死亡氣息。我知道她不是平凡女孩，但她看起來沒有任何不凡之處——因此我試著努力去觀察、發掘、去感受她的不凡。可是我什麼也沒發現，什麼也沒感覺到。有關之後那些慘重事件，那些因她而起或由她一手造成的事件，在當時根本沒有絲毫訊息、預兆或徵狀。

《詩的半世紀》

——亞斯克爾

第二章

森林盡頭的岔路旁，九根木樁立於地面。每根木樁頂端都安有一個車輪，上面聚集了大批烏鴉與渡鴉，不斷地啄食、拉扯捆綁在輪軸上的屍體。事實上，礙於木樁高度與鴉群數量，只能憑臆測來判定那橫陳於車輪上、早已模糊難辨的剩餘物是什麼。不過，那的的確確是屍體，不可能是其他東西。

奇莉轉過頭，嫌惡地皺起鼻子。風從木樁的方向吹來，令人作嘔的腐屍氣味瀰漫了整個岔路口。

「多棒的景色。」葉妮芙從馬鞍往下探，往地面啐了啐，卻忘了不久前才爲此教訓過奇莉。「風景如畫，氣味芬芳。不過爲什麼在森林邊界？這東西通常會放在城牆外。我說得沒錯吧，好心的人們？」

「尊貴的小姐呀，他們是『松鼠』。」隨後抵達岔路的商旅之一熱切地解釋道。他拉住了駕著雙輪車的黑斑白馬，那車上堆著滿滿物品。「木樁上那些是精靈。把木樁立在林子裡，其他『松鼠』見了才會有所警惕。」

「這是不是表示他們把活捉的精靈送到這裡來……」女巫看著商人說道。

「小姐，精靈通常不會讓人活捉。」商人打斷道：「就算是被士兵抓了，也只會被送到城裡去，因爲那裡住了非人族。一旦那些非人族看見精靈被斬首，馬上就會放棄加入『松鼠』的念頭。不過如果那些精靈是在打鬥中被殺死的，他們就會把那些屍體運到岔路口綁上木樁。有時候會從很遠的地方送過來，屍體到的時候都已經發臭了……」

葉妮芙厲聲道：「試想，招魂術之所以被禁止，就是爲了要對死亡，以及亡者的遺體表示尊敬，對於亡者應要愼重訣別，令其安息並依禮安葬……」

「小姐，您說什麼？」

「沒什麼。我們快動身吧，奇莉，只要能遠離這地方就好。嘖，我覺得全身都是那股臭味了。」

「我也是，噁──」奇莉說，騎著馬沿商販的貨車繞了一圈。「我們用跑的，好不好？」

「好吧……奇莉！用跑的，不是用衝的！」

□

沒多久，城市便映入眼簾。那是一座很大的城市，城牆環繞，耀眼的尖頂塔樓林立其中。這座城市之後，可以看見綴著點點白帆的青藍汪洋，於晨光照射下粼粼閃閃。奇莉在沙崖邊拉住馬，踩著馬鐙站起身，貪婪地聞著風與海的味道。

「葛思維冷，我們終於到了。」隨後趕上的葉妮芙，停在她身旁說。「回商道吧。」

商道上，她們加快速度，跑離商道中央，將幾輛牛車與負柴而行的路人拋在身後。等超過了所有人、只剩她們兩人時，女巫放慢速度，並出手示意奇莉打住。

「離我近一點。」她說。「再近一點。抓住轡繩，把我的馬牽好。我得騰出雙手。」

「騰出雙手做什麼？」

「我剛才說了，把轡繩抓好。」

葉妮芙從鞍囊取出一面銀色手鏡擦了擦，然後小聲唸咒。鏡子自她手中浮起，飄到馬頭上方，不偏不倚就在女巫面前。

奇莉驚歎一聲，潤了潤唇。

女巫從鞍囊裡另外取出梳子，摘掉貝雷帽，快速梳理頭髮。奇莉靜靜待在一旁。她知道葉妮芙梳頭時不准人妨礙，也不許人打擾。那頭看似未經打理的美麗蓬鬆鬈髮，要花上不少工夫才能呈現出來。

女巫再度向鞍囊探去。她別上了鑽石耳環，兩手都套上手環。接著，她拿掉圍巾、解開領口，露出頸子與綴有星狀黑曜石的黑色絲絨帶。

「哈！」奇莉終於忍不住了。「我知道妳為什麼要這樣！妳想讓自己看起來漂亮點，因為我們要進城了！我猜對了吧？」

「妳猜對了。」

「那我呢？」

「妳怎樣？」

「我也想讓自己好看點！我也要梳頭……」

「把貝雷帽戴上。」葉妮芙口氣強硬，但仍看著飄在馬耳上方的鏡子。「像剛才那樣戴好。還有，把頭髮藏到帽子裡。」

奇莉雖然一肚子氣，還是馬上照做。她從很久以前就學會辨別女巫的口氣，知道什麼時候可以討價還價，什麼時候不行。

葉妮芙好不容易整理完額前的鬈髮，又從鞍囊裡拿出一小罐綠色玻璃瓶。

「奇莉，」她的口氣緩和了些。「我們是低調上路。現在旅程還不到終點，所以妳得把頭髮藏在帽子底下。每個城門底下都有那些拿錢替人辦事的，會非常仔細地觀察每個過路的旅人，懂嗎？」

「不懂。」她拉著女巫黑馬的韁繩，任性地說。「妳把自己打扮得這麼漂亮，盯著城門的那些人眼珠子都要掉出來了！好極了，這下一定不會有人發現我！」

「城門快到了。」葉妮芙笑了笑。「過了城門就是葛思維冷。在葛思維冷我不需要偽裝，反而該說，沒這個必要。但妳就不同了，妳不該讓任何人留下印象。」

「要是有人盯著妳看，他們也會看到我啊！」

女巫打開一個小罐子，裡頭散發出接骨木和鵝莓的香味。她以食指沾了些罐子裡的東西，塗抹在眼睛下方。

「我很懷疑，」她的臉上仍然掛著一抹神祕的微笑說。「會有任何人注意到妳。」

□

橋前排了一長串人潮，或是騎馬，或是駕車；城門前更是擠滿了等著通關的旅人。看到這漫長的等待，奇莉不耐煩地哼了一聲，嘴裡唸唸有詞。葉妮芙卻在鞍上挺直了身，目光越過那些旅人，踏著響蹄前進，那些人則迅速退開以騰出空間，並恭敬地在兩旁彎腰行禮。穿著長長鎖子甲的守城將士也立即注意到女巫，爲她清開一條路，甚至不惜以長矛棍柄去驅趕那些還沒有反應或動作太慢的人。

「高貴的女士，這邊請。」其中一個守將滿臉通紅地盯著葉妮芙，喊道：「麻煩請您走這邊！閃開！閃開！一群鄉巴佬！」

聽見叫聲的指揮官不悅地自守衛室出來，看到葉妮芙後馬上紅了臉，目瞪口呆，深深地朝她鞠躬。

「尊貴的女士，歡迎您大駕光臨葛思維冷。」他挺起身，盯著葉妮芙，結結巴巴地說：「請您吩咐……請問有任何能爲您效勞的嗎？要派護衛給您嗎？要嚮導嗎？要替您叫人來嗎？」

「不。」馬鞍上的葉妮芙挺直了身，居高臨下地看他。「我不會在城裡待太久，我要去塔奈島。」

「當然……」那名將領依舊盯著女巫的臉，不斷地變換站姿。其餘兵士也同樣盯著她看。奇莉驕傲地挺起身，十分得意，卻發現根本沒有人在看她，好像她根本不存在。

「當然。」守城將領重複說道。「去塔奈島，對……去參加大會。我懂，當然。祝您……」

「謝謝。」女巫策馬而去，顯然對指揮官的祝福不感興趣。奇莉跟了上去。一路上，守城的兵士紛紛對葉妮芙鞠躬行禮，但還是連看都沒看奇莉一眼。

「他們甚至沒問妳叫什麼名字。」奇莉嘀咕著，趕上葉妮芙，驅著馬兒小心地走在滿是泥濘的街道上。「也沒問我們是從哪兒來的！妳對他們施了法嗎？」

「不是對他們，是對我自己。」

女巫轉過頭來，奇莉見狀，大聲讚歎。葉妮芙眼中燃燒著紫色光芒，臉孔更是美豔得令人無法直視。那是一張非常引人注目、挑逗、危險且不自然的臉。

「那個綠色小罐子！」奇莉馬上聯想到。「那是什麼？」

「『魅惑』。這是煉金藥，或是用於特殊場合的乳膏。奇莉，妳一定要踏過路上每個水坑嗎？」

「我想幫馬把蹄毛洗乾淨！」

「已經一個月沒下雨了。這些都是洗碗水和馬尿，不是乾淨的水。」

「喔……告訴我，爲什麼妳要用那個煉金藥？妳這麼想要……」

「這裡是葛思維冷。」葉妮芙打斷她，說：「這座城市的繁榮，很大部分要歸功於巫師。更精確地說，是女巫。妳也見到這裡的人對女巫的態度，而我不打算自我介紹，或向人證明我是誰，我情願讓眾人第一眼就知道我是誰。過了那棟紅色房子後要左轉。奇莉，慢慢騎，把馬拉好，不然會撞到孩子。」

「我們爲什麼要到這裡？」

「我已經和妳講過了。」

奇莉發出不悅的嘖聲，噘起嘴，用力踢了下馬腹。馬兒立刻跑了起來，差點撞到經過她們身旁的馬車。車夫從馬車前座站起身，打算破口大罵，看見葉妮芙後又馬上坐回去，專心地盯著自己的木鞋。

「妳要是再這樣亂衝，」葉妮芙一個字一個字地說。「我可是會生氣的。妳的舉止就像隻還沒長大的小羊，眞讓我丟臉。」

「妳想把我送到某間學校去，對吧？我不去！」

「小聲點，大家都在看了。」

「他們是在看妳，不是我！我哪所學校都不想去！妳答應過會永遠和我在一起，可是妳現在要把我丟下了！留下我自己一個！我不想要自己一個人！」

「妳不會自己一個人。學校裡有很多和妳同年紀的女孩，妳會有很多朋友。」

「我不想要朋友。我想和妳、和……我以爲……」

葉妮芙突然轉過身。

「妳以爲什麼？」

「我以爲我們會去找傑洛特。」奇莉將頭甩向一邊抗議。「我很清楚妳這一路上在想什麼，還有妳爲什麼要在半夜裡嘆氣……」

「夠了。」女巫壓低聲音，她眼睛發光的樣子，讓奇莉把臉埋到馬鬃裡。「妳的膽子眞是太大了。我要提醒妳，妳依賴我的時光已經一去不復返了。要怪就怪妳自己，現在妳只能乖乖聽話。我叫妳做什麼，妳就做什麼。懂了嗎？」

奇莉點點頭。

「我叫妳做的，都是對妳最好的事。一直都是如此。所以妳要聽話，去做我交代的事。清楚了嗎？把馬停下來，我們到了。」

「這就是那間學校？」奇莉抬頭望著氣派的門面，咕噥著。「這……」

「不准再說一個字。下馬，記得舉止要合宜。這裡不是學校，學校在阿瑞圖沙，不在葛思維冷。這裡是銀行。」

「那我們為什麼要來銀行？」

「妳動腦筋想一想。我說了，下馬。不要踩到水坑！不要理那匹馬了，那是僕役的事。手套拿掉，沒有人會戴騎馬手套進銀行。看著我。把貝雷帽戴好，領子整理好，抬頭挺胸。妳不曉得手要放哪嗎？那就不要亂動！」

奇莉嘆了口氣。

銀行大門裡走出的那群職員，哈著腰為客人服務，他們都是矮人族。奇莉好奇地打量他們。雖然他們都一樣那麼矮、那麼胖，滿臉大鬍子，卻一點都不像她的朋友亞爾潘・齊格林，以及他的「弟兄們」。那些職員都是灰髮，穿著制服，非常普通。還有，他們看起來卑躬屈膝，這點在亞爾潘和他那些弟兄身上根本看不見。

她們走進銀行。煉金藥效力仍在，所以葉妮芙一出現馬上引起騷動。眾人手忙腳亂，不但哈腰屈膝，還兼噓寒問暖，搶著為她服務；這場騷動直到一個衣著華麗、滿臉白鬍子、胖得不可思議的矮人出現才結束。

「尊貴的葉妮芙！」矮人聲音洪亮地說：「這還真是個驚喜啊！天大的榮幸啊！請、請到接待室來！你們！站在那裡做什麼？看什麼看？快去做事，去算帳！維夫利，馬上拿一瓶『新之堡』到接待室來，年分……你知道是哪個年分。快點，用跑的！葉妮芙，請，請。見到妳真是太高興了。妳看起來……哦，該死的，令人屏息！」

「你也是。」女巫笑了笑。「看起來你過得挺不錯的，吉安卡第。」

「當然囉。請、請到我這兒，到接待室來。不，不，兩位女士先請。妳知道路的，葉妮芙。」接待室裡很暗，涼涼的，很舒服。空氣中有股香味，奇莉記得負責抄寫的亞瑞，他的塔裡就是這種味道——墨水的味道、羊皮紙卷的味道，以及覆蓋在橡木桌、掛毯與古籍上的灰塵味。

「請坐。」銀行家替葉妮芙把一張沉重的扶椅從桌下拉出，並好奇地打量了下奇莉。「嗯……」

「給她本書吧，莫納。」女巫注意到他的目光，不經意地說。「她很愛看書。她會自己坐到桌子另一端，不會打擾我們。對吧？奇莉。」

奇莉認爲自己沒必要回應。

「書啊，嗯……」矮人一邊走向櫃子，一邊思索著。「我們這裡有什麼？哦，收支簿……不，這個不好。關稅與港埠費……這個也不好。信用與退費？不好。喔，這本是哪裡來的？鬼才曉得……不過這應該正好派得上用場。來吧，小姑娘。」

那本書是《自然史》，外表看來非常古老、破舊。奇莉小心地翻過封面與幾張內頁。書的內容立刻引起她的興趣，因爲這上頭說的是有關謎一般的怪物與野獸，而且還有豐富的插圖。奇莉花了些時間，試著將一半的注意力放在書上，另一半則放在女巫與矮人的談話上。

「有信要給我嗎？莫納。」

「沒有。」銀行家爲葉妮芙與自己斟了葡萄酒。「一封也沒有。最近一封信大概是一個月前，我已經照說好的辦法轉給妳了。」

「那封信我有收到，謝謝。那有沒有人……剛好對這些信有興趣呢？」

「這裡沒有。」莫納．吉安卡第笑了笑。「不過，親愛的，妳還眞是直接點到要害。維瓦第家的銀行祕密通知我，有人試著要追這些信。他們在凡格爾堡的分行那裡也發現有人動過妳的私人戶頭。他們內部某個員工的忠誠有問題。」

矮人頓了頓，頂著那對濃密的粗眉抬眼看了下女巫。奇莉將耳朵豎得老高。葉妮芙把玩著自己的星狀黑曜石，沉默不語。

「維瓦第他們沒本事，」銀行家壓低聲音說：「又或者不想去查這件事。那個不忠心又好收買的行員喝醉酒後，跌進護城河裡淹死了。不幸的意外。可惜啊，太快了，太草率了……」

「這種雞毛蒜皮的小事，沒什麼好遺憾的。」女巫抿起唇。「我知道是誰對我的信件與戶頭有興趣，維瓦第一家就算去查，也查不出什麼名堂的。」

「既然妳這麼想……」吉安卡第抓了抓鬍子。「葉妮芙，妳要去塔奈島，參加那個巫師大會嗎？」

「當然。」

「要去決定世界的命運？」

「你太誇張了。」

「現在各種謠言滿天飛，」矮人冷冰冰地說：「也發生了不少事。」

「容我問問是哪些事？」

「去年起，」吉安卡第順著鬍子說。「稅務政策有些不尋常的變化……我知道妳對這沒興趣……」

「說下去。」

「人頭稅與冬季軍費都漲了一倍，而且是直接由軍隊徵收。所有商賈行號都得額外上繳國庫『什一捐』，這是以前從沒有過的稅目，每賺一個諾貝勒就得上繳一個戈若什。矮人、地精、精靈和半身人除了得繳這一項，連人頭稅與戶稅也提高了。如果他們有做生意或從事生產製造，還得再多繳一成『非人』稅。如此一來，我賺的有六成以上都繳了稅。算上所有分行，我的銀行一年要繳給『四大國』六百菊符那。給妳參考一下：這幾乎已經是擁有廣大莊園的高貴公爵或伯爵每季所付房產稅的三倍。」

「人類不用繳軍費？」

「不用，只要付戶稅與人頭稅。」

女巫點了點頭說：「意思是，要矮人和其他非人族金援軍隊，好讓他們去和盤踞森林的斯寇亞塔也作戰。我料到會有這種事。不過，稅金與塔奈島的大會有何關聯？」

「每次你們集會過後，」矮人嘀咕著。「總有事發生。不過這次我希望情況會反過來，期望你們這次大會之後，事情不會再有改變。比方說，要是稅金不再亂漲，我會非常開心。」

「說清楚一點。」

矮人躺進扶椅，雙手交疊在被鬍子掩蓋的腹部之上。

「我在這行待了不少年，」他說：「久得可以把某些價格波動和某些事實連結起來，而最近寶石價格因為市場需求漲了很多。」

「人們不是會拿現金換珠寶，好避免匯率變動與貨幣平價的損失？」

「這點也是。除此之外，寶石還有很大的優勢。能放口袋裡的小錢囊就裝得下幾顆價值大約是五十菊符那的鑽石；換成貨幣約有兩百五十磅重，這麼一大袋東西可是很佔地方的。口袋放個小錢囊，跑起路來一定比肩上扛個大袋子要快許多。一隻手可以牽著妻子，必要的話另一隻手還可以給人好看。」

奇莉輕輕哼了一聲，葉妮芙馬上用可怕的眼神讓她噤聲。

「也就是說，」她抬起頭說。「有人預先準備逃跑。挺有趣的，他們要跑去哪兒呢？」

「最多人去的是遙遠的北方。漢格佛斯、科維爾、波維斯。一來，那裡真的很遠；二來，這些國家都保持中立，而且和尼夫加爾德關係很好。」

「我懂了。」女巫唇邊仍舊掛著嘲諷。「所以鑽石放口袋，妻子牽手上，然後往北方去……不會太早了嗎？算了，這不重要。莫納，還有什麼變貴了？」

「船。」

「什麼？」

「船。」矮人重複道，咧嘴一笑。「臨岸的造船廠現在全都在造船，那些訂單來自佛特斯特國王軍隊裡的各個軍需官。軍需官付的價格都很不錯，而且還不斷追加訂單。葉妮芙，要是妳有閒錢的話，去投資船吧，大有賺頭喔。妳可以用蘆葦與樹皮來造獨木舟，把它當成用上等松木做的駁船去請款，再和軍需官五五分帳……」

「別開玩笑了，吉安卡第。把事情說清楚。」

「這些船，」銀行家盯著木造天花板，不太情願地說。「是要送到南方的。送去索登和布魯格，到亞魯加河去。不過就我所知，這些船不是用來在河裡捕魚的。他們把這些船藏在右岸的森林裡，軍隊大概每天花幾個鐘頭練習上、下船，目前還沒實際下水。」

「是嗎？」葉妮芙咬著唇。「不過爲什麼有些人這麼急著往北方跑？亞魯加在南方啊。」

「他們會這樣擔憂不是沒有原因的。」矮人瞇起眼，看著奇莉說：「恩菲爾．法．恩瑞斯大帝要是聽到那些船下水，一定會不高興。有些人認爲這會惹惱恩菲爾，所以最好離尼夫加爾德的國界越遠越好……該死，只要拖到收割就好。一旦收割完，我就可以鬆口氣。不過如果會出事，還是會在收割前吧。」

「穀倉會堆滿作物的。」葉妮芙慢條斯理地說著。

「沒錯。要在收割後的農地上牧馬很難，要圍攻穀倉飽滿的要塞也得花很多時間……現在的天候對農民來說挺好的，收穫應該不錯……是啊，光是『好』一詞還不足以形容現在的天氣。陽光充足，森林裡的鳶鳥只能眼巴巴地望著天降甘霖……而亞魯加河到了安葛拉谷那一段，水變得很淺……要渡河很容易，不管從哪一岸都一樣。」

「爲什麼是安葛拉谷？」

「我希望，」銀行家順著鬍子，用非常精明的眼光看著女巫說：「我可以信任妳？」

「不管何時都可以，吉安卡第。我們之間什麼都沒變。」

矮人緩緩地說：「安葛拉谷，也就是指與特馬利亞有軍事聯盟的利里亞和亞丁兩國。妳該不會以爲佛特斯特是打算把那些船買來自己用吧？」

「不會。」女巫慢慢地說。「我不會這麼認爲。謝謝你和我說這個消息，莫納。天曉得，說不定你是對的，也許在大會上我們可以成功影響這個世界，以及住在這世上每個人的命運？」

「別忘了還有矮人。」吉安卡第噴著鼻息說道。「還有他們的銀行。」

「我們會盡力的，既然已經聊到這個話題了……」

「願聞其詳。」

「我有些開銷，莫納。不過要是我從維瓦第那邊的帳戶領任何東西，又會有人要淹死在河裡……」

「葉妮芙，」矮人打斷道。「妳在我這邊的信用沒有上限。凡格爾堡那場大屠殺已經過了很久。也許妳已經忘了，不過我從來沒忘。吉安卡第家的任何人也都不會忘。妳需要多少？」

「一千五百特馬利亞歐蘭，匯到艾蘭德的奇安法內利分行，受款人梅莉特列神殿。」

「沒問題，給神殿的奉獻金不用扣稅，還有呢？」

「現在阿瑞圖沙一年要多少學費？」

奇莉拉長了耳朵。

「一千兩百拿威格拉德克朗。」吉安卡第說：「新進學徒另外還要付入學許可，大概兩百左右。」

「該死，漲價了。」

「所有東西都漲了。不過那些學徒一點都不在意，他們在阿瑞圖沙過得像皇族一樣。那座城有一半靠他們吃穿，裁縫、鞋匠、糕餅舖、商人……」

「我知道。匯兩千到學校帳戶，匿名，註記是要申請入學和繳交學費……有個女孩會去報到。」

矮人放下鵝毛筆，看著奇莉，會心一笑。

奇莉假裝翻閱書本，很仔細地聽著。

「這就是全部嗎？葉妮芙。」

「還要三百拿威格拉德克朗，給我的，要現金。參加塔奈島大會，我起碼得要備三套禮服。」

「妳要現金做什麼？我給妳銀行支票。五百一張。進口布的價格現在也貴得嚇死人，而妳又不穿毛料或亞麻的。不管是妳，還是未來的阿瑞圖沙學生有需要，我的商店與倉庫大門都爲妳敞開。」

「謝謝。利息要算幾分呢？」

「利息？」矮人抬起頭。「葉妮芙，當年凡格爾堡大屠殺的時候妳早就付過了，所以別再提了。」

「我不喜歡欠這種債，莫納。」

「我也不喜歡。而我是個商人，做生意的矮人。我知道什麼該做，也知道商品的價值在哪。再說一次，別再提這個了。剛剛說的那些事都已經辦好了，妳沒說的那些也一樣。」

葉妮芙挑起眉。

「某個與妳關係密切的獵魔士，」吉安卡第咯咯笑說。「最近去了多利安市。人家告訴我，他在那邊欠了高利貸一百克朗，那個放高利貸的爲我辦事，我會把這筆帳打消的，葉妮芙。」

女巫看了眼奇莉，深深皺起眉頭。

「莫納，別多管閒事。」她冷冷地說：「如果門上的鉸鏈已經壞了，就別再把手伸進門縫裡。我很懷疑他是否還當我是與他有密切關係的人，他要是知道債務被打消了，會更徹徹底底討厭我的。再說，你也知道他這人對榮譽有多執著。他是多久前到多利安的？」

「大約十來天前吧。然後，有人在岸叢村那裡看到他。那邊傳來的消息說，他往希倫墩去了，因爲那邊的農夫雇他去殺某頭怪物，就像平常一樣……」

「就像平常一樣，他去殺怪物，但只能賺個幾毛錢。」葉妮芙的語氣微微變了。「然後就像平常一樣，要是他被那怪物傷了，他賺的幾毛錢也才勉強夠付醫藥費。就像平常一樣。當然，莫納，你要是想爲我做點什麼，那就插手這件事吧，去聯絡希倫墩那些農夫，把報酬拉高，至少讓他可以過活。」

「就像平常一樣。」吉安卡第沒好氣地說。「那要是他還是知道了呢？」

葉妮芙盯著奇莉，而後者正睜大眼睛、豎著耳朵，甚至沒試著假裝在讀《自然史》。

「他會從誰那裡知道呢？」她一個字一個字地問。

奇莉斂下眼。矮人撫著鬍子，意味深長地笑了。

「去塔奈島之前，妳打算去希倫墩那邊嗎？當然，只是順帶一問。」

「不。」女巫別開眼。「我沒這個打算。換個話題吧，莫納。」

吉安卡第再度順了順鬍子，瞥向奇莉。奇莉低下頭，清了清喉嚨，坐立難安。

「的確。」他說：「該換話題了。不過妳的保護對象顯然已經對書本和我們的談話厭煩了，而我猜我現在要和妳聊的，像是世界的命運、矮人的命運、他們銀行的命運，會讓她更加乏味；會讓年輕小姑娘，未來的阿瑞圖沙畢業生很無聊……讓她稍微離開妳的羽翼吧，葉妮芙。讓她去城裡走走……」

「對，沒錯！」奇莉喊道。

女巫冷哼一聲，打算開口反對，卻又突然改變主意。奇莉不是很確定，不過她覺得這個決定的改變，似乎與一旁小聲嘀咕的銀行家有點關係。

「讓這女孩去看看葛思維冷這座美麗的古城。」吉安卡第露出大大的笑容，補充道：「在去阿圖瑞沙之前……這點自由是她應得的。而我們就在這裡好好再聊一些……呃，私事。我不是提議要這丫頭自己去逛，雖然這座城挺安全的；我會派人陪著她，順便保護她，從我那些比較年輕的行員裡找人……」

「不好意思，莫納，」葉妮芙沒有回應他的笑容。「不過我覺得如今這種時機，就算是在安全的城市裡，和矮人一起……」

「我根本沒想過要叫矮人去。」吉安卡第十分訝異。「我說的那個櫃員是個高貴商人的兒子，百分之百人類。妳以爲我只雇用矮人嗎？喂！維夫利！去把法比歐給我叫過來，快點！」

「奇莉，」女巫走向她，微微傾身說。「妳可別做任何會讓我蒙羞的愚蠢行爲。在那個櫃員面前，嘴巴要閉得緊緊的，懂了嗎？向我發誓，說妳會注意言行。別光是點頭，誓言是要大聲說出來的。」

「我發誓，葉妮芙小姐。」

「要記得注意太陽的位置。正午時回來，要準時。要是妳……算了，我想不會有人認得妳。不過要是妳發現有人一直盯著妳看……」

女巫從口袋裡拿出了一塊刻著月形圖騰的葫蘆形綠瑪瑙。

「把這個收到口袋裡，別弄丟了。必要時……記得咒語嗎？不過要低調點，開始催動時會產生很大的共鳴，護身符運作時則會傳出脈波。要是附近有人感應到魔法，妳就會現形，而不是隱形。喔，還有這個……以防妳想買點什麼。」

「謝謝，葉妮芙小姐。」奇莉把護身符與錢幣放進口袋，饒有興趣地打量跑進接待室的男孩。那男孩臉上長滿雀斑，栗子色鬈髮正好落在灰色的櫃員制服領口。

「法比歐·薩赫斯。」吉安卡第介紹著。那男孩禮貌地鞠了個躬。

「法比歐，這是葉妮芙小姐，我們可敬的貴賓與尊貴的客戶。而這位小姐是受她照顧的人，想去城裡看看。你就陪她去，當她的嚮導與守護者。」

男孩再度鞠躬，這次是朝奇莉的方向。

「奇莉，」葉妮芙冷冷說著。「麻煩妳，站起來。」

她站了起來，有些訝異，因爲就她所知並沒有這樣的禮節。不過她馬上就懂了。那個櫃員雖然看起來和她同年，卻矮了她一個頭。

「莫納，」女巫說：「這裡是誰該照顧誰？你就不能找個塊頭大一點的來擔這個任務嗎？」

男孩紅了臉，帶著詢問的目光看向老闆。吉安卡第以點頭允許他回應。那櫃員又一次行了禮。

「尊貴的女士，」他不疾不徐地開口，沒有絲毫膽怯。「我的身材也許不夠高大，但是我很可靠。城裡、城外與附近區域我都很熟悉，會盡我所能去照顧這位小姐。而當我——小法比歐·薩赫斯，法比歐·薩赫斯之子說要盡己所能時，那些比我高大卻不如我的，可不在少數。」

葉妮芙看了他一會兒，轉向銀行家。

「恭喜你，莫納。」她說：「你很會挑員工。未來，你將因他而感到欣慰。是啊，硬幣純度夠高的時候，只要敲一下就響。奇莉，我可以放心將妳託付給法比歐——法比歐之子照顧，因爲他是個負責且值得信任的男人。」

這話讓男孩連栗色髮根也漲成紅色。奇莉覺得自己好像也要跟著臉紅了。

「法比歐，」矮人打開一個小盒子，翻找裡頭的東西，發出清脆聲響。「這半個諾貝勒跟三……跟兩個五塊錢給你，以便小姐有任何需要。如果沒用上，要帶回來。好了，你們可以走了。」

「正午，奇莉。」葉妮芙提醒著：「一刻也不能晚。」

「我記住了，記住了。」

「我叫法比歐。」他們一下樓踏上忙碌的街道後，男孩說：「他們叫妳奇莉，對吧？」

「對。」

「奇莉，妳想在葛思維冷看什麼？主街？金匠巷？海港？還是去看市集呢？」

「全部都要。」

「嗯……」男孩想了想。「時間只到中午……那去看市集好了。今天是市集日，可以看到很多有趣的東西喔！不過在那之前，我們先上城牆，去看整片海灣和那座著名的塔奈島。妳覺得怎樣？」

「我們走吧。」

街道上車聲轆轆，牛隻與馬匹緩緩踏步前行，木桶匠推滾木桶，四處一片嘈雜忙碌。如此混亂喧囂讓奇莉有點傻住，腳底一時踩空，從木板道上跌進了腳踝深的爛泥坑裡。法比歐想將她架起來，可是她把他甩開了。

「我自己會走！」

「呃……好吧，那走吧。我們現在在的地方就是這座城市的主要街道，叫卡爾多，連接了兩邊的城門——主門與海門。這邊呢，通往市政廳。妳有看見那座屋頂上有隻金色風向雞的高塔嗎？那就是市政廳。然後那邊，掛彩色招牌的地方，那是小酒館『解放的馬甲』，不過那邊，呃……我們不去那邊。我們去，喔，這邊，走圓環街的魚市這邊比較快。」

他們轉進小巷子，直接通到夾在房舍之間的小廣場。小廣場上擠滿了攤子與大大小小木桶，裡頭發出十分濃重的魚腥味。場上的交易十分喧囂熱絡，買家與賣家頭頂著聒噪的海鷗，扯著嗓子做買賣。貓兒坐在牆邊，假裝對魚隻一點興趣也沒有。

法比歐穿梭在各個攤位時，突然開口說：「妳的小姐，很嚴厲。」

「我知道。」

「那不是妳的近親，對吧？這一眼就能看出來了！」

「是嗎？爲什麼？」

「她非常漂亮。」法比歐道。年輕人這話說得輕鬆且坦白，卻顯得殘忍。奇莉像個彈簧一樣猛然轉過身，還來不及對法比歐說些有關他的雀斑和身高的風涼話，男孩已經拉著她穿梭在貨車、木桶和攤販間，同時向她介紹那座矗立在廣場後方的高塔叫「盜賊塔」，造塔的石材來自海底，而塔下那些樹則叫作懸鈴木。

「妳的話還眞是少耶，奇莉。」他突然這麼說。

「我？」她故作訝異。「才沒這回事！我只不過是很專心聽你說話。你的話很有趣，你知道嗎？而且我才想要問你……」

「好啊，問吧。」

「這裡離阿瑞圖沙城會……很遠嗎？」

「哪會很遠！因為阿瑞圖沙根本就不是一座城市。我們上城牆，我指給妳看。喏，樓梯在那邊。」

城牆很高，且樓梯很陡。法比歐出了一身汗，氣喘吁吁；不過這沒什麼好奇怪的，因為他一直在說話。在他的解說下，奇莉得知這堵環繞葛思維冷的城牆是不久前蓋的，比這座精靈打造的城市本身要新很多。這道城牆高三十五呎，屬穹窖式，由方石與燒結磚打造而成，這種材質較能抵禦攻城錘的撞擊。

城牆頂端，迎接他們的是清新的海風。遠離鬱悶、沉滯的都市空氣，奇莉開心地做了個深呼吸。她把手肘靠在牆緣，俯瞰被帆船點綴得五彩繽紛的港口。

「法比歐，那是什麼？那座山？」

「塔奈島。」

那座島看起來很近，而且不太像島，看起來像是釘入海底的巨大石柱，也像一座古巴比倫式的階梯金字塔。塔上環繞著蜿蜒道路，以及鋸齒狀排列的階梯、平台，上頭滿布樹叢與花園，綠意盎然。冠著華麗圓頂的白塔林立於迴廊的懷抱之中，像是一顆顆燕巢，依附於綠意環繞的石柱之上。那些建築絲毫不顯人工痕跡，像是自己從這海中山頭的坡邊竄出似的。

「那些全都是精靈建的。」法比歐解釋道：「有人說是靠精靈魔法，但不知道從什麼時候起，塔奈島卻變成巫師的島嶼。靠近山巔那些圓頂閃耀之處，就是加樂斯但宮的所在。幾天後，那邊就會舉行隆重的巫師大會。然後那邊，妳看，最高那邊有一座冠著城垛的孤塔。那是托爾拉拉，海鷗之塔……」

「那裡可以走陸路去嗎？反正那麼近。」

「可以。有條橋連接海灣與那座島。現在看不見，因爲被樹擋住了。妳看見山腳那些紅色屋頂了嗎？那是羅西亞宮。橋就是通到那座宮殿，只有穿過羅西亞才有路通往那座山上的平台……」

「那、那邊那些漂亮的小橋迴廊呢？還有那些花園呢？那是怎麼蓋的，怎麼不會從岩石上掉下來……那座宮殿是什麼？」

「那就是妳之前問的阿瑞圖沙，知名的初級女巫學院就在那兒。」

「喔，」奇莉潤了潤嘴唇說。「原來就是那裡……法比歐？」

「嗯？」

「你有看過在那邊上課的年輕女巫嗎？就是在阿瑞圖沙那裡唸書的女孩？」

男孩看著她，顯然十分訝異。

「怎麼可能！沒有人看過她們！她們不能離開那座島到城裡來，沒有人進得去學院所在的那區。即使領主和執行官有事找女巫，也只能去羅西亞，而且只能在最底層。」

「我也是這麼想的。」奇莉盯著阿瑞圖沙閃閃發亮的屋頂，點頭道：「這不是學校，而是監獄。一座位在島上、岩石上、絕壁上的監獄，就是這樣。」

「有一點吧。」法比歐想了一下後，承認道。「要從那裡出來算是有難度……不過也不對，應該不像監獄。那些學徒都是年輕女孩，應該要保護她們，免得……」

「免得什麼？」

「免得……」男孩一時語塞。「妳明知道……」

「我不知道。」

「嗯……我想……唉，奇莉，又沒有人硬把她們關在學校裡，是她們自己想待在那裡……」

「是啊，當然。」奇莉調皮地笑著。「要是她們想，就待在那監獄裡。要是她們不想，就不會讓人關在那兒。這也沒什麼，只要及時跑掉就好。不過要在進去之前，因為之後就難囉……」

「什麼？逃跑？她們可以跑去哪……」

「她們，」她打斷道：「當然沒辦法跑去哪，一群可憐的小傢伙。法比歐，希倫墩……在哪裡？」

男孩看向她，一臉意外。

「希倫墩不是城市。」他說：「那是一座很大的農場。那邊有果園與菜園，這附近的蔬果都是從那裡來。那邊也有漁塭，專門養鯉魚和其他魚類……」

「從這裡去那個希倫墩會很遠嗎？要走哪邊？指給我看。」

「妳為什麼想知道？」

「指給我看就是了。」

「妳有看到這條往西的路嗎？那些車子那邊？那就是往希倫墩的方向。如果一直走森林，大概有十五哩吧。」

「十五哩嗎？那不遠，如果有匹好馬……謝謝，法比歐。」

「謝我什麼？」

「沒什麼。現在帶我去市集吧，你答應過的。」

「我們走吧。」

葛思維冷市場上的擁擠與喧囂是奇莉前所未見的。他們不久前才去過的嘈雜魚市，和這個市場比起來，簡直像是安靜的神殿。這座廣場的確十分遼闊，她卻覺得他們只能從遠處眺望，因爲要擠到市集裡面根本是連想都不用想。不過法比歐卻拉起奇莉的手，毫不遲疑地闖進人群裡。奇莉頓時覺得整個世界像在旋轉似地。

賣家開口吆喝，但買家的聲音更勝一籌，被人群擠散的孩子們又哭又喊。牛隻哞哞，羊群咩咩，禽鳥咕咕呱呱。矮人工匠揮著錘子，賣力敲打鐵板；當他們靜下來喝口水時，卻是滿口穢言。廣場上有幾處傳來蕭姆管、古斯列琴與揚琴的聲音，聽得出有數位樂師在演奏。此外，人群中不知何處，還有人不斷吹著黃銅嗩吶；很顯然地，那人不是個專業樂師。

一頭豬嚎叫著朝奇莉跑來，她一個閃身落在雞籠上頭，接著被人撞了一下，踩到一個東西。那東西軟軟的，還喵了一下，她趕忙跳開，差點沒落到一頭擠在人群中，又大又臭、又醜又嚇人，還渾身毛茸茸的畜牲蹄下。

「那是什麼？」她邊保持平衡邊叫著。

「駱駝，不用怕。」

「我才不怕！那有什麼！」

她好奇地四處張望，看見半身人如何當眾用羊皮做出裝飾精美的水袋，也驚喜地發現幾個半精靈的攤位上有些漂亮娃娃。她瞧了瞧一個陰沉、嚴肅的地精賣的孔雀石與碧玉製品，興味盎然地鑑賞打鐵舖子裡的刀劍。小女孩還觀察了一下如何編織柳筐，最後做了個結論：再也沒有比工作更糟的事了。

那個吹嗩吶的人停了下來，大概是被人殺了吧。

「這是什麼這麼香啊？」

「甜甜圈。」法比歐掏了掏口袋。「妳要吃一個嗎？」

「我要吃兩個。」

商家給了三個甜甜圈，並收走五元硬幣，找回四枚銅幣，其中一枚還折成兩半。奇莉一邊大口咬著第一個甜甜圈，一邊看著銅幣被折斷，她原是大吃一驚，但後來也就覺得沒什麼了。

「『一文不值』這句話，」她拿起第二個甜甜圈說：「就是從這兒來的？」

「沒錯。」法比歐吞下自己的甜甜圈道：「根本就沒有比戈若什更小的錢幣啊。難道妳來的那地方都不用半個戈若什的嗎？」

「沒有。」奇莉舔了舔手指。「我來的那地方都用金子做的督卡特。再說，剛剛折那枚銅幣根本就沒意義，也沒必要。」

「爲什麼？」

「因爲我要再吃一個。」

包了滿滿李子果醬的甜甜圈，就像是最神奇的煉金藥。奇莉的心情變得好極了，人聲鼎沸的廣場也不再那麼嚇人，她甚至喜歡上這樣的氣氛。她不再讓法比歐拖著走，而是主動拉著他往人潮最多的地方去。那裡有個人正站在木桶充當的演講台上高談闊論。講者是個年紀很大的大胖子。看他理得一乾二淨的腦袋，以及身上的灰褐色長袍，奇莉認出他是個周遊四方的祭司。她見過很多這樣的人，有時他們也會去艾蘭德的梅莉特列神殿。南娜卡媽媽總是稱他們「那些二頭熱的傻瓜」，沒有第二個形容詞。

「這世上只有一條律法！」胖祭司吼道：「就是上帝之法！整個自然界都得遵守這條律法，這片大地和生存於大地之上的萬物都一樣！而魔法與咒術都是違反這條律法的！所以每個巫師都受了詛咒，怒火之日已經近了，天降之火將焚毀他們那座邪惡的島嶼！到時羅西亞、阿瑞圖沙與加樂斯但的城牆將會倒塌，在這些城牆之後，正是那些異教徒即將前往、共同討論陰謀之地！那些城牆將會倒塌……」

「然後又得他媽的重新砌過。」奇莉身旁一個滿身石灰的築牆師傅嘀咕著。

「讓我來提醒你們，虔誠的好心人們。」祭司大吼著：「別相信魔法師，別去找他們商量，也別去找他們幫忙！別被他們美麗的外表或甜言蜜語給矇騙了，因爲我要告訴你們，那些巫師就像是經過粉飾的墓碑，外表美麗，但裡頭全是徹底腐爛的白骨！」

「你們看看他，」提著一籃紅蘿蔔的年輕女子說：「嘴巴多利呀。一直對著巫師猛吠，因爲他嫉妒他們，就是這樣。」

「當然是這樣。」築城師傅附和著：「他自己呢，你們看看，腦袋光禿禿的像顆雞蛋，肚子都快垂到膝蓋了。巫師都很英俊，不會變胖也不會禿頭……至於女巫嘛，哈，各個魅力十足……」

「因爲她們拿靈魂去和魔鬼交換魅力。」一個矮小的傢伙喊道，腰帶上插了支鞋匠用的鍾子。

「眞是白痴，你這個做鞋的。要不是有阿瑞圖沙這些好姑娘，你早就得捲舖蓋走路了！多虧她們，你才有飯吃！」

法比歐拉起奇莉的衣袖，兩人再度擠進人群，往廣場中央去。他們聽見有人敲鼓，不斷喊著要在場眾人安靜。群眾絲毫沒有安靜下來的意思，不過站在木檯上召集群眾的那人卻完全不受影響。那人聲音很洪亮，顯然受過訓練，而且也知道該怎麼利用這聲音。

「公告！」那人鬆開一卷羊皮紙喊道：「胡果．安思巴赫，半身族，因在自家收容且款待邪惡的精靈，又名『松鼠』，即日起列爲罪犯。尤斯丁．音格瓦，鐵匠，矮人族，爲那些匪類打造箭鏃，與安思巴赫同罪。根據兩人以上犯行，領主宣布通緝他們。抓捕到案者，賞現錢五十克朗。如有接濟或藏匿此二人者以同罪論，並處以相同刑責。如於農場或村落逮捕以上二人，則整座農場或村落皆需負起責任……」

「誰會把半身人藏起來啊！」某人喊道：「要找去他們的農場找。找到了，就把他們這些非人族全都關進地洞裡！」

「不是關到地洞裡，是要上斷頭台！」

宣讀告示那人接著唸領主與城市議會的告示，但奇莉已經沒興趣了。就在她打算離開人群之際，突然感覺臂上有一隻手；那隻手絕對是故意的，明目張膽，十分老練。

那手勁之大，似是無法掙脫，不過奇莉在卡爾默罕學過如何在行動有困難時就地掙脫。她轉個身，對方停下動作。緊貼在她身後的是一個年輕光頭祭司，臉上掛著囂張老練的笑容。「怎樣？」那笑容傳達著：「妳現在能怎樣？就只能無辜地紅著臉，其他什麼也做不了，不是嗎？」

看得出來，這名祭司從沒遇過葉妮芙的學生。

「把手收回去，你這個禿頭胖子！」奇莉氣得臉色發白，破口大罵：「要抓就去抓你自己的屁股，你……你這個粉飾過的墳墓！」

奇莉原想利用現場的條件，趁祭司被人群擠得無法動彈，好好踹他兩腳。不過法比歐搞砸了她的打算，把她遠遠拉離現場和那個祭司。法比歐見她氣得渾身發抖，爲了讓她冷靜下來，便請她吃了幾塊撒著糖粉的煎餅。奇莉一見到煎餅，馬上把剛才的意外忘得一乾二淨。他們站在攤子前，從那裡看得到斷頭台，不過上頭的木枷並沒有夾著罪犯，而架子上還有花環裝飾，被一群打扮得像鸚鵡的流浪樂師拿來使用，他們大聲演奏著清脆的古斯列琴與高揚的風笛、蕭姆管。一名年輕的黑髮女子穿著繡了亮片的羊皮背心，搖著鈴鼓又唱又跳，快樂地踏著小巧精緻的鞋子。

女魔法師行經林間空地，毒蛇張口將她咬傷

所有爬蟲全都喪命，女魔法師一人活命！

聚集在斷頭台附近的人笑得東倒西歪，跟著打起拍子。煎餅攤子的小販又下了一份煎餅到滾燙的油鍋。法比歐舔了舔手指，拉著奇莉的袖子帶她離開。

攤販多得數不盡，到處都有美味可買。他們各吃了一塊奶油餅乾，接著共享一尾煙燻鰻魚，又嚐了個非常怪異、插在棒上的炸物。在那之後，又在醃漬高麗菜的木桶旁停下來，藉口要大量採買而試吃。等到他們饜個飽足又改口不買時，女販便衝著他們罵「兩個小鬼頭」。

他們又繼續走。法比歐用剩下的錢買了一籃香梨。奇莉看看天空，認定還不到正午。

「法比歐，城牆邊那些帳篷和攤子是什麼？」

「各種娛樂消遣，妳想去看嗎？」

「想。」

第一個帳篷前站的清一色是男性，個個興奮難耐。帳裡傳出了笛聲。

「『黑美人蕾拉……』」奇莉吃力地唸著帳上歪歪斜斜的字句。「『會在舞蹈中洩露身體所有祕密』這是什麼東西？什麼祕密……」

「我們繼續走，繼續走吧。」法比歐微微紅著臉，突然急著往前走。「哦，妳看，這個很有趣。這是占卜攤子，可以預知未來。我剛好還有兩枚戈若什，可以……」

「浪費錢。」奇莉口氣很衝。「我幹嘛要預知？還要花兩枚戈若什！只有先知才會預言。預言是很偉大的天賦，就算是女巫，一百個之中最多也只有一個有這種能力……」

「占卜師算到，」男孩插嘴道：「我的長姊會結婚，結果也的確是這樣。奇莉，不要扮鬼臉。來吧，我們去算算看……」

「我又不想嫁人，我不想算命。現在這麼熱，那頂帳子裡還有焚香的臭味，我不要進去。要的話你自己去，我等你。只是我不曉得你要算命做什麼？你想知道什麼？」

「呃……」法比歐一時答不出話。「我想知道……我會不會去旅行。我想去旅行，走遍世界……」

他會去。奇莉突然這麼想，感到一陣暈眩。他會搭乘巨大的白色帆船……到達人跡未至的國度……

法比歐．薩赫斯，探險家……不知名的海角、大陸上的一角，將會以他命名。他將成家，育有一子三女，五十四歲之際客死異鄉，沒有家人與親友陪伴在側……他將死於一種至今仍未命名的疾病……

「奇莉！妳怎麼了？」

她抹抹臉，覺得自己好像正從一座很深的冰冷湖底浮出水面。

「沒什麼……」奇莉喃喃道，一邊看著四周，一邊慢慢恢復意識。「我剛才頭暈……都怪天氣太熱了，還有那頂帳裡燒的香……」

「應該是因爲高麗菜……」法比歐認眞地說：「我們吃太多了。我的肚子也叫個不停。」

「我沒事！」奇莉猛地抬頭，確實覺得好多了。剛才像陣風般掠過她腦海的思緒早已消散，迷失在遺忘之中。「來吧，法比歐。我們繼續走。」

「妳想吃梨子嗎？」

「當然想。」

城牆下有一群青少年在玩陀螺賭錢。陀螺的線要纏得緊緊的，像揮鞭子那般將陀螺拋出，再用力一抽，讓陀螺只在粉筆劃下的範圍內打轉。奇莉在打陀螺這項可是勝過斯格利加島上大多數男孩，也贏過梅莉特列神殿裡當學徒的所有女孩。她本想加入戰局，把那群頑童的銅幣全贏過來，連他們身上滿是補丁的褲子也不放過，可是突如其來的一聲大叫，硬生生將她的注意力轉走。

這排帳篷與攤子最末端，夾在牆角與石梯間，有一個用布幕和幾根一噚高柱子搭成的隱密處，模樣煞是奇怪。入口在兩根柱子中間，有位個子很高、一臉麻子的男人站在那兒，身上穿著軟鎧甲和條紋褲，腳下的帆布鞋被褲管蓋住。他面前擠了一大群人。眾人分別在麻子臉的手上丟了幾枚錢幣，然後依序消失在布幕之後。麻子臉把錢收進很大的袋子裡晃了晃，然後嘶啞地大吼了幾聲。

「來我這兒喔，善良的人們！來我這兒喔！用你們的眼睛親自瞧瞧這個天神創造出來的怪物，世界上最可怕的怪物！恐怖又嚇人唷！活生生的翼蜥，澤利堪尼亞沙漠裡的惡毒怪物，食人惡魔的化身！各位，你們還沒見識過這種怪物呢！這是剛剛抓到，才從海那頭運過來的！快來看啊，快來看啊，來看看這個活生生的凶猛翼蜥，這次不看就看不到了！最後機會！來，來我這邊，只要三個五塊錢！帶孩子來的女人只要兩個五塊錢！」

「哈！」奇莉趕著梨子上的黃蜂，說：「翼蜥？而且是活的？我一定要去看看。到目前為止，我只看過被殺掉的。來吧，法比歐。」

「我已經沒錢了……」

「我有啊，我幫你付。來吧，不用怕。」

「應該是六個五塊錢才對。」麻子臉看著手上的四枚銅幣說：「一人三個五塊錢，只有帶孩子的女人才有打折。」

「他，」奇莉用梨子指著法比歐說：「是小孩，而我是女人。」

「只有抱孩子的女人才有打折。」麻子臉咆哮著。「快點，古靈精怪的小丫頭。再丟兩個五塊錢，不然就走開，讓其他人來。各位，動作快啊！只剩三個位子囉！」

圍欄後擠滿了當地居民，一個挨著一個圍在木檯邊，上頭有個蓋著毯子的木籠。麻子臉把最後的觀眾放進來後便跳上木檯，拿起一根長桿將毯子掀開。一股腐肉與難聞的爬蟲臭味飄散開來。觀眾頓時竊竊私語，並且微微往後退了一下。

「退得好，善良的人們。」麻子臉向眾人說：「別靠得太近，這不安全！」

木籠顯然太小，裡頭那條爬蟲只能蜷成一團趴著，牠身上覆著有奇怪圖案的黑色鱗片。麻子臉用桿子敲了敲木籠，那條爬蟲突然動了一下，鱗片擦過籠桿，伸長脖子，發出嘶嘶聲，露出錐子般銳利的白色尖牙，和牠嘴邊的黑色鱗片形成強烈對比。在場觀眾驚呼一聲；小販模樣女人抱著的毛茸茸小狗發出一聲嗚咽。

「善良的人們，看仔細了。」麻子臉喊著：「你們該慶幸我們這帶沒有像這種醜八怪！這就是遠從澤利堪尼亞來的可怕翼蜥！你們別靠太近、別靠太近，牠雖然關在籠子裡，但光是呼出來的氣，就可能讓人中毒！」

奇莉與法比歐總算擠進那圈圍觀的人群裡。

麻子臉像侍衛倚著長戟一樣，靠著他手上的長桿又接著說：「翼蜥是世上最毒的野獸！因為翼蜥是所有毒蛇的王！這世上的翼蜥要是再多一些，就會完完全全毀了！還好這種怪物很少見，因為牠要公雞蛋才生得出來。各位都知道，不是每隻公雞都會下蛋，只有那種像母雞一樣，會把臀部擺到另一隻公雞面前的下賤公雞才會。」

對於前面——或者該說「後面」的這個笑話，現場觀眾全都哄然大笑，只有奇莉一人沒笑，她一直盯著那頭生物，看著牠因四周的喧鬧而不安，不斷衝撞、晃動木籠，費力地想在狹籠裡伸展傷痕累累的翅膀卻又徒勞無功。

麻子臉接著說：「這種公雞下的蛋，得由一百零一條毒蛇來孵！一旦翼蜥從蛋裡孵化……」

「這不是翼蜥。」奇莉咬著香梨說。麻子臉白了她一眼。

「我和你們說，一旦翼蜥孵化了……」他繼續道。「會把窩裡的毒蛇全部吃掉，吸收牠們的毒液，牠自己卻一點也不受毒液影響。這樣牠的毒性就會增強到不光是用牙齒，就連氣息也可以殺人，連碰都不用碰到目標！要是騎士拿著長矛且騎馬去刺牠，那毒性就會順著矛桿反噬，騎士與馬匹都會斃命！」

「這些話都不是真的。」奇莉大聲說著，還一面把籽吐掉。

「這些都是真得不能再真的真話！」麻子臉反駁著。「馬和騎士都會死，都會死！」

「最好是！」

「閉嘴，小姑娘！」抱著狗的女販叫道：「別礙事！我們想看，也想聽！」

「奇莉，別再說了。」法比歐將她拉到一旁，低聲說。奇莉氣惱著，從籃子裡又拿出了一顆梨子。

「提到翼蜥，」麻子臉在一片嘈雜人聲中，提高音量說著：「任何動物只要聽到牠的嘶聲，馬上就會跑得無影無蹤。不管哪種動物，就算是龍，我在說什麼？鱷魚！就算是鱷魚也一樣！至於鱷魚有多可怕，看過的人都知道。唯一不怕翼蜥的動物就是貂，在沙漠裡貂一見到這怪物，馬上就會衝進森林裡去找草藥來吃。這樣一來，貂就不怕翼蜥的毒液，甚至敢把牠咬死……」

奇莉嘲諷地笑了笑，鼓著雙唇吹出一聲難聽至極的長音。

「喂，妳這個自認聰明的傢伙！」麻子臉終於受不了了。「要是不對妳的胃口就滾蛋啊！沒人逼妳聽，也沒人逼妳看翼蜥！」

「這根本就不是翼蜥。」

「是嗎？那這是什麼？自以爲是小姐。」

「翼龍。」奇莉丟掉梨芯，舔著手指說：「一隻普通的翼龍。牠還很小，體型不是很大，餓了很久，還髒兮兮的。不過，這是翼龍，就這樣。用上古語說的話就是：外維尼。」

「哦，大家看看！」痲子臉大叫：「我們可是碰上了個什麼都懂、什麼都會的萬事通呢！閉上妳的小嘴巴，不然我就……」

「嘿！」一個年輕人喊道。那人的絲絨貝雷帽底下是頭淺髮，作扈從打扮，還攬著一個穿杏色裙裝、蒼白纖細的女孩。「慢點，尊貴的獵人！別嚇著了高貴的小姐，不然我就得用這把劍來教訓您。再說，我似乎聞到詐騙的氣味！」

「什麼詐騙？年輕的騎士先生，」痲子臉憤慨地說：「騙人的是那個小毛……我是說，是那位高貴的小姐搞錯了！這是翼蜥！」

「這是翼龍。」奇莉重複道。

「這哪是什麼龍啊！是翼蜥！你們看看牠，多麼凶猛！一直嘶嘶叫，還不停搖著籠子！看看牠那些牙齒！那些牙齒，我告訴你們，就像……」

「像翼龍。」奇莉一臉不悅。

痲子臉盯著她說：「妳要是眞有那麼聰明，那就靠過去！去讓牠對妳噴氣！我們大家倒是要瞧瞧，看妳中毒後是怎麼臉色發青倒下的！怎麼？去啊！」

「沒問題。」奇莉掙開被法比歐抓住的手，往前踏了一步。

「這我無法允許！」淺髮扈從喊道，放開身旁的杏衣女子，擋住奇莉的去路。「不可以！可愛的小姐，妳太衝動了。」

到目前爲止，還沒有人這樣喚過她，奇莉因此微微紅了臉。她看向那位年輕人，睫毛搧呀搧的，就像她常對負責抄寫的亞瑞做的那樣。

「高貴的騎士啊，這一點都不危險。」她露出魅惑的笑，無視葉妮芙的警告，以及她常說的那個關於傻瓜與起司的諺語【註】。「我不會有事的，那個什麼毒氣都是亂講的。」

「但我還是希望，」年輕人把手放到劍把上說：「站在妳身邊守著妳、保護妳……妳能准許嗎？」

「當然。」奇莉不懂爲什麼，不過杏衣女子臉上明顯的不悅，讓她十分開心。

「她是由我保護的！」法比歐揚著下巴，厭惡地看著那扈從。「我也要跟她去！」

「兩位男士，」奇莉故作姿態地揚起下頷，說：「請注意身分。別吵了。這裡的位子大得很，夠大家一起了。」

奇莉毫不畏懼地靠近木籠，感覺兩個男孩的氣息噴在她頸後。圍觀人群騷動起來，議論紛紛。翼龍

【註】此指波蘭俗諺「笑得像傻瓜看到起司一樣。」形容爲了些莫名的瑣碎原因就笑得花枝亂顫。

發狂嘶叫，激烈掙動，爬蟲動物的氣味撲鼻而來。法比歐大大倒吸一口氣，不過奇莉並沒有退縮。她又往前再靠近了些，伸出手，幾乎要碰到籠子。那怪物一把衝向木桿，死命咬著。群眾再度騷動，有個人放聲尖叫。

「怎樣？」奇莉驕傲地轉過身。「我死了嗎？這個劇毒怪物有毒死我嗎？這要是翼蜥的話，那我也是……」

奇莉看見那扈從與法比歐兩人一臉慘白，頓時打住。她快速轉身，看到籠子兩根木桿已經被發狂的龍壓斷，上頭的鏽釘快撐不住了。

「大家快逃啊！」她扯破喉嚨大喊：「籠子要裂了！」

圍觀人群尖叫著擠往出口。有幾個人拚命想扯破帳子出去，卻把自己和他人都纏在一起，跌成一團，變成一顆尖叫的人球。就在奇莉奮力跳開之際，扈從抓住了她的手臂，結果兩人跌撞在一起，還連帶把法比歐也絆倒。女販的毛茸茸狗兒開始吠叫，麻子臉滿口咒罵一通；杏衣女子整個人慌了，淒厲地高聲尖叫。

籠子上的木桿「喀」地一聲向外斷裂，翼龍破籠而出。麻子臉跳下木檯，努力想用棍子制住牠，不過那怪物一掌揮來，便把棍子打掉，接著一轉身，順勢用長滿尖刺的尾巴捶向他，麻子臉頓時成了一團血腥肉糊。翼龍一邊嘶叫，一邊展開受傷的翅膀，然後飛下木檯，朝奇莉衝去。法比歐與那扈從試著從地上掙扎起身。杏衣女子昏了過去，背部朝地直接倒下。奇莉作勢起跳，但隨即了解爲時已晚。緊要關頭，那隻毛茸茸的小狗救了他們。女販跌倒在地，被自己的六件裙子纏住，狗兒便趁機從她手中掙開。小狗兒一邊作聲壯勢，一邊衝向怪物。翼龍嘶地一聲飛起，銳爪踩在那隻混種狗上，再以不可思議的速度像蛇那般蜷起身，一口咬住狗兒的頸項。小狗慘叫一聲。

扈從跪地起身，伸手探向腰際卻沒摸到劍柄，因爲奇莉的動作比他更快。她像閃電一般把劍抽出劍鞘，向前翻身一跳。翼龍挺起身軀，銳利的牙齒上還掛著狗頭。

奇莉有種感覺：先前在卡爾默罕裡學過的，現在都成了反射動作，她幾乎不用思考或刻意行動，出其不意便一劍刺向翼龍的腹部，然後立刻回身閃避，本要攻向她的翼龍跌落沙地，血漿直噴。接著奇莉靈巧地躲過還在刷刷揮舞的尾巴，從一旁跳到怪物身上，大膽而準確地往牠的頸部用力　擊後跳開，又反射性地再度閃避，不過那其實已經沒有必要。她緊接著再發動攻勢，這次是打在怪物的脊椎上。翼龍縮成一團，一動也不動，只有那蛇一般的尾巴還揮打著，在四周掀起沙塵。

奇莉飛快地將染血的劍塞進扈從手裡。

「沒事了！」她對著慌亂的人群，還有與帳子纏在一塊兒的觀眾喊道：「怪物已經死了！這位勇敢的騎士已經把牠殺了……」

她突然覺得喉嚨一緊，胃裡翻騰，眼前一黑。某個東西非常用力地撞到她的臀部，震得她牙齒打顫。她茫然地看了看四周。撞到她的那個東西，是地板。

「奇莉……」蹲在她面前的法比歐低聲說：「妳怎麼了？天啊，妳的臉白得像死人一樣……」

「可惜，」她虛弱地說著：「你看不見你自己。」

眾人圍了過來。有些人拿棍子與火鉗去戳翼龍的龐大屍身，有些人替麻子臉包紮，其他人則爲英勇的扈從歡呼——他是唯一不畏食人惡龍，冷靜以對，免去一場大屠殺的人。扈從喚醒杏衣女子，但眼睛卻一直盯著自己的劍，上頭的血跡雖已乾涸卻滿布劍身。

「我的英雄……」杏衣女子醒了過來，一把抱住扈從的脖子說：「我的救命恩人！我親愛的！」

看見衛兵正排開人群往這邊來的奇莉虛弱地喚：「法比歐，扶我起來，帶我離開這裡。快。」

「可憐的孩子……」兩人悄悄離開之際，一個戴著帽子的當地胖女人看著他們說：「噢，你們眞是走運。噢，要不是那位勇敢的騎士，你們的母親就會哭瞎眼了！」

「誰去問問那個年輕人是哪家的扈從！」一個繫著皮兜的工匠喊著：「憑這樣勇敢的作爲，他就應該獲得皮帶和馬刺！」

「至於那個獵人應該要給他上銬！打他，拿鞭子打他！竟然把這種怪物帶到人群裡來……」

「水，快啊！小姐又昏倒了！」

「我可憐的小啾啾！」女販彎身看著毛茸茸小狗兒的殘軀，突然放聲哭喊：「我不幸的小狗啊！各位！快抓住那女孩，那惹火飛龍的壞蛋！她在哪？快去抓她呀！有罪的不是獵人，都怪她！」

在不少人的主動幫助下，衛兵開始往人群裡擠，並且四處張望。奇莉忍住腦中的暈眩。

「法比歐，」她吃力地說：「我們分頭走，等一下在我們來的那條小巷子見。快走。要是有人攔住你，問有關我的事，你就說你不認識我，不知道我是誰。」

「可是……奇莉……」

「快走！」

她握緊葉妮芙的護身符，唸出咒語。魔法瞬間啓動，而且正是時候。本來已經往她這邊擠來的衛兵全都停下腳步，一臉莫名其妙。

「見鬼了？」其中一人突然一頭霧水，直直盯著奇莉所在位置。「她在哪？我剛剛還看到她……」

「那邊，那邊！」另一個人指著反方向大叫。

奇莉轉身離開，因爲腎上腺素的急速分泌與啓動護身符的影響，她仍舊有些遲緩與虛弱。護身符發揮了應有的功效——沒有人看見她，沒有人注意到她。一個也沒有。不過後果就是，她在成功離開人群之前，不知道已經被撞到、踩到、踢到了幾次。她奇蹟似地閃過貨車上丟下來的木箱，差一點就被叉子插到眼睛。看來，這個咒語有好處也有壞處——各佔一半。

護身符的效力並沒有持續很久。奇莉的力量不足以讓護身符繼續維持下去。幸運的是，護身符失效的時間剛剛好——奇莉正好走出人潮，看見法比歐在小巷子裡等她。

「噢，」男孩說：「噢，奇莉。妳來了，我正擔心……」

「不用擔心。我們走吧，快點。已經過了正午，我得回去了。」

「那頭怪物妳應付得挺順手的。」男孩讚賞地看著她。「妳的動作還眞快耶！妳是在哪裡學的？」

「學什麼？翼龍是扈從殺的。」

「才不是。我看到……」

「你什麼也沒看到！拜託你，法比歐，一個字也別對別人說。誰都不行，尤其是葉妮芙小姐。噢，她一定會給我好看，要是她知道……」她突然噤聲。

「那些人，」她看著身後市場的方向，說：「說的沒錯，是我惹惱了翼龍……都是我害的……」

「才不是妳害的。」法比歐斬釘截鐵地反駁著：「那個籠子本來就做得不怎樣，隨時都可能裂開。可能是一個鐘頭以後，可能是明天、後天……還好是現在，因爲妳救了……」

「是扈從救了大家！」奇莉大吼：「扈從！你給我好好地刻在腦子裡。我跟你說，要是你洩了我的底，我會把你變成……可怕的東西！我會咒語！可以對你下咒……」

「喂。」一個聲音在他們背後響起。「你們玩夠了吧！」

兩個女人走在他們後頭，其中一人頭髮是黑色的，梳理得非常整齊。那女人有雙明亮的眼睛和薄唇，肩上披了滾睡鼠皮的紫色絲質披肩。

「同學，妳爲什麼沒待在學校裡？」那女人冷冷地問，聲音清亮，一雙眼像是要把奇莉看透似的。

「等一下，緹莎亞。」第二個女人說。她的年紀較輕，髮色明亮，身材高挑，身穿低胸綠色裙裝。

「我不認識她，她大概不是……」

「她是。」黑髮女子打斷道：「我很確定她就是妳其中一個女孩，麗塔。妳又不是每個都認識。她就是那些換宿舍時趁亂從羅西亞溜出來的女孩之一，等一下她就會承認了。說吧，同學，我等著呢。」

「啊？」奇莉一臉不解。

女人抿著薄唇，整了整手套上緣。

「妳是從誰那裡偷來這個隱身符的？還是說，這是哪個人給妳的？」

「什麼？」

「不要考驗我的耐性，同學。妳的姓名、班級？導師是哪位女士？快說！」

「什麼啊？」

「妳在裝傻嗎？同學，名字！妳叫什麼？」

奇莉咬緊牙關，眼裡冒著綠色火焰。

「安娜・因格博加・克羅珀斯托次克。」她咬牙切齒一口氣說完。

女人舉起手，奇莉馬上就瞭解自己錯得多離譜。葉妮芙只在某次被她鬧得很煩後，才讓她見識到麻痺術的威力。那次的印象眞是糟透了，現在也一樣。

法比歐高聲大叫，往她衝去，不過那個淺色頭髮女子揪住他的領子，將他釘在原地。男孩不斷掙扎，可那女人的手就像是鐵做的一般。奇莉甚至連動都動不了，覺得自己好像慢慢地在地上生根。黑髮女子彎下身，用那對晶亮的眼睛瞪著她。

「我不贊成體罰，」她邊理著袖口邊說，聲音完全沒有溫度。「不過我會想辦法讓妳受鞭打處罰，同學。不是因爲妳不乖，也不是因爲妳偷了護身符並且逃學；不是因爲妳穿了校規禁止的服飾，交男友，還對他說那些禁止洩露的事。妳該被鞭打，是因爲妳沒認出妳的總導師。」

「不！」法比歐叫道：「尊貴的小姐，別傷害她！我是莫納・吉安卡第先生銀行裡的行員，而這女孩是……」

「閉嘴！」奇莉大吼：「閉……」

這禁語咒下得又快又粗魯，奇莉感到口中一陣血腥。

「嗯？」淺髮女子催促著。她放開法比歐，溫柔地替他理平拉縐的領口。

「說，這個傲慢的小姑娘是誰？」

□

一陣水聲響起，馬格麗塔．老克斯安提列從池裡浮出，濺出朵朵水花。奇莉沒辦法控制自己別再盯著她看。她不只一次見過葉芙妮的裸體，從沒想過有人身材比她更加曼妙。然而，她錯了。見到馬格麗塔．老克斯安提列的裸體，甚至連女神與仙女的大理石雕像也會因羨慕而臉紅。

女巫拿起裝冷水的桶子往胸前倒，一邊還不斷咒罵，抖動身體。

「嘿，姑娘。」她向奇莉招手道：「麻煩做個好人，把毛巾拿來。還有，拜託別再瞪著我看了。」

奇莉小聲埋怨，心裡仍舊不快。當法比歐鬆口說出她是誰時，這兩個女巫硬拖著她走過半座城市，害她當眾被人笑話。到了吉安卡第的銀行，想當然爾，事情馬上就清楚了。女巫們向葉妮芙道歉，爲自己的行爲解釋。爲了讓前來參加巫師大會的巫師與客人有落腳處，阿瑞圖沙的學生們暫時遷到羅西亞，有幾個學生趁著這場搬家混亂溜出塔奈島、蹺課跑進城。馬格麗塔．老克斯安提列與緹莎亞．德芙利斯感應到奇莉啓動護身符，把她當成蹺課的學生之一。

女巫們向葉妮芙道了歉，但沒有人想到要向奇莉道歉。葉妮芙聽完道歉後，看了奇莉一眼，奇莉覺得自己的耳根子好像在燒。最可憐的是法比歐——他被莫納．吉安卡第好好教訓了一頓，眼眶滿是淚水。奇莉覺得很遺憾，不過也很爲他驕傲——法比歐守住了他的承諾，關於翼龍的事一個字也沒說。

看來，葉妮芙同緹莎亞與馬格麗塔十分熟識。兩位女巫邀請她到緹莎亞．德芙利斯抵達葛思維冷後所投宿的「銀鷺」，那是城裡最好也最貴的旅店。至於緹莎亞爲什麼沒有馬上登島，原因只有她自己知道。馬格麗塔．老克斯安提列原來是阿瑞圖沙的校長，收到高等女巫的邀請，暫時與她同住。這家「旅店」非常奢華——有座地下浴場。馬格麗塔與緹莎亞兩人把它租來作私人使用，費用之高，令人完全無法想像。當然，葉妮芙與奇莉也受邀到這座浴場——於是所有人交替使用浴池與蒸氣室，待了好幾個鐘頭，不斷聊著各種閒話。

奇莉將浴巾拿給女巫。馬格麗塔輕輕地捏了一下她的臉頰。奇莉再度嘀咕了起來，撲通一聲跳下浴池，沉進充滿迷迭香味的水中。

「看她游水的樣子，眞像隻小海豹。」馬格麗塔笑道，在葉妮芙旁邊的木質躺椅上伸展身子。「身材好得像仙女，葉娜，妳要把她給我嗎？」

「我就是爲了這個才帶她來的。」

「我該讓她上哪個年級？她有基礎嗎？」

「有。不過讓她和其他人一樣，從最基礎開始，對她來說不會有壞處的。」

「明智的抉擇。」緹莎亞．德芙利斯說。一旁大理石桌上凝結了一層薄薄蒸氣，緹莎亞正忙著調整擺在上頭的酒杯。「明智的抉擇，葉妮芙。要是這女孩和其他新生一起開始，對她來說會容易些。」

奇莉從水裡跳上來，坐在池邊擰頭髮，兩隻腳就在水裡踢呀踢的。葉妮芙與馬格麗塔悠閒地聊著，每隔一段時間就拿起浸在冷水中的毛巾抹臉。緹莎亞並沒有加入談話，她身上簡單包了條浴巾，看起來好像全神貫注在整理桌子。

「各位高貴的女士，非常抱歉。」上方突然傳來旅店主人的聲音，不過沒見到人。「請原諒我擅自入內打擾，不過……有個軍官十分渴望能見德芙利斯小姐一面！說是刻不容緩的事！」

馬格麗塔．老克斯安提列咯咯笑了起來，不曉得對葉妮芙說了什麼，兩人像是收到指令一般，把腰間浴巾丟開，擺出了十分複雜、難度極高的姿勢。

「讓那位軍官進來吧！」馬格麗塔帶著一臉笑意喊道：「來吧！我們準備好了！」

「眞幼稚。」緹莎亞．德芙利斯嘆了口氣。「把身子遮好，奇莉。」

那軍官進到浴場，但女巫們的惡作劇完全沒效。軍官見了她們並沒有亂了手腳，既沒臉紅，也沒張大嘴巴、瞪大眼睛；因爲那軍官是名女子，身材高挑苗條，紮著一根又黑又粗的辮子，還佩了一把劍。

「大人。」女子冷冷地說，朝緹莎亞．德芙利斯的方向微微鞠躬，耳朵上的飾環叮噹作響。「我來向妳報告，妳交代的任務已經完成。請允許我回部隊。」

「准。」緹莎亞簡潔地回答。「謝謝妳的護送和幫忙，一路順風。」

葉妮芙坐到躺椅上，看著女兵手臂上的黑金紅三色徽章。

「我認識妳嗎？」

女兵直挺挺地鞠了個躬，抹了抹布滿汗珠的臉龐。浴場裡非常悶熱，而她穿了鎖子甲與長袖皮衫。

「我常去凡格爾堡。」她說：「葉妮芙小姐，我叫萊拉。」

「看妳的徽章，是在戴馬溫國王的特勤部隊裡做事吧？」

「是的，大人。」

「軍階呢？」

「上尉。」

「好極了。」馬格麗塔・老克斯安提列開心地笑了。「我很滿意看到這樣的結果。戴馬溫的部隊終於開始讓有膽識的士兵擔綱了。」

「我可以退下了嗎？」女兵挺直了身，手擺在劍首上。

「可以。」

「妳的語氣好像帶了敵意，葉娜。」隔了一會兒，馬格麗塔說：「妳和那上尉有什麼過節嗎？」

葉妮芙站起身，從桌上拿了兩個酒杯。

「妳有看到十字路口那兒的木樁嗎？」她問。「妳一定有看見，也一定有聞到那些腐屍的臭味。那些木樁就是他們的點子，他們的傑作。她和她那些特勤部隊手下，一群虐待狂！」

「這是戰爭啊，葉妮芙。那個萊拉一定眼睜睜看過很多次，戰友活生生落入『松鼠』手上，被綁著雙手、吊在樹上當箭靶。那些人失去雙眼，慘遭閹割，雙腳也被火堆燒成焦黑。斯寇亞塔也的手段之凶殘，就連法兒卡本人也會自嘆不如。」

「特勤部隊的手段也是法兒卡的翻版。不過重點不在這，麗塔。我不是同情精靈的命運，我知道什麼叫戰爭，也知道戰爭是怎麼贏的，靠的是那些爲了保家衛國，對此深信不疑的士兵們。不是像萊拉這樣的傭兵，爲錢而殺人，不會付出也不想付出，甚至不知道什麼叫付出；就算知道，也會蔑視不理。」

「讓她和她的付出，還有蔑視下地獄吧。這關我們什麼事？奇莉，套件衣服，再上樓去拿瓶酒下來。我今天想喝他個爛醉。」

緹莎亞·德芙利斯別過頭，嘆了口氣。馬格麗塔注意到這點。

「幸運的是，」她咯咯笑了起來說：「我們已經不在學校裡了，親愛的導師。我們愛做什麼就做什麼。」

「就算有未來的學生在場也一樣？」緹莎亞犀利地問著。「我在阿瑞圖沙當校長的時候……」

「好好好，我們都記得。」葉妮芙笑著打斷她：「就算想忘也忘不了啊。去拿酒吧，奇莉。」

奇莉在上頭等著拿酒時，看到女兵與她的四人部隊離開。她半好奇、半欣賞地看著他們的舉止、表情、服飾，還有武器。萊拉——紮著黑辮的上尉，正和旅店主人爭辯著。

「我不會等到破曉！還有，城門關了干我屁事啊！我現在就要出城！我知道馬廄裡有旅店專用的便門！我命令你現在就把它打開！」

「規定……」

「我不管什麼狗屁規定！我是依總導師德芙利斯的命令辦事！」

「好啦，上尉，您別吼啊。我幫您開……」

那便門就在牢牢拴住的窄道內，直接通到城牆外頭。奇莉接過酒瓶之前，看到了那道門是怎樣打開，而萊拉與她的手下又是如何出門，消失在夜色中。

她不禁思索著。

□

「哦，終於。」馬格麗塔開心地說，不知是因爲看到奇莉，還是看到她手上的酒瓶。奇莉將酒瓶放到桌上——位置很明顯不對，因爲緹莎亞．德芙利斯馬上做了調整。她替葉妮芙斟酒時，把整個擺設弄亂了，所以緹莎亞又得再調整一次。奇莉害怕地想像緹莎亞當老師的樣子。

葉妮芙與馬格麗塔繼續剛才聊到一半的話題，盡情地喝著酒。顯然，奇莉沒多久又得再去要一瓶酒。她一邊聽女巫的對話，一邊思考著。

「不，葉娜。」馬格麗塔搖搖頭。「看來，妳的消息不夠靈通。我和拉爾斯分手了，我們已經結束了。就像精靈說的，耶拉伊內代以拉得。」

「這就是爲什麼妳想大醉一場？」

「有部分是因爲這件事。」馬格麗塔．老克斯安提列承認道：「我的確傷心，這點我不否認，畢竟和他在一起四年了。不過我一定得和他分手，這樣下去不會有結果的……」

「尤其，」緹莎亞．德芙利斯看著酒杯裡搖晃的金色液體，沒好氣地說：「拉爾斯是有婦之夫。」

「這點，」女巫聳聳肩道：「我剛好覺得不重要。有魅力、特定年紀又正好是我感興趣類型的男人全都有家室，我也沒辦法啊。拉爾斯戀慕我已久……唉，說這麼多做什麼？他想要的太多了。他威脅到我的自由，而光是想到一夫一妻制就讓我噁心。話說回來，我是拿妳當範本，葉娜。妳記得凡格爾堡那次說的話嗎？妳決定要和妳的獵魔士分手的時候？那時我勸妳要好好考慮，對妳說眞愛不是隨便在街上就找得到的。不過結果還是妳對，愛情是愛情，生活是生活。愛情轉眼……」

「別聽她的，葉妮芙。」緹莎亞冷冷地說：「她現在既苦悶又懊悔得要命。妳知道她爲什麼不去阿瑞圖沙的宴會嗎？因爲沒有那四年來老是和她被眾人聯想在一起的男人、那個讓她受眾人嫉妒的男人、那個因爲她不懂珍惜而失去的男人陪著，她覺得獨自出席很丟臉。」

「或許我們可以談點別的？」葉妮芙提議道，極力裝得無所謂，但語氣有點改變。「奇莉，幫我們倒酒。眞是的，這酒還眞小瓶。妳乖，再去拿一瓶來。」

「拿兩瓶來。」馬格麗塔笑了。「爲了獎勵妳，也給妳嚐一小口，讓妳坐在我們旁邊，就不用那麼遠豎著耳朵聽了。妳的課程就從這裡開始，等一下就開始，不用等妳進阿瑞圖沙來找我。」

「課程！」緹莎亞向上看著濃濃的蒸氣。「我的天啊！」

「別吵，親愛的導師。」馬格麗塔拍了下濕滑的大腿，裝出生氣的樣子。「現在我才是學校的校長！我可沒被妳在最後那些試驗中拉下來！」

「我眞後悔。」

「妳知道嗎？我也是。我本來可以自己執業，像葉娜這樣，就不用被那些學徒搞得一個頭兩個大，不用替那些愛哭鬼擦鼻涕，也不用與那些任性小姐纏鬥。奇莉，妳要聽話，還要好好唸書。女巫總是要有所作爲。至於是好、是壞，日後自會分明。但是，一定要有所作爲，要扼住命運的咽喉。相信我，小傢伙，裹足不前與猶豫不定才會讓人後悔。決定與行動雖然有時也會帶來悲傷和遺憾，但不會讓人後悔。看看這位嚴肅的小姐，板著臉坐在那邊，像個學究一樣調整任何可以調整的東西。這就是緹莎亞・德芙利斯，女巫的總導師，她訓練出幾十名女巫，一邊告訴她們得有所作爲，告訴她們猶豫不決……」

「別再說了，麗塔。」

「緹莎亞說得對。」葉妮芙說，還是盯著浴場角落。「別再說了。我知道妳因爲拉爾斯而心情不好，不過不能把這個當作人生的教訓。這女孩現在學這方面的課題還太早了，而且也不該在學校裡學。奇莉，去拿酒吧。」

奇莉站了起來。她已經穿戴整齊，而且下定決心了。

□

「什麼？」葉妮芙叫道：「你說什麼？什麼叫作她走了？」

「她要我……」旅店老闆說得含糊，臉色發白，手指緊緊按著牆壁。「她要我備馬……」

「然後你就乖乖聽她的？而不是來和我們說？」

「小姐！我哪知道啊？我以爲她是按妳們的命令行動……壓根也沒想到……」

「你這個該死的蠢蛋！」

「冷靜點，葉妮芙。」緹莎亞撫著額，說：「別意氣用事。現在是晚上，他們不會讓她出城門。」

「她要求，」旅店老闆非常小聲地說：「開便門……」

「那你們開了嗎？」

「因爲這場大會，」老闆看向地板，「整座城裡都是巫師……大家都怕他們，沒人敢擋他們的路……我要怎麼拒絕她？她說話的方式就像妳們一樣啊，小姐，一模一樣，就連語氣也是……看人的樣子也是……大家連看都不敢看她了，更別提要向她問東問西的……她就像妳們一樣……一模一樣……她還要了筆和墨水……寫了一封信。」

「拿來！」

不過，緹莎亞．德芙利斯的動作更快。

她唸了出來。

葉妮芙小姐！

原諒我。我要去希倫墩，因爲我想去見傑洛特。在進學校以前，我想去見他。原諒我不聽話，不過我一定得這麼做。我知道妳會罰我，不過我不想因爲現在猶豫不決而將來後悔。要是我得後悔，那就讓我因爲行動而後悔吧。我是個女巫，要扼住命運的咽喉。我會儘快回來。

奇莉

「還有附註：和麗塔小姐說，我不會讓她在學校裡替我擦鼻涕的。」

「就這樣？」

馬格麗塔．老克斯安提列不可置信地搖搖頭，葉妮芙則開口咒罵。那些字眼讓旅店主人聽了臉都紅了，嘴張得老開。他聽過很多髒話，可這種還是頭一次聽到呢。

□

風從陸地吹向海面，層層雲霧籠罩在高掛林間的月亮上。通往希倫墩的道路隱沒於黑暗中。這時候策馬奔馳並不安全，因此奇莉放慢了速度，改以小跑前進。她沒想過要讓馬兒慢慢走，她很急。

遠處傳來隆隆雷聲，風暴正慢慢接近。每隔一段時間，便有一道閃電擊落地平線，在黑暗中照亮鋸齒般的林梢。

奇莉拉住馬。她站在岔路口──原本那條路岔成兩條，兩邊看來一模一樣。

爲什麼法比歐沒提到這條岔路？唉，算了，反正我從來不會迷路，我每次都會知道該走或該騎哪條路……

那爲什麼我現在不知道該往哪條路？

一個龐然大物無聲無息地從她頭上掠過，奇莉覺得心臟好像快跳出來了。她的馬放聲嘶鳴，騷動起來，欲往右邊岔路衝去。她將馬兒制住。

「這只是隻普通的貓頭鷹。」她喘著氣，試著讓自己和馬兒冷靜下來。「這種鳥很常見……沒什麼好怕的……」

風吹得更厲害了，烏雲已將月亮完全遮住。不過，順著前頭的路看過去，林中有一點亮光。她加快速度奔去，一陣沙塵在馬蹄下揚起。

過沒多久，她被迫停下。在她面前的是斷崖與深海，可以望見海上的黑色尖錐，她知道那是塔奈島。從她的位置看不見加樂斯但、羅西亞或是阿瑞圖沙的燈光，只看見冠於塔奈島上的寂寞高塔。

托爾拉拉。

隆隆雷聲響起，沒多久，刺眼的閃電落下，將烏雲密布的天空與塔尖相連一氣。張著紅色窗眸怒視著她，塔裡好像有那麼一秒，燒起了熊熊火光。

托爾拉拉……海鷗之塔……為什麼這個名字讓我心生恐懼？

強風撼過林間，惹得樹枝沙沙發響。奇莉瞇起了眼睛，沙塵與葉片打在她的臉頰上。她將噴著氣且不情願的馬兒掉頭，現在她知道方向了。塔奈島是在北方，而她必須往西方走。布滿沙子的道路在黑暗中形成一條白色色帶。奇莉驅馬奔馳。

雷聲再度響起，藉著閃電的亮光，奇莉突然看見一群人騎在馬上。路的兩邊都有黑色的模糊身影。她聽見有人喊叫。

「加利安！」

她想也不想，將馬腹一夾，扯過韁繩掉頭飛奔。後頭跟著一陣叫喊、哨音、嘶鳴、蹄聲。

「加利安！都因！」

馬匹奔騰，風聲呼嘯。路旁的黑暗中，不時閃過樺樹的白色枝幹。雷聲轟隆。閃電落下之際，有兩人策馬試圖將她攔下。其中一個伸出手，想抓住她的韁繩。那人的帽子上別有松鼠尾巴。奇莉用力朝馬腹一踢，貼住馬背往前衝去，速度之快，讓她偏了身子。跟在她身後的，是叫喊、哨音、雷聲、閃電。

「斯帕勒雷，葉文！」

衝！衝！再快點，馬兒！轟隆，一道閃電劃過。前面有岔路。往左！我從來不會走錯路！又是岔路。往右！衝啊，馬兒！快點，再快點！

這條路是上坡，馬蹄下踩的是沙子，馬兒即使拚命衝，還是慢了下來……

她站在山坡上四處望了一下。又是一道閃電打來，照亮了來時路。路上空無一人。她豎起耳朵，卻只聽見樹葉間的沙沙風聲。雷聲響起。

這裡一個人也沒有。「松鼠」……原來我只是想起了喀艾德發生的事。雪拉微得的玫瑰……這一切都只是我想像的。這裡連個會動的東西也沒有，沒人在追我……

風打在她身上。風是從陸地吹來的，她想，但我覺得右臉上有風……

我走錯路了。

閃電劃過。在電光照耀下，海面閃閃發亮。她的身後是塔奈島的黑色島錐，還有托爾拉拉，海鷗之塔。那座塔像塊磁鐵般地吸著我……不過我不想去那座塔，我要去希倫墩。因爲我得去見傑洛特。

又是一道亮光。

她與斷崖間站了匹馬，上頭坐了個戴著猛鷲翼頭盔的騎士。那對翅膀突然拍動，鷲鳥準備起飛……

琴特拉！

一股令人無法動彈的恐懼，過度緊握韁繩而吃痛的雙手。閃電。黑騎士策馬而行，臉上戴了一張鬼魅般的面具。那隻鳥拍動著翅膀……

馬兒不待她鞭策，便自動跑了起來。閃電照亮了這一片黑暗，森林已經來到盡頭。馬蹄嘩啦踩過水窪，又撲滋踏入泥坑。她身後傳來鷲鳥振翅的聲音，越來越近……越來越近……

奇莉趕著馬兒急速狂奔，雙眼都逼出了淚水。數道閃電劃破天際，奇莉看見路旁兩側的赤楊與柳樹。不過，那不是樹。那些都是赤楊王的僕人，黑騎士的僕人。黑騎士策馬追在她身後，盔上的鷲鳥撲撲振翅；道路兩旁的醜陋怪物朝她伸出一隻隻滿是瘤節的手，宛如鷲鳥般張著黑洞大嘴，放聲狂笑。奇莉趴到馬背上。樹上的枝椏不斷在空中呼嘯飛舞，拉扯她的衣服。醜陋的樹幹喀喀作響，黑色樹洞不斷張闔，大聲嘲笑著她……

琴特拉的小母獅！繼承上古之血的孩子！

黑騎士就在她身後，奇莉感覺他正試圖抓住她頸後的髮絲。奔馳中的馬兒被她的尖叫驚動，猛然一跳，躍過前方看不見的障礙，然後啪地一聲踩斷蘆葦，絆了一下……

鞍上的奇莉被這麼一扯，往後仰倒，她趕緊拉住韁繩，調轉不停噴氣的馬兒。她放聲狂叫，像瘋了似地，然後她拔劍出鞘、高高舉在頭上。這裡不是琴特拉！我已經不是小孩，已經不再那麼無助了！我不允許……

「我不准！你再也碰不到我了！你再也碰不到我了！」

馬兒嘩啦一聲落到水裡，水深及腹。奇莉壓低身子，大喝一聲，用腳跟朝馬一踢，掙脫回堤岸邊。是水塘，她想。法比歐有提到魚塭。這裡是希倫墩，我到了。我從來不會迷路……

閃電。她身後有座堤岸，更遠處有道黑色林牆，像鋸子般刺入天空。四周一個人也沒有。只有強風的呼嘯不時打斷這片寂靜，沼澤某處傳來受驚的鴨叫。

一個人都沒有，堤岸上一個人都沒有。沒有人在追我，剛剛只是幻覺、是夢魘，是琴特拉的記憶重新開啓，那只是我想像出來的。

遠處有一點亮光。是燈塔，或者是火光。那是農場，是希倫墩。已經不遠了，只要再加把勁……

閃電，一道，兩道，三道。沒有雷聲，風突然靜了。馬兒擺頭嘶鳴，高舉前蹄。

黑色夜空上，出現一條不住閃爍的乳色絲帶，像蛇一般盤蜷起來。風再度吹起，將堤岸那頭的乾草與枯葉打向柳樹。

遠處的亮光慢慢消失，漸漸下沉，融化在一片億萬星火形成的藍色洪水中。馬兒噴氣、嘶鳴，在堤岸上不斷掙動，奇莉得努力抓緊才不至於摔下馬。

漂流天際的那條絲帶中，出現一群騎馬的人影，模糊不清，似夢魘一般。那團人影越來越近，越來越清晰。他們的頭盔上，有水牛角與不斷晃動的稀疏羽飾，而頭盔下顯現出的，是一張張死屍般的蒼白面具。那些人騎的，是披著襤褸戰衣的骷髏馬。狂風呼嘯於柳樹之間，閃亮的刀鋒不斷砍劃黑暗天際。風聲越來越強。不，這不是風。這是魑魅般的歌聲。

那夢魘似的隊伍轉了向，朝她筆直衝來。幽靈鬼馬踐踏著懸於沼澤之上的朦朧星火。策馬跑在隊伍前端的，是幽狩王。生鏽不堪的頭盔，在他死屍般的面具上晃動，而面具上的空洞眼眶裡，燃著青色火焰。他的殘破披風飄盪著。豌豆殼般空洞的項鍊，在他布滿鐵鏽的胸甲上沙沙敲打。那項鍊裡曾經鑲滿了貴重寶石，卻在他瘋狂奔狩天際之時散落遺失，而寶石也成了點點繁星……

不是這樣！這裡什麼也沒有！這是夢魘、是幻影、是錯覺！這只是我的幻覺！

幽狩王俯身騎在空留骨架的駿馬上，發出狂野可怕的笑聲。

「繼承上古之血的孩子！妳屬於我們！妳是我們的！加入我們的隊伍，加入我們的幽狩行列吧！我們會一直狩獵，直到盡頭，直到永遠，直到萬物終結！妳是我們的，雙目如星的渾沌之女！來吧，見識何謂幽狩之樂！妳是我們的，是我們的一分子！我們之中有妳的一席之地！」

「不！」她大叫：「你們走開！你們是死人！」

幽狩王放聲大笑，生鏽頭甲上方的大嘴不斷張闔，露出滿口腐牙。死屍面具上的空洞眼眶射出青色光芒。「是，我們是死人。不過死亡本身，就是妳。」

奇莉抱住馬頭。用不著她催促，駿馬感受到緊追在後的幽靈，沒命似地在堤岸上狂奔。

□

貝勒涅·賀夫梅耶爾，半身人，希倫墩的農夫，抬起長滿鬈髮的腦袋，仔細聆聽遠處雷聲。

「這種不下雨的風暴，非常危險。」他說：「要是哪裡有閃電打下來，就等著起火吧……」

「要是下點雨就好了。」亞斯克爾將魯特琴的琴弦轉緊，嘆氣說：「現在這樣的空氣，簡直可以拿刀子來切了……衣服全貼在背上，到處都是蚊子……不過這次大概也是雷聲大雨點小。風暴不斷凝聚又凝聚，不過北方那邊不知哪裡已經打了好一陣子閃電，大概是靠海那邊。」

「是在塔奈島那邊。」半身人肯定道。「那是這一帶最高的地方。島上那座塔，托爾拉拉，老是吸引雷電。每逢大風暴，那座塔看起來就像是杵在火裡。它到現在還沒倒才怪了……」

「那是魔法。」詩人十分確定地說。「塔奈島上的一切都有魔法，就連島上的基石也是。那些巫師才不怕打雷。貝勒涅，你知道他們會捕捉雷電嗎？」

「是喔！少騙人了，亞斯克爾。」

「我要是騙人，就讓我被雷……」詩人突然打住，不安地望著天空。「就讓我被鵝踹好了。賀夫梅耶爾，我跟你說，魔法師會捕捉雷電。我就親眼看過。那個後來戰死在索登丘上的老格拉茲德，就曾經在我面前捉過閃電。他拿了一條很長、很長的鐵線，一頭綁在自己的塔頂，另一頭……」

「鐵線另一頭要插進大瓶子裡。」賀夫梅耶爾那個在門廊徘徊、頭髮像羊毛般又濃又密又鬈的兒子突然插話：「像釀葡萄酒的那種玻璃瓶，雷電會順著線打進瓶子裡……」

「法蘭克林，進屋去！」農夫吼著：「上床去，該睡覺了，快點！都快半夜了，明天還有活要幹！要是被我逮到你在暴風雨來時還搞什麼瓶子、鐵線的，就小心我的皮帶！讓你兩個禮拜都沒辦法坐！佩圖妮雅，把他帶走！再給我們拿啤酒來！」

「喝夠了吧。」佩圖妮雅・賀夫梅耶爾把兒子帶離門廊，生氣地說：「你們已經灌了那麼多。」

「不要囉唆。好好盯著，看獵魔士什麼時候回來。有客人來就要好好招待。」

「獵魔士回來時我再拿來，只拿給他。」

「哼，小氣婆娘！」賀夫梅耶爾說得惱怒，卻小心不讓妻子聽見。「她家所有人，就是蓼草草原的比博爾維特一家，全都是一毛不拔的鐵公雞……那個獵魔士去了還真久。人去了水塘那兒，怎麼就這樣不見了，眞是怪傢伙。晚上我家那兩個丫頭齊妮亞和坦格鈴卡在外面玩的時候，你有看到他是怎麼盯著她們瞧嗎？他那時的眼神很奇怪。然後現在……我忍不住要想，他走掉是想要自己一個人。他會接受我的招待，是因爲我的農場偏僻，離其他人很遠。亞斯克爾，你和他比較熟，你說……」

「我和他熟？」詩人一掌打死脖子後頭的蚊子，撥了幾下魯特琴，望向水塘邊的黑色人影。「不，貝勒涅，我和他不熟。我想，沒有人和他很熟。不過我看得出來他是有些不對勁。他爲什麼要到這裡？到希倫墩？是想離塔奈島近一點嗎？但我昨天找他一起去葛思維冷時，他想也不想就拒絕了。從那邊看得到塔奈島啊。他爲什麼要待在這裡？你們有委託他什麼好差事嗎？」

「哪有。」半身人咕噥著。「我老實告訴你好了，我根本就不相信這裡有什麼怪物。那個在水塘裡淹死的孩子可能是抽筋。可是大家馬上就喊說這是水鬼，不然就是奇奇魔拉，就說要叫獵魔士來……他們答應給他那一丁點錢，眞是少得丟人。然後他呢？已經在堤上晃了三個晚上，白天不是睡覺就是坐著不說話，像個稻草人似地盯著孩子，盯著房子……很奇怪。我說，眞是太奇怪了。」

「的確。」

雷電一閃而逝，照亮農場與周圍道路。堤岸盡頭的白色小巧精靈宮殿瞬間亮了一下。過了一會兒，果園上方傳來巨大雷聲。強風突然颳起，水塘旁的樹木與蘆葦沙沙作響，鏡一般的水面被風吹皺，變得模糊，連帶將睡蓮的葉子都掀了起來。

「結果風暴還是往我們這裡來了。」農夫看了下天空。「說不定這是巫師用魔法從那座島上送過來的？塔奈島上大概有兩百個巫師……亞斯克爾，你說呢？他們這場大會是要討論什麼？會有什麼好事嗎？」

「對我們來說嗎？我很懷疑。」詩人以拇指撥了下魯特琴弦。「這種大會通常就是 場時尚表演，閒聊八卦的場合，也是扯人後腿、勾心鬥角的好機會。他們不是在吵該將魔法普及化還是精英化，就是爭辯該替眾王效力還是敬而遠之……」

「哈！」貝勒涅·賀夫梅耶爾說：「看來大會期間，塔奈島上的打雷閃電不會輸暴風雨喔。」

「有可能。不過這和我們有什麼關係？」

「你當然無所謂。」半身人生氣地說：「因爲你只要唱唱歌、彈彈魯特琴就好。這個世界那麼大，你卻只看得到旋律與音符。可我們這裡光是上個週日，高麗菜和蘿蔔就在一天內被馬踩過兩次。軍隊出動追捕『松鼠』，『松鼠』就又閃又躲，不管是軍隊還是松鼠，都是從我們的高麗菜田上踩過去……」

「森林都著火了，哪還有空管高麗菜。」詩人朗誦著。

「亞斯克爾，你喔，」貝勒涅·賀夫梅耶爾斜眼看他說：「你每次說話，都讓人不曉得該哭、該笑，還是踹你屁股。我是在跟你說真的！還有，我告訴你，現在時機真是糟透了。商道上到處是木樁和絞台，森林裡的空地和小路上都是屍體，媽的，國家現在這樣，肯定和法兒卡的時代一樣。這樣要怎麼過日子？白天皇宮裡那些人來恐嚇我們，說要是幫助『松鼠』，就把我們銬起來抓走。然後晚上那些精靈又跑來，你就試試拒絕幫他們看看！他們會非常有詩意地承諾，讓我們見識黑夜如何轉紅，他們有詩意得讓人想吐。我們倒變成兩邊的炮灰……」

「你指望巫師大會能促成一些改變？」

「對啊。你自己說了，那些巫師分成兩派。很久以前，那些巫師就曾成功調停過諸王間的紛爭，平息了戰爭和暴動。再說，三年前就是這些巫師與尼夫加爾德達成和平協議。所以，現在也……」

貝勒涅．賀夫梅耶爾突然靜了下來，豎耳聆聽。亞斯克爾按住錚錚作響的琴弦。

獵魔士從堤岸上的一片黑暗中出現，慢慢向屋子走來。閃電再度打下。等到雷聲響起，獵魔士已經來到他們面前，站在門廊上。

「怎樣？傑洛特。」亞斯克爾出聲詢問，好打破這片尷尬的沉默。「你有追到那隻醜陋的怪物嗎？」

「沒有，今晚不適合追蹤。今晚不太平靜，不平靜……我累了，亞斯克爾。」

「那就坐下來，喘口氣。」

「你沒聽懂我的意思。」

「的確。」半身人喃喃，望著天空，耳朵拉長聽著。「今晚不太平靜，好像有什麼壞事要發生了……畜牲都擠在穀倉裡……風這麼大還聽得到尖叫聲……」

「狂暴幽狩。」獵魔士低聲說。「賀夫梅耶爾先生，麻煩把窗扉都關好。」

「狂暴幽狩？」貝勒涅嚇到了。「鬼嗎？」

「不用怕。它們會從高空掠過，夏天時都是從高空飛過。不過孩子們可能會驚醒，幽狩會帶來惡夢。最好把窗扉關上。」

「狂暴幽狩，」亞斯克爾不安地往上看說：「預告了戰爭。」

「無稽之談，那只是迷信。」

「哪是！當年尼夫加爾德攻打琴特拉前沒多久……」

「安靜！」獵魔士以手勢打斷他，忽地站起身盯著那片黑暗。「有東西……」

「有一票人騎馬來了。」

「他媽的。」賀夫梅耶爾從長椅上彈起，咬牙切齒地說：「晚上會來的就只有斯寇亞塔也……」

「只有一匹馬。」獵魔士打斷他說，同時拿起長椅旁的劍。「只有一匹馬是眞的，其他都是幽狩的鬼馬……見鬼了，這不可能……在夏天？」

亞斯克爾跟著站了起來，卻不好意思跑掉，因爲無論是傑洛特還是貝勒涅都沒打算逃跑。獵魔士拿起劍，往堤岸跑去，半身人想也不想就拿了叉子追在他後頭。又是一道閃光，堤岸上隱約有匹馬跑來。而馬的後頭，跟了一團歪七扭八、無法形容、黑暗與閃光交織而成的模糊漩渦。那東西讓人感到一股倉皇失措的害怕、噁心膽顫的恐懼。

獵魔士大喝一聲，舉起劍。馬上之人注意到他，立刻快馬加鞭並回頭看了一下。獵魔士再度大喝。雷聲轟隆。

一道光閃過，但這次並非閃電。亞斯克爾蹲在長椅前，打算躲進長椅底下，不過長椅太矮了。貝勒涅手一鬆，叉子應聲落地。佩圖妮雅從屋子裡跑出來，大聲尖叫。

那道讓人幾乎瞎了眼的閃光化作透明球體，裡頭的模糊影像快速轉爲清晰的輪廓和形體。亞斯克爾馬上就認了出來，他認得那頭狂野的黑色鬈髮與那絲絨帶上的星狀黑曜石；他不認得也沒見過的，是那張狂暴與盛怒之臉、復仇女神之臉、屠殺與死亡之臉。

葉妮芙舉起一隻手，大聲唸咒，頓時間，從她掌中飛散出火花四濺的螺旋，劃破夜空，在水塘表面反射出千萬點亮光。

那些螺旋像長矛一般，射入追在孤獨騎士後方那片雲霧。那雲霧瞬間翻湧，亞斯克爾好像聽見鬼魅般的尖叫，看見幽靈鬼馬模糊可怕的樣子。這情景只在一瞬之間，因爲那片雲霧突然一縮，擠成一團，向上射去，直衝天際，後頭還拖了一條彗星似的尾巴。黑暗再度籠罩四周，只剩佩圖妮雅・賀夫梅耶爾手上那盞燈發出的微弱光芒，輕輕閃動著。

那名騎士一直深入到屋前院子，飛身下馬卻踉蹌了一下。亞斯克爾立刻想到這是誰。到目前爲止，他從沒見過這個瘦小的灰髮女孩。可是，他馬上就認出她了。

「傑洛特……」女孩小聲地說。「葉妮芙小姐……對不起……可是我沒辦法，妳也知道……」

「奇莉……」獵魔士說。葉妮芙往女孩的方向跨了一步，就此打住，一句話也沒說。

她會走向他們哪一個？亞斯克爾想著。這兩個人，不管是獵魔士，還是女巫，都不會動一步，也不會做任何手勢。她會先走去誰那兒？是他？還是她？

奇莉沒有走向他們任何一人。她不知道該怎麼選，所以她昏倒了。

□

屋子裡沒有其他人，半身人一家在破曉時分就已經出門幹活。奇莉假裝還在睡，但她聽見傑洛特與葉妮芙離開。她溜下床，飛快穿好衣服，摸出房門，跟在他們後面來到果園。

傑洛特與葉妮芙轉而走向白色睡蓮池與黃色蓬萍草池之間的堤岸。奇莉躲到殘破的圍牆後頭，藉著牆縫觀察他們。她以爲那個她已經拜讀過大作多次、大名鼎鼎的詩人亞斯克爾還在睡覺。不過，她錯了。詩人亞斯克爾沒在睡覺，還將她逮個正著。

「喂！」他突然無聲無息地出現，說：「這樣偷看又偷聽好嗎？丫頭，愼重點。讓他們兩個獨處一下吧。」

奇莉當場紅了臉，但馬上開口反擊。

「第一，我不是丫頭。」她壓低聲音，一臉傲氣地說。「這第二嘛，我應該沒妨礙到他們吧，嗯？」

亞斯克爾正經了些。

「應該沒有。」他說：「我甚至以爲妳是在幫他們。」

「哪有？幫他們什麼？」

「別裝了。昨天那一下很機伶，不過妳騙不了我的。妳假裝昏倒，對吧？」

「對。」她別過臉，不情願地咕噥著：「葉妮芙小姐發現了，不過傑洛特沒有……」

「他們倆一起把妳抬到屋子裡，兩人的手碰在一起，在妳床前幾乎坐到早上，卻沒對對方說過一個字。直到現在，他們才決定要談談。就在那邊，堤岸上、水塘旁。而妳想要偷聽他們說什麼……還從這牆上的小洞偷看他們。妳這麼迫切要知道他們在那邊做什麼嗎？」

「他們在那邊什麼也沒做。」奇莉微微臉紅。「只不過聊了幾句，就這樣。」

「而妳，」亞斯克爾坐到蘋果樹下的草皮上，確定樹幹上沒有螞蟻或毛毛蟲後，便靠了上去。「妳想要知道他們在說什麼，對嗎？」

「對……不對！再說……再說我什麼也聽不到，他們離我太遠了。」

「如果妳想知道，」詩人笑了笑說：「那我就告訴妳。」

「你又怎麼知道他們在說什麼？」

「哈哈。可愛的奇莉，我呢，是個詩人，詩人對這種事知道得一清二楚。再和妳說一件事：對這種事呢，詩人知道的比當事人本身還要多。」

「最好是！」

「我發誓，以詩之名發誓。」

「是嗎？那……那就說吧。他們在說什麼？告訴我這一切是什麼意思！」

「妳從那個洞再看一次，看他們在幹什麼。」

「嗯……」奇莉咬住下唇，彎下身把眼睛湊到破洞前。「葉妮芙小姐站在柳樹前……她在摘樹葉，玩她的星石……什麼話也沒說，也完全沒看傑洛特……而傑洛特站在旁邊，他低下頭，還說了什麼。不對，他什麼也沒說。哦，他臉上的表情……那表情眞奇怪啊……」

「這很簡單。」亞斯克爾在草堆裡找到一顆蘋果，先在褲子上擦了擦，用批判的目光審視蘋果。「他現在是在請她原諒他說過的那些蠢話，還有做過的蠢事。他向她道歉，說自己沒耐性、沒信心又不敢奢望，太固執、太堅持自我，男人不該鬧脾氣，不該有那樣的舉動。他向她道歉，爲他先前的不了解，爲他先前的不願了解……」

「這不可能是眞的！」奇莉站了起來，用力甩開額前的劉海。「這全都是你編出來的！」

「他道歉，是因爲他到現在才總算了解。」亞斯克爾望著天空，聲音開始有了唱詩的韻律。「是因爲他想了解卻又怕已來不及……是因爲那些他永遠不會懂的事。他道歉，請求原諒……嗯、嗯……意義……良心……命運？一切都是那麼老套，該死……」

「不對！」奇莉跺腳說：「傑洛特根本就沒這樣說！他……根本沒說話。我都看到了。他和她站在那裡，一句話也沒說……」

「這就是詩所扮演的角色，奇莉。要替人們把沒說出口的事說出來。」

「那你的角色還眞蠢，而且這全都是你編出來的！」

「這也是詩所扮演的角色。喂，我聽到水塘那邊聲音好像變大了，趕快看看那邊發生什麼事了。」

「傑洛特，」奇莉再度將眼睛貼在牆上的破洞說：「他頭低低地站著，葉妮芙對著他狂吼。她一直狂吼，還不停揮著手。天啊……這是什麼意思啊？」

「很簡單。」亞斯克爾再度眺望天上連綿的雲朵。「她現在在向他道歉。」

我要將你納入懷中，好擁有你，把你收藏，無論歡喜或悲傷，最好或最壞，白天或黑夜，生病或健康；因爲我會全心全意地愛你，發誓愛你到永久，直至死亡將你我分開。

——古婚禮誓約

我們對愛情懂得不多。愛情就像梨子一樣，梨子是甜的，有自己的形狀。試著定義梨子的形狀吧。

——亞斯克爾《詩的半世紀》

第三章

傑洛特一直懷疑巫師的宴會與一般人的派對或餐聚有所不同，他確實有理由這麼懷疑；然而他沒料到這當中的差異竟是如此巨大，本質上根本就不同。

葉妮芙在大會前夕要求他一同出席，這提議雖讓他訝異，但還不至於嚇得全身僵硬。因爲這樣的提議不是第一次了。在兩人還同住一起、一切還很順利的那段時間，葉妮芙總是希望他陪同出席各種聚會和祕密會議。不過，當時他總是斷然拒絕，確信自己會被那群巫師當成怪胎、成爲注目焦點，而這還是最好的情況，最糟的情況就是被當成入侵者和賤民。葉妮芙總是取笑他的憂慮，卻也不曾勉強過他。如果換成是別的事，她會爲了達到目的而鬧到屋梁震動、玻璃碎裂，傑洛特因此更加確信自己決定無誤。

不過這一次他同意了，完全不假思索。這個提議之前，是一段漫長、誠摯又充滿情感的談話。經過這次談話，兩人間的距離再度拉近，從前的衝突早被遺忘，消散於黑暗之中，悲傷、驕傲與固執的寒冰也因而融化殆盡。希倫墩堤岸上的這場談話之後，不論葉妮芙提議什麼，傑洛特都會同意，沒有例外。就算是邀他一起下地獄與煉火群魔喝杯焦油，他也不會說不。

還有奇莉。沒有她就不會有這場談話，他就不會去參加這場大會。依照科林爵的說法，某個巫師對奇莉很有興趣。傑洛特盤算著，要是自己出席這場大會，也許就能激怒那個巫師，逼他出手。不過這件事他連一個字也沒告訴葉妮芙。

他們直接從希倫墩出發前往塔奈島，他、她、奇莉和亞斯克爾四個人。一開始他們先待在西南山腳下的巨大宮殿——羅西亞宮。宮殿裡早已擠滿前來參加大會的巫師，還有受那些巫師邀請而來的客人，不過女巫們馬上就替葉妮芙找到落腳的地方。他們一整天都待在羅西亞宮裡，傑洛特在和奇莉談話，亞斯克爾一直忙著聽取與分享各種消息傳聞，女巫則不斷試穿與挑選服飾。夜晚來臨時，獵魔士與葉妮芙加入了前往阿瑞圖沙的彩色隊伍，那座宮殿正是舉行晚宴的地點。傑洛特曾對自己發過誓，不再對任何事物感到訝異，也不會有任何事物讓他震驚，但如今在阿瑞圖沙，傑洛特卻訝異、震驚了。

無比寬廣的中央大廳成丁字形。較長那一側開了好幾扇窄窗，每一扇都直逼圓柱捧托的穹頂。由於穹頂很高，上頭妝點的壁畫細節難以辨識，尤其以最常出現的壁畫主題——赤裸人像最為模糊，幾乎看不出性別。每扇窗戶都鑲上了造價高昂的彩繪玻璃，卻仍能感受到一股氣流環繞。傑洛特原先很訝異那些蠟燭竟沒因此熄滅，但仔細觀察之後，也就不再那麼訝異。那些燭台都施了魔法，又或者根本就是幻象。無論如何，那些燭光之明亮，絕非普通蠟燭可以比擬。

他們進去時，裡面已有上百人在盡情歡樂。按照獵魔士的評估，就算在中央把桌子擺成傳統的馬蹄形，大廳至少可以再容納現場人數的三倍。可是，這裡根本就沒有傳統的那種馬蹄形桌。看來，宴會是站著進行的。掛毯、花環和隨著氣流飄揚的錦旗裝飾牆面，賓客則在這個空間內來回走動。掛毯與花環下方擺了一排長桌，上頭堆滿了各式餐點。每樣精緻的菜餚都擺在更加精緻的器皿上，並以精緻的花飾和冰雕點綴其中。傑洛特更加仔細觀察後，判定那些精緻裝飾要比菜餚本身還要多，多很多。

「沒有桌子。」他語氣不太高興地點出這個事實，並伸手順了順葉妮芙幫他選的黑色滾銀收腰短衫。這種短衫是時下最流行的服飾，叫緊身衣。獵魔士不曉得這名詞是哪來的，而且也不想知道。

葉妮芙並沒有回應。傑洛特其實也不指望她會有反應，他很清楚女巫通常不理會這類言論。不過他沒放棄，繼續發牢騷。他就是想發牢騷。

「沒有音樂，風大得要命，連坐的地方都沒有。我們要站著吃、站著喝嗎？」

女巫瞇起紫羅蘭色眼睛，瞄了他一下。

「當然。」她出乎意外冷靜地說：「我們要站著用餐。同時請記住，在取餐桌前待太久很失禮。」

「我會盡量表現得體。」他喃喃道。「再說，我看也沒什麼特別值得讓人在桌前停留的東西。」

「飲酒毫無節制也會非常失禮。」葉妮芙繼續說教，完全不理會他的嘀咕抱怨。「避不說話更是不可原諒的失禮行爲。」

「那麼，」他打斷道。「那邊那個穿條蠢褲子的瘦皮猴，現在用手指著我，要他的兩個女伴看，這樣算失禮嗎？」

「算，不過不是什麼大不了的失態。」

「葉，我們要做什麼？」

「在廳裡到處走動、向人打招呼、說些讚美的話、與人交談……別再順衣服或是撥頭髮了。」

「妳不讓我繫頭帶……」

「你的頭帶一點品味也沒有。好了，把我摟好，我們進去了。一直站在入口附近很失禮。」

大廳裡的賓客越來越多，他們四處走動了一下。傑洛特快餓瘋了，但沒多久後他就發現，葉妮芙剛才那番話並不是玩笑。他越看越明白，巫師之間的相處模式的確是吃少喝少，不能一副餓死鬼的樣子。更糟的是，每去一次取餐桌，都得和人交際。某人注意到另一人，表現出很高興見到對方的樣子靠過去打招呼，雙方同樣熱情萬分，但其實都只是表面功夫。每一次都得做做樣子去親吻對方臉頰，或者是虛情假意地輕輕握手，臉上得掛著假笑，然後得更加虛偽卻看起來很眞誠地恭維對方；這一連串動作之後，還得要來段枯燥短暫、言不及義的交談。

獵魔士熱切地四處張望，試圖找到熟悉的臉孔，希望自己不是唯一非巫師圈內的人。葉妮芙向他保證過他不會是唯一一人，可即便如此，他還是沒看到任何「同袍會」以外的人，不然就是他沒認出任何人。

年輕男侍端著葡萄酒穿梭在賓客間。葉妮芙一口都沒喝。傑洛特原是有些興致卻沒法付諸行動；緊身衣的脅下部位太緊了。

女巫巧妙地伸手將他從桌邊拉了出來，並帶到大廳中央，也就是眾人注目的中心。他本想抗拒，卻一點用也沒有。然後，他明白了這是怎麼回事，不過就是世上最常見的展示罷了。

傑洛特知道會發生什麼事，所以平靜地站在那兒忍受女巫們帶著病態興味的目光，以及巫師們高深莫測的笑容。葉妮芙向他保證過，按照慣例和禮節，這種宴會上不容使用魔法，不過他不相信這群魔法師忍得住，尤其葉妮芙又如此挑釁地將他擺到眾人面前。而他也的確沒錯。好幾次，他感覺到徽章的震動與魔法脈波的刺探。那些巫師之中有些人——特別是女巫——更是無恥地嘗試讀取他的思緒。他早有心理準備，知道他們要做什麼，也曉得要如何反擊。他看著走在身旁的葉妮芙，一身黑白搭配、鑽石閃耀的葉妮芙，有一頭烏亮秀髮與紫羅蘭色眼瞳的葉妮芙。那群打探他的巫師全都迷失、困惑了，因爲他心滿意足，他們顯然不再那麼有把握，也不再那麼鎮定了。就是這樣，他在腦子裡回應著他們，就是這樣，你們沒弄錯。就是她，就她一個，在我身旁的她，就在這裡，就是現在，只有這一點才重要。至於她以前是怎樣的人、在哪裡、和誰在一起過，這些都沒有任何意義。現在她就和我一起站在這裡，站在你們這群人之中。她是和我一起，不是和其他人。我想的就是這個，我想的一直是她，無時無刻都想著她，聞著她身上的香水味，感受她身上的溫暖。讓你們嫉妒得說不出話。

女巫用力地挽住他的手臂，輕輕倚到他身側。

「謝謝。」她小聲地說，帶著他往餐點檯的方向走回去。「不過請不要太誇張。」

「你們這些巫師總是把眞誠當作誇飾嗎？就是因爲這樣，所以你們不相信眞誠，就算是在他人思緒裡讀取到的也一樣？」

「對，就是這樣。」

「可妳還是向我道了謝？」

「因爲我相信你。」她將他的手挽得更緊，並伸手取了一個小盤子。「獵魔士，幫我拿點鮭魚，還有螃蟹。」

「這些是波維斯來的螃蟹，可能是一個月前捉到的，最近天氣又那麼熱，妳不怕……」

「這些螃蟹，」她打斷他。「今天早上還在海底爬來爬去，瞬間移動是很棒的發明。」

「的確如此。」他同意道。「妳不覺得應該將這個法術發揚光大嗎？」

「這點我們正在做。快拿、快拿，我餓了。」

「葉，我愛妳。」

「我說過了，不要這麼誇張……」她突然打住，撥開臉頰旁的黑色鬈髮，瞪大那雙紫羅蘭色眼睛。

「傑洛特！這是你第一次這麼說！」

「怎麼可能。妳在和我開玩笑嗎？」

「沒有，我沒在和你開玩笑。你以前只在心裡想過，可是你今天把它說出來了。」

「差別有那麼大嗎？」

「大得不能再大。」

「葉……」

「嘴裡都是東西時不要開口。我也愛你。我沒和你說過嗎？老天！你會噎死！把手抬高，我幫你拍背。深呼吸。」

「葉……」

「呼吸，呼吸，等一下就好了。」

「葉！」

「對。我的眞心已經換得眞心回報。」

「妳還好嗎？」

「我等了好久。」她將檸檬擠到鮭魚上。「我雖然知道你腦子裡想的事，但總不能回應你沒說出口的話吧。我終於等到你說了，終於可以回應了，也真的回應了。這種感覺真是太好了。」

「怎麼了？」

「晚點再和你說。這鮭魚很好吃，我以『能量』發誓，真的很好吃。」

「我可以吻妳嗎？就在這裡，當著眾人的面？」

「不行。」

「葉妮芙！」一位正好從旁經過的黑髮女巫，放開了她男伴的手走了過來。「所以妳終究還是來了？喔，真是太棒了！我已經好幾年沒見過妳了！」

「莎賓娜！」葉妮芙笑得如此真摯，除了傑洛特，每個人都會被她騙過。「親愛的！真是太高興了！」

女巫們小心翼翼地擁抱了一下，然後在對方耳畔親了親。她們的耳環都是鑲鑽的縞瑪瑙，看起來就像兩串小葡萄，而且一模一樣——空氣中出現一股強勁的敵意。

「來，傑洛特，這是我唸書時的好朋友莎賓娜．葛雷維席格，來自亞得克拉格。」

獵魔士朝她行禮，並吻了一下高高擺在他面前的那隻手。他已經知道這是什麼意思。女巫在打招呼時，都會要求對方親吻她們的手，而她們擺出的手勢起碼會像個公爵夫人那樣。莎賓娜．葛雷維席格高高抬起下頷，耳環也跟著晃動，發出響聲。那聲音雖然很輕，卻非常明顯，富有示威意味。

「傑洛特，我早就很想認識你了。」她微笑道。就像所有女巫一樣，她不會對男子區分「先生」、「大人」或其他那些貴族階級裡必須的稱謂。「我很高興，真的非常高興。葉娜，妳終於不再把他藏起來不讓我們知道。老實說，我很訝異妳竟然拖了這麼久，這根本沒什麼好丟臉的。」

「我也是這麼想。」葉妮芙輕鬆地回答。她微微瞇著眼，故意將頭髮甩開，露出耳環。「莎賓娜，妳的上衣很漂亮。令人驚艷，對吧？傑洛特。」

獵魔士嚥了下口水，點了點頭。莎賓娜．葛雷維席格的上衣是用黑色薄紗做的，該露的地方全都露了，而且露得還不少。她的赤紅色裙子上繫了條有朵大玫瑰釦的銀色腰帶，裙襬兩側就像最新流行的款式那樣開了衩。不過按照流行的話，裙子的衩只會開到大腿一半，而莎賓娜的卻是開到了臀部一半。那臀部非常漂亮。

「喀艾德那兒有什麼新鮮事嗎？」葉妮芙假裝沒看見傑洛特的視線落在哪，問道：「妳的國王韓瑟頓還在浪費力氣和金錢去森林裡追捕『松鼠』嗎？他還想向來自布蘭薩納之谷的精靈們興師問罪嗎？」

「我們就別談政治了。」莎賓娜微笑道。稍微過長的鼻子與鷙鳥般的眼睛，讓她看起來就像一般人印象中的女巫。「明天會議上再來好好地談政治吧，也要好好聽聽各種……訓示。像是和平共處的需要啦……友誼啦……對我們那些國王的計劃與打算應採取一致立場的必要性啦……還有什麼是要洗耳恭聽的，葉妮芙？參議會與維列佛茲還爲我們準備了什麼？」

「我們就別談政治了。」

莎賓娜．葛雷維席格像銀鈴般笑了起來，伴著耳環的輕響。

「說得好，我們就等到明天。明天……明天一切都會有個分曉。哎，政治啦，沒完沒了的會議啦……這些多傷皮膚呀。幸好我有一種很棒的乳霜，相信我，親愛的，皺紋會像美夢那般消失……要不要給妳配方？」

「謝謝，親愛的，不過我不需要。眞的。」

「哎，我知道。以前在學校裡我老是羨慕妳的膚質。天啊，那是幾年前的事了？」

葉妮芙假裝對遠處的某人行禮。莎賓娜則對著獵魔士微笑，還妖嬈地挺起黑色薄紗遮不住的部位。傑洛特再度嚥了下口水，試著不要一直盯著她身上那塊透明布料下過於明顯的粉色乳尖。他怯怯地看了下葉妮芙。女巫臉上帶著微笑，但他很清楚，她已經快氣瘋了。

「喔，不好意思。」她突然說：「我看到菲莉帕在那邊，得去和她聊兩句。來吧，傑洛特。再見囉，莎賓娜。」

「再見了，葉娜。」莎賓娜．葛雷維席格直盯著獵魔士，說：「再一次恭喜妳……這麼有品味。」

「謝謝。」葉妮芙的語氣莫名地冰冷。「謝謝妳，親愛的。」

菲莉帕．愛哈特在戴斯特拉陪同下出席。傑洛特曾與這個雷達尼亞情報頭子短暫接觸過，雖然他也不屬於這人的圈子，但基本上他應該要高興，因爲終於有認識的人了。不過，他一點也不高興。

「眞高興見到妳，葉娜。」菲莉帕在葉妮芙的耳環邊隔空吻了一下。「嗨，傑洛特。你們兩個都認識戴斯特拉伯爵，對吧？」

「誰不認識他呢？」葉妮芙點了點頭，將手遞給戴斯特拉，後者恭敬地吻了一下。「很高興再次見到您，伯爵。」

「再次見到妳，」維吉米爾國王的特勤組織首領宣告著。「對我來說是種歡愉，葉妮芙。特別是在這麼溫馨的場合裡。傑洛特先生，謹致上我最深的敬意……」

傑洛特忍住不向他表示自己更深的敬意，握住了他伸出的手——或者該說是試著要握住那隻手，因為那隻手的大小異於常人，要握住實在是不可能。

「我看到，」菲莉帕說：「你們和莎賓娜說話？」

「我們是和她說過話。」葉妮芙氣惱地說：「妳有看到她穿什麼嗎？只有沒品味又不知羞恥的人才會……她，眞是該死，她的年紀比我還大了……這不重要。最好她是有料給人看！不要臉的騷貨！」

「她有向你們套消息嗎？所有人都知道，她在替咯艾德的韓瑟頓當間諜。」

「眞的嗎？」葉妮芙假裝一臉錯愕，大家都認為這個玩笑開得棒極了。

「那麼，親愛的伯爵，您在我們的宴會上玩得還開心嗎？」等到菲莉帕和戴斯特拉都止住了笑，葉妮芙開口提問。

「開心得不得了。」維吉米爾國王的密探依皇家規格行了個禮。

「就伯爵是因公出席宴會這點來看，這樣的回答對我們來說是極度讚賞，」菲莉帕笑道。「就像這裡所聽見的其他好評一樣，不是非常眞心。他剛剛才向我坦白，說比較希望像他平常喜歡的那樣，要有昏暗的燈光，聞得到火把的臭味和燒焦的烤肉；還要像平常那樣擺張桌子，上頭擺滿了醬汁、啤酒，他可以聽著喝酒時唱的那種低俗歌謠，敲著酒杯打拍子。他可以盡情喝到隔天破曉，然後直接醉倒地上，躺在桌下撿剩骨頭的狗兒旁呼呼大睡。可是當我向他解釋為什麼我們的宴會方式比較高尚時，你們知道他的反應是什麼嗎？竟然裝沒聽見。」

「眞的嗎？」獵魔士看向密探的目光友善了一些。「容我問問，妳是怎麼解釋的？」這次他的提問顯然被當成了最有趣的笑話，兩個女巫同時笑了出來。

「哎，這些男人。」菲莉帕說：「你們什麼都不懂。要是在燈光昏暗又煙霧繚繞的情況下，還要坐在桌子後頭，怎麼向別人展現服裝和身材？」

傑洛特一時語塞，只行了個禮。葉妮芙微微按了下他的手。

「喔，」她說：「我看到特瑞絲．梅莉戈德在那邊。我一定得和她聊兩句……不好意思，我們得先走了。再見了，菲莉帕。我們今天一定還有機會聊聊的，對嗎？伯爵。」

「毋庸置疑。」戴斯特拉笑了笑，深深一鞠躬。「隨時爲妳效勞，葉妮芙。只要向我勾勾手指就好。」

他們走向特瑞絲。她身上閃耀著好幾道天藍與青瓷色光影。特瑞絲一看到他們，便中止了與兩位巫師的談話。她開心地笑著，抱了抱葉妮芙，並吻了她耳畔。傑洛特接過她遞到面前的手，卻不打算遵照禮儀，而是將栗色頭髮的女巫擁入懷中，並吻了她那水蜜桃般有著細細寒毛的柔軟臉頰。特瑞絲微微紅了臉。

兩位巫師做了自我介紹。一位是來自朋凡尼斯的狄里特姆，另一位是他的手足戴特摩德，兩人都在科維爾的艾斯特拉德國王手下辦事。他們看起來都不多話，沒多久便藉機走開。

「你們剛才和菲莉帕，還有特雷托格的戴斯特拉說過話。」特瑞絲說話的同時，把玩著頸子上那塊鑲了銀與鑽的青金石心飾。「你們知道他的身分？」

「知道。」葉妮芙說：「他也和妳說過話？試著向妳打探消息？」

「對。」女巫大聲地咯咯笑。「他問得很有技巧，不過菲莉帕一直扯他後腿。我以為他們關係不錯。」

「他們關係很好。」葉妮芙認眞地提醒她。「小心點，千萬別洩露有關……妳知道我在說誰。」

「我知道，我會小心的。既然說到這……」特瑞絲壓低音量。「她最近怎樣？我可以見她嗎？」

「如果妳願意鬆口答應去阿瑞圖沙教課，」葉妮芙露出一抹微笑說。「就可以常常看到她囉。」

「喔！」特瑞絲睜大了眼。「我知道了，那奇莉……」

「小聲點，特瑞絲。這件事我們之後再說。明天吧，等大會結束後。」

「明天？」特瑞絲笑得很怪異。葉妮芙皺起眉頭，還來不及追問，大廳裡便傳來一陣輕微的騷動。

「他們到了。」特瑞絲清了清嗓子。「總算來了。」

「是啊。」葉妮芙將目光從好友身上移開，附和著。「他們來了。傑洛特，你終於有機會認識參議會與最高議會的成員了。有機會的話，我會把你介紹給他們認識，不過你現在先知道誰是誰也無妨。」

會場中的巫師把路讓開，恭敬地向進入大廳那群人行禮。第一個走進來的是不甚年輕但身材健壯的男子，身穿非常低調的毛料服飾。走在他旁邊的是一位高挑女子，輪廓分明，一頭黑髮梳得十分整齊。

「這是來自阿列的蓋哈特，人稱漢．蓋第枚特，是最年長的巫師。」葉妮芙非常小聲地解釋道：「他旁邊的女子是緹莎亞．德芙利斯，只比漢小了幾歲，卻不吝使用煉金藥以隱瞞這個事實。」

這對男女之後，是個非常吸引人的女子，有一頭非常長的暗金色秀髮，身穿綴有蕾絲、如木犀草般的綠色禮服。那禮服在她走動時不停地發出窸窣聲。

「法蘭西絲・芬妲芭兒，又叫艾妮得安葛雷娜——來自山谷的雛菊。獵魔士，別看到眼珠子都凸出來了。她是世上公認最漂亮的女人。」

「她是參議會的一員？」獵魔士帶著訝異，低聲說：「看起來很年輕，也是靠煉金藥的魔力？」

「她沒有，法蘭西絲是純血精靈。你留意一下陪她出席的那個男人，那是來自盧格溫的維列佛茲。他其實很年輕，可是非常有天分。」

誠如傑洛特所知，巫師圈凡是不到一百歲都算「年輕」。維列佛茲看起來像三十五歲，個子很高，體格強壯，穿著騎士風格的緊身短衣；當然，上頭沒有任何徽記。另外，他也該死的英俊。即使身旁是那個步伐輕盈、有著小鹿般大眼，美得令人屏息的法蘭西絲・芬妲芭兒，他的俊美仍舊吸引眾人目光。

「維列佛茲身旁那個矮個子男人，是阿爾圖・特拉諾瓦。」特瑞絲・梅莉戈德解釋道：「參議會就是由這五人組成……」

「那，這個有張奇特臉龐，走在維列佛茲後面的女孩呢？」

「那是他的助理——莉迪雅・凡布雷德佛特。」葉妮芙冷冷地說：「她只是個無足輕重的人，但直盯著她的臉看是非常失禮的。你還是多注意後面來的那三個人吧。他們都是議會成員：奇達里士的菲爾卡特、奧克森福特的拉德克里夫，以及蘭埃克塞特的卡爾敦。」

「這就是整個議會？全部成員？我以爲會有更多人。」

「參議會裡有五個人，議會裡也有五個人。菲莉帕・愛哈特也是議會成員。」

「不過這樣總共只有四個人。」他搖搖頭，特瑞絲卻咯咯笑了。「妳沒告訴他嗎？傑洛特，你真的什麼都不知道嗎？」

「知道什麼？」

「葉妮芙也是議會一員啊，索登一役以後就是了。親愛的，妳還沒向他炫耀過這件事嗎？」

「還沒，親愛的。」女巫直視好友的眼睛說：「第一，我不喜歡炫耀。第二，我沒時間。我已經很久沒見到傑洛特，我們有很多事要做。該做的事已經積了一長串清單，而我們是根據清單順序行事。」

「這當然。」特瑞絲遲疑地說：「呃……經過這麼長一段時間……我懂，確實有很多話要談……」

「談話這件事，」葉妮芙再次睨了獵魔士一眼，笑得別有深意地說：「特瑞絲，是在清單上的末端。最末端。」

栗髮女巫顯然不知所措，微微紅了臉。

「我懂。」她尷尬地把玩著心狀青金石。

「眞高興妳懂。傑洛特，替我們拿紅酒來。不，別向這個男侍拿，去向再過去那邊的那人拿。」

他清楚地解讀了她話中的指令並順從照辦，從男侍的盤子上拿走酒杯的同時，他不動聲色地觀察兩位女巫。葉妮芙說得很快、很小聲，而特瑞絲則垂著頭聽。當他回來時，特瑞絲已經不在了。葉妮芙並沒有對他端來的葡萄酒顯示一丁點興趣，所以他將兩杯原本就多餘的酒擱到桌上。

「妳不會太誇張了嗎？」他冷冷地問。

葉妮芙的雙眼染上紫色焰火。

「別把我當白痴耍，你以爲我不知道她和你的事？」

「如果妳要說的是這件事……」

「就是這件事。」她硬生生地打斷他的話：「別露出那種愚蠢的表情，一句話也別說。最重要的是，別試著撒謊。我認識特瑞絲比認識你還要久，我們很喜歡對方也很了解對方，不會從此不和對方說話，不管是發生什麼芝麻綠豆的……意外。我想她當時也許很困惑，那些事我已經和她談過；就這樣，別再說這些了。」

他本來也沒有這個打算。葉妮芙將頰邊的鬈髮攏到一邊。

「現在我讓你一個人在這裡待一下，我得去和緹莎亞與法蘭西絲談話。再吃點東西吧，不然你的肚子一直叫個不停。還有，保持警戒。有幾個人一定會來煩你，別讓人牽著鼻子走，也別丟我的臉。」

「遵命。」

「傑洛特？」

「怎麼？」

「你不久前表示渴望吻我，就在這裡，當著眾人的面。現在還是嗎？」

「還是。」

「那你試著別把我的唇膏弄暈了。」

他以眼角餘光看了下在場的人。眾人雖都看著這個吻，卻是遮遮掩掩。菲莉帕．愛哈特和一群比較年輕的巫師就站在不遠處，朝他眨了眨眼並假裝拍手。

葉妮芙離開他的唇，深深地嘆了口氣。

「這明明沒什麼，卻如此令人開心。」她低語著。「好了，我走囉。等一下就回來。然後晚一點，宴會結束之後……嗯……」

「嗯？」

「拜託別吃有加大蒜的東西。」

待她離開以後，獵魔士便將禮儀放到一邊，解開緊身上衣，將剛剛那兩杯酒喝了，打算開始認真吃東西。可是，這打算完全派不上用場。

「傑洛特。」

「伯爵閣下。」

「不要喊我的頭銜，」戴斯特拉皺起眉。「我不是什麼伯爵，是維吉米爾要我這樣自我介紹的，免得我粗鄙的出身冒犯到諸位宮廷大臣和巫師。好了，你有善用服裝和身材引人注意嗎？有裝出一副玩得很開心的樣子嗎？」

「我不用裝，我不是爲了工作來到這裡。」

「眞有意思。」間諜笑了。「不過這也印證了一般人對你的看法：你是自成一格、獨一無二。因爲，在場所有人都是爲公事而來的。」

「我怕的就是這個。」傑洛特也刻意跟著笑。「我早有預感，我是自成一類，也就是格格不入。」

間諜定睛看了看面前那幾盤餐點，從其中一盤拿起傑洛特不認得的綠色大豆莢，嚼了起來。

「趁這機會，」他說：「米雪列兄弟的事謝謝你了。自從你在奧克森福特的港邊把那四人大卸八塊後，雷達尼亞裡很多人都鬆了一口氣。大學裡的醫生被叫來驗屍，查過傷口之後，指出那是把刀口朝前的彎刀造成的。我知道這個結論後，哈哈大笑了一番。」

傑洛特沒發表意見。戴斯特拉把第二個豆莢放入口中。

「可惜，」他一邊咀嚼，一邊繼續說：「把他們斬首以後，你沒去找城主。不論他們是死是活，都有賞金可領。數目還不少呢。」

「報稅太麻煩了。」獵魔士也決定嚐嚐綠色豆莢，那味道像泡過肥皂水的芹菜。「再說，我那時得儘快離開，因爲……我大概讓你覺得無趣了，戴斯特拉，反正你什麼都知道。」

「哪裡。」間諜笑了笑。「我不是什麼都知道。再說，我要從哪兒知道？」

「也不用跑太遠，你向菲莉帕·愛哈特打聽消息就行了。」

「消息、傳聞、謠言，這些我都得聽，因爲這是我的職業。不過我的職業同時要求我以非常縝密的篩網來過濾這些消息。試想一下，最近有人和我說，某人把惡名昭彰的『教授』及他的兩名同夥給砍了，好像是發生在安戈爾的一家旅店。做這件事的人也很趕時間，急著去領賞金。」

傑洛特聳聳肩。

「謠言。當你用縝密的篩網濾過後，就會曉得還剩下什麼。」

「不用，我知道會剩下什麼。最常見的就是用來誤導的幌子。喔，既然我們聊到了誤導，小奇莉拉怎樣了？那個可憐又體弱多病的小女孩，這麼容易就染上了白喉？她還活著，是吧？」

「死心吧，戴斯特拉。」獵魔士直視間諜雙眼，冷冷答道：「我知道你是爲公事而來，但別太多管閒事。」

間諜得意地咯咯笑著。兩個剛好經過的女巫訝異地看了他們一下，這當中也包含了好奇的成分。

「每破解一道謎題，」戴斯特拉笑完後說。「維吉米爾國王就會付我一筆額外的獎金。多管閒事可以爲我保障合理的生活品質。你儘管笑吧，不過我可是有妻小的人。」

「我不覺得這有什麼好笑的。你就努力爲妻小工作吧，不過如果可以，拜託請你別拿我消費。就我看，這大廳裡多的是謎題。」

「的確，整個阿瑞圖沙就是個大謎題。你一定注意到了吧？空氣中好像有什麼東西似的，傑洛特。補充一下，我指的不是燭台。」

「我不懂。」

「這話我信，因爲我自己也不懂，不過我很想搞清楚，你難道不想嗎？喔，不好意思。反正你一定都已經知道了。你也不用跑太遠，只要向凡格爾堡美麗的葉妮芙打聽消息就行了。你想想，曾幾何時，我也是從美麗的葉妮芙那兒知道些有的沒的。喔，昨日黃花今何在啊？」

「我眞的不曉得你在說什麼，戴斯特拉。可以說得更清楚點嗎？條件是與公事無關。請見諒，我不打算幫你賺那筆額外獎金。」

「你以爲我這麼卑鄙地想要你？」間諜皺起眉頭。「你以爲我用計要套你的話？傑洛特，你眞讓我傷心。我不過是好奇你是不是也在觀察我在這廳裡注意到的東西。」

「你注意到什麼？」

「這裡很明顯沒有一個是戴王冠的，你不覺得很奇怪嗎？」

「一點也不會。」傑洛特終於成功把牙籤戳進醃橄欖裡。「那些國王一定比較喜歡傳統餐宴，可以坐在桌前喝到天快亮，還可以直接窩到桌子底下去，還有……」

「還有什麼？」戴斯特拉大剌剌地從盤子裡抓了四顆橄欖塞進嘴裡。

「還有，」獵魔士看著大廳裡來往的人群說：「那些國王也不想替自己找麻煩。他們派了間諜軍團來代表出席。有圈內的，也有圈外的。想當然耳，就是要他們查出這空氣中醞釀的，到底是什麼。」

戴斯特拉把橄欖籽吐到桌上，拿起銀碟上的長叉，在裝沙拉的大水晶碗裡翻攪。

「而維列佛茲則確保了每個間諜都會在場。」他開了口，但一手仍在沙拉碗裡攪著。「他把每個國王的間諜都集中在一個鍋裡。爲什麼要把所有間諜都集中在一個鍋裡呢？獵魔士。」

「我不知道，也不是很想知道。我說過今天是以私人身分出席。這麼說吧，我是在鍋外的人。」

維吉米爾國王的間諜從沙拉碗裡撈出一隻小章魚，一臉嫌惡地看著。

「他們吃這種東西。」他搖頭假裝同情，然後轉向傑洛特。

「你聽好了，獵魔士。」他小聲說：「你所謂的以私人身分出席，對這裡的一切都不感興趣、也不可能感興趣……這種態度眞惹我生氣，也讓我不得不和你賭一把。你喜歡賭嗎？」

「麻煩說清楚一點。」

「我是說我們來打個賭。」戴斯特拉舉起了叉著章魚的叉子。「我猜，一個鐘頭內，維列佛茲會來找你促膝長談。我猜，談話過程中，他會向你證明你不是以私人名義出席，證明你也是他的鍋中物。要是我錯了，我就當你的面把這噁心東西吃下去，包括觸鬚和所有部位。你接受這場賭注嗎？」

「要是我輸了，得吃什麼？」

「什麼都不用。」戴斯特拉快速地掃視四周。「要是你輸了，就把和維列佛茲的談話內容告訴我。」

獵魔士冷靜地看著間諜，沉默了一會兒。

「再見，伯爵。」最後，他開口說：「和你聊天很愉快，非常發人省思。」

戴斯特拉輕輕哼了一下。

「有這麼……」

「對。」傑洛特打斷道：「再見。」

間諜聳聳肩，把章魚和叉子一起丟進沙拉碗裡，轉身走人。傑洛特沒有目送他離開，而是緩緩移到第二張桌前，將目標鎖定堆在銀盤中央，被生菜與檸檬片簇擁的粉白大蝦。他想嚐嚐蝦子，卻一直感覺到那些好奇的目光。他想以高貴優雅、合乎現場禮儀的方式去大啖這些帶殼佳餚，於是以極慢的速度緩緩地走近，先謹慎而優雅地吃下一些其他盤裡的開胃菜。

莎賓娜．葛雷維席格就站在隔桌，專注地與一位他不認得的女巫交談，那女巫有一頭烈燄紅髮，穿了件白裙，上衣則是用白色喬其紗裁製而成；那件上衣和莎賓娜的差不多，同樣近乎透明，卻巧妙地縫上幾片刺繡與貼花。正如傑洛特注意到的，那些貼花相互交錯、產生遮掩與展露的特性，很令人玩味。

兩位女巫交談的同時，不斷吃著美乃滋龍蝦片。她們的聲音很小，說的是上古語；雖然沒在看他，可話題的主角顯然是他。他假裝只對蝦子感興趣，然後毫不客氣地利用獵魔士的敏銳聽力。

「……和葉妮芙？」紅髮女巫一面把玩如項圈般圍在頸上的珍珠項鍊，一面確認著：「妳說真的嗎？莎賓娜。」

「當然是真的。」莎賓娜．葛雷維席格答道：「說了妳也不信，已經好幾年了。我真的很訝異，他竟然受得了那個討厭的卑鄙小人。」

「這有什麼好訝異的？她對他下了咒，用美色留住他。這招我用得還少嗎？」

「可他是獵魔士啊，他們不會讓人下咒，至少咒語不可能持續那麼久，而且還是每次見面都被下咒。」

「所以這就是愛。」紅髮女巫嘆了口氣。「而愛情是盲目的。」

「盲目的是他。」莎賓娜一臉受不了的樣子。「馬蒂，妳信嗎？她竟敢向他介紹說我是她唸書時的好友。不羅耶的胚思特，她年紀都比我還大了……這不重要。我告訴妳，她根本就是個醋罈子，小梅莉戈德不過對獵魔士笑了下，那個母夜叉竟然就對她大吼大叫，說了一堆難聽話，完全不經修飾，然後就把她趕走了。現在呢……妳看看，她人站在那裡和法蘭西絲講話，眼睛卻一直盯著獵魔士。」

「她害怕啊。」紅髮女巫咯咯笑著說：「就算是只有今晚，她也怕我們會把他從她身邊搶過來。莎賓娜，妳覺得怎樣？要不要試試？那傢伙挺有魅力的，和我們那些驕傲自大、愛抱怨又看不起人的白斬雞不一樣……」

「馬蒂，妳講話小聲點。」莎賓娜壓低音量道：「不要看他，也不要笑得那麼花枝亂顫。葉妮芙在觀察我們。還有，克制一點。妳想勾引他？品味還眞差。」

「嗯，妳說得對。」馬蒂想了想後，認同道：「那要是他自己突然走過來找我們呢？」

「要是他過來，」莎賓娜．葛雷維席格以看獵物的眼光盯著獵魔士，說：「我馬上就給他，就算在石頭上也沒關係。」

「是我的話，」馬蒂咯咯笑著。「就算在刺蝟身上也可以。」

獵魔士直盯著桌布，用蝦子與沙拉遮住臉上傻笑的表情，很慶幸自己因爲血管的變異而不會臉紅。

「獵魔士傑洛特？」

他呑下蝦子，轉過身。是個看起來有些眼熟的巫師，正摸著自己紫色緊身衣上的繡花滾邊，對他淺淺笑著。

「沃羅的多勒加雷，我們認識啊，之前見過，就在……」

「我記得。很抱歉沒有馬上認出你，很高興……」

巫師臉上的笑意加深了些，並從正巧經過的男侍盤中拿起兩個酒杯。

「我在旁邊看了你好一陣子。」他把其中一杯酒遞給傑洛特，說：「你對葉妮芙向你介紹的每個人都說『很高興』，這叫作虛僞呢？還是缺乏批判能力？」

「這叫禮貌。」

「對他們？」多勒加雷揮手比向在場賓客。「相信我，這不值得浪費力氣。這群人自負、善妒又狡詐，你的禮貌不會受到重視，反而會成爲犧牲品。獵魔士，對他們呢，要用他們那套模式，粗暴、傲慢、無禮，至少這樣可以讓他們印象深刻。和我喝一杯吧？」

「喝這邊這種淡得像水一樣的酒？」傑洛特親切地笑道。「這裡的酒讓人倒盡胃口。不過，如果你覺得好喝……我也只好勉強了。」

這話讓隔桌拉長耳朵偷聽的莎賓娜與馬蒂大聲哼了一下。多勒加雷十分不屑地掃了她們一眼，然後轉身與獵魔士碰杯。這回他臉上掛的笑容，是眞心的。

「好樣的。」他自在地說：「你學得很快嘛。要命喔，獵魔士，你是在哪裡學會這種話的？是你整天在商道上閒晃、追著那些瀕臨絕種的生物時？敬你的健康。說出來不怕你笑，不過你是這廳裡少數幾個會讓我想敬酒的人。」

「眞的嗎？」傑洛特喝下一口葡萄酒，細細品嚐酒液，發出輕微聲響。「就算我的工作是屠宰瀕臨絕種的生物？」

「不要抓我的語病。」巫師開玩笑似地拍了下他的肩膀。「宴會才剛開始，一定還會有些人來煩你，所以你那夾槍帶棍的伶牙俐齒還是省著點用吧。至於你的職業嘛……你，傑洛特，至少還有幾分自尊，沒把獎盃掛得一身都是。不過你看看四周，看啊，不用管一般禮儀，他們喜歡被人盯著看。」

獵魔士依言露骨看著莎賓娜．葛雷維席格的胸部。

「你看。」多勒加雷扯過他的袖子，指著一個從旁邊經過，身穿薄紗的女巫。「那短靴是角龍皮做的，你有注意到嗎？」

他點點頭，不甚真心，因爲他只看見透明薄紗上衣沒遮住的部分。

「嘿，不賴嘛，岩石眼鏡蛇。」巫師準確無誤地辨認出另一雙走在大廳裡的短靴。時下流行裙長只到踝上一扠高，正好方便他觀察。「至於那邊……白鬣蜥，火蛇，翼龍，眼鏡鱷，翼蜥……這些全都是瀕臨絕種的爬蟲動物。要命喔，就不能穿小牛皮或豬皮做的鞋子嗎？」

「多勒加雷，你還是老樣子，就愛聊皮草？」菲莉帕．愛哈特走過來加入談話。「喜歡聊縫革製履？眞是普通又乏味的話題。」

「青菜蘿蔔，各有所好。」巫師一臉不屑。「菲莉帕，妳禮服上的毛皮滾邊很漂亮。沒看錯的話，這是鑽貂吧？非常有品味。妳一定知道這個物種因爲擁有美麗的皮毛，二十年前就徹底滅絕了吧？」

「三十年前。」菲莉帕一邊更正，一邊把剩下那些傑洛特還來不及吃的蝦子送進嘴裡。「我瞭解，要是我叫設計師用最粗的亞麻紗來幫我縫禮服，這個物種就不會滅絕了，我的確考慮過。不過，粗亞麻的顏色和我不搭。」

「我們過去桌子另一邊吧。」獵魔士從容建議道：「我看到那邊有一大碗黑魚子醬。鱘魚也幾乎絕種了，所以動作要快。」

「和你一起吃魚子醬？這眞是夢寐以求。」菲莉帕眨了眨眼，伸手勾住他的臂膀。她身上飄著肉桂與甘松的香氣，十分誘人。「我們走吧，別浪費時間。多勒加雷，你要和我們一道嗎？不要？那就再見了，玩得開心點。」

巫師哼了一下，轉過身去。莎賓娜．葛雷維席格和她的紅髮友人看著他們離開，那目光比瀕臨絕種的岩石眼鏡蛇還要來得惡毒。

「多勒加雷，」菲莉帕毫不客氣地貼到傑洛特身上低聲說：「在替奇達里士的艾塔囚國王當間諜。小心點，他那些爬蟲動物和皮革的話題只是開場白，接下來就會有一連串打探；而莎賓娜．葛雷維席格可是拉長了耳朵……」

「因爲她在爲喀艾德的韓瑟頓刺探消息。」他把話接完。「我知道，妳有提過。至於那個紅頭髮的，她的朋友……」

「那不是天生的，是染的。你是沒長眼睛嗎？她是馬蒂．索得根。」

「她是爲誰打探？」

「馬蒂？」菲莉帕笑了，一口貝齒襯著豔紅雙唇，閃閃發光。「沒有爲誰，馬蒂對政治沒興趣。」

「眞是讓人意外，我以爲這裡所有人都是間諜。」

「是有很多，」女巫瞇起眼，說：「不過不是所有人，也不會是馬蒂．索得根。馬蒂是治療師，也是個沒有男人會死的花痴。噢，眞是天大的打擊，你看！魚子醬全被吃光了！一顆也不剩！連盤子都被舔乾淨了！現在怎麼辦？」

「現在，」傑洛特笑得很無辜地說：「妳要對我說空氣中有什麼在醞釀著，而我得放棄中立，要做出選擇。妳會和我提個賭注，至於這個賭注裡，我的獎品是什麼，我連想都不敢想。不過要是我輸了，我知道自己該做什麼。」

菲莉帕．愛哈特直視著他，沉默許久。

「我應該猜到的。」她輕聲說：「戴斯特拉忍不住了，是吧。他向你提了交易。我警告過他，你看不起間諜。」

「我沒看不起間諜，我看不起的是刺探的行爲。還有，我看不起的是輕蔑的態度。不要提任何賭注，菲莉帕。當然，我也感覺到空氣中有什麼在醞釀著。就讓它繼續醞釀吧，與我無關，我不在乎。」

「你以前就曾這麼和我說過，在奧克森福特的時候。」

「很高興妳沒忘。依我看，妳也記得當時的情況？」

「歷歷在目。我那時沒告訴你那個叫黎恩斯還什麼的替誰辦事，還讓他逃掉了。唉，你當時很生我的氣……」

「這是很含蓄的說法。」

「現在是我補救的機會，明天我會給你那個黎恩斯。不要打斷我的話，不要擺臉色。這不是戴斯特拉的那種賭注。這是個承諾，而我一向信守承諾。不，什麼都別問，拜託。現在我們就把注意力放在魚子醬，還有那些瑣碎的流言蜚語上吧。」

「沒有魚子醬了。」

「等一下。」

她快速張望了一下，揮動手掌，唸出咒語。狀似魚隻跳躍的彎形銀器中，立即充滿瀕臨絕種的鱘魚子醬。獵魔士笑了笑。

「用幻覺就能吃飽？」

「不能。不過可以用這個來稍微滿足一下刁鑽的味覺，嚐嚐看。」

「嗯……的確……好像比眞的還好吃……」

「而且不會發胖。」女巫擠了點檸檬到滿滿一小匙魚子醬上，驕傲地說。

「可以麻煩你幫我拿杯白酒嗎？」

「沒問題。菲莉帕？」

「怎麼了？」

「根據宴會禮儀這裡應該禁用咒語。和幻影魚子醬比起來，直接對味覺施法不是比較保險嗎？就是直接針對味覺本身，難道妳不會……」

「我當然會。」菲莉帕·愛哈特透過水晶酒杯看著他。「施展這種咒語比做一把渾枷還簡單。不過若是只有味覺感受，我們就會失去實際行動帶來的樂趣。行動的過程中會有規律的動作、手勢……伴隨這個過程的，還有交談、視線接觸……我還會另一種咒語，想知道是什麼嗎？」

「洗耳恭聽。」

「高潮的感覺我也變得出來。」

獵魔士還沒來得及回應，就有一位個子不高、身材苗條、一頭稻色直髮的女巫朝他們走了過來。他馬上就認出來人是誰——是那個穿角龍皮高跟鞋的女巫；她身上的綠色薄紗連左胸上方最小一顆痣都遮不住。

「不好意思，」她說：「不過我得打斷你們的調情。菲莉帕，拉德克里夫與戴特摩德找妳過去說一下話。很急。」

「好吧，如果是這樣，我走了。再見囉，傑洛特。我們晚點再來調情吧！」

「哈！」金髮女巫朝他打量了一番。「傑洛特。令葉妮芙瘋狂的獵魔士？我一直在觀察你，也不斷思索你可能是誰，眞是讓我傷透了腦筋！」

「我知道這種累人的感覺。」他露出一抹禮貌的笑，回答道：「而且我現在就有這種感覺。」

「不好意思，是我失禮了，我是凱拉．梅茲。喔，魚子醬！」

「小心喔，這是幻影。」

「該死的，你說對了！」女巫把湯匙拋下，好像那是黑蠍子的尾巴。「誰這麼不要臉……你？你會創造第四級的幻影？你？」

「我。」他臉上笑意不減，撒謊道：「我是魔法大師，扮成獵魔士只是爲了要掩人耳目。妳想，葉妮芙會對一個普通獵魔士有興趣嗎？」

凱拉．梅茲抿起雙唇直視著他。她的脖子上掛著一塊鑲了鋯石的銀色安卡【註】。

「要來點葡萄酒嗎？」他提議道，好打破這令人尷尬的沉默。他擔心自己的笑話可能會被負面解讀。

「不，謝謝……同行的大師。」凱拉的語氣十分冰冷。「我不喝酒，不能喝。我打算今天晚上要懷孕。」

「和誰？」莎賓娜．葛雷維席格那位染成紅髮的友人朝他們走過來，開口詢問。她穿了件白色喬其紗做的透明上衣，上頭還用了各式花樣巧妙地點綴。「和誰？」她無辜地眨著眼睛，又問了一次。

凱拉轉過身，從白鬣蜥皮短靴到珍珠頭冠，把她全身掃過一遍。

「這和妳有什麼關係？」

「沒有，職業病。妳不把我介紹給妳身旁那位鼎鼎大名、來自利維亞的傑洛特？」

「沒特別想，不過我知道妳不會死心。傑洛特，這是馬蒂．索得根，治療師，專長是調配春藥。」

「一定得三句不離本行嗎？喔！你們爲我留了點魚子醬？眞是貼心。」

「小心，」凱拉與獵魔士同聲說：「這是幻影。」

「確實如此！」馬蒂．索得根彎身聞了聞，拿起酒杯，看見上頭的紅色唇印。「喔，是菲莉帕．愛哈特。我早該想到的，還會有誰敢這麼無恥。那討人厭的蛇蠍女人，你們知道她在替雷達尼亞的維吉米爾當間諜嗎？」

「而且是個沒有男人就會死的花痴？」獵魔士大膽問話。馬蒂與凱拉同時哼了一下。

「你在取悅她，試著和她調情時，期待的該不會就是這樣吧？」治療師問。「如果是的話，那你要搞清楚，有人故意在捉弄你。菲莉帕對男人來者不拒已經有一段時間了。」

「又或者，你是個女人？」凱拉．梅茲嘟起晶亮的雙唇。「可能只是扮成男人，同行的魔法大師？爲的就是要掩人耳目？馬蒂，妳知道嗎？他剛剛才跟我說他喜歡假裝。」

【註】即生命之符，是一種古埃及的十字架，十字頂端有一個圓環。

「他是喜歡，也很會。」馬蒂噙著一抹嘲諷的笑，說：「對吧，傑洛特？剛才我看到你假裝自己耳力不好，假裝不懂上古語。」

「他有很多缺點。」葉妮芙冷冷地說，走過來挽住獵魔士的手，宣示所有權。「事實上，他只有缺點。女孩們，妳們是在浪費時間。」

「看起來是這樣。」馬蒂．索得根同意道，臉上依舊掛著嘲諷的笑。「那就祝你們玩得開心。走吧，凱拉，我們去喝點……不含酒精的東西。說不定我今晚也會下個決心？」

「呼！」獵魔士在她們離開後鬆了口氣。「妳來得正好，葉。謝謝。」

「你謝我？你應該不是眞心的吧。這間大廳裡總共有十一個女人故意展示她們透明衣衫底下的胸部。我離開你半個鐘頭，就逮到你和其中兩個聊天……」

葉妮芙突然停下，看向魚形器皿。

「……還拿幻影來吃。」她補充說。「喔，傑洛特啊，傑洛特。來吧，我來介紹幾個値得認識的人。」

「這些人之中，有維列佛茲嗎？」

「有意思。」女巫瞇起眼說：「你正好就問到他。對，就是維列佛茲渴望認識你，和你聊天。先警告你，這場談話可能很瑣碎又不經心，不過別因此搞錯了。維列佛茲是個經驗老到、異常聰明的老狐狸。我不知道他想從你這裡得到什麼，不過你要保持警覺。」

「我會保持警覺。」他嘆著氣說：「不過我不認爲妳那個經驗老到的老狐狸有辦法讓我吃驚，至少剛才一堆間諜、瀕臨絕種的貂與爬蟲動物跑來騷擾我，拿根本就不存在的魚子醬來餵我。那些花痴根本就不挑男人，卻懷疑我的男子氣概，說要在刺蝟上強暴我，拿懷孕來嚇我，對，甚至還有高潮，而且還是不用規律動作就可以達到的那種，嗯……」

「你喝酒了？」

「一點奇達里士白酒，那裡頭大概摻了春藥……葉？和那個維列佛茲談完後我們就回羅西亞嗎？」

「我們不回羅西亞。」

「什麼？」

「今天我想待在阿瑞圖沙，和你一起。你剛剛說，春藥？加在酒裡？太棒了……」

□

「喔、喔，」葉妮芙嘆著氣，伸腿勾住獵魔士，在他大腿上磨蹭。「喔，喔，喔。我好久沒做愛了……真的好久了。」

傑洛特把指尖從她的鬈髮間解開，什麼也沒說。一來，她的話可能是陷阱，他怕在誘餌裡藏了鉤子。二來，他不想讓話語破壞了那份仍在他唇上，屬於她的美好味道。

「我好久沒和會說他愛我、我也愛他的男人做愛。」過了一會兒，她發現獵魔士顯然沒有上鉤，便開始喃喃低語：「我都忘了那時候是怎樣地開心。喔，喔。」

她伸手抓住枕頭兩角，將身子拱得更高，那沐浴在月光下的胸形，在獵魔士的背部下方引起一陣輕顫。他抱住她，兩人靜靜躺著，漸漸平復，冷靜下來。

狹小寢室的窗外響起一陣蟬鳴，遠處隱隱傳來喧鬧與歡笑，代表即使夜已深沉，宴會仍舊進行。

「傑洛特？」

「怎麼了？葉。」

「告訴我。」

「和維列佛茲的談話內容？現在？早上再告訴妳。」

「現在，拜託嘛。」

他看著房間角落的書桌。上頭擺了書本、相簿，以及其他院生暫遷羅西亞時，來不及帶走的物品。書本旁邊，還有一個圓圓的布娃娃靠坐著，因爲主人時常擁抱的關係，娃娃身上那件蛋糕裙顯得縐巴巴的。她沒帶走娃娃，他想著，是怕自己在多人房裡會被其他同學取笑吧。她沒帶走娃娃，現在少了娃娃她一定睡不著吧。

娃娃用釦子做的眼睛看著他，他把目光移開了。

葉妮芙把他介紹給參議會時，他對那群巫師精英做了一番密切觀察。漢・蓋第枚特只是用疲憊的目光瞥了他一眼——看得出來宴會已經讓這個老人精疲力盡。阿爾圖・特拉諾瓦的雙眼在他和葉妮芙之間游移，用曖昧表情行禮，一到其他人面前就馬上正經起來。法蘭西絲・芬妲芭兒的藍色精靈眼瞳像是無法穿透的堅硬玻璃，當眾人引介兩人認識時，這朵來自山谷的雛菊綻放了一抹微笑。儘管那抹笑容是如此美麗，卻讓獵魔士不寒而慄。緹莎亞．德芙利斯雖然一直忙著調整袖釦與珠寶，兩人正式認識時還是對他笑了一笑。那笑容雖然不那麼漂亮，卻眞誠多了。而且，緹莎亞馬上與他交談，還提到一件他身爲獵魔士的高尙事蹟，不過老實說他不並記得那件事，而且懷疑那是她編出來的。

就在那時，維列佛茲加入談話。盧格溫的維列佛茲，一個外型令人印象深刻的巫師，有高貴俊美的相貌，以及眞摯誠懇的聲音。傑洛特知道有此相貌的人，什麼事都可能做得出來。

他們只短短交談了一下，便感覺到投射在他們身上極度不安的目光。看著獵魔士的是葉妮芙，看著維列佛茲的則是一位眼神溫柔、不斷試著以扇子掩飾臉龐下半部的年輕女巫。他們寒暄了幾句話後，維列佛茲提議到人少的地方繼續談話。傑洛特覺得緹莎亞．德芙利斯是唯一對這個提議感到訝異的人。

「傑洛特，你睡著了嗎？」葉妮芙的低語打斷了他的思緒。「你不是該告訴我，你們說了什麼嗎？」

桌上娃娃的鈕釦眼睛看著他。他別過眼。

過了一會兒，他開口說：「我們才剛進到畫廊，那個臉很奇怪的女孩……」

「莉迪雅．凡布雷德佛特。維列佛茲的助手。」

「對，沒錯，妳提過了，無足輕重的人。我們進到畫廊後，那個無足輕重的人停了下來，她看著他，問了一個問題。用心靈感應。」

「那並不失禮，莉迪雅沒辦法出聲。」

「我想也是，因爲維列佛茲並沒有以心靈感應回答她，而是出聲回答……」

□

「對，莉迪雅，這是個好主意。」維列佛茲答道。「我們就到光榮畫廊裡走走。利維亞的傑洛特，你可以借此機會看看魔法的歷史。我當然知道你很清楚魔法的歷史，不過你將有機會直接透過視覺了解。如果你是書畫鑑賞家，別被嚇到囉。大多數畫作都是阿瑞圖沙那些充滿熱誠的學生畫的。莉迪雅，希望妳不介意把燈光稍微調亮些，這裡太暗了。」

莉迪雅·凡布雷德佛特在空中揮了一下，走廊馬上亮了起來。

第一幅圖畫的是一艘古老帆船在漩渦間擺盪，四周礁石遍布、波濤洶湧。船首站著一名身穿白袍、頭頂光環的男子。

「這是第一次登陸。」獵魔士看得出畫的主題。

「沒錯。」維列佛茲給予肯定。「流放者之船。約翰·貝克用自己的意志制住了『能量』。他在平息浪濤的同時，也證明了魔法不一定是邪惡、具毀滅性的，也可以用來拯救生靈。」

「這件事是真的嗎？」

「我很懷疑。」巫師笑了笑。「比較可能的是，第一次航程與登陸的時候，貝克與其他人一樣，暈船暈得連膽汁都吐了出來，整個人癱掛在船舷上。能夠登陸算是出奇地好運，而『能量』則是在他上岸後才成功制住。我們再往前走。如你所見，又是約翰·貝克，在他們第一個落腳處，讓岩石湧出水來。

而這幅是貝克站在向他跪拜的村民之中驅趕雲霧、鎮壓風暴、保護農作。」

「那這個呢？這張圖畫的是哪個事件？」

「識別受選者。貝克與吉安巴提斯塔爲村民的孩子進行魔法測試，好找出『源術士』。受選的孩子會被帶離父母身邊，送到巫師的首座據點——米爾泰。你現在看的，正好是歷史性的一刻。如你所見，孩子們都很害怕，只有那個褐髮女孩一臉堅定，帶著全然信任的笑容朝吉安巴提斯塔伸出雙手。她就是之後鼎鼎大名的格蘭威阿格內絲，第一名成爲女巫的女子。在她身後的女人是她的母親，神情有些哀傷。」

「這一幕裡的這群人是？」

「拿威格拉德聯盟。貝克、吉安巴提斯塔及蒙克，與各方領主、祭司及德魯伊締結和平。有點像是互不侵犯條約，讓魔法和政治切割之類的，眞是亂畫一通。我們再繼續走。這裡見到的，是走向彭達爾河上游的吉奧佛瑞．蒙克，那條河當時也被稱爲埃文易彭特阿耳文內連——雪花石膏橋之河。蒙克來到羅克穆因，敦請當地精靈收留那群孩子，也就是那群要受精靈法師訓練的源術士。有件事你可能會覺得有趣，其中有個男孩，後來大家都叫他來自阿列的葛哈特。你剛剛才見過他，這個男孩現在叫作漢．蓋第枚特。」

「這個，」獵魔士看向巫師，「看起來一點都不像戰爭畫。畢竟，蒙克成功探險的幾年之後，特雷托格的勞朋內克元帥手下的軍隊血洗了羅克穆因與耶斯特哈畝雷特，精靈不分男女老少全都被殺，戰事也因此而起，最後在雪拉微得以大屠殺收場。」

「你的歷史知識之豐富，眞是讓人佩服。」維列佛茲再度笑了笑。「所以你當然也曉得當時那些戰爭沒有任何有名望的巫師加入。正因如此，這個主題並沒有爲院生帶來任何作畫靈感。我們繼續走吧。」

「走吧。這塊布上畫的是哪個事件？喔，我知道了。這是畫拉法爾德．白維調停諸王紛爭，爲六年戰爭畫下句點。而這畫的是拉法爾德拒絕接受加冕，非常俊美高貴的手勢。」

「你這麼認爲？」維列佛茲偏過頭。「好吧，不管怎樣，那都是個代表開創之力的手勢。不過拉法爾德還是接受了首席參事一職，而實際上眞正治國的人也是他，因爲當時的國王是個白痴。」

「光榮畫廊……」獵魔士低語走向下一幅畫。「這幅是什麼？」

「首屆參議會成立與法典通過的歷史性一刻。從左邊起依序坐的是：賀伯特．史丹梅佛德、奧蘿拉．韓森、伊沃．里查、來自格蘭威的阿格內絲、吉奧佛瑞．蒙克，以及托爾卡內得的拉德米。如果要我說實話，這裡還少了一張戰爭畫。因爲沒多久後，在一場殘酷的戰爭中，那些不願意承認參議會和遵守法典的人，全被趕盡殺絕。其中，也包括了拉法爾德．白維。不過關於這點所有史書都避而不談，以免有損他的美好傳奇。」

「那這幅……嗯……這大概是某個院生畫的，而且應該還很年輕……」

「這點毋庸置疑。話說回來，這是寓意畫。如果是我，會把這幅寓意畫命名爲『女性的勝利』。空氣、水、大地與火，還有四名主宰這些元素能量的知名女巫——格蘭威的阿格內絲、奧蘿拉．韓森、妮娜．妃歐拉汪緹，以及克萊拉．拉麗莎．德溫特。你看下一張，這幅畫得較好。這裡也可以看到克萊拉．拉麗莎爲女子學院開幕，就是我們目前身處的這所殿堂。這些肖像則是學院歷屆畢業生。而這裡看到的，是女性的勝利與巫師職業日漸女性化的這段漫長歷史：來自姆利維的洋娜、諾菈．汪格、她的姊妹奧古絲塔、婕達．葛雷維希、蕾蒂西亞．沙爾波諾、優拉．老克斯安提列、卡菈．德美緹雅．克雷斯特、薇蘭塔．斯瓦雷茲、阿蓓兒．溫哈維爾……還有一個至今仍在：緹莎亞．德芙利斯……」

他們繼續往前走。莉迪雅．凡布雷德佛特的絲綢禮服在地上發出低語，隱含了某個危險的祕密。

「那這個呢？」傑洛特停下腳步。「這個可怕的場景是什麼？」

「飽受凌遲的巫師拉德米。他在法兒卡叛亂時被活生生扒了皮。這背景畫的則是法兒卡下令要米爾泰城化爲灰燼，整座城市也因而陷入火海。」

「正因爲這件事，不久後，法兒卡自己也被綁到木堆上，同樣化爲灰燼。」

「這件事人人皆知，特馬利亞與雷達尼亞的孩子們到現在還會在撒奧溫前夕玩火燒法兒卡的遊戲。我們走回頭吧，好看看畫廊另一邊……我看你似乎有話想問，說吧。」

「我只是在想年表的前後順序。當然，我知道煉金藥對駐顏的功效，不過這些畫裡的人物有些早已不在人世，有些依然健在……」

「換句話說，你覺得很奇怪，爲什麼你在宴會上看到了漢．蓋第枚特與緹莎亞．德芙利斯，可是卻沒看到貝克、格蘭威的阿格內絲、史丹梅佛德或妮娜．妃歐拉汪緹？」

「不，我知道你們是不死之身……」

「何謂死亡？」維列佛茲打斷他，問：「你認爲呢？」

「結束。」

「什麼的結束？」

「存在，我覺得我們好像開始談論哲學了。」

「來自利維亞的傑洛特，自然不知道何謂哲學。所謂哲學，通常是指人類嘗試去了解自然，這種嘗試是既可悲又可笑的；這就好像甜菜試圖證明自己存在的因果，把反覆思量的結果稱作長久以來祕密進行的『根莖之爭』，把雨水當作『謎樣的原動力』。這就好像我們巫師不會浪費時間去臆測自然為何物。我們知道何謂自然，因為我們本身就是自然。你懂我的意思嗎？」

「我盡量，不過麻煩說慢點，別忘了你是在和甜菜說話。」

「你有想過當年貝克讓岩石中湧出水來的時候，發生了什麼事嗎？貝克掌控了『能量』，逼水元素得照他的意思行動。他征服了自然，掌控了自然……你和女人的關係如何？傑洛特。」

「什麼？」

莉迪雅·凡布雷德佛特帶著絲綢沙沙的低語聲轉過身，一動也不動地等著他回答。傑洛特看見她的脅下挾了幅包住的畫。他不知道那幅畫是怎麼來的，莉迪雅剛才明明沒拿東西。他頸上的護身符輕輕震動了一下。

維列佛茲笑了笑。

「我是在問，」他提醒著，「你對男女關係的看法。」

「你是指這種關係的哪一面？」

「你認爲，有可能強迫女子就範嗎？我說的當然是眞正的女人，不是小姑娘。有辦法可以掌控眞正的女人嗎？可以征服她嗎？讓她臣服在你的意志之下？如果可以，要用什麼方法？說吧。」

□

布娃娃的鈕釦眼睛仍舊看著他們。葉妮芙別開視線。

「你回答他了嗎？」

「回答了。」

女巫用左手緊緊壓住他的手肘，右手則按住在她胸房探索的手指。

「什麼方法？」

「妳明知道。」

□

「你懂。」過了一會兒，維列佛茲說：「而且你大概一直都懂，所以你也能理解當意志與屈服、命令與服從、男性統治與女性聽從等觀念消失殆盡，就可以達到一體。團體融合成個體，整體合而爲一。一旦造就這類局面，死亡便不再重要。約翰．貝克曾是從岩石中湧出來的水，他就在宴會廳裡。若說貝克已死，就等於宣告水的死亡。你看這幅畫。」

獵魔士依言轉過視線。

「這幅畫特別漂亮。」過了一會兒後，他說。接著，立刻感覺到獵魔士胸章傳來的輕震。

「莉迪雅，」維列佛茲微微一笑，「謝謝你的認同。而我則要稱許你的品味。這個場景呈現的是來自洛得的可雷給南與拉拉·多倫·阿波·夏得哈兒，一對被蔑視時代分開、摧毀的傳奇情侶。他是巫師，她是精靈，是精英群阿恩瑟分，也就是智者中的一分子。這原本可以是和諧的開端，卻轉變成一齣悲劇。」

「我知道這個故事，以爲它是童話。這原來是眞的嗎？」

「這點，」巫師的態度轉爲嚴肅。「沒人知道。應該說幾乎沒有人知道。莉迪雅，把妳的畫掛起來，掛這旁邊。傑洛特，好好欣賞莉迪雅的另一幅作品吧。這是拉拉·多倫·阿波·夏得哈兒的肖像，是根據古老的小幅畫像繪製而成。」

「恭喜。」獵魔士朝莉迪雅·凡布雷德佛特行禮，並發現他正在克制自己不要發出顫聲。「這是眞正的傑作。」

肖像裡的拉拉·多倫·阿波·夏得哈兒是以奇莉的眼睛看著他，但他的聲音沒有絲毫顫動。

□

「然後呢？」

「莉迪雅留在畫廊裡，我們兩人則走到露台，然後他很開心地看著我出糗。」

□

「請往這邊走，傑洛特。請走在黑色地磚上，不要踩到別處。」

下方傳來海的咆嘯，塔奈島就處在泛著白沫的浪潮之中。浪頭打在羅西亞的城牆上，碎成點點水花。羅西亞在燈火照映下閃閃發光，阿瑞圖沙也相去不遠。然而，這兩座建築之上，方石之城加樂斯但卻顯得幽深陰暗、死氣沉沉。

巫師隨著獵魔士的視線說：「明天，參議會與最高議會的成員會穿著傳統服飾，就是你所知曉的古老畫像中那種及膝黑袍與尖頂圓帽，也會像用來嚇小孩的邪惡巫師、巫婆那樣帶著長長的魔法棒與手杖。這是我們的傳統。在幾位見證者的陪伴下，我們會到那邊，到上面的加樂斯但去。到那裡，在一間特別準備的大廳裡，我們將召開會議。其他人就到阿瑞圖沙等待我們的歸來與決議。」

「到加樂斯但關起門來商議，這也是傳統？」

「這是標準的傳統。這傳統由來已久，而且是根據現實經驗而定的。有時，這樣的巫師商議也會充滿火藥味，演變成十分動感的意見交換。某次進行這種意見交換時，一顆電光球毀了妮娜．妃歐拉汪緹的髮型與禮服。後來妮娜花了一年在加樂斯但的城牆上設置了前所未見的強力光罩，以及封鎖咒力的結界。從那時起，加樂斯但內便未曾出現過任何咒語，商議也得以和平進行。尤其是沒有人會忘記，要將與會者身上的刀子收走。」

「原來如此。那比加樂斯但還高，位在最頂端的那座孤塔是什麼？某座重要建築嗎？」

「那是托爾拉拉，海鷗之塔，是座廢墟。至於重不重要？答案大概是肯定的。」

「大概？」

巫師倚著欄杆說：「依照精靈的說法，托爾拉拉好像是以瞬間移動的方式，與至今無人涉足、神祕的托爾奇來亞——燕之塔相連。」

「好像？你們沒去找這個瞬間移動點？我不信。」

「你說得對。我們是找到了傳送點，不過不得不把它封起來。托爾奇來亞是精靈法師與智者的神祕據點，當時有許多反對聲浪，所有人都想去試驗看看，想成爲探險家，並藉此博得名氣。然而，傳送點卻變了形，無法復原，造成很多混亂，許多人因此犧牲，所以傳送點最後被封了起來。我們走吧，傑洛特，越來越冷了。走黑色地磚，不要踩別處。」

「爲什麼只能走黑色的？」

「這些建築都已毀壞，濕氣、腐蝕、強風、空氣中的鹽分對城牆的傷害很大。翻修得花不少錢，所以我們用了幻象。爲了表面上的聲望，你懂的。」

「沒有全懂。」

巫師揮了揮手，露台便立刻消失。他們站在懸崖邊，腳下的岩石宛如尖牙，從深淵底下的水沫中伸出。他們腳下站的狹窄黑磚帶，就好像一條鋼索，夾在阿瑞圖沙的岩礁與支撐露台的支柱之間。

傑洛特好不容易才保持平衡。如果他只是一般人而不是獵魔士，肯定沒辦法維持住；不過即便是他，也著實吃了一驚。巫師一定注意到了他的大動作，以及神情變化。狹窄人行橋上的一陣風，讓他的身形晃了晃，險惡的浪聲，從深淵之下傳來。

「你畏懼死亡。」維列佛茲帶著一抹微笑說：「你畢竟還是有所畏懼。」

□

布娃娃用鈕釦眼睛看著他們。

「你被他捉弄了。」葉妮芙抱住獵魔士，喃喃道。「那並不危險，他一定有在你和自己身上做了飄浮平台。他不會冒險的……接下來呢？」

「我們走到阿瑞圖沙另一側。他把我領進間很大的房間，那大概是某個導師的書房，甚至可能是校長的。我們在桌子前坐下，桌上擺了個沙漏，裡頭的沙緩緩流著。我聞到莉迪雅的香水味，知道她在我們之前先進了那個房間……」

「那維列佛茲呢？」

「他問了一個問題。」

□

「傑洛特，你爲什麼沒成爲巫師？這些法術都不曾吸引過你嗎？你老實說。」

「會有這麼一天。這些法術曾經很吸引我。」

「那麼你爲什麼沒有聽從誘惑的聲音？」

「我認爲聽從理智的聲音較爲明智。」

「意思是？」

「在獵魔士這行許多年，我學會量力而爲。維列佛茲，你知道嗎？我認識一個矮人，他小時候就夢想成爲精靈。你覺得呢？要是他眞的聽從自己的意向，美夢可以成眞嗎？」

「這能拿來作比較嗎？能相提並論嗎？你這樣評斷眞是錯得離譜。矮人沒辦法成爲精靈，因爲他沒有精靈母親。」

傑洛特沉默了很久。

「嗯，是啊。」他終於開了口。「我早該想到的。你已經查過我的生平，能不能告訴我，你的目的是什麼？」

「也許，」巫師微微一笑，「我夢想能在光榮畫廊裡掛上一幅畫？我們兩人在一張桌前，黃銅板上的標題是：盧格溫的維列佛茲與利維亞的傑洛特簽訂協議。」

「那應該算是寓意畫，」獵魔士說。「標題是：知識戰勝無知。我比較喜歡寫實畫，標題叫：維列佛茲告訴傑洛特來龍去脈。」

維列佛茲兩手撐在桌上，十指併攏。「這還不夠清楚嗎？」

「不夠。」

「你忘了嗎？我夢想的那幅畫，就掛在光榮畫廊裡，它的後代正看著它，清楚地知道那畫上呈現的究竟是怎麼回事。畫布上畫的是維列佛茲與傑洛特達成共識並簽訂協議，而傑洛特因此終於加入巫師的行列，遵循眞正的召喚，而不是靠什麼誘惑還是心意的，然後將自己那到目前爲止都不太有意義又沒未來的存在劃下句號。」

獵魔士沉默了很久後，說：「試想一下，不久前，我還以爲已經沒有任何事情能讓我感到訝異。但相信我，維列佛茲，我會回憶這場宴會與這些輝煌事跡。當然，這也値得畫上一幅畫。標題叫作：傑洛特笑到肚子快破掉地離開塔奈島。」

「我沒聽懂。」巫師微微前傾。「你那詞藻華麗的精彩演說讓我迷失了。」

「對我來說，你不懂的原因很簡單。我們之間差異太大，所以沒辦法互相了解。你是尊貴的巫師，不但列席參議會，還與自然合爲一體。我是個流浪者，是獵魔士，是變種人，在這世上到處奔波，爲了賞金而殺盡天下怪物……」

「妙語如珠，」巫師打斷他，「已被陳腔濫調所取代。」

「我們之間差異太大。」傑洛特不讓自己的話被打斷。「至於我的母親剛好是名女巫，這個微不足道的事實還不足以『抹煞』這個差異。另外我好奇問一下，你母親的身分是什麼？」

「我不曉得。」維列佛茲平靜地說。

獵魔士當下不再說話。

過了一會，巫師說：「科維爾圈的德魯伊在蘭埃克塞特的排水溝裡發現我，就把我帶回家撫養長大。當然，是用德魯伊的方式。你知道德魯伊是什麼嗎？是變種人，是走遍世界膜拜橡樹的流浪者。」

獵魔士沉默著。

維列佛茲接著說：「然後，在某些德魯伊的儀式上，我的那些能力就這樣冒出來。毋庸置疑，這些能力證明了我的出身。顯然是兩個人類不小心生下我，而他們其中一人是巫師。」

傑洛特沉默著。

「發現我這些微薄能力的，當然也是一位偶然遇見的巫師。」維列佛茲平靜地說下去：「而這人賜給我很大的恩惠：受教育、發展的機會，以及有望加入巫師同袍會的遠景。」

「而你，接受了這個機會。」獵魔士輕聲地說。

「不。」維列佛茲的語氣變得越來越冷淡，越來越不客氣。「我用很不客氣，甚至是粗魯的方式拒絕了這個機會。我把一肚子氣全都出在那個老頭身上。我想讓他感到罪惡，他與他那一整個巫師會都是。因爲蘭埃克塞特的排水溝，他應該感到罪惡；因爲那一個或兩個沒心沒肺的惡棍巫師，他應該感到罪惡。他們是在我剛出生後，而不是在我出生之前，把我丟到那個排水溝。當然，那個巫師根本就不懂，對我當時說的話也沒有任何感覺。他聳聳肩後，便繼續往前走，就像他和他那群同伴一樣，都是些麻木不仁、驕傲自大、理應被蔑視的渾帳王八蛋。」

傑洛特沉默著。

「我眞的受夠了那些德魯伊。」維列佛茲說：「所以我拋下那些神聖的橡樹，到外面看看這個世界。我做過很多事，有些至今還覺得丟臉，最後我成了傭兵，之後的命運你可以想見。我先是當了打勝仗的兵，後來變吞了敗仗的兵，成了趁火打劫的匪兵、強盜、強暴犯、殺人犯，最後爲了不被麻繩套住脖子，跑到了世界的盡頭。而那裡，在世界的盡頭，我認識了一個女人。一個女巫。」

「當心了。」獵魔士低聲說著，眼睛瞇成一線。「當心了，維列佛茲，別爲了要勉強找出我們兩個相似的地方而扯得太遠。」

「已經沒有相似的地方了。」巫師並沒有斂下視線。「因爲我控制不了自己對那個女人的感覺。至於她的感覺我沒辦法了解，而她也沒有盡力幫助我去了解。我拋下了她，因爲她淫亂、傲慢、惡毒、無情又冷漠。因爲她完全不受控制，而她對人的掌控又是那麼令人屈辱。我拋下了她，因爲我曉得她之所以對我感興趣，是因爲我的才智、性格，還有我那令人著迷的神祕感，蓋過了我不是巫師的事實，因爲只有巫師才有榮幸與她共度不只一夜。我拋棄了她，因爲……因爲她就像我的母親。我突然了解到，我對她的感覺根本就不是愛，顯然是種更爲複雜、強烈，卻又難以歸類的感覺。那是一種複雜的感覺：恐懼、遺憾、狂暴、良心不安、渴望贖罪、罪惡感、失落、受傷，是一種期盼痛苦與補償的變態需求。我對那名女子的感情，是一種憎惡。」

傑洛特沉默著。維列佛茲將目光轉向一邊。

過了一會，他說：「我拋下了她。可是我沒辦法忍受那股將我緊緊包圍的空虛。我突然了解，這股空虛並非來自女伴的匱乏，而是因為少了當時那些感受。很矛盾，對吧？我應該不用把話說完，你就可以想到接下來的部分。因為憎惡，我成了巫師。因為這樣，我才明白自己有多蠢，竟錯把映滿繁星的池面當成夜空。」

「就像你正好注意到的，我們之間的相似處並不完全相似。」傑洛特喃喃說道。「就從表面上看來，我們的共同點很少，維列佛茲。你告訴我自己的故事，是想要表達什麼？成為巫師之王的道路即使曲折難行，也為所有人而敞開嗎？就算是……借用一下相似詞，私生子和棄兒，流浪者或獵魔士……」

「不。」巫師打斷他。「我不打算說這條路是為所有人而開，因為這點是再清楚不過，而大家也早就知道的。不過對某些人來說，除了這一條就沒有別的路，這是事實，不用任何證明。」

「所以，」獵魔士笑了笑，「我沒有選擇囉？得和你簽下那個要成為畫作主題的協議，成為巫師？就只是因為基因的關係？不會吧，我對遺傳理論也稍有瞭解。我的父親是個浪人、是個莽漢，愛惹事生非，也常動刀動槍，這點我花了不少工夫才釐清。我的基因裡用劍的部分比較強，應該不是遺傳自母親。事實上我砍人的功夫還不賴，所以這點應該符合邏輯。」

「你正好說到重點。」巫師冷笑道：「沙漏幾乎要漏光了，而我，來自盧格溫的維列佛茲，參議會成員，卻一直在和一個愛動刀動槍的莽漢、愛動刀動槍的浪人莽漢之子扯東扯西。當然，我並沒有不耐煩。我們現在說的，就如大家所知，是那些愛動刀動槍的莽漢會圍在火堆旁爭辯的話題，比如像是基因這類話題。你是從哪兒知道這個字的，我愛動刀動槍的朋友？是艾蘭德裡教二十四個盧恩字母發音與書寫的神殿學校？是什麼如此吸引你去讀那些可以找到這種或其他類似字眼的書籍？你是在哪裡訓練出這樣的口才和修辭？又爲什麼要這麼做？是爲了要與吸血鬼交談嗎？我親愛的遺傳浪人，你讓緹莎亞．德芙利斯對你笑。我親愛的獵魔士，愛動刀動槍的獵魔士，你讓菲莉帕．愛哈特爲你著迷到雙手顫抖，讓特瑞絲．梅莉戈德一想到你就會臉紅，至於凡格爾堡的葉妮芙，我就不提了。」

「或許你不提也好。沙漏裡的沙確實已經少得可以數出還有幾粒，所以別再拐彎抹角了，維列佛茲。說出你的目的吧。直截了當地告訴我，就當作我們現在坐在火堆前，就你和我兩個浪人，正在烤剛剛偷來的豬仔，拚命想用樺樹汁灌醉自己，可是一點效果也沒有。一個簡單的問題來了，你就直接回答，就像浪人對浪人那樣。」

「那這個簡單的問題是什麼？」

「你向我提了一個協議，好像要達成某種共識？維列佛茲，爲什麼你會想要把我擺到你的鍋子裡？依我看，你這一大鍋已經開始滾了？這空氣中，除了燭台以外，還有什麼？」

「嗯……」巫師開始思索，又或者是在假裝思索。「這問題不簡單，我會試著回答，但不會像浪人對浪人那樣，我的回答方式會像……收了別人的錢而動刀動槍的人，對另一個差不多的人那樣。」

「可以。」

「那就聽好了，愛動刀動槍的兄弟。一場混戰正在醞釀，是生死之爭，不會有任何救贖。有人獲勝，就有人落得被鴉群啄食。所以兄弟，我建議你加入機會比較大的那些人。加入我們，把其他人拋到一邊，對他們狠狠地吐口水，因爲他們一點機會都沒有，爲什麼要和他們死在一塊呢？不、不，兄弟，別繃著臉，我知道你想說什麼。你想說你是中立的，不管哪一邊對你來說都是狗屁，你可以躲到山裡、躲到卡爾默罕等這場混仗結束。這是個很糟的主意啊，兄弟。和我們在一起，你可以擁有你所愛的一切；要是不加入我們，你就會失去一切。到那時候，空洞、虛無和憎惡會吞噬你，即將來臨的蔑視時代會摧毀你。所以要理智點，一旦到了抉擇的時刻，要站在對的那一邊。這個時刻將會來臨，相信我。」

「太驚人了。」獵魔士笑得一臉嘲諷。「我的中立竟然會將所有人惹惱到這種地步。我們結束這場談話吧，維列佛茲，你是在浪費時間。這場遊戲裡，我不是你對等的夥伴。在這座光榮畫廊裡，我看不見我們兩個同時出現在一幅畫上，尤其是戰爭畫面上的可能性。」

巫師沉默著。

「你儘管把你這盤棋裡的王、后、車、象全都擺開，不用管我。」傑洛特說：「因爲我在這個棋盤上的分量，不會比這棋盤上沾的灰塵還多。這不是我的遊戲。你認爲我得做出選擇？我認爲你錯了。我不會選擇，我會順應事情的發展。其他人選什麼，我也會跟著改變，我一直都是這樣。」

「你是個宿命論者。」

「雖然我不該知道這詞是什麼意思，不過我就是個宿命論者。我再說一次，這不是我的遊戲。」

「是嗎？」維列佛茲俯身桌前說：「獵魔士，這場遊戲裡，棋盤上已經站了一匹黑馬，不管是好是壞，都透過命運的羈絆與你相連在一起。你知道我說的是誰，對吧？你大概不想失去她吧？要知道，如果你不想失去她，就只有一個辦法。」

獵魔士瞇起雙眼。

「你們想要對那孩子做什麼？」

「你想知道的話，就只有一個辦法。」

「我警告你，我不會讓她受傷害……」

「要做到這點，只有一個辦法。我已經和你提了，利維亞的傑洛特。好好想想，你有一整晚的時間。你思考時，要看著天空、看著星星，別把天上的繁星和池面上的倒影搞錯了。沙漏已經漏完了。」

□

「葉，我很擔心奇莉。」

「你的擔心是多餘的。」

「可是……」

「相信我。」她抱住他。「相信我，拜託。不要管維列佛茲，他是個老狐狸，想把你玩弄於股掌之間，把你激怒。就某部分來說，他的確成功了。不過這沒有任何意義。奇莉是在我的羽翼之下，她在阿瑞圖沙會很安全，可以在這裡拓展她的能力，沒有人可以妨礙她。不過你就忘了要她成為獵魔士這件事吧。她的天賦是在其他地方，她生來就是要做別的事，你可以相信我。」

「我相信妳。」

「這算是很大的進展，就別管那個維列佛茲了。明天很多事情都會明朗，很多問題都會解決。」

明天，他想著。她有事瞞著我，而我卻害怕問。科林爵是對的。我讓自己陷入了一個糟糕透頂的陰謀，不過現在已經沒有退路。我必須等待明天到來，那個狀似一切都會明朗的明天。我必須相信她。我知道會有事發生，我會等待，也會伺機而動。

他看向書桌。

「葉？」

「我在。」

「妳在阿瑞圖沙唸書時……在像這間這樣的寢室裡睡覺時……妳有娃娃嗎？那種不抱就睡不著，白天還會擺在書桌上的娃娃？」

「沒有。」葉妮芙猛然動了一下。「我甚至沒有娃娃。不要問那時候的事，傑洛特。拜託別問。」

「阿瑞圖沙。」他打量著四周，喃喃說著。「塔奈島上的阿瑞圖沙。這裡將成爲她的家，要在這裡待這麼多年……等她離開這裡時，將會蛻變爲成熟的女人……」

「好了。不要想這個，也不要說這個，與其說這個……」

「什麼，葉？」

「愛我。」

他抱住了她，伸手撫摸，找到了他要的。葉妮芙重重地嘆了口氣，以令人難以置信的方式，同時變得柔軟而堅硬。他們說出口的話語變得斷斷續續，隱沒在一聲聲嘆息與喘息中，不再有任何意義，消散在空氣中。因此他們不再說話，而是專注於探索自我、探索眞理。他們花了很多時間探索，小心翼翼，仔細萬分，生怕倉促、魯莽或冷淡會成了一種褻瀆。他們謹愼地探索，生怕粗暴會成了一種褻瀆。

他們找到彼此，克服恐懼，而在那之後不久，他們找到了眞理。眞理以一種炫目、驚人的清澈程度在他們眼皮底下爆發，以呻吟撕裂了原本決心緊閉的雙唇。在那一刻，時間開始斷斷續續地轉動，然後靜止，一切全都消失，唯一剩下的感官，只有觸覺。

永恆過後，回歸現實，時間二度轉動，重新出發，緩緩地、沉重地，就好像一輛滿載貨物的馬車。傑洛特看向窗外的月亮。片刻前所發生的事，理應連月娘都給震落，但她卻依舊高掛天空。

「喔，喔，天啊。」過了許久之後，葉妮芙緩緩拭去臉頰上的淚珠，開口說道。

他們靜靜躺在縐巴巴的床單上，沉浸在餘韻中，沉浸在逐漸消散的溫暖與逐漸熄滅的幸福中，沉浸在沉默中；而他們四周，有一股充滿黑夜氣息與蟬鳴的模糊晦暗逐漸形成。傑洛特知道，在這樣的時刻，巫師的心靈感應能力會變得十分敏銳且強烈，所以他努力想像美好的事物，想著那些可以爲她帶來歡愉的事情。他想著日出的萬丈金光，想著山中湖畔的晨霧，想著在水晶般的瀑布中跳躍的鮭魚，閃閃發亮，好似純銀打造而成。他想著溫暖的雨滴，打落在載滿露珠的牛蒡葉上。

他腦海裡的情景都是爲她而編織。葉妮芙聽著他的思緒，笑了，臉頰上映照的睫毛彎影也因爲這抹微笑而閃動。

□

「房子？」葉妮芙突然問道：「什麼房子？你有房子？你想蓋房子，呃……對不起，我不該……」

他不發一語，生自己的悶氣。他為她想了這一切，卻不小心讓她讀到他的想法。

「很美的夢。」葉妮芙輕輕地撫摸他的肩頭。「一個家。自己親手蓋的房子，裡面有我、有你。你可以養馬、養羊，我可以做飯、打理菜園、把羊毛紡成毛線好拿到市場上賣。我們可以用賣毛線和各種作物賺到的幾毛錢來買必需品，比如銅鍋和鐵耙。每隔一段時間，奇莉可以帶她的丈夫和三個孩子來看我們；有時，特瑞絲‧梅莉戈德也會來小住幾天。我們會幸福到老，而且過得很有尊嚴。當我無聊時，你可以在晚上為我演奏你親手做的風笛。就像大家都知道的，演奏風笛是治療憂鬱的靈丹妙藥。」

獵魔士沉默著。女巫微微清了清喉嚨。

「我很抱歉。」過了一會兒，她說。他枕著手肘半撐起身，吻了她一下。她猛然一動，抱住了他。一切盡在不言中。

「你說說話。」

「我不想失去妳，葉。」

「我不就在你身邊嗎？」

「這個夜晚就要結束了。」

「一切都有結束的一天。」

不，他想著。我不想要這樣。我累了，我已經累得無法接受結束就是開始，一切都得重新來過這種觀念。我想要……

「別說。」她飛快伸手按住他的嘴唇。「別告訴我你想要的是什麼，渴望的是什麼。因為我有可能沒辦法實現那些渴望，這樣會讓我痛苦。」

「葉，妳的渴望是什麼？妳的夢想是什麼？」

「不會是遙不可及的。」

「那關於我的部分呢？」

「我已經擁有你了。」

他沉默了很久。終於等到她打破沉默。

「傑洛特？」

「嗯？」

「愛我，求你。」

一開始，他們滿足於彼此，兩人都充滿想像與創意，有許多想法，不斷探索，渴望能有新意。沒多久，就像往常那樣，他們發現這一切太多也太少；他們同時了解到這點，於是再度向彼此展現愛意。

傑洛特慢慢清醒過來後，月亮依舊懸掛在原本的位置。窗外的蟬鳴之慘烈，似是想要用瘋狂與激昂來戰勝不安與恐懼。從阿瑞圖沙左翼、一扇離他們不遠的窗戶，傳來大聲的吼叫與斥責，某個渴睡的人要求他們降低音量。而另一頭的某扇窗裡則傳來熱情的掌聲與喝彩，顯然這人比較有藝術氣息。

「噢，葉……」獵魔士低聲地責備道。

「這是有理由的……」她吻了吻他，把臉埋進枕頭。「我有尖叫的理由，所以我叫了。這不該壓抑。這樣不健康，也不自然。要是你可以的話，抱我。」

拉拉瞬間移動點，以其發現者命名，又稱貝納文特傳送點。位於塔奈島上，海鷗之塔最後一層。為固定式傳送點，會在特定時期啓動。傳送點之運作方式：未知。傳送點之目的地：未知，可能因自發性衰敗而扭曲，不排除有岔歧或分散現象。

注意事項：傳送點極不穩定，有致死風險。傳送實驗全面禁止。海鷗之塔與周邊區域內禁用魔法，尤其是瞬間移動術。有關進入托爾拉拉並檢視傳送點之申請，參議會將特別進行審核。申請書須載明研究動機，並提出研究領域之專業證明。

參考書目：《上古一族之魔法》，吉奧佛瑞．蒙克著；《托爾拉拉之傳送點》，以馬努耶．貝納文特著；《瞬間移動的理論與實踐》，妮娜．妃歐拉汪緹著；《祕密之門》，藍善特．阿瓦洛著。

——禁忌（違禁物品列表）
《魔法藝術》第五十八版

第四章

一開始，只有忽近忽遠、閃爍不明的混亂與一連串畫面。接著一陣天旋地轉，成了滿是聲響的深淵。奇莉看見一座參天高塔，塔頂有閃電舞動。她聽見鷙鳥叫聲，發現自己就是那隻鷙鳥。她急速飛翔，身下一片驚濤駭浪。她看見一個小小的布娃娃。接著她突然成了那個娃娃，而四周一片黑暗，還有蟬鳴陣陣。她看見一隻黑白相間的大貓，接著，她突然成了那隻大貓，處在黑暗的室內，周圍是深色木頭鑲板，有蠟燭與舊書本的味道。好像有人喚了好幾次她的名字，要她過去。她看見銀色鮭魚跳躍於瀑布之中，聽見雨水淅瀝打在樹葉之上。然後，她聽到一聲長長的叫喊，那是葉妮芙，但聲音聽起來很奇怪。就是這聲叫喊將她喚醒，將她從那個沒有時間、一片混亂的深淵中拉了出來。

她試著回想夢境，卻怎麼也想不起來，就在這時，她聽見悅耳的魯特琴聲、笛聲、叮噹作響的鈴鼓聲、歌聲，還有笑聲。位在走廊盡頭的那間房裡，亞斯克爾與一群偶遇的遊唱詩人玩得十分盡興。

一道月光從窗外探了進來，稍稍照亮滿室黑暗，讓這羅西亞宮裡的房間看起來像是夢中世界。奇莉將床單丟到一旁，滿身是汗，髮絲都貼在額上。整個晚上她一直無法入睡，雖然窗戶大開，她卻覺得快要窒息。原因她一清二楚。葉妮芙在與傑洛特一同離開前，對這房間施了保護咒。這看起來像是爲了防止別人進房，但奇莉懷疑這其實是爲了不讓房裡的人跑出去。她被囚禁了。雖然葉妮芙能和傑洛特見面，都是多虧她跑到希倫墩，而葉妮芙顯然也非常高興，不過卻沒忘記，也還沒原諒她的自作主張與瘋狂的逃跑行徑。

這次與傑洛特見面，讓她內心充滿悲傷與失望。獵魔士話很少，很緊繃不安，而且一點也不真心。他們的談話一直斷斷續續，不論問話或答話，他常常說到一半便打住。獵魔士的目光與思緒不斷從她面前溜走，飄往遠方。奇莉知道是往哪兒去了。

走廊盡頭的小房間裡傳來亞斯克爾輕柔、憂傷的歌聲與魯特琴聲，弦樂絲絲，宛如石上低語的涓流。聽起來，是詩人譜了好幾天的那首旋律。那詩歌叫作「難以捉摸」，亞斯克爾誇耀了許多次，說肯定會在每年晚秋於瓦特堡舉行的吟遊詩人大賽上得大獎。奇莉仔細聆聽歌詞。

你飛翔在潮濕的屋瓦之上
潛游於黃色睡蓮之間
即便如此，我仍能了解你
當然，如果我來得及的話……

蹄聲隆隆，馬上之人在夜晚奔馳，天際線上綻放著熊熊火光。凶猛鷙鳥高聲尖叫，展開雙翅準備起飛。奇莉再度陷入夢境，聽見有人多次呼喚她的名字。一會兒是傑洛特，一會兒是葉妮芙，然後又是特瑞絲．梅莉戈德；最後有好幾次，是一名身材窈窕且神情悲傷的淺髮陌生女子，她從一張象牙銅框的袖珍畫中看著她。

在那之後，她看見一隻黑白相間的貓兒，過了一會兒，她成了那隻貓兒，貓兒的眼睛成了她的眼睛。周圍是一間陌生而黑暗的屋子。她看見擺滿書本的書櫃，點了幾根蠟燭的桌面，案頭上有兩名男子俯身查看卷軸。其中一名男子咳了一下，用手帕擦過嘴。另一名是個頭很大的侏儒，坐在輪椅上。那侏儒沒有腳。

□

「不可思議……」分恩掃過幾乎焚毀的卷軸，驚歎道：「眞是難以置信……你這些文件哪來的？」

「說了你也不會信。」科林爵咳了咳。「現在你已經知道琴特拉公主奇莉拉的眞實身分了嗎？繼承上古之血的孩子……這該死的憎惡之樹最後一脈！這最後一根枝枒，上頭還掛著最後一顆毒蘋果……」

「上古之血……這麼久遠……芭維塔、卡蘭特、亞達莉雅、愛蓮、費歐娜……」

「還有法兒卡。」

「老天，這不可能！第一，法兒卡沒有孩子！第二，費歐娜是合法的婚生子……」

「第一，有關法兒卡年輕時的事，我們一無所知。第二，別笑死我了，分恩。你明明知道光是聽見『婚生』這個字，就會讓我笑到痙攣。我相信這份文件，因爲就我看來，這是一份沒有被更動的文件，而且上面所說都是事實。芭維塔的曾曾外祖母費歐娜，她的母親就是法兒卡，那個披著人皮的怪物。眞是見鬼了，那些發神經的預言詩歌、文字或其他有的沒的，我根本就不信，不過現在要是想想伊特莉娜的預言……」

「污穢之血？」

「污穢、腐敗、受詛咒，有很多種解釋。而要是你記得的話，根據傳說，法兒卡就是受了詛咒，因為拉拉．多倫．阿波．夏得哈兒對她的母親降下詛咒……」

「科林爵，這只是說給小孩聽的故事。」

「你說得對，這只是給小孩聽的。不過，你可知道故事什麼時候不再是故事？就是當有人開始相信的時候，而有人就相信這故事裡的上古之血；尤其是說到復仇者將自法兒卡之血誕生那段，復仇者將會摧毀舊世界，並在廢墟上建立新世界。」

「而這個復仇者就是奇莉拉？」

「不。不是奇莉拉，是她的兒子。」

「而在找奇莉拉的是……」

「恩菲爾．法．恩瑞斯，尼夫加爾德帝王。」科林爵冷冷地把話接完。「現在你懂了嗎？不管奇莉拉願不願意，都要成為王位繼承人的母親。而這個大公，將成為黑暗大公，邪惡法兒卡的後代與復仇者。世界會徹底毀滅，之後呢，依我看，又會在監控與管制下重建。」

侏儒沉默了許久。

「你不認為，」他終於開口。「應該把這件事告訴傑洛特嗎？」

「傑洛特？」科林爵扯了扯嘴角。「誰啊？該不會是那個不久前才告訴我，自己不是為利益做事的天眞傢伙？哦，我相信他的所作所爲都不是爲了自己的利益，而是爲了其他人，而且他自己還無所覺。他去跟蹤被人拴了鏈子的黎恩斯，卻沒察覺綁在自己脖子上的項圈。我應該要告訴他嗎？那些人想把這隻會生金蛋的母雞佔爲己有，好去勒索或討好恩菲爾，我要幫他們嗎？不，分恩，我沒那麼蠢。」

「獵魔士是拴了鏈子在辦事？被誰？」

「你想想。」

「賤人！」

「這話說得很貼切。那個人是唯一能影響他的人，是他信任的人。而我從沒信任過那個人，我要親自加入這場遊戲。」

「這是一場危險的遊戲，科林爵。」

「沒有任何一場遊戲是安全的，只有値得或不値得。分恩，兄弟，你難道不懂落到我們手上的是什麼嗎？是一隻只會替我們，而不會替其他人下蛋的金母雞，牠會下又大又圓的蛋，一整顆黃澄澄的金蛋……」

科林爵咳了起來。他把手帕從嘴邊拿開時，可以看見上頭沾了斑斑血跡。

「金子治不好你的病。」分恩看著合夥人手裡的手帕說。「也治不好我的雙腳……」

「誰知道？」

一陣敲門聲傳來。分恩不安地轉過輪椅。

「你在等誰嗎？科林爵。」

「當然。等我派到塔奈島去抓金母雞的人。」

□

「別開！」奇莉吼著。「別開這扇門！在那門後的是死亡！別開這扇門！」

□

「來了，來了。」科林爵一邊喊，一邊將門閂打開，然後轉過身對著喵喵叫的貓咪說：「給我安靜點，你這個該死的壞東西……」

他說到一半，突然打住。站在門口的，不是他等的人，而是三個不認識的人。

「您是科林爵先生？」

「先生他們出去辦事了。」律師換上呆蠢的表情，把聲音變得微微尖銳。「我是先生的管家，我叫哥隆伯，密凱勒．哥隆伯。我能爲各位尊貴的先生做什麼呢？」

「不用。」其中一名高個子半精靈說。「既然先生不在，那我們把信函和口訊留給他就好。這是信函。」

「我保證一定會交給先生。」科林爵完美地扮演遲鈍的管家，卑微地行了個禮，伸出手去拿繫了紅繩的羊皮紙卷。「那口訊呢？」

原本緊緊捲成一團的繩子像蛇一般展開攻擊，朝他鞭了過來，並緊緊纏住他的手腕。那高個子用力一扯，科林爵便失去平衡往前撲去，並反射性地以左手壓在半精靈的胸膛，免得撞向對方。這種姿勢讓他無法閃躲，就這樣被一把短劍刺進腹部。他低吼一聲，向後掙扎，但纏住他手腕的魔法繩仍牽制著他。半精靈再度將他拖往自己，補上一刀。這一次，科林爵整個人陷入刀刃中。

「這就是黎恩斯的口訊與問候。」高個子半精靈斷聲說道，把匕首用力往上一挑，將律師當作魚一般取出他的內臟。「下地獄吧，科林爵。直接下地獄吧。」

科林爵大聲喘氣，感覺那把匕首的利刃在肋骨與胸腔上磨鋸、搗弄。他倒在地上縮成一團，想大叫以警告分恩，卻只能發出細細的尖銳聲，而那聲音馬上便被隨後湧出的血浪蓋住。

高個子半精靈跨過他的屍體，跟在他後頭一起進屋的，還有兩個人類。

他們的出現並沒有讓分恩措手不及。

弓弦發出一聲脆響，刺客之一被鋼球射中額頭正中央，當場往後倒下。分恩推著輪椅離開書桌，抖著手想為鋼弩補上彈藥，卻是徒勞無功。

高個子跳到他面前用力踢翻輪椅。侏儒跌進散落一地紙堆中，拚命揮動短小的雙手與截斷的雙腿，看起來就像隻殘缺的蜘蛛。

半精靈一腳將鋼弩踢到分恩搆不到的地方。他快速看了下攤在桌面的文件，完全沒埋會在地上努力掙扎的侏儒。一張象牙銅框的袖珍畫引起他的注意，畫中人物是名淺髮女子。他把那張畫像連同背後的襯紙一道拿起。

第二個刺客丟下被弩弓鋼珠射中的同伴靠了過去；半精靈狀似詢問地挑眉看他，刺客搖了搖頭。半精靈將袖珍畫和桌上搜來的幾份文件收到懷裡。接著，他從墨水瓶中取出一把鵝毛筆，拿到蠟燭上點火；將那把羽毛來回轉動，確保每根羽毛都點燃後，便將那羽毛火把丟到桌上，滿桌卷軸瞬間陷入火海。

分恩放聲大叫。

高個子半精靈從燒成一片的桌上拿走去墨液，站到侏儒面前，把瓶子裡的液體全倒在他身上。分恩哀號一聲。第二個刺客一把抽出櫃子裡的卷軸，全都扔到侏儒身上。

桌上的火舌猛然竄升，幾乎要燒到屋梁。另一罐比較小瓶的去墨液轟然炸開，烈火立刻舔向書櫃。卷軸、書卷與簿冊頓時轉紅、蜷縮，與火起舞。分恩不斷哀號。高個子退離陷入火海的書桌，拿起紙張捲成第二個紙捲，然後把火點燃。第二個刺客在侏儒身上又丟了一把羊皮卷軸。

分恩嚎叫連連。

半精靈手裡拿著點了火的紙捲，站到他面前。

科林爵的黑白公貓坐到一旁的圍牆上。熊熊火光在牠的黃色眼瞳裡燃燒，以拙劣至極的手法將宜人的夜晚仿造成白天。一道道喊聲在四周響起。失火了！失火了！快拿水！一群人朝屋子跑去。貓兒靜靜待在一旁，帶著驚訝與輕蔑看著他們。那群蠢蛋打算去的方向顯然是火場，是那個牠好不容易才逃出來的地方。

科林爵的貓咪漠不關心地轉過身，開始舔洗沾滿血跡的腳掌。

□

奇莉醒了過來，滿身大汗，雙手過度用力緊抓床單而吃疼。四周一片寂靜，只有一道月光像匕首般劃破這片柔和的黑暗。

火災。火。血。惡夢……我想不起來，什麼都想不起來……

她深深吸了口深夜裡的冷冽空氣，那股鬱悶感已經消失了，她知道這是爲什麼。保護咒已經消失。

出事了。奇莉心想，她跳下床，快速穿好衣服，將匕首插入腰間。她的劍不在身邊——葉妮芙把它交給亞斯克爾保管。詩人一定已經入睡。羅西亞裡一片寂靜。奇莉本來在考慮該不該叫醒他，耳畔卻突然傳來一陣強烈的脈波與血液流動。

窗外透進的月光成了一條通道。在通道底端，離她很遠的地方，有一道門。那道門打了開來，而站在門後的，是葉妮芙。

「來吧。」

女巫背後有另一道門開啓。一道接著一道，無數道門。廊柱的黑色輪廓在晦暗中依稀可見，又或者那是雕像……我在作夢，奇莉想著，雖然這話連她自己都不信。我在作夢。這不是什麼通道，這是光線，一道光線。那上面是沒辦法走的……

「來吧。」

她順著那聲音去了。

□

要是沒有獵魔士那些愚蠢的顧慮，要不是因爲他那些不切實際的原則，後來發生的許多事就會有不同的發展，許多事大概根本就不會發生。如此一來，世界歷史的演變也會跟著不同。

不過世界歷史已經照著現在的情況來發展，其原因只有一個既定的事實，那就是獵魔士的重重顧慮。他在清晨醒來之後，雖然感到生理需求，卻沒有像其他男人那樣去陽台上對著金蓮花盆解手。因爲他有重重顧慮。他輕手輕腳地穿上衣服，以免吵醒睡得正沉、毫無動靜，甚至看似沒了呼吸的葉妮芙。他離開房間，往花園走去。

宴會還在進行，不過聽得出已接近尾聲。宴會廳的窗上仍舊燈火閃爍，照亮了中庭與牡丹花壇。因此，獵魔士走得稍微遠些，往較爲濃密的樹叢裡去。在那裡，他專注地看著逐漸轉亮的天空，地平線上已透出一道黎明的紫色晨光。

當他緩步歸來，邊在腦中思索要事的同時，身上的徽章劇震起來。他伸手按住徽章，感覺那股震動竄過全身。毫無疑問地，阿瑞圖沙裡有人施了咒語。傑洛特豎起耳朵，宮殿左翼的迴廊傳來低沉的喊叫與嘈雜，以及重物擊落的聲音。

不管是誰，都會轉身快步朝自己要走的方向去，假裝什麼也沒聽見。這麼一來，世界歷史也會有不同的演變。不過獵魔士有重重顧慮，習慣按照一些不明智也不實際的原則行事。

當他跑進畫廊，來到走道時，現場的打鬥仍舊持續。幾名身穿灰袍的打手制伏了被擊倒在地的巫師。那巫師的個頭不高。這場行動的指揮者是戴斯特拉——雷達尼亞王維吉米爾的情報頭子。傑洛特還來不及有所行動便被制伏，兩個灰袍打手將他壓在牆上，第三個則拿了一把三叉鐵戟抵在他胸前。

所有打手都戴了護頸甲，上頭有著代表雷達尼亞的鷹徽。

「這就叫作闖進糞坑。」戴斯特拉靠了過來，小聲說明。「而你，獵魔士，大概天生就有這種本領吧。慢慢站起來，試著盡量別引起任何人注意。」

雷達尼亞人總算制伏了那名個頭不高的巫師，抓著他的手，把他拉了起來。那是阿爾圖·特拉諾瓦，巫師參議會一員。

照亮現場的光源，是來自懸在凱拉·梅茲頭上的球體。那是晚宴上與傑洛特閒聊過的女巫，但現在他幾乎認不出她來。她身上的飄逸薄紗換成了一套樸素男裝，身旁還有一把匕首。

「把他銬起來。」她簡潔地下達指令，手裡那副藍色金屬手銬發出聲響。

「妳好大膽，敢把我銬住！」特拉諾瓦大吼。「妳好大膽，梅茲！我是參議會成員！」

「你以前是。現在你已經是個平凡的背叛者，而背叛者就該受背叛者的待遇。」

「而妳是個下三濫的妓女，是……」

凱拉向後退了一步，微微側身，以全身力量一拳打在他臉上，巫師的腦袋狠狠向後彈。一時間，傑洛特覺得他的頭似乎斷了。特拉諾瓦整個人癱在抓住他的那些人手上，嘴角、鼻子鮮血直流。女巫雖然再度舉起手，那第二擊卻沒有落下。獵魔士看見她的指間閃著手指虎的銅光，倒是一點也不訝異。凱拉的身材嬌小，光憑一拳無法造成那樣的重擊。

他沒動。那群打手將他緊緊按住，而他胸前抵著長戟的尖刺。就算沒被制住，傑洛特也不是很確定自己是否會有所行動，知不知道該做什麼。

那群雷達尼亞人敲了敲反綁巫師的手銬。特拉諾瓦大叫起來，掙扎了一下後，縮起身子，發出一聲乾嘔。現在，傑洛特已經知道那副手銬是用什麼做的，那是融合了鐵與敵魔力特的材質。敵魔力特是一種稀有礦物，其成分可暫時剝奪巫師的魔力，而剝奪過程中的副作用會令巫師十分痛苦。

凱拉．梅茲抬起頭，將額前的髮絲撥開。就在那時，她看見了他。

「該死的，他在這裡做什麼？他怎麼會在這裡？」

「闖進來的。」戴斯特拉心平氣和地回答。「他有亂闖的天分。我們要拿他怎麼辦？」

凱拉沉吟著，還用長靴的鞋跟敲了幾下。

「看好他，我現在沒時間。」

她匆忙離開，那群雷達尼亞人則拖著特拉諾瓦跟隨其後。白亮的光球飄浮在她後頭，不過黎明已至，天就快亮了。打手依照戴斯特拉的指示放開傑洛特；間諜走近獵魔士，直盯著他的雙眼。

「給我安靜地好好待著。」

「這裡是發生什麼事？這是……？」

「還有閉嘴。」

沒一會兒，凱拉．梅茲回來了，不過不是一個人，身後還有一名淺黃棕髮的巫師，昨天宴會上有人向傑洛特介紹，說他是來自班阿爾得的戴特摩德。這人一見到獵魔士，馬上捶著掌心開口咒罵。

「該死的！這是葉妮芙喜歡的那傢伙嗎？」

「就是這傢伙。」凱拉給予肯定答案。「利維亞的傑洛特。問題是，我不知道葉妮芙是怎麼……」

「我也不知道。」戴特摩德聳了聳肩。「不管怎樣，他已經扯上關係了。他知道得太多。我們把他帶去給菲莉帕，讓她決定。把他銬起來。」

「不用了。」戴斯特拉慢條斯理地說：「我來負責他，我會把他帶到該去的地方。」

「這樣太好了。」戴特摩德點頭。「因爲沒時間了。走吧，凱拉，上面那邊事情變複雜了……」

「他們還眞是緊張。」雷達尼亞間諜看著離開的兩人，喃喃說道。「缺乏經驗，如此而已。政變和兵變呢，就像甜菜冷湯，冷的比較好喝。我們走吧，傑洛特。還有記住：冷靜、自制、不要鬧事，別讓我後悔沒把你銬起來或綁起來。」

「戴斯特拉，現在到底是什麼情況？」

「你還猜不出來嗎？」間諜走在他旁邊，而三個雷達尼亞人則跟在他後面。「喂，獵魔士，老實告訴我，你怎麼會在這裡？」

「因爲我怕金蓮花會枯掉。」

「傑洛特，」戴斯特拉斜眼睨他。「你已一頭闖進了糞坑。雖然你浮了上來，可以張嘴在水面呼吸，不過腳還沒踩到糞坑底部。現在有人對你伸出援手，他可是冒著自己也會跌下去搞得一身腥的風險。把那些蠢笑話丟一邊去。是葉妮芙叫你來的，對吧？」

「不是。葉妮芙現在正睡在溫暖的被窩裡，這樣有讓你安心些嗎？」

身材碩大的間諜猛然轉身，抓住獵魔士的肩膀，將他按到走道牆面。

「不，這樣沒有讓我安心，你這該死的蠢蛋。」他咬牙切齒地說：「你這個笨蛋還不明白，只要是忠於諸王的正派巫師，今晚都沒有入睡嗎？不明白他們根本就沒就寢嗎？躺在溫暖被窩裡睡覺的巫師，都是被尼夫加爾德收買的叛徒。那群賣國賊準備發動政變，不過他們計劃的時間比較晚，不知道事跡已經敗露，目的已經被人發現。而他們就是因此被人從溫暖的被窩裡拉出來，被手指虎打在牙齒上，被敵魔力特做的手銬銬住。那些叛徒全都完了，你懂不懂？要是你不想和他們一起沉到糞坑底，就不要再裝白痴！昨天維列佛茲有沒有收買你？還是葉妮芙在之前已經先收買你了？說！快點，因爲糞水已經快淹到你的嘴巴了！」

「甜菜冷湯，戴斯特拉。」傑洛特提醒他。「把我帶去給菲莉帕吧。冷靜、自制、不要鬧事。」

間諜放開他，往後退了一步。

「我們走。」他冷冷地說。「走這邊的樓梯，往上。不過我向你保證，我們的對話還沒結束。」

□

支撐圓頂的大柱底下，也就是四條走道交會之處，被燈火與魔法光球照得一片明亮。雷達尼亞人和巫師聚集在這裡。站在最後頭的那些人之中，有巫師議會成員——拉德克里夫和莎賓娜・葛雷維席格，與凱拉・梅茲相仿，莎賓娜也穿著灰色男裝。傑洛特這才了解他眼前正發生的政變，可以靠制服顏色來區分陣營。

特瑞絲・梅莉戈德跪在地上，俯身看著一具躺在血泊中的屍首。傑洛特看出那是莉迪雅・凡布雷德佛特。他認得她的頭髮與絲質禮服。光看臉的話他是認不出來的，因爲那已經不是一張臉，而是噁心可怕的死屍面具，外露到臉頰一半的牙齒與凹陷變形且歪七扭八的顎骨，在那張臉上閃著陣陣寒光。

「把她蓋起來。」莎賓娜・葛雷維席格輕聲地說。「她一死，幻象也跟著解除……大殺的，把她蓋起來！」

「拉德克里夫，怎麼會變成這樣？」特瑞絲問道，取出了插在莉迪雅胸骨上那把鍍金匕首。「這不該流血的。」

「她攻擊我們。」巫師垂下頭，喃喃地說：「維列佛茲被帶進來的時候，她朝我們攻過來。場面變得很混亂……我自己也不知道怎麼會……那把匕首是她的。」

「把她的臉蓋起來！」莎賓娜猛然轉過身。她看見了傑洛特，那雙鷙鳥般的眼裡立刻像無煙煤般燃起火光。

「這人是從哪來的？」

特瑞絲飛快起身撲向獵魔士。傑洛特看了她舉到他面前的手掌，只見一道閃光，接著便慢慢陷入黑暗中。他感覺到有一隻手揪著他的領子，用力扯著。

「撐住他，他要倒了。」特瑞絲的語氣很不自然，聽起來像是故作生氣。她又再度晃著他，好藉機拉近兩人的距離。

「原諒我。」他聽見她短促的低語。「我必須這麼做。」

戴斯特拉的人撐住了他。他動了下腦袋，把注意力集中到其他感官。走道上有人走動，空氣不斷震動，帶來不同氣味，還有很多聲音。莎賓娜．葛雷維席格開口咒罵，特瑞絲制止了她。癱軟的屍首被散發軍士氣息的雷達尼亞人拖在地板上，絲質禮服也跟著窸窣作響。血、血的氣味，還有電擊過後的味道。魔法的氣味，激動的聲音，腳步聲與焦躁的高跟鞋聲。

「快一點！已經花太多時間了！我們早該到加樂斯但了！」

那是菲莉帕．愛哈特。她很焦躁。

「莎賓娜，快去找馬蒂．索得根。必要的話，把她從被窩裡拉出來。蓋第枚特的情況很糟，大概是心臟病發，叫馬蒂去照顧他。不過什麼都別說，不管是她，還是那個和她睡在一起的人，都別說。特瑞絲，妳去找多勒加雷、戴特摩德和卡爾敦，把他們帶去加樂斯但。」

「要做什麼？」

「他們代表各國國王。艾塔因和艾斯特拉德他們該看看我們這次的行動和成效，帶他們去……特瑞絲，妳手上有血！誰的？」

「莉迪雅。」

「眞是該死。什麼時候？怎麼會？」

「怎麼發生的很重要嗎？」淡漠的聲音響起。是緹莎亞．德芙利斯。裙襬摩擦的窸窣聲。

緹莎亞還穿著晚宴服，她沒有更換叛軍的服飾。傑洛特豎起耳朵，卻沒聽見敵魔力特手銬的聲音。

「妳是假裝很在意？」緹莎亞又問了一次。「擔心？當妳在策畫叛變，半夜裡放武裝打手進來的時候，就該預料到會有傷亡。莉迪雅已經死了，漢．蓋第枚特也命在旦夕。還有，我剛才也看見阿爾圖那張可怕的臉。還要有多少傷亡？菲莉帕．愛哈特。」

「我不知道。」菲莉帕答得十分強硬。「不過我不會退縮。」

「當然。不管碰到什麼，妳從不會退縮。」

空氣中傳來一股震動，一陣熟悉的鞋跟擊地聲。菲莉帕正往他的方向走來。他記得昨天他們一起穿過阿瑞圖沙大廳，打算去享用魚子醬時，她就是踩著這樣急躁的步伐。他記得那股肉桂與甘松的香味。現在那股香味還和了蘇打味。傑洛特當然不會插手各種政變或兵變，但他在心裡推想，要是自己也有參與，會不會想到要先刷牙。

「他看不見妳，菲。」戴斯特拉一派慵懶地說：「他什麼都看不見，也什麼都沒看見。那個有漂亮頭髮的姑娘把他弄瞎了。」

他聽見菲莉帕的呼吸，感覺到她每個動作，卻假裝無助地轉動腦袋。女巫沒有被他騙住。

「別裝了，傑洛特。特瑞絲封住了你的視力，可是沒剝奪你的智力。你是怎麼跑到這兒來的？」

「我闖進來的。葉妮芙在哪裡？」

「願天神保祐那些對當前狀況一無所知的人。」菲莉帕的語氣沒有任何玩笑成分。「因為他們可以活得比較久一點。你要好好感謝特瑞絲，這只是個薄弱的咒語，等等視力就會恢復。而這些你不能看到的事，你全都沒看見。戴斯特拉，看好他，我等等就回來。」

又是一陣騷動。很多聲音。鏗鏘有力的女高音，是凱拉．梅茲。鼻音很重的男低音，是拉德克里夫。雷達尼亞的靴子聲，還有緹莎亞．德芙利斯拉高的音調。

「你們放開她！怎麼可以？你們怎麼可以對她做這種事？」

「這是叛徒！」濃濃的鼻音，是拉德克里夫。

「無論如何我都不信！」

「血濃於水。」菲莉帕．愛哈特冷冷地說。「恩菲爾大帝承諾會給精靈自由，還有屬於他們的獨立國家。就在這裡，在我們的土地上。當然，要先把人類殺光。光是這樣，就足以讓她馬上倒戈。」

「回話啊！」是緹莎亞．德芙利斯。情緒很激動。「回她的話呀，艾妮得！」

「回話，法蘭西絲。」

敵魔力特手鍺啌噹響起。還有歌唱般的精靈聲調，那是法蘭西絲．芬妲芭兒，來自山谷的雛菊，世上最美麗的女人。

「法佛特阿梅，都因。奈恩特阿滴森。」

「緹莎亞，這樣夠了嗎？」菲莉帕的聲音宛如獅吼。「現在妳相信我了嗎？妳、我、我們所有人對她來說，全都是都因，是人類，永遠都是。而她，阿因雪以，和我們沒話好說。菲爾卡特，你呢？維列佛茲和恩菲爾應允了你什麼，讓你決定背叛我們？」

「下地獄吧，變態的賤貨。」

傑洛特聞言屏息，耳際卻沒傳來手指虎重擊的鏗鏘聲。菲莉帕比凱拉要自制得多，又或者她沒有手指虎。

「拉德克里夫，把這些叛徒帶到加樂斯但去！戴特摩德，把手遞給總導師德芙利斯挽著。你們走吧，我等等就跟上。」

腳步聲。肉桂與甘松的氣味。

「戴斯特拉。」

「菲，我在。」

「我已經用不著你的手下了，讓他們回去羅西亞吧。」

「妳確定……」

「戴斯特拉，回羅西亞！」

「遵命，親愛的女士。」間諜的語氣帶著一股冷笑。「下人做完該做的事就該離開，現在這裡就只有巫師的事。而我，也一樣會從大人您的視線中消失，不會賴在這裡。我並不期望會有人感謝我提供的幫助，或是我對這場政變的貢獻，不過我很確定，大人您會在您的致謝名單上爲我留個位子。」

「很抱歉，希格西蒙。謝謝你的幫忙。」

「不客氣，這是我的榮幸。喂，沃米爾，把人帶走。留五個跟著我。其他帶到下面，送上『水瀑號』。給我輕手輕腳的，別大聲嚷嚷，不要引人注意。用比較偏僻的走道，不管在羅西亞，還是港口，都別給我出一丁點聲音！行動！」

「傑洛特，你什麼都沒看見。」菲莉帕．愛哈特輕聲低語，一股肉桂、甘松混蘇打的氣息吹到獵魔士臉上。「你什麼都沒聽到，你從沒和維列佛茲說過話，戴斯特拉現在會帶你去羅西亞。等到……等到這一切都結束，我會盡可能去那裡找你。我昨天答應過你的事，一定辦到。」

「那葉妮芙呢？」

「他大概是中邪了。」戴斯特拉拖著腳步回過身。「葉妮芙，葉妮芙……煩死了。菲，別管他，有的是比這個更重要的事。有在維列佛茲身上找到要找的東西嗎？」

「當然。來吧，這是給你的。」

「啊哈！」紙張打開的窸窣聲。「啊哈！啊哈！太漂亮了！尼泰特公爵。太完美了！男爵……」

「低調點，別說出名字。還有，拜託你回去特雷托格後，千萬不要馬上開始處決。別提早鬧出醜聞。」

「不用怕。清單上這些眼巴巴望著尼夫加爾德金子的傢伙都很安全。至少目前是這樣，他們會是讓我拉著線的可愛傀儡。之後，我再把那些繩子繞到他們的脖子上……好奇地問一下，還有其他清單嗎？喀艾德的叛徒？特馬利亞的？亞丁的？我很樂意看看，就算是用眼角瞄一下……」

「我知道你很樂意，不過這不是你的事。那些名單已經給了拉德克里夫和莎賓娜．葛雷維席格，他們會知道該怎麼對付那些人。現在，道別吧。我趕時間。」

「菲。」

「你說。」

「把獵魔士的視力封鎖解除吧，別讓他在樓梯上跌跌撞撞。」

□

阿瑞圖沙的宴會廳裡，晚宴持續進行著，不過形式變得比較傳統和家常。廳裡的桌子都被移了位，巫師和女巫從別處搬來扶椅、餐椅和板凳來坐，開始進行各種遊戲，但大多都很不得體。一大群人圍著裝了劣等伏特加的大木桶坐下來後，便開始喝酒聊天，爆笑聲時而可聞。那些不久前還小心翼翼地用銀叉戳著精緻開胃菜的巫師，現在毫不在意地用手抓起羊肋大口大口咬著。幾個人熱絡地玩著牌，根本不在乎周圍的情況；幾個人則在睡覺。角落有一對男女正吻得難分難捨，從現場火熱的情況看來，他們不會僅止於親吻。

「獵魔士，看看他們。」戴斯特拉斜靠在迴廊的欄杆上，居高臨下地看著那群巫師。「看他們玩得多開心，像孩子一樣。於此同時，他們的議會卻快把整個參議會的人都逮光，判定他們是叛徒，說他們和尼夫加爾德交好。看看這對小情人，他們等等就會去找個隱蔽的角落，不過不用等他們搞完，維列佛茲就會上吊了。唉，這個世界還眞奇怪……」

「戴斯特拉，閉嘴。」

□

通往羅西亞的道路是一條切進山側的鋸齒狀階梯。階梯相接處有幾座平台，每座平台上都有疏於照顧的樹籬、花壇和乾枯的大型龍舌蘭花槽。他們通過其中一座平台時，戴斯特拉停下腳步，走近牆邊，來到一排喀邁拉【註】頭的石像前，每個石像嘴裡都有一道細水流瀉而下。間諜彎下身，喝了許久。

獵魔士往圍欄走了過去。海面上閃著金光，天空的顏色比光榮畫廊裡畫作上的還要俗麗。他看見從阿瑞圖沙被派回去的雷達尼亞人就在下方排成一小隊，正穿過架在岩縫上的窄橋往港口走去。

有個東西突然引起他的注意，那是一道孤寂的彩色身影。那身影之所以吸引他的目光，是因爲它移動得非常快速，而且是和雷達尼亞人反方向。那身影往上，要去阿瑞圖沙。

「好了。」戴斯特拉刻意清著嗓子催促他。「時候到了，該上路了。」

「你要是這麼急的話，自己走。」

「喔，是啊。」間諜一臉嘲諷。「而你就回上面去救你的葉妮芙，再像個喝醉酒的地精那樣大鬧一場。獵魔士，我們現在是要去羅西亞宮。你是有幻覺還是類似毛病？你以爲我把你從阿瑞圖沙裡拉出來，是因爲我心中隱藏許久的愛意？並沒有。我把你從那裡拉出來，是因爲你對我還有用處。」

「什麼用處？」

「你在裝傻嗎?有十二個雷達尼亞血統最爲高貴的女孩在阿瑞圖沙唸書，我不能冒險和尊貴的校長馬格麗塔．老克斯安提列起衝突。校長不會把奇莉拉，也就是葉妮芙帶來塔奈島的琴特拉公主給我。不過要是你向她要求，她就會同意。」

「這種『我會提出要求』的可笑假設是從哪來的?」

「假設你會想確保奇莉拉安全無虞。由我，還有維吉米爾國王來保護，她在特雷托格會很安全。塔奈島不安全。別急著發表你那些尖酸的評論。是，我知道一開始各國國王對這女孩的打算不是最理想的，不過現在情況改變了。很顯然，戰事迫在眉睫，活蹦亂跳又健康安全的奇莉拉，可能比十個重騎兵團還要有價值。死掉的奇莉拉就連一毛也不值了。」

「菲莉帕．愛哈特知道你的打算嗎?」

「不知道，她甚至不曉得我知道這女孩在羅西亞。我的菲曾經很可愛，現在卻是趾高氣揚，不過雷達尼亞的國王仍舊是維吉米爾。我是聽維吉米爾的命令辦事，那些巫師的打算我根本不當回事。奇莉拉可以搭『水瀑號』去拿威格拉德，再從那邊走陸路去特雷托格。這樣一來她就安全了。你相信我嗎?」

獵魔士在一尊喀邁拉頭像前俯身，喝了幾口怪物嘴裡流出的清水。

「你相信我嗎?」戴斯特拉站到他旁邊，又問了一次。

傑洛特站起身，抹了下嘴唇，用全力朝他下巴打去。間諜踉蹌了一下，不過沒有跌倒。離他們最

【註】希臘神話中有著羊頭、蛇尾的噴火獅怪。

近的雷達尼亞人跳了過來，想抓住獵魔士，不過只抓到空氣，就一屁股坐到地上，嘴裡吐出鮮血和一顆牙。就在這時，其他人全都攻向獵魔士。一時間，所有人糾結在一起，場面變得混亂失序，而這效果正是獵魔士想要的。

一個雷達尼亞人一臉撞在石塊做的喀邁拉頭，發出一聲慘叫，石像嘴裡的涓流染上鮮紅色彩。第二個人的氣管受到掌擊，整個人縮成一團，好像生殖器被摘掉似的。第三人一隻眼睛被手肘撞到，嗚咽著跳開。戴斯特拉一把熊抱，箝制獵魔士，而傑洛特則用鞋跟狠狠踩在他的腳踝上。間諜大叫一聲，縮著一隻腳跳來跳去，模樣滑稽至極。

另一名打手想用小刀刺向獵魔士，卻撲了個空。傑洛特抓住他的手肘和另一邊手腕，一個旋身把兩個打算也加入戰局的人撞到地上去。被他抓住的那個打手力氣很大，而且仍緊抓著小刀。傑洛特一個使力，那人的手便應聲折斷。

戴斯特拉單腳跳著，拾起地上的長戟，打算用那尖銳的三叉把獵魔士釘到牆上。傑洛特一個矮身，兩手抓住戟桿，然後使出了學者熟知的槓桿原理。間諜眼看牆磚與砌縫在眼前逐漸放大，放開長戟卻來不及閃躲，胯部直接撞上流著細小水柱的喀邁拉頭。

傑洛特趁機用長戟打向一旁那名打手的腳，然後把戟桿立在地上一腳踩斷，折成劍的長度。他試了試長棍的順手度——先用長棍敲擊跨坐在喀邁拉的戴斯特拉肩上，然後馬上讓那個斷了手且不住哀號的打手閉嘴。緊身衣兩邊的腋下縫線早已裂開，獵魔士覺得舒服多了。

最後一個還雙腳立地的打手也持長戟展開攻擊，以為可以借用長兵器的優勢。傑洛特一棍打在他鼻梁上，他便一屁股跌坐在龍舌蘭花槽裡。另一個雷達尼亞人異常固執，死抱著獵魔士的大腿，咬得他吃痛連連。獵魔士一股火氣上來，一腳甩飛這個會咬人的齧齒動物。

亞斯克爾氣喘吁吁地跑上階梯，看見現場發生的事，整張臉白得像紙。

「傑洛特！奇莉消失了！她不見了！」過了一會兒後，他大叫。

「我就知道會這樣。」獵魔士再給另一個不願乖乖躺著的雷達尼亞人一棍重擊。「亞斯克爾，你動作也太慢了。我昨天不是和你說要是有事，要馬上衝來阿瑞圖沙找我！你把我的劍帶來了嗎？」

「兩把都帶了！」

「第二把是奇莉的，笨蛋！」傑洛特擊倒努力想從龍舌蘭花槽爬起來的打手。

「我又不懂劍。」詩人喘著氣。「看在老天的分上，別再揍他們了！你沒看見雷達尼亞的鷹徽嗎？這些是維吉米爾國王的人！這樣是造反，是抗命，會被打入地牢的……」

「是上斷頭台。」戴斯特拉抓起匕首，搖晃欲墜地走近，含糊地說：「你們倆都要上斷頭台……」

他來不及把話說完，因為腦袋側邊被長戟的木桿重重敲了一擊，整個人被打趴在地。

「所謂的車輪刑，」亞斯克爾幽幽地下了評語：「受刑者要先被燒熱的鐵鉗夾扯……」

獵魔士朝間諜的肋骨踹了一腳。戴斯特拉側身倒下，就像被壓倒的麋鹿一樣。

「然後大卸八塊。」詩人評論道。

「夠了，亞斯克爾，兩把劍都給我。離開這裡，動作快。趕快離開這座島，有多遠跑多遠！」

「那你呢？」

「我要回去上面，我得去救奇莉……和葉妮芙。戴斯特拉，乖乖躺著，不要再去管匕首了！」

「你逃不掉的。」間諜斷斷續續地說：「我會帶我的……我會跟在你後面……」

「你不會。」

「我會。我的『水瀑號』上還有五十個人……」

「這些人之中有理髮師【註】嗎？」

「什麼？」

傑洛特從後方走向間諜，彎下身，一把扯過他的腳板，非常用力地一扭。喀啦。戴斯特拉慘叫一聲，昏了過去。亞斯克爾放聲大叫，好像那是他自己的關節一樣。

「在把我大卸八塊之後，他們要對我做什麼，對我都已經不那麼重要了。」獵魔士低聲說。

□

阿瑞圖沙裡一片寂靜。宴會廳內，只剩下那些沒力氣再喧鬧的倖存者。傑洛特從廳旁走過，不希望有人注意到他。

他花了一點工夫才找到和葉妮芙睡過的房間。這宮殿裡的走道根本就是座迷宮，每條看起來都一樣。

布娃娃用鈕釦做的眼睛看著他。

他在床邊坐下，雙手緊緊抱頭。房間地上沒有血跡，但椅背上掛著黑色禮服。葉妮芙換過衣服，是換成密謀者的男裝制服？

又或者，她只穿內衣就被抓走，還被銬上敵魔力特手銬。

□

馬蒂・索得根，治療師，坐在窗緣。她聽見他的腳步聲，抬起頭，臉頰上淚濕一片。

「漢・蓋第枚特死了。」她用沮喪的語氣說：「心臟問題。我什麼也沒辦法做……爲什麼他們這麼慢才叫我？莎賓娜打了我，她打了我的臉。爲什麼？這裡發生什麼事了？」

「妳有看見葉妮芙嗎？」

「沒有，我沒看見。別理我，我想自己一個人。」

「告訴我去加樂斯但最快的路，拜託。」

□

【註】此指中世紀時，理髮師兼作放血、拔牙或其他簡單醫療行爲。

阿瑞圖沙之上，有三座草木叢生的平台，再遠一點的山坡那兒，地勢變得險峻難至。加樂斯但就矗立在那陡壁之上。宮殿底座是一塊黏在巨石之上，黝黑平滑的石墩。再上面一點的樓層，才有光彩奪目的大理石與彩繪玻璃窗，以及在陽光下閃閃發亮的圓頂。

這條鋪了石塊的道路，先是通往加樂斯但，然後在更遠處、頂端那邊，像條蛇一樣地盤繞住山頭。然而，還有另一條比較短的路——那道連接平台的階梯就位在加樂斯但下方，沒入一個黑色隧道口。這條就是馬蒂．索得根指給獵魔士的階梯。

一出隧道，就是條橫跨峭壁兩邊的橋。過了橋，階梯一級級陡峭而上，然後一個轉向，消失在彎道之後。獵魔士加快了腳步。

階梯扶欄之上，有農牧之神與山澤女神的雕像裝飾。這一尊尊雕像看起來就好像是活的。它們動了一下，獵魔士的徽章開始劇震。

他揉了下眼睛。雕像不是在動，而是在變形，原本平滑的石像變成被風與鹽分侵蝕過的石塊，千瘡百孔，不成形狀。可是隔了一會兒，又馬上變得光滑如新。

他知道這代表什麼。罩在塔奈島上的幻象已經不太穩定，逐漸消失。那座窄橋有部分是由幻象構成。透過像粗篩那樣滿是破洞的偽裝，可以看見底下的深淵與隆隆作響的水瀑潭底。

先前標示安全路線的黑色磚片已不復見。他一邊看著自己每個步伐，一邊在心裡咒罵浪費時間，就這樣小心翼翼地過了窄橋。當他到達深淵另一頭時，聽見有人跑來的腳步聲。

他馬上就認出來人。從上面階梯上跑過來的是多勒加雷，那個替奇達里士的艾塔因王辦事的巫師。

他記得菲莉帕．愛哈特說過的話，保持中立的諸王代表會以觀察者身分被請到加樂斯但，不過從多勒加雷急忙跑下階梯的情況看來，這個邀請似乎是突然取消了。

「多勒加雷！」

「傑洛特？」巫師喘著氣說：「你在這做什麼？別光站著，快逃！趕快逃到下面，去阿瑞圖沙！」

「發生什麼事了？」

「叛變！」

「什麼？」

多勒加雷突然抖了抖，發出異常的咳嗽聲，往前一傾，直直倒向獵魔士。傑洛特還沒接住他，就先瞥到插在他背上的灰羽箭尾。抱住巫師的時候，他的身形微微不穩，而這一晃，剛好救了他一命，因爲第二支一模一樣的箭本來應該穿過他的喉嚨，卻射斷了農牧之神的鼻子與部分臉頰，筆直插進石像的笑臉。獵魔士放開多勒加雷，潛到階梯扶欄之後。巫師整個人摔到了他身上。

弓箭手一共有兩個，都戴了綴有松鼠尾巴的帽子。一個留在階梯頂端，拉滿手上的弓；第二個拔劍出鞘，三步併作兩步衝了下來。傑洛特一個翻身，改變了他和多勒加雷兩人的位置，快速拔劍起身。箭聲呼嘯，但獵魔士飛快地以劍身擋矢，打斷了這聲咻嗖之律。另外那個精靈本已離他們很近，一看到箭被擋了回去，猶豫了一下，但也就只有這麼一下，便衝向獵魔士，舉劍準備攻擊。傑洛特擋了一下後，身形一偏，讓精靈的劍刃滑過他的劍身。精靈失了平衡，獵魔士一個俐落轉身，朝他頸側砍去，正中耳朵下方。只有一劍，但已經夠了。

弓箭手在階梯頂端再度拉滿弓，卻來不及把弦放掉。傑洛特看見一道閃光，那精靈大叫一聲，雙手一攤，順著樓梯滾下來。他背上的外衣著了火。

樓梯之上，又跑下一個巫師，一見獵魔士便停下來揚起手。傑洛特沒浪費時間解釋，匍匐在地，烈焰閃電嗖地一聲從他上方飛過，把農牧之神的雕像擊個粉碎。

「住手！」他大叫：「是我，獵魔士！」

「該死。」巫師氣喘連連地跑了過來。傑洛特想不起來有沒有在宴會上見過他。「我以爲你是那些精靈盜匪的一分子……多勒加雷怎麼樣？還活著嗎？」

「大概吧……」

「快，到橋的另一邊！」

他們把多勒加雷拖過了橋，非常好運，因爲匆忙中他們沒注意到幻象不斷動搖並開始消失。沒有人在追他們，但巫師還是伸出手唸咒，然後一道閃電再度落下，將那座橋整個打碎。碎石沿著峭壁轟然落下。

「這樣應該可以擋住他們。」他說。

獵魔士擦掉多勒加雷嘴裡流出的鮮血。

「他的肺被射穿了，你可以幫他嗎？」

「我可以。」馬蒂．索得根說。她正吃力地從阿瑞圖沙那頭的隧道攀上階梯。「卡爾敦，這裡發生什麼事？是誰射他？」

「斯寇亞塔也。」巫師用袖子抹了抹額頭。「加樂斯但裡的打鬥還在進行。這群人眞該死，一個比一個厲害！菲莉帕半夜拿手銬銬住維列佛茲，維列佛茲與法蘭西絲．芬姮芭兒則是把松鼠引進島上！而緹莎亞．德芙利斯……眞是該死，那傢伙把事情弄得一團亂！」

「說清楚點，卡爾敦！」

「我才不要浪費時間在這裡閒聊！我要逃去羅西亞，從那裡瞬間移動到科維爾。至於加樂斯但裡那些人，就讓他們去狗咬狗吧！這已經沒有任何意義了！這是戰爭！菲莉帕策動這一整場騷亂，就是爲了讓那些國王發動對尼夫加爾德的戰爭！利里亞的蜜薇與亞丁的戴馬溫在挑釁尼夫加爾德！你們懂嗎？」

「不懂。而且我們一點都不想懂。」傑洛特說。「葉妮芙在哪裡？」

「你們夠了！」俯在多勒加雷身上的馬蒂．索得根大叫：「快來幫我！扶住他！我沒辦法把箭拔出來！」

他們幫了她。多勒加雷呻吟著、顫抖著，階梯也同樣晃動著。傑洛特起初以爲這是馬蒂的治療咒的關係。不過那是加樂斯但在晃動。彩繪玻璃突然爆破，宮殿的窗戶火光閃動，濃煙密布。

「他們還在打。」卡爾敦咬牙切齒地說。「那裡打得如火如荼，咒語一個接著一個……」

「咒語？在加樂斯但裡面？那裡明明就有抗咒結界！」

「這是緹莎亞做的好事。她突然決定選邊站。她撤掉防鎖，解除結界，還中和了敵魔力特。在那之後，所有人都開始直取對方要害！維列佛茲與特拉諾瓦一邊，菲莉帕與莎賓娜一邊……牆壁和石柱都碎了，圓頂也倒塌了……而法蘭西絲則開了地下入口，裡面突然冒出那些精靈惡魔……我們一直叫說我們是中立的，維列佛茲卻把它當作笑話。我們還來不及建好防護，戴特摩德就被一箭射中眼睛，雷恩更是被射得像刺蝟一樣……接下來我就不在那裡了，所以不知道事情發展。馬蒂，還很久嗎？我們得快離開！」

「多勒加雷沒辦法走路。」治療師在白色禮服上擦了擦沾血的手。「卡爾敦，用瞬間移動把我們送走。」

「從這裡？妳大概是瘋了。這裡離托爾拉拉太近了。拉拉傳送點會產生干擾，打亂每個瞬間移動。從這裡不可能用瞬間移動術！」

「他沒辦法走路！我得陪著他……」

「那就留下來。」卡爾敦站起身。「玩得開心點！我很愛惜我的生命！我要回科維爾！科維爾是中立的！」

「漂亮。」獵魔士看著消失在隧道中的巫師，啐了一口。「這就是所謂的同袍情誼與團結致志！不過我也不能留下來，馬蒂。我得去加樂斯但。妳的中立同伴把橋毀了，還有別條路嗎？」

馬蒂．索得根吸了吸鼻子，然後抬起頭，毅然地點了點頭。

□

凱拉．梅茲從他頭上掉下來的時候，他已經來到加樂斯但的牆下。

治療師指給他的這條路，穿過了連接蜿蜒小梯的空中花園。那些狹小的階梯上長滿了常春藤、忍冬花與雜草，使攀爬變得困難，不過倒也提供了掩護。他成功來到城牆底下。不過就在他尋找入口時，凱拉卻跌到他身上，兩人一起摔進刺李叢裡。

「我把牙齒撞掉了。」女巫難過地說著，有些口齒不清。她衣衫不整，渾身髒兮兮的，沾滿了灰泥與煤煙，臉頰上還有一大塊瘀血。

「而且好像還摔斷腿了。」她吐掉一口血後，補充道。「獵魔士，是你嗎？我是跌到你身上？怎麼會這麼神奇？」

「我也想知道。」

「特拉諾瓦把我丟出窗外。」

「妳站得起來嗎？」

「不行，我沒辦法。」

「我想進去裡面，而且要不被人發現。走哪邊？」

「獵魔士都是瘋子嗎？」凱拉又吐了一口血，呻吟著想用手肘撐起身說：「加樂斯但裡正打得如火如荼！戰況激烈得連牆上的飾板都熔掉了！你在找死啊？」

「不，我在找葉妮芙。」

「哦！」凱拉不再白費力氣，癱平在地上。「我也想要有人這麼愛我。抱我走。」

「下次吧，我有點趕時間。」

「我說，抱我走！我來告訴你去加樂斯但的路，我得逮到那個狗娘養的特拉諾瓦。喂，你還在等什麼？你自己是找不到入口的，就算找到了，那些狗娘養的精靈也會把你累死……我雖然沒辦法走，但還是可以施展幾個咒語。要是有人擋我們的路，一定會後悔。」

他把她抱起來的時候，她大叫了一聲。

「抱歉。」

「沒關係。」她抱住他的脖子。「是我的腳在痛。你知道你身上一直有她的香水味嗎？不，不是這邊。掉頭，走山腳。有另一個入口，要從托爾拉拉那邊，那裡或許沒有精靈……痛！該死，小心點！」

「抱歉。斯寇亞塔也是哪來的？」

「他們藏在地下。塔奈島就像個空殼一樣，地底有個大洞穴，要是知道路，就能開船進來。有人洩露路徑給他們……痛！小心點！不要搖我！」

「抱歉。所以『松鼠』是從海上過來的？什麼時候？」

「天曉得是什麼時候。也許是昨天，也許是一個星期以前。我們在準備對付維列佛茲，他也在準備對付我們。維列佛茲、法蘭西絲、特拉諾瓦和菲爾卡特……還眞是把我們耍得團團轉。菲莉帕以爲他們是想要慢慢接手參議會，想要增加對諸王的影響力，但他們卻打算趁這場大會把我們解決……傑洛特，這樣我受不了……腳……把我放下來一下。痛——」

「凱拉，這是開放性骨折。血會一直從腳上流出來。」

「閉嘴，聽我說。因爲這和你的葉妮芙有關。我們進到加樂斯但，到會議室裡。封鎖咒力的結界就在那裡，不過那對敵魔力特沒用，所以當時我們很放心。後來開始有爭吵。緹莎亞和那些保持中立的人對我們大吼大叫，我們也對他們大吼大叫；而維列佛茲什麼都沒說，只是笑了起來……」

□

「我再說一次，維列佛茲是叛徒！他和尼夫加爾德的恩菲爾談好條件，把其他人都扯進這場陰謀！他違反了『法典』，背叛了我們與各國國王……」

「慢點，菲莉帕。我知道對妳來說，維吉米爾所給的恩典比巫師同袍的團結還重要。妳也一樣，莎賓娜，因爲妳在喀艾德也扮演一模一樣的角色。凱拉．梅茲與特瑞絲．梅莉戈德代表的是特馬利亞佛特斯特王的利益，拉德克里夫是亞丁戴馬溫的工具……」

「緹莎亞，妳說這個做什麼？」

「各國國王的利益不需要與我們的相符。我非常清楚現在是怎麼回事，諸王開始對精靈和其他非人族趕盡殺絕。菲莉帕，妳可能認爲這很正確。拉德克里夫，你可能認爲幫助戴馬溫的軍隊去襲擊斯寇亞塔也很正當。但是，我反對。而且我也不訝異艾妮得．芬妲芭兒會反對。不過，光是這樣還不能算是背叛。不要打斷我！我很清楚你們的國王有什麼打算，我知道他們想要發動戰爭。阻止這場戰爭的那些舉動，在妳的維吉米爾眼裡或許叫作背叛，但在我眼裡不是。如果妳想要審判維列佛茲和法蘭西絲，那就連我也一起審判吧！」

「現在說的是哪場戰爭啊？我的國王，科維爾的艾斯特拉德，並沒有支持任何對抗尼夫加爾德大帝的激烈行動！科維爾是中立的，現在是，以後也是！」

「卡爾敦，你是議會成員！不是你國王的大使！」

「妳沒資格這樣說吧，莎賓娜。」

「夠了！」菲莉帕一拳敲在桌上。「我來滿足你的好奇心，卡爾敦。你問是誰在準備打仗？是那個打算攻擊和摧毀我們的尼夫加爾德。不過恩菲爾．法．恩瑞斯還記得索登丘的教訓，所以這次他決定要先買個保險，把巫師從這場遊戲中剔除。爲了達到目的，他和盧格溫的維列佛茲接洽，收買了維列佛茲，承諾給他權力和榮耀。就是這樣，緹莎亞。維列佛茲，索登英雄，將來拿下北方各國之後，要成爲統治者和君王的，就是維列佛茲，他將在特拉諾瓦與菲爾卡特協助下，去統治在被攻破的各個王國原地建起的省分。他要替尼夫加爾德揮動鐵鞭，打在淪爲奴隸、替帝國做牛做馬的各國居民身上。而法蘭西絲．芬妲芭兒，艾妮得安葛雷娜，則會成爲自由精靈國度的女王。當然，這樣的國度還是算尼夫加爾德的保護地，不過對精靈來說，恩菲爾大帝放手讓他們去屠殺人類就夠了。因爲精靈除了屠殺都因以外，別無所求。」

「這是很嚴重的指控。因此，證據必須要非常充分。不過在妳把這些證據丟上檯面之前，先搞清楚我的立場，菲莉帕．愛哈特。證據可以造假，行爲與動機可以有各種解釋，既成的事實卻不容改變。菲莉帕．愛哈特，妳破壞了巫師同袍間的團結與一致，把參議會成員當成匪類用手銬銬住。妳那群把自己出賣給各國國王的叛徒打算成立新的參議會，別那麼大膽向我提議，要我成爲其中一員。妳我之間只有死亡與鮮血。漢・蓋第枚特的死與莉迪雅・凡布雷德佛特的血，是因爲妳的蔑視而流的。菲莉帕・愛哈特，妳曾經是我最好的學生，我一直以妳爲榮。不過現在我對妳只剩輕蔑。」

□

凱拉・梅茲的臉蒼白得像羊皮紙。

她氣若游絲地說：「有一段時間，加樂斯但裡好像比較平靜，這一切就快結束……他們在宮殿裡互相追逐。那裡有五層樓、七十六間廳房，有很多地方好跑……」

「妳不是要說葉妮芙的事嗎？我怕妳等一下就暈過去。」

「葉妮芙？喔，對，本來一切都照我們想的進行，直到葉妮芙突然出現，把那靈媒帶進廳裡……」

「誰？」

「一個女孩，大概十四歲。灰色頭髮、綠色大眼……我們還沒看清她的模樣，那女孩就開始預言。她說了安葛拉谷發生的事。沒有人懷疑她，因爲她的話都是眞的。她當時陷入了恍惚狀態，而人在恍惚時是不會說謊的。」

□

「昨天夜裡，」靈媒說：「舉著利里亞標誌與亞丁旗幟的軍隊入侵尼夫加爾德帝國。安葛拉谷的邊境要塞格雷維津根受到攻擊。以戴馬溫王之名出動的先鋒部隊在那附近各個村落裡宣布，今天起這個國家將由亞丁統治。他們號召人民武裝起來反抗尼夫加爾德……」

「這不可能！這是個令人作嘔的挑撥！」

「這種話妳也說得出來，菲莉帕．愛哈特。」緹莎亞．德芙利斯冷靜地說：「不過別騙自己了，妳這麼吼，打不斷她的恍惚。繼續說吧，孩子。」

「恩菲爾．法．恩瑞斯大帝下令要以牙還牙，尼夫加爾德的各個軍隊已在今天破曉踏進了利里亞與亞丁。」

「如此一來，」緹莎亞笑了起來。「我們的國王可是讓大家見識到他們是怎樣理性、開明、愛好和平的統治者，而某些巫師也證明了他們到底是替誰辦事。那些本來可以避免這場侵略戰爭的，卻預先被銬上了敵魔力特手銬，被冠上那些胡亂捏造的指控……」

「這些擺明了都是謊言！」

「你們這些該死的人！」莎賓娜．葛雷維席格突然大吼：「菲莉帕！這一切意味著什麼？安葛拉谷的那場糾紛是什麼意思？我們不是說好不要太早開始嗎？爲什麼那個該死的戴馬溫沒有忍住？爲什麼那個蕩婦蜜薇……」

「閉嘴，莎賓娜！」

「不，讓她說。」緹莎亞．德芙利斯抬起了頭。「讓她說說喀艾德的韓瑟頓在邊境集中軍隊的事，讓她說說佛特斯特的特馬利亞大軍，他們一定已經讓船隻下水，至今還躲在亞魯加岸邊的草叢中；讓她說說由雷達尼亞的維吉米爾領軍，駐紮在彭達爾河畔的那支遠征部隊。菲莉帕，妳難道以爲我們都聾了？瞎了？」

「這是該死的天大挑撥！維吉米爾國王……」

「維吉米爾國王，」灰髮靈媒以冷漠的語氣打斷她。「昨晚被謀殺了，政變者以匕首弒君，雷達尼亞已經沒有國王。」

「雷達尼亞早就沒有國王了。」緹莎亞・德芙利斯站了起來。「雷達尼亞是由拉法爾德・白維當之無愧的接班人——英明的菲莉帕・愛哈特大人一手掌握，她隨時可以爲了絕對的權力而犧牲幾萬生靈。」

「別聽她的！」菲莉帕大叫：「別聽這個靈媒的話！她只是個工具，沒有大腦的工具……葉妮芙，妳是替誰做事？是誰叫妳把這個怪物帶來這裡的？」

「我。」緹莎亞・德芙利斯說。

□

「接著呢？那女孩發生了什麼事？葉妮芙發生了什麼事？」

「我不知道。」凱拉閉上眼。「緹莎亞突然拿掉結界，而且只用了一個咒語。我這輩子還沒看過這種的……她把我們凍結在原地，把維列佛茲和其他人都放了……而法蘭西絲打開地下通道，加樂斯但裡突然到處都是斯寇亞塔也。帶領他們的是一個身穿盔甲、頭戴尼夫加爾德翼盔的怪胎。幫助他的，還有一個臉上有類似胎記的人。那人會施咒語，身上有魔法屏障……」

「黎恩斯。」

「也許吧，我不知道。當時戰況非常激烈……天花板都塌了。又是咒語又是箭的……簡直就是一團亂……他們那邊是死的是菲爾卡特，我們這邊被殺的是戴特摩德、拉德克里夫，還有馬奎得、雷恩和碧安卡．戴斯特。特瑞絲．梅莉戈德受了挫傷，莎賓娜也見了血……緹莎亞看到屍體後，就了解到自己的錯誤，並試著引開維列佛茲和特拉諾瓦的注意力來保護我們……於是維列佛茲奚落她、嘲笑她。結果她被嚇得驚慌失措，然後逃跑了。喔，緹莎亞……那麼多具屍體……」

「那個女孩和葉妮芙呢？」

「我不知道。」女巫咳到坐起身，吐出一口血。她的呼吸非常淺，顯然很辛苦。「不知道哪次爆炸後我昏了過去。那個有疤的和他那群精靈把我制住，特拉諾瓦踹了我一腳後，就把我從窗戶丟出去。」

「凱拉，妳不只是腳受傷而已，肋骨也斷了。」

「不要丟下我。」

「我必須這麼做，我會回來找妳。」

「最好是。」

□

剛開始，只是一陣忽遠忽近的混亂、一波波黑影、黑暗與光明交錯的漩渦、來自深淵的模糊尖銳和聲。突然，那些聲音變得強大，周圍迸發尖叫與爆破。那道黑暗中的光明成了焰火，吞噬了掛毯與織錦，火花看來好似從牆上、扶欄，還有支撐圓頂的石柱噴發。

奇莉被濃煙嗆到，才了解這不是夢。

她雙手撐著地面，試圖要站起來，卻感覺到手下一片濕潤。她低頭一看，自己跪在一片血泊中。她腳邊就躺著一具動也不動的屍體，精靈屍體。她馬上就認出來了。

「站起來。」葉妮芙站在她旁邊，手裡拿著一把短劍。

「葉妮芙小姐……我們在哪裡？我什麼都不記得了……」

女巫迅速抓住她的手。

「奇莉，我在妳身旁。」

「我們在哪裡？爲什麼所有東西都著火了？在這裡的這個……這個是誰？」

「很久以前我和妳說過，『渾沌』正向妳伸手。妳記得嗎？不，妳一定不記得了。這個精靈對妳出了手。我不得不用刀殺了他，因爲他那群主子就等著我們之中的某人施展咒語。他們會有等到的一天，不過不是現在……妳已經完全清醒了嗎？」

「那些巫師……」奇莉低聲說著：「大廳裡的那些……我和他們說了什麼？我又爲什麼要和他們

說？我根本不想……不過我一定得說！為什麼？為什麼？葉妮芙小姐。」
「安靜，醜小鴨。我犯了一個錯，沒人是完美的。」
底下傳來一聲爆破與可怕的尖叫聲。
「來吧。快，我們沒時間了。」
她們跑到走道。煙霧越來越濃了，讓人感到窒悶且視線不清。城牆因爆炸而震動著。
「奇莉。」葉妮芙在走道交會處停了下來，緊緊握住女孩的手。「現在聽我說，好好聽著。我得留在這裡。妳有看到那些階梯嗎？從那邊下去……」
「不！不要丟下我！」
「我必須這麼做！我再說一次，妳從這些階梯下去，到最底下。那邊會有一道門，門後是一條長廊，長廊盡頭有間馬廄，那裡有一匹上了鞍的馬。妳把牠牽出來，坐上去。那是受過訓練的馬，專門給到羅西亞的信差用的。牠知道道路，只要趕著牠跑就好了。妳到了羅西亞後，要找到馬格麗塔，她會保護妳。妳要跟著她，寸步不離……」
「葉妮芙小姐！不要！我不想要一個人！」
「奇莉。」女巫小聲地說：「我以前已經和妳說過，我做的事都是為妳好。相信我，請妳相信我。快去吧。」
奇莉來到階梯時，聽見葉妮芙的聲音再度響起。女巫站在石柱旁，頭抵著它。
「我愛妳，女兒。」她說得很含糊。「快跑吧。」

□

他們在樓梯半途圍住她。下方來的兩個精靈都戴著別有松鼠尾巴的帽子，上方則是來了個一身黑衣的人類。奇莉想也不想便翻過扶欄，逃往一旁的走道。他們追在後頭。她的速度很快，原本大可輕鬆擺脫他們，不過走廊盡頭是扇窗。

她看向窗外。沿著城牆有一道窗板，約有二扠寬。奇莉伸腳跨過窗台到外面去。她緩緩離開窗邊，背部緊貼牆面。遠處是波光閃耀的海面。

一個精靈探出窗外。他有一頭十分明亮的頭髮與綠色眼睛，脖子上繫了絲巾。奇莉快速移動身子，往第二扇窗戶去。不過那個穿黑衣的從那第二扇窗探出頭。那人的眼神暗鬱陰沉，臉頰上有一塊紅疤。

「逮到妳了，小丫頭！」

她看了看下方。在她腳下很遠的地方有座庭院，而庭院上方，就在她現在站的窗板下方約十呎，有條連接兩邊迴廊的窄橋；其實那算不上窄橋，只能算是窄橋殘餘的部分，狹窄的石板加上破敗的扶欄。

「你們還在等什麼？」臉上有疤的大叫：「出去抓她啊！」

淺髮精靈小心地跨上那道窗板，背部緊緊貼住牆壁。他伸了出手。那人離她很近，奇莉吞了口口水。那條石板，也就是破橋殘餘的部分，不會比卡爾默罕的搖板還窄，而她在那搖板跳過幾十次，知道要怎麼減緩跳躍的衝擊和保持平衡。不過獵魔士的搖板是離地四呎，而石板底下卻像道深淵，讓庭院裡的地磚看起來比手掌還小。

她縱身一跳，落地，晃了一下，抓住破敗的扶欄，維持了平衡。她踏著堅定的步伐來到迴廊。她克制不住，轉身對著那些追她的人比出彎曲的手肘，那是矮人亞爾潘·齊格林教她的手勢。臉上有疤的那人非常大聲地咒罵。

「跳！」他對那個站在窗板上的淺髮精靈大叫。「跟著她跳下去！」

「黎恩斯，你大概瘋了。」精靈冷冷地說。「要的話你就自己跳吧。」

□

好運就像往常一樣，總是不夠用，也不會跟著她太久。就在她跑下迴廊、翻過城牆，跳進刺李叢之後，有人將她抓住。逮住她、緊緊抱住她的，是個矮小的微胖男人。那人的鼻子發腫，嘴唇也破了。

「逮到妳了。」他斷聲說：「逮到妳了，小娃兒！」

奇莉掙扎了一下，然後大叫，因爲壓住她肩膀的那雙手突然讓她痛得無法動彈。那男人咯咯大笑。

「不要亂拍翅膀，小灰鳥，不然我會把妳的羽毛燒掉。乖，讓我看看妳。讓我好好看看這隻小雛鳥，她對恩菲爾·法·恩瑞斯，尼夫加爾德大帝來說這麼重要，對維列佛茲也是。」

奇莉不再扭動。矮個子男人舔了舔傷得很重的嘴唇。

「眞有趣。」他傾身靠近奇莉，再度斷聲說。「聽說妳很珍貴，但聽好了，我一點也不在乎。外表果然會騙人啊。哈！我的寶貝！要是把妳送到恩菲爾手上的，不是維列佛茲，不是黎恩斯，也不是那個戴著插滿羽毛頭盔的紳士，而是老特拉諾瓦呢？恩菲爾會不會對老特拉諾瓦好一點呢？妳說呢，預言師？妳會預言嘛！」

他的口氣臭得令人無法忍受。奇莉皺著臉別開頭。這個樣子卻讓他誤會了。

「別用妳的鳥嘴咬我，小鳥兒！我不怕小鳥。又或者，我應該要怕呢？怎樣，騙人的算命師？冒牌先知？我應該要怕小鳥兒嗎？」

「你是應該。」奇莉低聲道。她覺得腦袋一陣暈眩，一股冷意突然朝她襲來。

特拉諾瓦仰頭大聲笑了出來，那笑聲卻在轉眼間成了痛苦的慘叫。一隻巨大的貓頭鷹無聲無息地從上方飛下，用腳爪一把抓進他的眼睛。巫師放開奇莉，用力把貓頭鷹從身上甩開，雙膝一跪、把臉摀住；指縫間流出汩汩鮮血。奇莉放聲大叫，往後退開。特拉諾瓦拿開臉上那雙血淋淋又黏糊糊的手，開始用狂暴的聲音施咒。不過，他沒來得及施咒，身後就出現一個模糊人影，獵魔士之劍在空中呼嘯，從他臉頰正下方的肩膀砍過。

□

「傑洛特！」

「奇莉。」

「沒時間感動了。」牆頭的貓頭鷹幻化成黑髮女子，說：「你們快逃！松鼠往這邊跑過來了！」

奇莉離開傑洛特的懷抱，一臉訝異。坐在牆頂的貓頭鷹女子看起來很糟糕。她一臉焦黑，衣衫破爛，全身沾滿了灰與血。

「妳這個小怪物！」那個貓頭鷹女人居高臨下望著她說：「衝著妳稍早那個預言，我就該把妳……不過我答應過妳的獵魔士某樣東西，而我每次都是說到做到。傑洛特，我沒辦法給你黎恩斯，爲了補償，我把她給你，還活蹦亂跳的。你們快逃！」

□

卡希．馬夫．狄福林．阿波．凱羅氣瘋了。他看見那個奉命要抓的女孩，但在他採取行動之前，那些昏了頭的巫師已經把加樂斯但變成人間煉獄，讓他什麼也做不了。卡希在那片濃煙火海中失了方向，盲目地在各個走道間打轉，他在階梯與迴廊間來回亂跑的同時，也一面咒罵著維列佛茲、黎恩斯、自己，還有全世界。

他從路上碰見的精靈那裡得知，眾人要找的女孩已經出了宮殿，逃往阿瑞圖沙去了。就在那時，幸運之神向卡希露出微笑。這個斯寇亞塔也在馬廄裡找到一匹上了鞍的馬。

□

「奇莉，妳跑前面。他們離得很近。我把他們擋住，妳快跑。跑，有多遠跑多遠！就像在『奪魂道』那樣！」

「你也想丟下我嗎？」

「我會緊跟在妳後面，不過不要回頭！」

「傑洛特，把我的劍給我。」

他看著她。奇莉往後退了一步，那眼神是她從沒見過的。

「要是手上有劍，妳或許就必須殺人。妳做得到嗎？」

「我不知道，把劍給我。」

「快跑，不要回頭。」

□

路上響起陣陣馬蹄聲。奇莉往後張望了一下，然後，一陣恐懼麻痺了全身。來追她的是一名黑騎士，戴了飾有鷙鳥翅膀的頭盔。那對翅膀撲撲拍打，黑色斗篷隨風飄揚。鐵蹄在路面的石磚上擦出火花。

她動不了。

黑馬踏過伸到路旁的樹叢，騎士大喝一聲。這聲大喝之中，有著琴特拉；這聲大喝之中，有著黑夜、屠殺、鮮血與火海。奇莉成功克服了令她無法動彈的恐懼，拔腿轉身逃去。因為跑得太快，她衝過樹籬，跌進一座有噴水池的小巧庭院裡。這座庭院沒有出路，四周都是圍牆——又高又平。她聽到那匹馬就在她背後噴著氣。她往後退，絆了一下，一個不穩便撞上堅硬穩固的牆面。她困住了。

鶩鳥拍著翅膀，準備起飛。黑騎士將馬拉高，跳過擋在他和庭院之間的樹籬。馬蹄敲在地磚上，一個失足，馬兒便屁股著地，往前滑去。鞍上的騎士先是晃了一下，然後偏了身子。馬兒一個扭動，騎士便摔了下去，身上的盔甲在石塊上撞出一聲悶響。然而，他馬上就站起身，快速擋住擠在角落的奇莉。

「不要碰我！」她伸手拿劍，大叫：「永遠不要再碰我！」

騎士慢慢靠近，像一座黑色巨塔般在她上方伸展。他盔上的翅膀不斷拍動，發出刷刷聲。

「妳已經跑不掉了，琴特拉的小母獅。」頭盔的視縫之中，有一雙無情的眼睛燃燒著。「這次妳跑不掉了。瘋狂的小姑娘，這次妳已經無路可逃。」

「不要碰我。」她背抵石牆，用壓抑的語氣恫嚇道。

「我必須這麼做，我要完成命令。」

當他朝她伸出手，她的恐懼突然消失，取而代之的是一股瘋狂的憤怒。原本因恐懼而僵硬的緊繃肌肉突然如彈簧般動了起來，所有她在卡爾默罕習得的招式全都自動施展，如行雲流水毫無滯礙。奇莉縱身一跳，騎士見狀朝她撲去，卻沒想到她一個轉身，靈巧地離開他伸手可及的範圍。她手上的劍嗖地一聲往前刺出，毫無偏差地砍在盔甲接縫之中。騎士身形一晃，單膝跪地，肩甲上噴出一道鮮紅血柱。

奇莉發了瘋似地大喊，一個旋身，再度來到他身邊，然後又是一擊。這次是直接朝頭盔下手，讓騎士的第二隻腳也跪了下去。憤怒與瘋狂使她完全盲目，眼中除了令她憎恨的翅膀外什麼也看不見。黑色鳥羽凌亂散落，一隻翅膀已然折斷，另一隻則掛在染血的肩甲上。騎士不斷努力地站起身，卻是徒然；他試著以鎧甲手套抓住劍身，但獵魔士之劍的劍刃鏗鏘一聲，擊碎了他的鎖子甲與手掌，令他發出痛苦的哀號。接下來那一擊打掉了他的頭盔，奇莉往後一跳，好衝刺最後的致命一擊。

她那一劍並沒有落下。

黑色頭盔已不復在，在惡夢中不斷發出聲響糾纏她的鷙鳥之翼已不復在，琴特拉的黑騎士已不復在，只剩跪在血泊中、臉色蒼白的黑髮年輕男子，他那雙湛藍的眼睛已經茫然，嘴唇也因爲恐懼而扭曲變形。琴特拉的黑騎士在她的劍擊之下殞命，不復存在，原本喚起恐懼的翅膀也僅剩七零八落的鳥羽。那個驚恐、瑟縮、渾身浴血的年輕人誰也不是。她不認識他，從沒見過他。他對她來說一點都不重要。她不怕他，也不恨他；她也不想殺他。

她把劍丟在地上。

加樂斯但那頭傳來斯寇亞塔也的叫聲。她轉過身，知道再過一會兒，他們就會把她包圍在這個庭院裡。她知道他們會在路上追到自己，她必須比他們還快。她跑向踩著蹄鐵在地磚上踏步的黑馬旁，大喝一聲，趕著馬兒起步奔馳，然後快跑跳上馬背。

□

「別管我……」卡希．馬夫．狄福林．阿波．凱羅吃力地說，用沒受傷的手推開正扶起他的精靈。「我沒事！這不過是小傷……你們去追她，去追那女孩……」

其中一個精靈大叫一聲，血花濺到卡希臉上。第二個踉蹌了幾步跌跪在地，雙手壓在被剖開的肚子上。剩下的精靈紛紛跳開，隨著劍光閃動，各站到庭院不同角落。

攻擊他們的是一名白髮怪物，他從圍牆上跳進他們之中。從他跳下的高度不可能不摔斷腿，不可能輕聲落地又轉瞬回身，在電光火石之間奪人性命。不過白髮怪物做到了，而且展開了殺戮。

斯寇亞塔也奮力迎戰。他們佔了人數優勢，卻一點機會也沒有。一場屠殺就這樣在被嚇得目瞪口呆的卡希眼前展開。早先傷了他的灰髮女孩動作很快，靈巧得令人難以置信，像是一隻保衛幼貓的母貓。不過這個降落在斯寇亞塔也之中的白髮怪物，卻像是澤利堪尼亞的老虎一樣。那個來自琴特拉、不知因何緣故沒殺他的灰髮女孩，給他發狂的印象。白髮怪物卻沒有發狂。他很冷靜、很冷酷，冷靜又冷酷地殺戮著。

斯寇亞塔也一點機會也沒有。他們的屍首一具接著一具堆在庭院地上。不過，他們並沒有撤退。就算是只剩下最後兩個，他們也沒有逃，而是再次攻向白髮怪物。就在卡希眼前，那怪物把一個精靈手肘以上的部位打斷，然後看似不經意地對另一個輕輕一刺，而那精靈竟然就這樣被直接刺飛，撞穿池壁，跌進水裡。池水當下便以胭紅浪潮之狀湧出池外。

斷手的精靈爬到池邊，眼神渙散地看著不斷冒血的殘池。白髮怪物揪住他的頭髮，快速揮出一劍，斬斷了他的喉嚨。

卡希睜開眼睛時，那個怪物就站在他面前。

「別殺我……」他虛弱地說，不再試著從血淋淋的濕滑地板起身。被灰髮女孩砍得血肉模糊的手掌已然壞死，不再發痛。

「尼夫加爾德人，我知道你是誰。」白髮怪物踢了一下羽翼零散的頭盔。「你追她追了很久，執意不放。不過，你再也傷害不了她了。」

「別殺我……」

「給我一個理由。一個就好，我趕時間。」

「是我……」卡希氣若游絲地說：「當時是我把她從琴特拉裡帶出來，從那場大火中……我拯救了她，我救了她的命……」

他再度睜開眼睛時，那怪物已經不見，庭院裡只有一具又一具精靈死屍。噴泉裡水聲大作、溢出池畔，將地上的血跡沖刷乾淨。卡希昏了過去。

□

高塔旁有一幢建築，是間寬敞的大廳，又或者該說是柱廊圍繞的庭院。庭院的屋頂滿是破洞，大概也是幻象。屋頂搭在圓柱與雕成衣著保守但上圍傲人的女神列柱之上。奇莉消失的那個傳送點拱門，也是以同樣的女神列柱作爲支撐。傑洛特注意到傳送點的後面有一道階梯通往上方。那是上塔的路。

他低聲罵了一句，不懂她爲什麼要跑到那裡。他跟著她跑在牆頭之上，看見她的馬是如何墜落。他看見她是如何地靈巧翻身，不過她沒有繼續跑在盤繞山頂的蜿蜒道路，而是突然衝往山上，朝孤塔的方向去。後來他才看見路上那群精靈，他們忙著用弓箭掃射往山上跑的人類，沒看見奇莉或是他。阿瑞圖沙的救援到了。

正當他打算跟著奇莉的腳步拾級而上時，耳畔傳來細微的聲音。那不是鳥。

維列佛茲颯颯揮動寬大的袖袍，從屋頂孔洞飛了進來，緩緩降落在地上。

傑洛特站在進塔的入口前，抄起劍，嘆了口氣。他眞的很希望這場戲劇性的最終之戰是由維列佛茲與菲莉帕．愛哈特兩人來開打。他自己對這種戲碼一點興趣也沒有。

維列佛茲拍了拍緊身短衣，整了整袖口，然後看著獵魔士，讀取他的思緒。

「什麼鬧劇。」他調整了一下氣息道。

傑洛特不予置評。

「她進塔了？」

他沒回答。巫師搖了搖頭。

「所以我們現在進入尾聲了。」他用不帶任何溫度的聲音說。「還未開始，便先結束。又或者這是命運？你知道這些階梯通往哪裡嗎？托爾拉拉。海鷗之塔。那裡沒有出路。一切都結束了。」

傑洛特往後退了幾步，好讓靠在傳送點前的女神列柱替他守住兩側。

「不然呢？」他一邊觀察巫師的雙手，一邊慢條斯理地說。「一切都結束了。你的同夥有一半都死了。那些被找來塔奈島的精靈屍體從這裡開始排了一長排，都排到加樂斯但去了。剩下也都跑了，而巫師與戴斯特拉的人陸續從阿瑞圖沙那邊過來。那個要來抓走奇莉的尼夫加爾德人血應該也流光了。奇莉在那裡，在塔裡。那裡沒有出路是吧？很高興聽到你這麼說。這表示那裡只有一個入口，就是我現在擋住的這個。」

維列佛茲哼了一聲。

「你錯了，你還是不懂得正確評估情勢。參議會與議會已經不存在了。恩菲爾的軍隊正往北方走；少了巫師的建議與幫助，諸王就像小孩一樣無助。在尼夫加爾德的壓迫下，他們的王國會像沙堡一樣垮掉。我昨天對你提過這件事，而今天我要再提一次：加入勝利者的行列，對失敗者大大地吐口水。」

「失敗的是你，你對恩菲爾來說只是工具。他要的是奇莉，所以才會派那個戴翼盔的來這裡。真不知道當你告訴恩菲爾任務失敗時，他會拿你怎麼辦呐？」

「你現在是亂猜一通啊，獵魔士。當然，你還猜錯了。要是我告訴你，恩菲爾才是我的工具呢？」

「那我大概不會信。」

「傑洛特，放聰明點。你難道真的想演這齣戲？這齣老掉牙的最終善惡大決戰？我再提一次昨天的提議，現在一點都不算晚。你還是可以選擇，還是可以站在正確的一邊……」

「站在我今天才砍掉一些的那邊？」

「不要嬉皮笑臉，你那魔鬼般的笑容影響不了我。那幾個被砍死的精靈？阿爾圖．特拉諾瓦？都是些雞毛蒜皮、沒有意義的事。可以直接跳過他們，繼續照計劃走。」

「這是當然。我知道你的世界觀，死亡不算什麼，對吧？尤其是他人之死？」

「不要這麼老套。阿爾圖的事我很遺憾，不過這也沒辦法。我們就把這個稱作是……把帳打平吧，畢竟我試過兩次要取你性命。恩菲爾開始不耐煩了，所以我叫他派些殺手去你那兒，不管哪一次我都心不甘情不願的。我呢，你瞧，還是希望有一天我們兩個能被畫在同一幅畫上。」

「你放棄這個奢望吧，維列佛茲。」

「把劍收起來，我們一起進托爾拉拉，去安撫繼承上古之血的孩子，她在那上頭一定快嚇死了。然後，我們離開這裡。一起離開，你會在我身旁，會看見她的命運是如何實現。而恩菲爾大帝呢？恩菲爾大帝會得到他想要的。因爲我忘了告訴你，雖然科林爵和分恩都死了，不過他們的想法和所做的事仍舊持續著，而且還進行得很不錯。」

「你在撒謊。你走吧，不然我要對你吐口水了。」

「我眞的不想殺你，我會很不情願。」

「眞的嗎？那莉迪雅．凡布雷德佛特呢？」

「獵魔士，不要提起這個名字。」

巫師撇了撇嘴角。

傑洛特將劍柄握得更緊了些，露出一抹冷笑。

「維列佛茲，爲什麼莉迪雅得死呢？爲什麼你叫她去死呢？她是你用來聲東擊西的，對吧？她是要爲你爭取時間，讓你可以對抗敵魔力特，讓你用心靈感應對黎恩斯打暗號？可憐的莉迪雅，有張扭曲臉孔的藝術家。所有人都知道她是要被犧牲的棋子，除了她自己。」

「閉嘴。」

「巫師，你謀殺了莉迪雅，利用了她。而現在你想靠我的幫助利用奇莉？不，你進不了托爾拉拉。」

巫師退了一步。傑洛特繃緊神經，準備好隨時發動攻勢。不過維列佛茲並沒有舉起手，只是把手伸到一邊；一把六呎長的粗棍突然在他手中成形。

「我知道，」他說：「是什麼阻礙你理智地評估形勢。我知道是什麼讓這一切變得複雜，而且就是這個東西讓你難以預見未來。是你的自大，傑洛特。我來教你別那麼自大，就用這根魔杖來教你。」

獵魔士瞇起眼，微微豎起劍身。

「我全身發抖，等不及了。」

幾週之後，在德律阿得的努力與布洛奇隆之水的幫助下，傑洛特已經完全康復，開始思考自己犯了什麼錯。最後他的結論是，打鬥時自己並沒有失誤，唯一的錯是打鬥開始前就應該先逃跑。

巫師的動作很快，手上的棍子如閃電般揮舞。更讓傑洛特驚訝的是，棍子與劍撞在一起時，發出的竟是金屬聲。不過他沒時間驚訝。維列佛茲不斷進攻，獵魔士不得不一直閃避與迴身。他不敢拿劍來擋。那根該死的棍子是鐵做的，而且還有魔法。

他有四度準備出手反擊。他出了四次手，攻在巫師的太陽穴、頸部、脅下與腿股。這四下都是致命的刺擊。不過，每一次都被擋了回去。

傑洛特開始慢慢了解，沒有哪一個非人族可以擋下這種刺擊。不過，已經太晚了。

他並沒看見巫師刺在他身上那一擊。刺擊的力道把他撞到牆上。他按牆起身，但已來不及跳開或避開，那一擊奪走了他的呼吸。他被打了第二下，再度往後飛，後腦勺撞上雙峰高聳的女神列柱。維列佛茲俐落地跳到他面前，耍起那根棍子，用力打在他的腹部，正中肋骨下方。傑洛特整個人縮成一半，就在那時，他的腦側又受了一擊。他雙膝突然一軟，跪坐在地；而打鬥到此已經結束了。

他吃力地想以劍阻擋。砍進牆面與壁柱之間的劍身因撞擊而震裂，發出玻璃碎裂般的聲響。接著他以左手護頭，但棍身狠狠落下，將他的前臂手骨打斷。那股痛楚讓他什麼也看不到了。

「我大可以把你的腦子從耳朵擠出去。」維列佛茲從非常遠的地方說：「不過這本該只是場授課啊。你搞錯了，獵魔士。你錯把映滿繁星的池面當夜空。嗯哼，你要吐啊？很好。腦震盪。流鼻血？太棒了。那就再會了，也許還有機會再見吧。」

他已經什麼都看不見，也聽不見了。他整個人往下墜，陷入某個溫暖所在。他以為維列佛茲已經離開了。因此，當他的腳被人以粗長鐵棍狠狠打了下的時候，他大吃了一驚。那根鐵棍把他的大腿骨打了個粉碎。

接下來那幾棒，就算有，他也已經記不得了。

□

「撐住，傑洛特，別放棄。」特瑞絲．梅莉戈德不斷重複道。「撐住，別死……拜託別死……」

「奇莉……」

「別說話，我馬上拖你離開這裡。撐住……老天啊，我沒力氣了……」

「葉妮芙……我必須……」

「你什麼都不用做！什麼都不可以做！撐住，不要放棄……不要昏過去……不要死，求你……」

她拖著他走過滿是屍體的地板。他看見自己的胸部、腹部都是血，是從鼻子裡流出來的血。他看見自己的一隻腳扭曲成奇怪的角度，而且比那隻健全的腳還要短上許多。他感覺不到痛，只覺得冷，全身都很冰冷、麻木，好像不是自己的身體。他覺得一陣噁心。

「撐住，傑洛特。阿瑞圖沙的援助就要到了，就快到了……」

「戴斯特拉……要是戴斯特拉逮到我……那我就完了……」

特瑞絲開口咒罵，用盡了全身力量。

她把他拖上樓梯。折斷的一手一腳在每級台階上彈跳。痛楚又回來了，竄進他的內臟、他的太陽穴，並延伸到他的雙眼、雙耳，直至頭頂。他沒有大叫。他知道要是叫出來，感覺會好一些，不過他沒叫，只把嘴張開，但這樣也稍稍減輕了些痛楚。

他聽見一聲重響。

階梯頂端站著緹莎亞．德芙利斯。她髮絲凌亂，滿臉塵埃。她舉起雙手，火焰自掌心冒出。她大聲喊出咒語，舞動於她指尖之上的火苗便往下一墜，形成一顆刺眼的炙熱火球。獵魔士聽見下方傳來人群撞上牆面的重擊，以及目擊者驚恐的尖叫聲。

「緹莎亞，不要！」特瑞絲拚了命地大叫。「別這麼做！」

「他們不能進來這裡。」總導師頭也不回地說。「這裡是塔奈島上的加樂斯伯。沒人邀請這些帝王爪牙進來，替他們那些短視近利的國王執行任務！」

「妳這樣會殺了他們！」

「閉嘴，特瑞絲·梅莉戈德！巫師同袍間的團結並沒有被顛覆，這座島還是參議會在做主！叫那些國王不要來插手參議會的事！這是我們之間的衝突，我們自己解決！我們先來解決我們自己的事，然後再來替這場愚蠢的戰爭劃下句點！因爲擔待這個世界命運的，就是我們巫師！」

一顆電光球從她掌中再度射出，爆炸聲在圓柱與石牆間迴盪著。

「滾！」她再度吼道：「你們別進來！滾！」

下方的喊叫轉爲平靜。傑洛特知道圍攻的那群人已退下階梯，撤回攻勢。緹莎亞的身影在他眼中逐漸模糊。這不是魔法，是他的意識逐漸流失。

「走吧，特瑞絲·梅莉戈德！」她聽見女巫的話語從遠處、從牆後傳來。「菲莉帕·愛哈特已經逃走了，拍著她的翅膀飛走了。妳是她這場邪惡陰謀的同夥，我應該要懲罰妳。不過已經有夠多血腥、死亡和不幸了！滾吧！去阿瑞圖沙，去妳的盟友那裡，用瞬間移動吧。海鷗之塔的傳送點已經不存在了，和那座塔一起毀了。妳可以放心瞬間移動，去妳想去的地方。就算是去妳的佛特斯特國王那裡，那個妳爲他而背叛巫師同袍的人！」

「我不會拋下傑洛特……」特瑞絲哽咽著。「他不能落在雷達尼亞人手上……他的傷很重……體內大量出血……而我已經沒力氣了！我沒力氣打開傳送點！緹莎亞！幫我，拜託妳！」

黑暗。凜冽。遠處，從石牆之後，傳來緹莎亞．德芙利斯的聲音：「我幫妳。」

艾維森・彼得，一二三四年生，代以溫恩菲爾大帝之親信，帝國強盛的幕後推手之一。北方戰爭期間擔任軍隊「總庫官長」，自一二九〇年起爲皇家大司庫。恩菲爾統治時代末期擢升爲帝國參事。莫夫蘭・伍爾西斯在位時期被誣指濫權，遭判刑入獄，一三〇一年死於溫納堡。一三二八年，約翰・卡爾威塔大帝爲其平反。

《大世界紀元百科全書》第五卷

——艾凡伯格與塔波特著

顫抖吧，因爲滅國者即將到來。他們會踐踏你們的土地，用繩索將之分割。你們的城池將會摧毀，你們的人民將會出逃。你們的屋舍將會成爲蝙蝠、梟鳥與鴉群的居所，成爲蛇類的巢穴。

——阿恩伊特林思帕舍

第五章

小隊長停下馬，摘掉頭盔，手指扒過汗濕的稀疏頭髮。

「到這裡爲止。」看到詩人詢問的目光，他又重複說了一次。

「啊？怎麼會？」亞斯克爾感到意外。「爲什麼？」

「接下來那邊我們不去。您看到了嗎？下面那條閃閃發亮的小河就是絲帶河。我們只奉命護送您到絲帶河，意思就是該說再見了。」

小隊其餘人馬停在他們後頭，但沒有一個兵士下馬，所有人都不安地四處張望。亞斯克爾站在馬鐙上，伸手遮陽以保護眼睛。

「你在哪看到那條河？」

「我說過了，在下面。您順著山溝走下去，等等就看到了。」

「至少送我到河邊吧。」亞斯克爾抗議道：「把淺灘指給我看……」

「不用指啦。五月開始就沒下過一滴雨，天氣一直又悶又熱，水位跟著下降，絲帶河也就乾了。現在不管哪一段都能騎馬過去……」

「我給你們的指揮官看了凡茨拉夫國王的信，我親耳聽見他命令你們要把我送到布洛奇隆，你們卻想把我丟在這荒郊野外？要是我迷路了怎麼辦？」

「您不會迷路的。」另一個士兵走近他們，原本一直沒開口的他，這會兒卻陰鬱地說：「您不會有時間迷路，森林女妖的箭矢會先找到您。」

「你們還真是一群被嚇傻了的呆瓜呀。還真怕那些德律阿得呢。」亞斯克爾開口嘲笑。「布洛奇隆明明是在絲帶河的另一岸。絲帶河是分界，我們都還沒越界呢！」

「她們的界線，是箭飛到哪兒，就算哪兒。」隊長一邊觀察四周，一邊說明：「從那邊射過來的箭，輕輕鬆鬆就能飛到森林邊緣，而且快得能刺穿鎖子甲。您堅持要過去那邊，是您的事、您的皮肉。不過我很珍惜我的命。我就走到這，不會再遠了。我寧願捅馬蜂窩也不去！」

亞斯克爾把帽子往腦後推，在馬鞍上坐直了身子，說：「我已經解釋過了，我是去布洛奇隆執行任務。我呢，可以這麼說，是大使，我不怕那些德律阿得。不過，拜託你們，請護送我到絲帶河畔吧。要是我在這些樹叢裡被哪來的壞人包圍了，要怎麼辦？」

那個一臉陰鬱的士兵很做作地笑了起來。

「壞人？這裡？大白天？先生，白天這裡您是一個活口也看不見的。最近這一陣子，絲帶河邊這裡，森林女妖是見人就射，有時還真的射中，而且是射到我們這邊。您不必擔心壞人的問題。」

「這話說得沒錯。」隊長附和道。「那壞人一定得是個大傻瓜，才會大白天在絲帶河這裡亂晃。所以，我們也別當傻子。您自己一個人過去吧，不用戴盔甲也不用武器，請原諒我這麼說，您看起來不像個戰士，而且一呎外就看得出來。這樣說不定能給您帶來好運。要是森林女妖看到我們，又是騎馬又穿盔甲的，肯定馬上亂箭滿天飛得連太陽都看不見了。」

「哈，是嗎？那也沒辦法了。」亞斯克爾拍了拍馬頭，視線瞟往下方，看著山溝。「既然這樣，我就自己上路。再會了，士兵們，謝謝你們的護送。」

「您別這麼急。」那個一臉陰鬱的士兵看著天色。「快傍晚了，等河裡的霧氣升上來，您再走。因爲……」

「什麼？」

「霧裡箭的準頭沒那麼好。如果命運之神站在您這邊，那森林女妖說不定會失手。不過先生，她們呀，很少失手……」

「我說過……」

「對啦，您是說過，我有聽到。您說去找她們是有任務。不過我有另一件事要和您說：不管是出任務，還是普通車隊，對她們來說都一樣，她們還是照樣會放箭。」

「你們是打算嚇唬我嗎？」詩人一臉不屑。「把我當成什麼了？蹩腳文人？各位士兵先生，我看過的戰場呢，比你們全部加起來還要多。而關於德律阿得，我知道的也比你們多，她們從不會無預警地放箭。」

「您說的沒錯，以前是這樣。」小隊長輕聲道。「以前她們會先警告，會射一支箭到樹幹上或路上，意思是箭射到的地方就是界線，不能再多走一步。如果那人趕快回頭，還可以平平安安地離開。不過現在不同了。現在她們會馬上放箭，就是要對方死。」

「她們怎麼會變得這麼不講道理？」

「呃，您看，事情是這樣的，」士兵含糊地說，「各國國王自從與尼夫加爾德簽了停戰協議之後，就開始拚命抓那些精靈，看得出來他們把那些精靈逼得都沒路走了。每天晚上，沒被打死的精靈都會偷偷溜過布魯格，跑去布洛奇隆找保護。我們的人在追精靈的時候，有時也會和那些從絲帶河對岸出來救他們的森林女妖起衝突。有時候是我們的軍隊越了界……您懂嗎？」

「懂。」亞斯克爾認真地看著士兵，點了點頭。「你們在追斯寇亞塔也時越過了絲帶河，殺了德律阿得，所以現在德律阿得也用同樣的方式來報復你們。這是戰爭。」

「就是這樣，先生，您說出了我想講的事。這是戰爭。一直以來，比的都是誰先殺誰，不是誰能活命，不過現在情況真的很糟。我們和她們之間的怨恨非常深。我再勸您一次，沒必要就別往那邊去了。」

亞斯克爾嚥了一口口水。

「重點就在這裡。」他費了好大的勁才裝出嚴肅的表情與勇敢的樣子，在鞍上坐挺了說：「我必須去，而且我要去，現在就去。管它傍晚不傍晚、有霧沒霧，任務來了就要行動。」

多年練習畢竟不是枉然。詩人的語氣既動聽又威嚴，既嚴肅又冷漠，帶著決心與勇氣，鏗鏘有力。士兵們看著他的那種欽佩神情，可是一點都不假。

「在您走前，」隊長從鞍上解下扁平的小酒瓶。「您就乾了這瓶吧，唱歌的先生。您就把這個乾了……」

「您會死得比較輕鬆。」話不多的那人陰鬱地說。

詩人一口灌下。

酒氣將他嗆得不停咳嗽，待喘過氣後，他宣告道：「懦夫得死上百回，勇者只死一回。不過，幸運女神會眷顧勇者，蔑視懦者。」

士兵們看著他的眼神更加欽佩了。他們不知道，也不可能知道，亞斯克爾是在引述英雄史詩。順帶一提，那是別人寫的。

「而這個呢，」詩人從長袍裡掏出鏗鏘作響的小皮囊說。「是要感謝你們的護送。在你們返回碉堡之前，在嚴苛的任務之母再度擁抱你們之前，去酒館為我的健康乾一杯吧。」

「謝了，先生。」隊長微微紅了臉。「您太大方了，我們明明就……請原諒我們留下您自己一個，可是……」

「沒關係，再會了。」

詩人放蕩不羈地將帽子往左耳一推，馬腹一夾，便沿著山溝走下去，嘴裡還哼著「布萊爾林的喜宴」的旋律，那是一首十分有名且特別淫穢的騎兵之歌。

耳畔傳來那陰鬱士兵的話聲：「堡裡的騎兵說，他是個寄生蟲、膽小鬼、混蛋。但這個蹩腳詩人，卻是個有勇氣又不怕打仗的高貴先生。」

「沒錯，確實是這樣。」隊長答道。「他不是個怕事的人。我剛才有仔細觀察，他連眉毛都沒有動一下，而且還自在地吹著口哨。你有聽到嗎？你有注意到他說了什麼嗎？說他是大死。不用怕，大死誰都可以當，不過要想當個大死，也得要脖子上連著腦袋才行……」

亞斯克爾加快速度，想儘快走遠些。他可不想毀了自己剛剛營造出來的形象。他知道自己已經嚇到口乾舌燥、沒辦法再吹口哨了。

那條山溝很黑，充滿水氣，詩人命名爲「飛馬」的褐斑黑馬踩在鋪著腐葉毯的潮濕土地上，每個步伐都是泥濘難行。飛馬低下頭，慢慢踱步。牠算是少數對什麼都無所謂的馬。

森林已經來到盡頭，不過在亞斯克爾與赤楊林立的河岸之間，仍隔了一大片蘆葦。詩人停下馬，警覺地掃向四周，卻沒有任何發現。他豎耳傾聽，只聽見蛙群的合樂。

「好了，小馬兒。」他清了清嗓子。「試試看吧，走吧。」飛馬揚起頭，詢問似地豎起平常下垂的耳朵。

「你沒聽錯，走吧。」

閹馬勉強動身，每落下一步，滿地泥濘也跟著回應。蛙群自馬蹄下大步跳開。離他們幾步之外，一隻野鴨拍著翅膀呱呱飛跳，讓詩人的心臟瞬間罷工，復又開始急劇跳動；飛馬卻一點也不在意那隻鴨子。

「英雄騎在馬上……」亞斯克爾從懷裡掏出手帕，邊擦著沾了一堆冷汗的脖子，邊喃喃唸著：「大膽走過沼澤，無視於跳動的兩棲生物與飛舞的龍群……他前進再前進……一直來到一片無盡汪洋……」

飛馬噴了口氣，停下來。他們站在河邊，四周盡是高過馬鐙的蘆葦與香蒲。亞斯克爾擦了擦布滿汗水的眼皮，把手帕綁到脖子上。他盯著對岸濃密的赤楊林許久，直到眼睛發疼。他沒看到任何東西，也沒看到任何人。水草隨波擺盪，在水面掀起層層皺摺；身著松綠橘黃的翠鳥，從他們正上方掠過。天空有大片飛蟲閃爍。魚群吞食著蜉蝣，在水上留下一環環大圈。

目光所及之處，盡是河狸搭起的水壩、成堆殘枝與被啃咬的斷幹，被緩慢的水流沖洗著。

這裡的河狸還眞是多得不可思議啊，詩人想。不過這也沒什麼好奇怪的。沒有人會爲了這些天殺的河狸傷腦筋。不管是惡徒、獵人或是養蜂人都不會到這裡來；就算是無所不在的捕獸人，也不會在這兒設陷阱。那些以身試險的，個個都喉頭中箭、倒在岸邊爛泥中被蟹群挾食。而我，一個笨蛋，還自願擠到絲帶河畔這兒，到這個屁臭瀰漫，就算用菖蒲與薄荷也蓋不了臭氣的河岸邊……

他重重地嘆了口氣。

飛馬舉著前腳緩緩踩進水裡，低下頭讓口鼻接近水面，喝水喝了良久，然後牠轉過頭，看著亞斯克爾。水從牠的嘴巴與鼻孔流了出來。詩人點點頭，又嘆了口氣，大聲吸了吸鼻子。

「英雄望著洶湧深水，」他努力不讓牙齒打顫，小聲吟誦。「他看了看，向前走去，只因其心未識恐懼爲何物。」

飛馬垂下了腦袋和耳朵。

「我說，未識恐懼爲何物。」

飛馬甩了甩腦袋，晃得轡環與馬銜叮噹響。亞斯克爾用腳跟踹了下牠身側。閹馬百般不願地踏進水裡。

絲帶河的水很淺，但雜草叢生密布。他們還沒走到中央，身後的水草就已糾結成一條長長綠辮。馬兒緩慢而吃力地踏著蹄足，每走一步，都得用力抖開纏繞不休的水草。

右岸的蘆洲與赤楊林已經不遠。這「不遠」的距離，卻讓亞斯克爾覺得自己的胃好像一直下垂，甚至垂到了馬鞍上。他知道身處河道中央、困在這片雜草中，自己已然成了不可能失手的絕佳目標。他似乎已能看見一把把拉開的彎弓、緊緊搭住的弓弦，以及筆直瞄準自己的尖銳箭矢。他用小腿肚夾緊馬身，飛馬卻根本不當回事兒，不但沒有加快腳步，反而停了下來並翹起尾巴；一顆顆糞便應聲落水。亞斯克爾長長哀嘆了一聲。

他裝作沒有看見，吟誦著：「河階水聲隆隆，英雄攻克未果，讓黛藍深水掩蓋萬世，教軟玉翠藻擁入懷中。其身後足跡，消失殆盡，只遺下那隨波流向遠方大海的馬糞……」

看來輕鬆許多的飛馬，不消催促便加快了往河岸的腳步。當牠來到岸邊水草較稀之處，甚至放膽潑起水來，將亞斯克爾的靴子和褲子徹底濺濕。而詩人甚至沒注意到這點——肚子被根根箭矢瞄準的景象始終在他眼前縈繞，恐懼像隻冰冷濕滑的巨大水蛭，一點一點地爬上他的背頸。因爲在赤楊林後，離青翠的河邊草帶不到百步之處，一道又直、又黑、又可怕的林牆已從石楠荒野中緩緩升起。

布洛奇隆。

河岸邊，離水流稍遠幾步的地方，有具已經泛白的馬骷髏，胸骨早已被蕁麻與蘆草穿刺。那裡還有一些尺寸較小的白骨，看來不像是馬。亞斯克爾打了個冷顫，把視線別開。

加快腳步的閹馬撲滋嘩啦地掙出河岸沼澤，澤底淤泥散發出不甚好聞的臭味。蛙群的歌聲暫停了，周遭變得寂靜萬分。亞斯克爾閉上眼睛。他已不再吟誦，不再即興創作，靈感與幻想已飛向未知的遠方。剩下的，只有冰冷噁心的恐懼，雖然那感覺非常強烈，卻一點也激不起他的創作欲。

飛馬豎起垂放的雙耳，冷靜地緩緩走向德律阿得之森，人稱死亡之森的方向。

我穿過邊界了，詩人心想。現在一切即將分曉。只要我還在河邊、還在水中，她們還可能寬宏大量，不予計較。不過現在已經不可能了，現在我已是個入侵者，就像那邊那一個……最後我可能也只剩一堆白骨……成為後人的警惕……要是那些德律阿得在這裡……要是她們正在觀察我……

他想起自己看過的那些職業射箭比賽、市集競賽與箭術比試大會，還有被箭矢刺穿、戳爛的稻草箭靶與假人。被箭射中是什麼感覺？重擊？痛楚？又或者……什麼感覺也沒有？

德律阿得不在附近，又或者還沒決定要對這個孤獨騎士做什麼，因為詩人已來到森林之前，雖然驚恐萬分但仍毫髮無傷。錯綜複雜、尖刺滿布的樹根與枝枒層層掩住樹群，不過這對亞斯克爾沒有影響，反正他完全不打算要走到樹邊，更沒有深入森林的意願。他可以逼自己去冒險，但不會逼自己去送死。

他動作很慢地下了馬，把轡繩綁到往上纏繞的樹根上。他通常不會這麼做，因為飛馬不會亂跑。亞斯克爾並不確定馬兒會對呼嘯的箭聲作何反應。截至目前為止，他儘量讓自己和飛馬避開這種險境。

他從鞍頭解下魯特琴，那把獨一無二、質地精良，有著修長琴頸的樂器。這是精靈小姐的禮物，他邊想，邊撫摸著鑲嵌木塊。說不定這把琴會回到上古一族……除非德律阿得要把它留在我的屍首旁……

不遠處有棵被風吹倒的老樹。詩人坐到樹幹上，把魯特琴擺上膝頭，潤潤雙唇，並在褲子上擦了擦沾滿汗水的手心。

太陽往西方偏移。霧氣自絲帶河中升起，像塊灰白色布料，掩住了岸邊的草地。氣溫下降許多。灰鶴的叫聲在四周響起，又漸漸遠去，餘下的只有蛙群所奏的樂聲。

亞斯克爾撥了撥琴弦。先撥了一次，再撥第二次，然後是第三次。他轉了轉調音鈕，擺好樂器，開始彈奏。過了一會兒，又加入了歌聲。

伊維斯，梅文連溫特卡而姆恩特而
耶拉伊內艾特麗兒阿波促而梅洛得代以愛思維
因不拉什奎梅搭利恩
阿因米內文特根阿梅
因投音阿敷莫立安奎滴司也為耶阿波累阿……

太陽消失在森林之後。在這布洛奇隆的巨樹蔭下，四周馬上轉爲一片漆黑。

雷阿桑拉姆非雅音內，愛思維，
耶拉伊內艾特麗兒，
阿波促而……

他沒聽見那聲音，卻感受到他並非獨自一人。

「那特米瑞逮特瑞。沙恩得佛特。」

「別放箭……」他喃喃唸著，很聽話地沒有亂看。「奈恩阿耶思帕阿梅……我是爲和平而來……」

「內思阿特阿而施。沙恩得。」

他聞言照辦，雖然十根手指皆已冰冷，僵在弦上，歌聲則是從喉頭硬擠出來的，不過德律阿得的話音裡並未帶有敵意，而他，該死的，就是個靠聲音吃飯的。

雷阿桑拉姆非雅音內，愛思維，
耶拉伊內艾特麗兒，
阿波促而特達特為耶格溫
因不拉什奎梅搭利恩
耶思因耶艾為例恩阿梅
奎山特特卡而姆阿韋恩米內梅思特利思奇亞……

這一次他瞄了一下肩後。蹲在樹幹旁那東西離他非常近，看起來像是株纏滿常春藤的樹叢。不過那不是樹叢，樹叢不會有一雙雙閃閃發亮的大眼睛。

飛馬微微噴了口氣，亞斯克爾知道，這一片黑暗中，有人在撫摸他馬兒的鼻頭。

「沙恩特佛特。」蹲在他背後的德律阿得再度請求，聲音聽起來像是雨水打在樹葉上的淅瀝聲。

「我……」他開始說：「我是……獵魔士傑洛特的伙伴……我知道傑洛特……格文布雷德和妳們在

這布洛奇隆裡，我是來……

「那特迪斯恩。沙恩特，法。」

「沙恩特。」第二個德律阿得在他背後溫和地請求著，與第三個幾乎是同時開口；而且大概還有第四個，他並不是很確定。

「亞，沙恩得，塔耶得。」對詩人來說，剛剛還只是離他幾步遠的樺樹，卻發出銀鈴般的女孩聲：「耶思拉伊內……塔耶得……你唱歌……再唱和艾特麗兒有關的……好嗎？」

他照辦了。

愛妳是我的生存目的
嬌美的艾特麗兒
所以請允許我保留回憶的寶藏
與魔法之花
那是愛的證明
花朵上的晶瑩露珠宛如我的眼淚……

這一回，他聽見了腳步聲。

「亞斯克爾。」

「傑洛特！」

「對，是我。你可以別再製造噪音了。」

□

「你是怎麼找到我的？你怎麼知道我在布洛奇隆？」

「特瑞絲．梅莉戈德告訴我的……該死……」亞斯克爾再度絆了一跤，要不是走在身旁的德律阿得飛快扶了他一把，肯定會跌個四腳朝天。她個頭雖然嬌小，卻出乎意料地有力。

「加利安，塔耶得。」銀鈴般的聲音警告著。「法，卡而姆。」

「謝謝。這裡還眞是黑得不得了……傑洛特？你在哪裡？」

「這裡，快點跟上。」

亞斯克爾加快了腳步，卻又絆了一下，黑暗中差點撞到停在他面前的獵魔士。德律阿得一一從他們身旁無聲穿過。

「這裡還眞是有夠黑的……還很遠嗎？」

「不遠，馬上就到營區了。除了特瑞絲，還有誰知道我躲在這裡？你還和誰說了？」

「我得告訴凡茨拉夫國王，要穿過布魯格，我得有個安全通行證才行。現在這個世道，眞是……而且也該要有前往布洛奇隆的通行證。反正凡茨拉夫知道你，也喜歡你……你想像得到嗎？他任命我爲特使。我很確定他會保守祕密，我拜託過他了。傑洛特，不要發火……」

獵魔士走近了些。亞斯克爾看不見他臉上的表情，只看見那頭白髮與那積了幾日，就算在黑暗中也極為顯眼的白色鬍碴。

「我不會發火。」他感覺有隻手搭在自己肩頭，那一直以來冰冷的聲音，現在好像有了些微改變。「我很高興你來了，你這個王八蛋。」

□

「這裡好冷。」亞斯克爾打了個寒顫，連他們坐的枝椏都跟著抖了一下。「或許可以生個火……」

「想都別想。」獵魔士低聲道。「你忘了你現在在哪裡了？」

「她們竟然到這種程度……」詩人膽怯地看了看四周。「一點火苗都不行，是嗎？」

「樹木討厭火，她們也是。」

「我的媽呀。我們要一直這樣坐著受凍嗎？而且這一片見鬼的烏漆抹黑，我現在連自己的手指頭都看不見……」

「那就不要看。」

亞斯克爾嘆了口氣，縮起身子，搓了搓手。他聽見坐在一旁的獵魔士折斷了幾根細樹枝。黑暗中突然亮起綠色火光，一開始模糊不清，但很快便轉為明亮。第一道光點出現之後，其他光點也跟著出現，在各處搖擺舞動，如同沼澤上的螢火蟲或鬼火。森林裡突然充滿晃動的暗影，亞斯克爾開始看見圍繞在他們周遭的德律阿得身影。其中一個靠了過來，把某個東西放到他們面前，那看起來像是團熾熱的植物。詩人小心翼翼地伸出手，拿起那團植物。那綠色焰火一點溫度也沒有。

「傑洛特，這是什麼？」

「朽木與一種青苔。這東西只長在布洛奇隆裡，而且只有她們知道要怎麼讓這些東西搭在一起，好發出亮光。法芙，謝謝妳。」

德律阿得沒答話，也沒離開，只是蹲到一旁。她的額前戴了串花圈，一頭長髮披散肩頭。在燈光照射下，頭髮呈現綠色，又或許那本來就是她的髮色。亞斯克爾知道德律阿得的髮色是天底下最怪的。

「塔耶得。」德律阿得用樂曲般的聲音說，抬起一對閃耀的眼眸看著詩人，小巧的臉龐上有兩道暗色的迷彩平行斜線。「愛思威佛特沙恩得阿恩艾特麗兒？沙恩得阿韋恩佛特？」

「不……也許晚一點吧。」他禮貌地回答，仔細斟酌上古語的用字遣詞。德律阿得嘆了口氣，彎身輕輕撫摸平放一旁地上的魯特琴頸，接著倏然起身。亞斯克爾看著她走向林子，加入那群在模糊的綠色火光中，交錯晃動的同伴身影。

「我應該沒冒犯到她吧，嗯？」他小聲問著。「她們有自己的語言習慣，我不知道敬語的格式該怎麼用……」

「看看你肚子上有沒有一把刀吧。」獵魔士的語氣沒有絲毫調侃或打趣的味道。「德律阿得要是覺得被冒犯，就會在對方的肚子上回敬一把刀。不用怕，亞斯克爾，看起來她們對你的容忍度應該遠超過言語上的紕漏。很顯然，你在林子前辦的那場音樂會對了她們的胃口。現在你是亞得塔耶得，偉大的詩人。她們在等『花樣艾特麗兒』接下來的段落。你知道接下來怎麼唱嗎？畢竟這不是你的詩。」

「譯文是我做的，我還替這首精靈樂曲稍微添加了點豐富的元素，你沒注意到嗎？」

「沒有。」

「我想也是，好在德律阿得比較懂藝術。我曾在某個地方讀過，她們很擅長音樂，所以想出了這個精明的計劃，而且順帶提一下，你還沒誇我呢。」

「是該誇獎。」獵魔士沉默了一段時間後說。「確實很精明，而你也像平常一樣走運。她們的箭可以射到兩百步外，而且通常不會等到人過了河岸，還開始唱歌。她們對臭味很敏感。不過如果屍首讓絲帶河的水流帶走，那臭味就不會留在她們的林子前。」

「管他的。」詩人清了清喉嚨，吞下一口口水。「最重要的是我成功了，還找到你了。傑洛特，你怎麼會到這……」

「你有剃刀嗎？」

「什麼？當然有啊。」

「明天早上借我，我快被這堆鬍子給搞瘋了。」

「那些德律阿得沒有……呃……也對，是沒錯，剃刀對她們來說不是必需品。我當然會借你。傑洛特？」

「怎樣？」

「我身上一點吃的也沒有。亞得塔耶得，偉大的詩人可以期待德律阿得會請吃晚餐嗎？」

「她們不吃晚餐。而看管布洛奇隆邊境的那些守衛連早餐也不吃。你得忍到中午，我是已經習慣了。」

「可是等我們到了她們的首都，到那個舉世聞名，隱藏在森林之心的杜恩卡奈爾……」

「亞斯克爾，我們一輩子也不可能到得了那裡。」

「怎麼會？我以爲……你不是……她們明明讓你到這裡避難了，明明就……包容你……」

「你用的字眼很貼切。」

兩人沉默了許久。

「戰爭。」最後，詩人終於開口：「戰爭、仇恨與蔑視。到處都是，充斥每個心房。」

「你在作詩。」

「是這樣沒錯呀。」

「確實是這樣。好了，說吧，你到這裡來做什麼？說說我在這裡療傷的時候，世上發生了什麼事？」

「首先，」亞斯克爾微微咳了一聲。「你要和我說加樂斯但裡到底發生了什麼事。」

「特瑞絲沒告訴你嗎？」

「她說了，不過我想聽你的版本。」

「要是你知道特瑞絲的版本，那你知道的是比較精確，也比較可信的版本。告訴我，我進了布洛奇隆後，接下來發生了什麼事？」

「傑洛特，」亞斯克爾低聲說：「我真的不知道葉妮芙和奇莉發生了什麼事……沒有人知道，特瑞絲也……」

獵魔士猛然一動，連樹枝也跟著抖了一下。

「我有問你奇莉或是葉妮芙嗎？」他說話的聲音都變了。「和我說戰爭的事。」

「你什麼都不知道嗎？這裡一點消息都沒傳進來？」

「有，不過我想要從你口中聽到一切。麻煩你，說吧。」

詩人沉默了一會兒後，開始說：「尼夫加爾德人攻擊了利里亞和亞丁，連宣戰都沒有。原因看似是戴馬溫的軍隊趁塔奈島舉行巫師大會時，對安葛拉谷邊境的某座碉堡發動突擊。有人說那是故意挑釁，說那些戴馬溫的兵士全都是尼夫加爾德人扮的；我們大概永遠都不會知道事情眞相。不管怎樣，尼夫加爾德的報復來得又凶又猛，壓過邊境的那支大軍少說已經在安葛拉谷集結了好幾個月，不然至少也有幾週了。斯帕拉與斯卡拉這兩座利里亞的邊境要塞，不到三天就被那支大軍奪下。利維亞本來已經做好守城準備，打算和敵軍對抗數月，結果兩天後就在各個公會與商會的壓力下投降。尼夫加爾德承諾過，他們一旦把城門打開，再奉上賠款，就不會被洗劫……」

「尼夫加爾德有說話算話嗎？」

「有。」

「有意思。」獵魔士的聲音又稍微改變了些。「如今這個世道還信守諾言？以前根本不會有人想到要提出這種承諾，因爲沒有人預期會有這種承諾。工匠和商人不會把要塞的城門打開，反而會拚命守護，每個公會都會守好自己的塔樓與堞牆。」

「錢是六親不認的，傑洛特。對商人來說，在誰的統治下賺錢都一樣。而對尼夫加爾德的那些管理官來說，只要有稅好收，是誰繳的都沒差。商人要是沒了性命，就不會賺錢，也不會繳稅。」

「繼續說吧。」

「利維亞投降後，尼夫加爾德大軍異常迅速地來到北方，一路幾乎暢通無阻。戴馬溫與蜜薇的軍隊無法設下決戰的前線地點，只好不斷後撤。尼夫加爾德人一直來到了亞斯德堡。爲了避免被圍城，戴馬溫與蜜薇決定要正面迎戰，他們所處的地點並不是最理想的……該死，要是光線再強一點，我就可以畫給你……」

「不用畫了。長話短說，誰贏了？」

□

「您聽見了嗎？先生。」書記官滿身大汗、氣喘吁吁地擠過圍在桌邊那群人。「戰場那邊信使來報！我們打贏了！贏了！勝利了！太棒了！我們把敵人打敗了，把他們打得落花流水！」

「安靜。」艾維森皺起眉頭。「我的頭都快被你們喊裂了。對，聽見了，我們擊退了敵軍。太棒了，這是我們的成功，也是我們的勝利，眞是讓我太激動了。」

所有的庫官與書記官都靜了下來，訝異地看向長官。

「庫官長，您不高興嗎？」

「高興，不過我懂得以安靜的方式高興。」

所有的書記官都無言了，你看看我，我看看你。一群小鬼，艾維森心想。一群興奮的小毛頭。話說回來，這其實也沒什麼好奇怪的，倒是山上那裡，就連門諾・科耶亨和愛蘭・特洛荷，哦，就連白鬍子將軍馬可斯・布雷班特也是高興得又叫又跳，讚賞地拍著彼此的背。太棒了！勝利！不過這該是誰的勝利呢？亞丁與利里亞兩國總共成功發動三千騎兵與一萬步兵，其中兩成在入侵前幾日就被鎖死，留在各個要塞和碉堡中。剩下的部分軍隊不得不退下來保護側翼，以免遭受輕騎兵與斯寇亞塔也分隊的迂迴反攻。餘下五、六千士兵，其中騎兵不到一千兩百名，在亞斯德堡外的草原上正面迎戰。科耶亨派了一萬三千名士兵去攻擊他們，這當中有一萬是尼夫加爾德騎兵隊的重點精英重裝騎兵。而現在他卻在那裡開心大叫、拿著鎚矛敲大腿，嚷著要喝啤酒……勝利！也太激動了吧。

他倏地將擺滿桌面的地圖與筆記都掃成一堆，然後抬頭環視了一下。

「你們給我聽好了。」他粗聲地對所有書記官說：「我有命令交代。」

他手下那批人全都靜待指示。

「你們每個人昨天都有聽到，陸師元帥科耶亨對少尉與軍官說的那番話。」他開始說：「不過我要提醒各位，元帥對部隊說的話和你們沒有關係。你們有別的任務要完成，有別的指令要辦，就是我給的指令。」

艾維森揉著額頭，開始思索。

「攻城不攻村，這是昨天科耶亨對將領們說的。你們都知道這個準則，軍校裡也都有教。不過這條原則只到今天爲止，明天起，你們要把它忘得一乾二淨。明天起有新的準則，而這個準則也將成爲我們在接下來戰爭中所用的口號。這個口號與我的指令如下：全面開戰，不留活口；全面開戰，能燒就燒。你們所到之處要留下一片焦土。明天起我們要將戰場拉到停戰線之外，退到那條我們簽下的停戰線之外。我們要撤退，不過停戰線內得留下一片焦土。要把利維亞與亞丁兩國燒成灰燼！你們想想索登！今天是我們報復的時候了！」

艾維森大喝一聲。

「士兵所到之處留下焦土之前，」他對著那群沉默的書記官說：「你們的任務就是要從這塊土地和這個國家拿走所有能拿的東西，爲我們的祖國增添財富。你，歐德嘉斯，負責裝載，還有把已經採收進倉的農產運走。那些還留在田裡，沒被科耶亨的貴族騎士團摧毀的，都要收走。」

「庫官長，我的人手不夠……」

「會有大批奴隸夠你用，讓他們幫你做事。馬爾德和你……我忘了你的名字……」

「海維特。伊凡・海維特，庫官長。」

「你們負責盤點牲口；把牠們分批趕到指定的檢疫點。要小心口蹄疫和其他傳染病。染病的或是可能有問題的，全都宰了，屍體燒掉。剩下的照指定路線火速南送。」

「遵命。」

現在輪到那些特別任務了，艾維森看著屬下，心想。該派給誰呢？這些全是群年輕小伙子，乳臭未乾，知道的事不多，沒見過什麼場面……要是那些經驗豐富的老庫官在就好了……打仗、打仗，老是打仗……戰士死得多又死得快，雖然庫官的死亡人數較少，但卻較明顯。因爲在現行的軍隊中，一直都有新兵入營，每個人都想成爲戰士，誰會想要去當庫官或書記官？要是打完仗回家後，兒子問起自己在戰場上做了什麼，誰會想說自己是如何拿著鍋子去算穀粒、拿著秤子去秤蠟、清點一張張發臭的死皮？誰會想說自己是怎樣領著滿載戰利品的車隊，走在坑坑巴巴、滿是牛糞的道路上，一面吞著灰塵、惡臭和蒼蠅，一面趕著一群群不斷聒噪的牲畜……

……

特別任務。古列塔的煉鐵廠，有一堆巨大熔爐的煉鐵廠。弗利砂勒基，艾聖拉安的菱鋅礦冶廠與大型煉鐵廠，年產量五百石。亞斯德堡的鑄造廠與羊毛廠。凡格爾堡的麥芽廠、釀酒廠、織造廠和印染廠……

拆掉運走。這是恩菲爾大帝——舞動於敵軍墓上的白色之焰所下的命令。簡單一句話。「拆掉運走，艾維森。」

命令就是命令，必須貫徹執行。

剩下就是最重要的了，礦山和礦產、錢幣、貴重物品、藝術品。不過這些由我親自負責。

地平線上一條條黑色煙柱旁不斷竄起新的煙柱，新的煙柱旁邊再有新的竄起。軍隊顯然已經開始貫徹科耶亨的命令，亞丁王國逐漸轉爲烽火之國。

一輛輛攻城車隆隆開在路上，掀起濃厚塵沙，前往依舊頑強抵抗的亞斯德堡，還有凡格爾堡——戴馬溫王的首都。

彼得·艾維森一面看著，一面數著。他算了又算，數了又數。彼得·艾維森，帝國大庫官。他在這個職位做了二十五年，數字與計算就是他的人生。

投石機值五百弗洛倫，拋石機值兩百，投石器至少值一百五，最基本的弩砲也值八十。受過攻城機訓練的操作兵月餉要弗洛倫幣九塊半。開往凡格爾堡的車隊，算上牛隻、馬匹和那些零星器具，至少值三百菊符那。一塊純礦做的菊符那，也就是馬克，半磅重，大概等同於六十弗洛倫。大型礦山的年產量約是五、六千菊符那……

一支輕騎兵趕過攻城隊。根據錦旗上的徽記，艾維森看出那是溫納堡公爵的作戰輕騎，這是從琴特拉派過來的其中一支軍隊。是啊，他想，那些人的確是該高興。仗已經打贏了，亞丁軍隊已經成了散沙一盤。後備部隊不需要去和常規軍打硬仗，只要去追那些竄逃的人群，降伏群龍無首的散軍，只要負責殺人放火，搜搶擄掠。他們很高興，因為等著他們的只是一場令人開心愉快的小打鬥。這種小打鬥一點也不難，也不會讓人丟性命。

艾維森計算著。

一支作戰輕騎加上十支常規輕騎，還有兩千騎兵。雖然溫納堡人已經確定不用加入任何大型戰爭，但在這些小型武裝行動中，少說也會死個六分之一。接下來就是露宿、餿食、蝨子、蚊子、髒水。當然，無可避免的還有傷寒、痢疾和瘧疾，這就又去了至少四分之一。另外還要再加上——意外，這通常會再扣掉五分之一。最後能回家的只有八百人，不會多，只會更少。

商道上又是一批輕騎經過，跟在後頭出現的是步兵團。先是身穿黃色鎖甲、頭戴圓盔的弓箭手，然後是戴著寬簷圓頂盔的弩弓手，還有巨盾兵與長矛兵。在那之後是滿身裝甲，像龍蝦似的持盾兵，他們是來自維可瓦洛與埃托利亞的沙場老兵。再後面一點的是一群五顏六色的雜牌軍，有從梅提那雇來的步兵，圖倫、邁阿赫特、蓋索與艾冰格來的傭兵……

頂著大熱天，軍隊還是行如疾風，一雙雙軍靴在路面上踏出濃濃塵霧。鼓聲隆隆，錦旗飄揚，矛槍斧戟的鐵頭個個晃動發亮。軍士們走得輕快，這是一支戰勝的軍隊。快呀，兄弟們，前進，上戰場了！去凡格爾堡！把敵軍徹底摧毀，該報索登之仇了！好好利用這場仗，把戰利品塞滿一袋袋，然後回家，回家！

艾維森一面看著，一面數著。

□

「凡格爾堡被圍了一星期後，宣告破城。」亞斯克爾把話說完。「你可能很訝異，不過他們可是頑強抵抗，每個人都死守堡壘與自己看守的那段城牆到最後一刻。因此整個軍隊與城民全被屠殺，總共約有六千人。消息一出，馬上引起大逃亡。潰敗的軍隊與百姓開始大量逃往特馬利亞與雷達尼亞避難。逃難的人潮擠滿了彭達爾河谷與馬哈喀姆的各個山口。不過，不是所有人都能順利逃出。尼夫加爾德的騎兵追在他們後頭，切斷了逃亡路線……你知道是爲了什麼嗎？」

「我不知道，我不懂……我不懂戰爭，亞斯克爾。」

「是為了戰俘，為了奴隸。他們想把人抓來當奴隸，抓越多越好。這對尼夫加爾德來說是最便宜的勞力，所以他們才這麼拚命地追捕逃亡人潮。這是一場大規模的獵人行動，傑洛特，也是很簡單的獵捕行動；再說軍隊跑了，難民就沒人保護了。」

「一個人也沒有？」

「幾乎沒有。」

□

「我們來不及了……」維利斯看著四周，喘了一大口氣說：「我們躲不了……該死，邊界已經這麼近了……這麼近……」

萊拉踩在馬鐙上，看了看鬱鬱丘陵上蜿蜒的商道。就視線所及，那條路上到處都是散落的財物、死馬、倒在路邊的馬車與推車。他們身後，也就是森林另一頭，竄出了好幾條黑色煙柱直衝天際。叫喊聲越來越近，打鬥聲也越來越激烈。

「斷後部隊快擋不住他們了……」維利斯擦掉臉上的灰燼與汗水，說：「萊拉，妳聽到了嗎？斷後部隊已經被追上了，他們會被殺個精光！我們來不及了！」

「現在我們就是斷後部隊。」女傭兵冷冷地說：「現在輪到我們了。」

維利斯頓時臉色刷白，一旁聽他們對話的士兵之中，有人大聲嘆了口氣。萊拉一把扯過韁繩，掉轉身下的坐騎，馬兒呼吸沉重，幾乎抬不起頭。

「反正我們也躲不了了。」她平靜地說。「這些馬已經不行了。我們還沒走到山口，就會被他們追上，被殺個精光。」

「那就拋下一切，躲到林子裡。」維利斯看也不看她，說：「各走各的，大家自己顧好自己。這樣或許可以……活命。」

萊拉沒有答腔，只是將頭朝山口一偏，用眼神示意山路上那一長串逃往邊界的難民。維利斯懂她的意思，破口罵了幾句不堪入耳的話之後，跳下馬鞍。他踉蹌了一下，以劍支撐。

「下馬！」他對士兵們粗聲喊道。「把商道封起來，有什麼就用什麼！你們看什麼看？老媽生你們一條命，也就死這麼一次！我們是軍人！是斷後部隊！必須擋下追兵，拖延他們……」

他突然打住。

「要是我們可以拖住追兵，那人民就可以逃到特馬利亞，到山的另一邊。」萊拉也下馬把話接完。「那邊都是女人和孩子。你們個個眼睛瞪這麼大做什麼？這是我們的工作，他們就是爲了這個付我們錢，你們忘了嗎？」

士兵們你看看我，我看看你。有那麼一會兒，萊拉以爲他們要逃跑，跳上汗水淋漓、筋疲力盡的馬匹，跑這不可能的最後一趟，追在那批難民後頭，往那救命山口逃去。她錯了，錯估了他們。

他們把商道上的馬車翻倒，迅速建好路障。那是個東拼西湊、又低又矮，絕對擋不了敵人的路障。

他們並沒有等很久。峽谷裡跳進兩匹馬，鼻息噴喘，步蹄凌亂，滿口唾沫；只有一匹馬載了人。

「布萊茲！」

「趕快準備……」傭兵從馬鞍滑下，扶住兵士的手。「趕快準備，他媽的……他們就在我後面……」

馬兒噴了口氣，橫走幾步之後往地上一坐，側身重重倒下，接著牠後腿一伸，扯著脖子長聲嘶鳴。

「萊拉……」布萊茲別過頭，氣喘地說：「給我……給我件傢伙，我的劍丟了……」

女戰士看著竄往天際的烽煙，用頭朝靠在翻倒車輛上的戰斧示意。布萊茲俯身去拿武器，腳步踉蹌了一下，左腳褲管已被血水浸濕。

「布萊茲，其他人怎樣了？」

「全被宰了。」戰士吃力地說：「所有人，整個部隊……萊拉，那不是尼夫加爾德……是『松鼠』……追上我們的是精靈──斯寇亞塔也走前面，走在尼夫加爾德人前面。」

士兵之中，有人絕望地呻吟了一下，還有一個跌坐在地，雙手掩面。正在拉緊護胸甲繩的維利斯，開口咒罵了聲。

「各就各位！」萊拉大喊：「找掩護！我們不會讓他們活捉！我向你們保證！」

維利斯啐了一口，快速扯下自己的三色臂章，那個隸屬戴馬溫王的黑黃紅特種部隊徽章，把它塞進草叢裡。正在清理自己徽章的萊拉見狀，嘲諷地笑了。

「我不知道這樣做有沒有幫助，維利斯。」

「妳剛才做了保證，萊拉。」

「我是做了保證，而我向來說話算話。兄弟們，就定位！把十字弓和弓箭都拿好！」

他們沒有等很久。

擊退第一波攻勢之後，他們只剩下六個人。這一戰打得很快，也很激烈。從凡格爾堡被召來的士兵個個殺紅了眼，完全不讓傭兵有出手的餘地。沒有人想活生生落到斯寇亞塔也手裡，他們寧可戰死；而最後他們也都萬箭穿心而死，被長槍利劍穿刺而死。布萊茲被兩個精靈拖出路障，用短劍刺死在地。不過這兩個精靈也倒地不起，因為布萊茲手上同樣拿了短劍。

斯寇亞塔也不讓他們有喘息的機會，第二支突擊隊向他們衝了過來。維利斯吃了第三記長槍後，也倒地不起。

「萊拉！」他口齒不清地喊著。「妳保證過的！」

女傭兵把又一具精靈屍體丟到一邊，快速轉過身來。

「再見了，維利斯。」她把劍尖抵在他的胸骨下，用力一刺。「我們地獄見吧！」

又過了一會兒，只剩下她孤軍一人。斯寇亞塔也從四面八方圍住她。渾身浴血的女戰士舉起劍一揮，甩開黑色髮辮。她站在遍地死屍之中，看起來十分可怕，臉上的扭曲神情就像惡鬼一般。精靈們往後退了退。

「你們來啊！」她狂野地吼著：「你們在等什麼？我不會讓你們活捉的！我是黑髮萊拉！」

「格來地夫佛特，比安娜。」一名俊美的精靈平和地說。他有頭金髮，容貌宛如天使，還有孩子般的寶藍色大眼。他從那群仍猶疑不決的斯寇亞塔也身後走了出來。他那匹雪白駿馬噴了口氣，用力地上下揮動腦袋，四蹄很有活力地蹂躪著商道上浸滿鮮血的沙土。

「格來地夫佛特，比安娜。」那名騎士又重複說了一次。「把劍丟掉，女人。」

女傭兵露出可怕的笑，並以手套腕口擦了擦臉，把混了沙塵與鮮血的汗水抹掉。

「我的劍很值錢，丟不得啊，精靈！」她大吼。「你要拿它，就得先扳斷我的指頭！我是黑髮萊拉！來啊，你們來啊！」

她並沒有等太久。

□

「沒有人去營救亞丁嗎？」過了很長一段時間後，獵魔士開口問道。「我知道還有些聯盟，那些互助協議、條約……」

「維吉米爾死後，」亞斯克爾清了清喉嚨。「雷達尼亞陷入一片混亂，你知道維吉米爾國王被謀殺的事吧？」

「我知道。」

「朝政由皇后海德薇格接手，不過國內還是一片混亂，而且充滿恐怖氣氛，到處是捉拿斯寇亞塔也與尼夫加爾德人的特務。戴斯特拉像瘋了似地在全國到處搜索，斷頭台上血流成河。戴斯特拉還是不能走路，要坐轎子。」

「我想也是，他有追殺你嗎？」

「沒有。他是可以，卻沒有這麼做。唉，這不重要。反正本身就一團亂的雷達尼亞，是不可能有餘力派兵去支援亞丁的。」

「那特馬利亞呢？爲什麼特馬利亞的佛特斯特國王沒去幫戴馬溫？」

「安葛拉谷的衝突才剛開始，」亞斯克爾小聲地說：「恩菲爾．法．恩瑞斯就派了使者去維吉馬……」

□

「搞什麼鬼啊。」布隆尼博爾看著緊閉的門扉，忿忿地說：「到底是什麼事他們要討論這麼久？佛特斯特到底爲什麼要自貶身分去談判？爲什麼要接見那條尼夫加爾德來的狗？應該要把他砍了，再把頭送回去給恩菲爾！放麻袋裡！」

「總督，看在老天的分上。」祭司維勒邁驚嚇萬分地說：「這可是使者呀！身爲使者是很神聖而不可侵犯的！他不會同意……」

「他不會同意？讓我告訴您什麼才不該同意！不該同意就這樣站著什麼也不做，冷眼旁觀這個入侵者去侵犯那些與我們結盟的國家！利里亞已經滅亡了，亞丁也毀了一半！戴馬溫自己一個阻擋不了尼夫加爾德！現在該做的是馬上派遠征軍去亞丁，該去攻打亞魯加河左岸，好減輕戴馬溫的負擔！那邊軍力不多，他們把大多數騎兵都派去安葛拉谷了！而我們只在這裡討論又討論！不去殺敵，反而在這邊耍嘴皮子！還外加款待尼夫加爾德的使者！」

「總督，請您安靜。」來自艾蘭德的赫拉瓦德公爵端著一張冷臉斥責沙場老將。『這是政治。目光要放遠一點，不是只看馬首與長矛所及之處。要先聽聽來使怎麼說，恩菲爾大帝不會無緣無故派他來。」

「當然不會無緣無故。」布隆尼博爾咆哮道。「恩菲爾正把亞丁剝皮拆骨，他知道要是我們跳下來，跟在我們後面的自然還有雷達尼亞和喀艾德，那麼我們會打敗他，把他丟出安葛拉谷，丟到艾冰格去。他知道要是我們攻打琴特拉，那就是打在他的要害上，會逼他拉開兩條戰線！他怕的就是這點！所以才拚命要攔下我們，免得我們插手。尼夫加爾德使節就是帶著這些話來給我們，沒有別的！」

「所以才要好好聽聽那個使節怎麼說。」公爵又重複了一次。「然後根據我們王國的利益來下決定。戴馬溫很不理智地去挑釁了尼夫加爾德，所以他現在要承擔後果。我一點都不急著去替凡格爾堡送死。現在亞丁發生的事，和我們沒有關係。」

「和我們沒有關係？您到底在那邊胡說八道個什麼啊？尼夫加爾德人現在就在亞丁和利里亞，在亞魯加河右岸，如今擋在我們和他們之間的，就只有馬哈咯姆，您竟然還認爲這是別人的事？只有一點腦子都沒有的人……」

「別吵了。」維勒邁警告兩人。「別再多說一個字，國王來了。」

議事廳的大門打了開來。皇家議會成員紛紛推開椅子站了起來。很多座位都是空的。皇家司令官與多數將領都下了部隊，現在在彭達爾河谷、馬哈喀姆和亞魯加河畔。平常屬於巫師的席位也同樣是空的。巫師啊……是啊，祭司維勒邁想，維吉馬皇宮裡給巫師坐的那些席位，將會空很久、很久。天曉得，說不定永遠就是這樣了。

佛特斯特國王很快地掃視了下廳室，他站在王位前面，卻沒坐下，只是雙手握拳，抵住桌面，身體微微前傾，臉色非常蒼白。

「凡格爾堡被包圍了，」特馬利亞國王輕聲道。「而且隨時會被打下來。尼夫加爾德正往北方來，勢如破竹。那些被包圍的軍隊還在奮戰，不過已經改變不了任何事實。我們已經失去亞丁，戴馬溫王出逃雷達尼亞，女王蜜薇下落不明。」

整個議會默不作聲。

「再過幾天，尼夫加爾德人就會到我們的東界，也就是彭達爾河谷的出口。」佛特斯特繼續說，聲音仍舊很輕。「哈格，亞丁最後一座堡壘，已經撐不久了，而哈格是我們的東界。至於我們的南界……現在情況變得很糟。維爾登的艾爾維爾王已經向恩菲爾大帝宣誓效忠，爲他開了亞魯加河口的要塞，把要塞獻給了他。那斯洛格、洛茲羅格與波得羅格，這些替我們守住兩翼的維爾登要塞也已經進駐了尼夫加爾德軍隊。」

整個議會默不作聲。

「正因如此，」佛特斯特接著說：「艾爾維爾保住了國王的頭銜，但他的宗主是恩菲爾。所以維爾登現在只是名義上的王國，實際上卻是尼夫加爾德的一省。你們知道這代表什麼意思嗎？現在局面反過來了。維爾登的要塞與亞魯加河口都在尼夫加爾德手上。我沒辦法渡河，也沒辦法調兵去亞丁援助戴馬溫的軍隊，那樣會削弱河邊駐防的軍力。我辦不到，我必須對我的國家與人民負責。」

整個議會默不作聲。

「恩菲爾．法．恩瑞斯大帝，尼夫加爾德的大帝，」國王說：「向我提出了建議……方案。我接受了，等等我會把方案內容告訴你們；等你們聽完，就會明白……就會認同……會說……」

整個議會默不作聲。

「你們會說……我為你們帶來了和平。」佛特斯特把話說完。

□

「所以佛特斯特把尾巴夾了起來。」獵魔士又在指間折斷了一根樹枝。「他和尼夫加爾德談好了條件，把亞丁留給命運去決定……」

「對。」詩人肯定道。「不過他還是派了軍隊去彭達爾河谷，把哈格堡佔了下來並加強防衛。尼夫加爾德人沒進到馬哈喀姆山口，也沒有從索登越過亞魯加河，而艾爾維爾投降輸誠之後，布魯格已然成了他們的囊中物，但他們並沒有發動攻擊。這無疑是要特馬利亞維持中立的代價。」

「奇莉說對了？」獵魔士喃喃說著：「中立……中立是很齷齪的。」

「什麼？」

「沒什麼。亞斯克爾，那喀艾德呢？為什麼喀艾德的韓瑟頓沒有幫戴馬溫和蜜薇？他們明明有簽訂條約、締結聯盟。要是連韓瑟頓也學佛特斯特，在文件的簽名與蓋印上撒尿，不把國君的承諾當回事，那他豈不是個蠢蛋嗎？難道他不明白尼夫加爾德擊敗亞丁、與特馬利亞談妥協議後，名單上下一位就是他嗎？照道理喀艾德應該要幫助戴馬溫。這世上已經沒有信仰和眞理，但至少應該還有理智吧？你說呢？亞斯克爾，這世上還存有理智嗎？還是只剩下膽怯與蔑視？」

亞斯克爾別開頭。綠色的燈離他們很近，像是緊貼的圓環圈著他們。他先前並沒有發現，不過現在他明白了；所有德律阿得都在聽他說話。

「你不說話。」傑洛特說。「這表示奇莉是對的，科林爵是對的，所有人都是對的。只有我，天眞、迂腐又愚蠢的獵魔士，是錯的。」

□

人稱「半缸子」的百夫長迪歌德掀開帳帘、大吼大叫且氣呼呼地進到營帳裡，所有十夫長馬上起身向他行軍禮。趁百夫長還未適應帳內的昏暗，奇維克快手快腳地丟了件羊皮大衣蓋住馬鞍堆之間一小桶伏特加。這並不是因為迪歌德反對在當差時或是營區裡喝酒，而是為了要保住那個小木桶。百夫長會有這種綽號，不是沒有原因的——據說在他情況好的時候，他有本事一眨眼就喝掉半缸子自家釀的伏特加。國家發的軍杯一杯可以裝一夸脫，而百夫長卻當成半品脫來喝，一口氣就能乾掉，而且很少會倒得滿臉。

「怎麼樣了？百夫長大人。」弓箭隊的十夫長伯德開口發問。「那些尊貴的指揮官大人決定了嗎？下命令了嗎？我們要越界嗎？您快說啊！」

「先等等。」牛缸子哼了一聲。「這天氣還眞是熱死人了……我等等就全都告訴你們，先給我點喝的，我的喉嚨都乾巴巴了。你們可別告訴我說沒有，一哩外就聞得到帳裡的酒味；而且我知道是從哪兒傳來的，哪，在那邊那件羊皮大衣底下。」

奇維克一邊嘟囔咒罵，一邊把木桶拿了出來。所有十夫長都聚成一堆，杯碗碰撞的聲音不絕於耳。

「啊——」百夫長擦了擦鬍子與眼睛。「哦，這眞是難喝得要命。奇維克，再倒一杯。」

「您現在可以說了吧。」伯德已經等不及了。「命令是什麼？我們要去打尼夫加爾德人，還是要在這邊境繼續窩著，像根杜子一樣杵在這兒？」

「你們這麼想去打仗嗎？」牛缸子粗裡粗氣地質疑道，啐了一口，重重坐到馬鞍上。「這麼急著要穿過邊境去亞丁嗎？已經不耐煩了嗎？飢餓的狼群在磨牙了嗎？」

「就是這樣啊。」身材矮小的史達赫勒換腳變了下重心，冷冷說道。就像每個經驗老到的騎兵，他的兩條腿像拱門一樣微彎。「就是這樣啊，百夫長大人。這已經是我們第五晚隨時待命，穿鞋睡覺了。我們想知道到底要幹嘛，要嘛就打仗，要嘛就回碉堡。」

「我們要越過邊境。」牛缸子簡潔地公布道：「明天破曉出發。五支輕騎團，布拉軍打頭陣。現在給我聽仔細了，因為我要說的，是總督和亞得克拉格來的曼斯費德侯爵大人，交代給我們這些百夫長和士官長的命令；侯爵大人可是直接從國王那裡來的。你們的耳朵可要拉長了，我不會說第二次，這次的命令可不是一般的命令喔。」

營帳裡變得鴉雀無聲。

「尼夫加爾德人已經越過安葛拉谷。」百夫長說：「把利里亞踏了個稀巴爛，四天內就到了亞斯德堡，在那裡的激戰中，又把戴馬溫的軍隊擊了個粉碎；接著圍攻凡格爾堡不到六天，靠著裡頭的叛徒一舉拿下整座城。他們現在正快速往北走，把亞丁的軍隊推向彭達爾河谷、推向布蘭薩納之谷。他們正朝我們朝喀艾德來。因此，布拉輕騎軍得到的指令是：越過邊界，火速朝南，直接往百花谷去。三天內我們必須站上蒂芙奈河邊。我再說一次，三天，也就是說要趕路了。就到河邊，一步也不能多。我再重複一次，一步也不能多。尼夫加爾德人不久就會現身。給我仔細聽好了，不能開打，無論如何都不行，聽懂了嗎？就算對方試著過河，也只讓他們看到我們就好，給他們看我們的幡幟，讓對方知道我們是喀艾德軍。」

營帳裡更加安靜，靜得似乎不能再靜。

「怎麼會這樣？」最後，伯德喃喃說道：「不打尼夫加爾德人？我們到底是不是去打仗啊？這是怎麼回事？百夫長。」

「命令就是這樣，我們不是去打仗，只是……」半缸子抓了抓脖子，說：「只是去道義援助。我們之所以穿過邊境，是為了要保護上亞丁來的人……不對，我在說什麼……不是亞丁，是下馬爾西亞。尊貴的曼斯費德侯爵是這麼說的，差不多就是這樣。他說戴馬溫不會治理國家，把政治當放屁，所以打了個大敗仗，已經倒下躺平了。他就這樣完了，亞丁也完了。我們的國王借了一大筆錢給戴馬溫，幫了他很多忙，所以這麼一大筆錢不能就這麼沒了，現在該連本帶利討回來。我們也不能讓下馬爾西亞的同胞手足成了尼夫加爾德的奴隸。我們得要，那個什麼，呃，解救他們。因為下馬爾西亞本來就是我們的土地，那裡以前是歸在喀艾德的權杖底下，現在該把那些地方再劃回來了，而且要一直劃到蒂芙奈河。這就是我們親愛的韓瑟頓國王和尼夫加爾德的恩菲爾的協議。不過協議歸協議，布拉輕騎軍還是得往河邊站；聽懂了嗎？」

沒有人出聲應答。半缸子眉頭一皺，大手一揮。

「唉，我看你們連個屁也沒聽懂。不過不用難過，因為就連我也懂得不多。動腦筋是國王陛下和貴族將領的事。我們是軍人！要聽從命令：三天內要像堵牆一樣在蒂芙奈河邊站好。就這樣。奇維克，倒酒。」

「百夫長……」奇維克結結巴巴地說：「要是……要是亞丁的軍隊把我們攔下呢？要是他們把路擋住呢？畢竟我們是全副武裝經過別的國家。如果這樣，要怎麼辦？」

「要是我們的同胞和兄弟，」史達赫勒故意說：「那些該被我們解救的同胞……要是他們開始拿箭射我們，拿石頭丟我們呢？嗯？」

「我們要在三天內到達蒂芙奈河邊。」半缸子咬牙切齒地說。「不能耽擱。有誰想拖延或阻攔，那就不是我們的盟友。既然不是盟友，就該用劍把他砍個稀巴爛。不過你們給我注意了！全體士軍聽令！

農舍、屋子不准燒，人民的財物不准拿也不准搶，看到娘兒們也不准出手！把這些都給我記清楚了，底下士兵也一樣，違令者處木樁刑。『操你媽的，我們不是去侵略他們，是去幫兄弟的忙！』這話總督說了不下十次。史達赫勒，你磨什麼牙？他媽的，這是命令！現在趕快給我回去找你們的隊員，叫他們全都準備好，馬匹和裝備要像滿月一樣閃閃發亮！傍晚前所有騎兵都要站好準備操演，總督會陪所有人一起操練，要是有哪個十夫長讓我丟了臉，我會讓他吃不了兜著走！快去！」

奇維克是最後一個從營帳裡走出來的。燙人烈日讓他眯起了眼睛，他靜靜觀察籠罩整個營區的喧鬧。每個十夫長都急著趕回各自的小隊，百夫長們則邊跑邊罵，貴族、騎士與隨從相互絆成一團；正在練跑的班阿爾得重裝騎兵在校場上捲起了一團團沙雲。天氣熱得不像話。

奇維克加快腳步，經過昨天才從班阿爾得來的四名吟唱詩人，他們正坐在侯爵的華麗營帳投射出的陰影底下。那些詩人正好在寫歌，內容是關於軍事行動的勝利、英明神武的國王、嚴謹仔細的指揮官，以及勇敢無畏的兵卒。一如往常，他們在行動前就把詩歌寫好，免得浪費時間。

「我們的兄弟歡迎我們，用麵——包和鹽來歡迎……」其中一個詩人試唱了起來：「歡迎他們的救星與解放者，用麵包和鹽來歡迎……喂，何拉菲，幫我想個和『鹽』押韻的字，不要太普通的喔！」

另一個詩人拋出了一個字，不過奇維克已經聽不見是什麼了。

水塘旁的柳樹下，有一支十人小隊紮營，他們一看見奇維克便馬上起身。

「準備出發！」奇維克大喊。他站得離屬下們有段距離，以免嘴裡的氣味會動搖他們的心緒。「太陽升到四指高前，所有人要就定位接受檢查！所有東西都要像太陽那樣閃閃發亮，武器、裝備、馬具，還有馬匹！之後會有一場操演，要是有誰在百夫長面前丟了臉，我就把他的腿打斷！動作快！」

「要開打了。」騎兵克拉斯卡馬上就聯想到原因，快速把衣服紮好。「要開打了對吧？十夫長。」

「不然你以為呢？去跳舞啊？去參加收割祭啊？我們要越過邊界，整支布拉輕騎軍要在明天破曉出發。百夫長沒有說隊形要怎樣，不過我們的十人小隊一向打頭陣。好了，動作快點，別杵在那裡！等一下，回來。我現在先和你們說，因為等等可能沒時間。這一仗和平常不一樣，兄弟們。那些大人想出一條新式爛計，說是解放還什麼的。我們不是去打敵人，是要去那個，喔，我們的祖地，去那個……幫兄弟的忙。現在注意我接下來要說的：亞丁的人都不能碰，也不能搶……」

「這是什麼意思？」克拉斯卡張大了嘴，說：「什麼叫作『不能搶』？十夫長，那要拿什麼來餵馬啊？」

「馬的飼料可以搶，就這樣。不過不能殺人、不能放火燒房子、不能毀掉作物……克拉斯卡，把你的嘴閉起來！你他媽的，我們不是強盜，是軍人！不聽令的就等著被插木樁！我說了不准殺人、不准放火，娘兒們……」

奇維克突然打住，想了一下。

「娘兒們，」過了一會兒，他接著說：「就靜靜地把她們姦了，別給任何人看見了。」

□

「亞得克拉格的曼斯費德侯爵與門諾・科耶亨——安葛拉谷的尼夫加爾德軍隊總指揮，」亞斯克爾繼續未盡之語。「在蒂芙奈河橋上握了手，在血流成河、飽受摧殘的亞丁之上，他們握了彼此的手，像盜匪般決定怎麼瓜分戰利品，那是歷史上最卑鄙的手勢。」

傑洛特沉默無語。

片刻過後，他意外平靜地說：「提到卑鄙，亞斯克爾，那些巫師怎樣了？我指的是參議會與巫師議會裡的那些。」

詩人過了一會兒才開口：「戴馬溫身邊已經沒有半個巫師了。佛特斯特把所有爲他做事的巫師都趕出了特馬利亞。菲莉帕現在在特雷托格，協助海德薇格控制雷達尼亞混亂的局面，那裡現在還是亂成一團。跟她一起的有特瑞絲和另外三個人，名字我不記得了。有幾個人在喀艾德，很多人逃到科維爾與漢格佛斯。他們選擇了中立，因爲艾斯特拉德・迪森與涅達米爾都是中立，以前是，至今還是。」

「我知道。那維列佛茲呢？還有和他連成一氣的那些呢？」

「維列佛茲失蹤了。原本預期他會以恩菲爾的代理統治者身分出現在被拿下的亞丁……不過他卻失了蹤跡。他和與他一起的所有人都不見蹤跡，除了……」

「說吧，亞斯克爾。」

「除了一個成了女王的女巫以外。」

□

費拉凡德瑞・阿恩・芬德海默默地等待答覆。女王也同樣沉默地望著窗外。不久前，窗外一座座花園還是布蘭薩納之谷前任人類統治者的驕傲與榮耀；在自由精靈，也就是恩菲爾大帝的軍隊前鋒到達之前，那個凡格爾堡暴君派來的代理人已經先行逃跑，還從古老的精靈宮殿中帶走大部分值錢的物品，甚至是部分家具。不過他沒辦法帶走這些花園，所以將它們都毀了。

「不，費拉凡德瑞。」女王終於開口：「現在還太早，太早了。先別想要擴張邊境，因爲我們甚至還不確定邊境到底在哪裡。喀艾德的韓瑟頓根本沒想要從蒂芙奈河撤退。間諜來報，說他根本沒放棄入侵的想法，可能隨時發動攻擊。」

「所以我們什麼任務也沒達成。」

女王緩緩伸出手，一隻阿波羅絹蝶從窗外飛了進來，停在她的花邊袖口上，很有朝氣地拍動翅膀。爲了不驚動蝴蝶，女王輕聲地說：「我們達成的，比預想的還要多。我們終於在這一百年後拿回了我們的百花谷……」

「我可不會這麼稱它。」費拉凡德瑞哀傷地笑著。「大軍過境後，這裡應該要叫作灰燼谷才對。」

「我們又再度擁有自己的國家。」女王一面觀賞蝴蝶，一面把話說完。「又再度是個有根的民族，而不是一群流亡者。而灰燼會化爲養分，山谷將會再度逢春。」

「這樣根本不夠，雛菊，一直都不夠；我們受盡了恥辱。不久前我們才誇下海口，說要將來自海洋彼端的人類推入大海，現在卻把我們的國界與壯志縮進布蘭薩納之谷……」

「代以溫恩菲爾把布蘭薩納之谷送給了我們。費拉凡德瑞，你想要我做什麼？應該要求更多嗎？別忘了，就算是收受贈予，也該要懂得克制。我們應該要好好維持他給的這塊土地。再說我們的力量，也只勉強足夠維持布蘭薩納之谷。」

「我們把突擊隊從特馬利亞、雷達尼亞，還有喀艾德撤回來。」白髮精靈提議道。「把所有和人類奮戰的斯寇亞塔也都撤回來。妳現在是女王，艾妮得，他們會聽從妳的指揮。既然現在我們已經有了自己的一小塊土地，他們的戰鬥已經沒有意義。他們現在的職責是回到這裡保護百花谷，讓他們以自由民族的身分來保衛自己的疆界吧。現在他們卻像盜匪那樣，一個個死在森林裡！」

精靈女王垂下了頭。

「恩菲爾他不同意。」她低聲說：「突擊隊得繼續戰鬥。」

「爲什麼？目的是什麼？」費拉凡德瑞・阿恩・芬德海整個人突然挺直。

「我再多告訴你一些。我們不能支援和幫助他們，這是佛特斯特與韓瑟頓的條件。只有在我們譴責『松鼠』的戰鬥、與他們切割的情況下，特馬利亞與喀艾德才會尊重我們在布蘭薩納之谷的統治。」

「雛菊，那些孩子一個個都在送命。每天都有人死，在不平等的對戰中喪命。人類和恩菲爾達成祕密協議後，就開始針對突擊隊進行掃蕩。這些都是我們的孩子、我們的未來！我們的血脈！而妳卻說要和他們切割？奎斯阿因梅狄塞特，艾妮得？伏而撒耶絡蘭？阿因文內？」

蝴蝶準備起飛。牠振動雙翅朝窗戶飛去，被一道炙熱的氣流捲走。法蘭西絲・芬妲芭兒，人稱艾妮得安葛雷娜，過去的女巫，現在的阿因雪以女王，自由精靈，把頭抬了起來。她那雙美麗的湛藍雙眼中閃爍著淚水。

她輕聲地重複：「突擊隊必須持續戰鬥。必須分裂人類的王國，阻礙他們準備出戰。這是恩菲爾的命令，而我無法與恩菲爾作對。原諒我，費拉凡德瑞。」

費拉凡德瑞．阿恩．芬德海看著她，深深地行了禮。「我原諒妳，艾妮得。不過我不知道，他們會不會原諒妳。」

□

「沒有巫師重新想過這些事嗎？尼夫加爾德在亞丁殺人焚城之後，也沒有任何人捨棄維列佛茲，沒有任何人改加入菲莉帕？」

「沒有。」

傑洛特沉默了許久。

最後，他終於開口，但聲音非常微弱：「我不敢相信。我不敢相信在維列佛茲眞正的企圖，以及他背叛的後果浮上檯面後，沒有任何人離他而去。就像大家都知道的，我是個天眞、愚蠢又迂腐至極的獵魔士。不過，我還是不敢相信沒有任何巫師良心發現。」

□

緹莎亞・德芙利斯在信函最後一行字底下，熟練地簽上自己花俏的署名。她想了很久，最後在一旁還添上了代表她眞實姓名的形意文字。那是個無人知曉的名字、是她許久未曾使用的名字，從她成爲女巫那一刻後就不再使用的名字。

雲雀。

她把筆放下，非常謹愼而精確地平行直放在剛寫過的羊皮紙旁。有好一會兒，她就這麼僵坐著，看著天空中逐漸西下的紅色球體。然後，她站了起來走到窗邊，盯著一道道屋簷看了段時間。現在正是那一道道屋簷底下，尋常人家就寢的時間。這些人家因爲尋常的生活與困境而疲憊，內心充滿了凡人對命運、對明日的不安。女巫瞥了一眼放在桌上的信函。那封信是要寫給尋常人家，至於尋常人家多數目不識丁這點，並不重要。

她站在鏡子前，理了理頭髮，整了整裙裝，撣了撣蓬鬆衣袖上看不見的塵粒，調了調胸口上的尖晶石項鏈。

鏡子下方的燭台擺得歪歪斜斜。想必是女傭打掃時動到它們了。女傭，一個尋常女子。一個面對即將到來的事物，眼裡充滿恐懼的凡人。一個在蔑視時代中不知所措的凡人。在她身上，女巫身上，尋找對明天的希望和把握。

被她辜負信任的凡人。

街道上傳來陣陣腳步聲，軍靴的沉重踏步聲。緹莎亞・德芙利斯甚至連動都沒動，沒轉頭看向窗戶。無論這是誰的腳步，對她來說都無所謂。皇家軍隊？奉命捉拿叛徒的軍官？收錢辦事的殺手？維列佛茲的黨羽？對她來說根本無所謂。

腳步聲逐漸微弱且遠離。

鏡子下方的燭台擺得歪歪斜斜。女巫將之擺正，調整桌巾的位置，讓每一角都準確地對齊中央，並與燭台的四角底座對稱。她把腕上的金色手鍊解了下來，方正地放在平整的餐巾上。她以嚴苛的眼光審視了一下，卻沒找到任何一點錯誤。一切都非常對稱而工整，照著應該的擺放方式。

她打開矮櫃抽屜，取出一把骨柄短刀。她臉上的神情驕傲，但不帶一絲波瀾，面無表情。屋內寂靜無聲，靜得連逐漸凋零的鬱金香花瓣掉落桌面的聲音都能聽見。太陽，紅得像血一般，慢慢隱沒於屋瓦之後。緹莎亞·德芙利斯坐到桌前的扶椅內，吹熄燭光，再次調整了豎擺在信函旁的鵝毛筆，然後將雙手手腕割開。

□

一整天的旅途與路上發生的事，讓疲憊找上了門。亞斯克爾醒了過來，發現自己好像在講述過程中睡著了，話才說到一半就開始打呼。他動了動，差點從樹枝堆上滑下去——原本躺在他身旁的傑洛特已經不見，所以凌亂的樹枝堆失去了平衡。

他清過嗓子，坐了下來，說：「我說到……說到哪了？喔，說到巫師……傑洛特？你在哪？」

「這裡。」獵魔士說。黑暗中幾乎不見他的身影。「麻煩你繼續吧，你正要說葉妮芙的事。」

「聽著。」詩人很清楚地知道，自己根本沒提到剛剛說的那個人。「我真的什麼都……」

「別撒謊了，我還不了解你嗎？」

詩人動了怒：「你要是眞這麼懂我，那還叫我說個屁啊？你應該知道我爲什麼要保持沉默，爲什麼不把聽到的傳聞說出來！你應該也猜得出那些都是怎樣的傳聞，還有我爲什麼幫你把這些都略過！」

「快蘇可斯？」睡在一旁的德律阿得之一，被他提高的音量吵醒。

「抱歉。」獵魔士小聲說。「還有對你也是。」

布洛奇隆的綠色火光大多熄滅了，只剩幾道還微微亮著。

「傑洛特。」亞斯克爾打破沉默，說：「你總認爲自己只是站在一旁，事情如何發展，對你來說都無所謂……她可能也信了。在她和維列佛茲開始這場遊戲的時候，可能就是這麼相信著……」

「夠了。」傑洛特說。「別再多說一個字。我聽見『遊戲』這個字，就有殺人的慾望。唉，把剃刀給我，我想要好好地刮個鬍子。」

「現在？現在還很暗……」

「對我來說，從來就沒有暗的時候。我是個怪胎。」

獵魔士搶過他手上的盥洗袋，往小溪邊走去後，亞斯克爾已經一點都不想睡了。天色已經轉亮，預告即將到來的黎明。他站了起來，小心避開睡夢中摟抱成堆的德律阿得，往森林走了進去。

「你也是造成這一切的那些人之一嗎？」

他猛然轉身。一名德律阿得靠著松樹，她有頭銀髮，就算是在昏暗的凌晨也非常醒目。

「失去一切的人。」她雙手交於胸前，說道：「眞是悲慘的景象。唱歌的，你知道嗎？這還眞有趣。當年我也以爲不可能會失去所有，一定會有什麼留存下來。一定會。就算是在充滿蔑視的時代，在這個就連天眞之人也有辦法用最殘酷的方式報復的時候，人也不可能會失去所有。而他……失去了大量鮮血、正常行走的能力、左手的部分知覺、獵魔士之劍、心愛的女子、奇蹟獲得的女兒、信念……不過一定還有什麼，他一定還剩下什麼吧？我是這麼想的，但我錯了。他已經什麼都沒有了，連剃刀也沒有。」

亞斯克爾沉默不語。德律阿得也沒有任何動靜。

片刻之後，她說：「我在問你，你有參與其中嗎？不過這個問題大概是多餘的，你顯然有參與其中，你顯然是他的朋友。儘管如此，他還是失去所有，而這顯然是那些朋友應該要承擔的過錯；爲了他們做過或是沒做的事，爲了他們的『不知道該怎麼做』。」

「我又能怎樣呢？」他喃喃說著：「我又能做什麼呢？」

「我不知道。」德律阿得回答。

「我沒把全部的事都告訴他……」

「這我知道。」

「我不是罪人。」

「你是。」

「不！我不是……」

他跳了起來，把樹枝堆撞得喀拉作響。傑洛特坐在一旁，正在擦臉，身上有股肥皂味。

「你不是？」他冷冷地問道。「眞有趣，你夢到了什麼？夢到你是隻青蛙？冷靜點，你不是。還是夢到你是個笨蛋？這樣的話，那就可能是預知夢了。」

亞斯克爾看了看四周。這片林間空地上，只有他們兩人。

「她在……她們在哪裡？」

「在林邊。收拾收拾，該走了。」

「傑洛特，我剛剛在和一個德律阿得說話。她說的是共通語，一點口音也沒有，而且她還說……」

「這群德律阿得之中，沒有誰共通語說得完全不帶口音。你在作夢，亞斯克爾。這裡是布洛奇隆，在這裡作什麼樣的夢都有可能。」

□

森林邊緣有一名德律阿得孤身等著他們。亞斯克爾馬上就認出她來——她是那個夜晚爲他們帶來火光、想說服他繼續唱歌的綠髮德律阿得。她舉起手，示意他們停下，另一手拿著一把上了弦的弓。獵魔士一掌搭在詩人肩頭，用力地按了一下。

「發生什麼事了嗎？」亞斯克爾壓著聲音問。

「沒錯。安靜待著，別動。」

瀰漫絲帶河谷中的濃霧掩蓋了陣陣聲響，不過亞斯克爾還不至於聽不見水聲和馬鳴。有一群人騎馬越過了河。

「精靈。」他猜想。「斯寇亞塔也？他們逃到布洛奇隆來了，對嗎？整個突擊隊……」

「不。」傑洛特看著濃霧，低聲地說。詩人知道獵魔士的視力與聽力都是異常銳利而靈敏，不過他沒辦法猜出他現在靠的是視力還是耳力。「這不是突擊隊，是突擊隊的殘部。有五、六個人騎馬，另外還有三匹馬沒人騎。亞斯克爾，待在這裡，我過去那邊一下。」

「加利安。」綠髮德律阿得舉起弓，警告著他。「內特瓦，格文布雷德！欺林！」

「特斯阿波，法芙。」獵魔士竟突然厲聲回答。「馬耶思帕奎法恩，也雷阿？來，射啊。不然就閉上嘴，別試著想嚇唬我，因為什麼都嚇唬不了我了。我得和米爾娃·巴林格談談，不管妳喜不喜歡，我都要這麼做。亞斯克爾，待在這裡。」

德律阿得垂下了頭，她的弓也是。

隨著霧氣散開，亞斯克爾看見九匹馬，其中的確只有六匹載著人。他看見樹叢中德律阿得迎上前去的身影。他注意到有三名騎士需要人幫忙下馬，扶他們去布洛奇隆的庇護樹那邊。其他德律阿得如鬼魅一般飛快閃過被風吹倒的大樹與坡邊，消失在絲帶河畔的霧氣之中。叫喊聲、馬鳴聲、水濺聲紛紛從對岸傳來。詩人好像還聽見了箭嘯，不過不太確定。

「他們被人追殺……」他喃喃道。法芙一把握緊弓身，轉了過來。

「你唱這種歌吧，塔耶得。」她吼道：「內特山特阿米內，不要唱艾特麗兒。不要愛情，現在不是時候。現在是殺戮的時候，對。就是這種歌，對！」

「現在發生的事，」他結巴地說：「不是我的錯……」

德律阿得看著一旁，沉默了一會兒。

「也不是我的錯。」說完，她便快速走進密林中。

過了將近一個鐘頭，獵魔士回來了，帶來兩匹上了鞍的馬──一匹是飛馬，還有一匹是黑鬃褐毛的母馬。母馬的鞍上留有血跡。

「這是精靈的馬，對吧？那些過了河的？」

「對。」傑洛特答道。表情與聲音都不一樣了，變得很陌生。「這是精靈的馬，不過現在暫時變我的了。有機會的話，我會換一匹懂得載傷患，而且傷患掉下馬後還會待在他身邊的馬；這一點很顯然沒有人教過這匹母馬。」

「我們要離開這裡？」

「你離開。」獵魔士將飛馬的轡繩丟給詩人。「再會了，亞斯克爾。德律阿得會送你走兩哩路到河的上游，免得你落到布魯格軍手中，他們現在一定還在對岸逗留。」

「那你呢？你要留在這裡？」

「不，我不會留下。」

「你聽到了什麼，你從『松鼠』那裡，知道奇莉的事了，對吧？」

「再會了，亞斯克爾。」

「傑洛特……你聽我說……」

「我要聽什麼？」獵魔士先是大吼一聲，接著突然哽咽起來：「我不能……我不能留她自己一個面對命運。她是孤伶伶的一個人……她不能孤伶伶的，亞斯克爾。這點你不會懂，沒有人懂，可是我懂。要是她成了孤單一人，那麼她就會變成以前……會變成我以前那樣……你不懂的……」

「我懂，所以我要和你去。」

「你瘋了，你知道我要去哪裡嗎？」

「我知道。傑洛特，我……沒有一五一十把把事情告訴你。我……我有罪惡感，我什麼都沒做，我不知道該做什麼……不過現在我知道了。我想和你一起去，我想陪你。我沒告訴你……奇莉的事、那些傳聞。我碰到科維爾來的友人，他們有聽到那些使節的報告，從尼夫加爾德回來的那些……我知道這些傳聞可能會傳到『松鼠』那邊去，而你已經從絲帶河那邊過來的精靈那裡知道了一切。不過，讓我……讓我來……讓我來告訴你……」

獵魔士沉默許久之後，無助地垂下了雙手。

最後，他終於開口，語氣也變了：「上馬吧。路上再跟我說吧。」

□

這天早上，洛克格林宮，也就是帝王的夏宮裡，充斥著一股不尋常的亢奮氛圍。更怪異的是，這股亢奮情緒一點都不像是尼夫加爾德貴族平常的表現；在他們看來，表露不安或激動是公認的不成熟之舉。王公貴族對此大為鄙視和貶抑，甚至期望還未成熟、舉止通常不太得體的年輕人也要收斂情緒。

可是，這天早上，洛克格林宮裡並沒有年輕人的蹤影。宮殿裡偌大的王座廳中，滿是高貴而嚴肅的貴族、騎士與大臣，所有人清一色穿著皇室典禮中所要求的黑色，唯一的點綴是白色輪狀縐褶飾領與袖口。陪同這群男士的，是一群為數不多，但同樣高貴而嚴肅的女士，身上的黑色服飾只能靠低調的珠寶稍事點綴。所有人都裝出一副莊重、高貴而嚴肅的樣子。事實上，他們全都興奮得不能自已。

「聽說她很醜，又瘦又醜。」

「不過她好像有皇室血統。」

「是私生子嗎？」

「才不是，是婚生的。」

「所以她會登上寶座嗎？」

「要是王上這麼決定的話……」

「搞什麼啊，你們看看阿爾達阿波達西和戴維特公爵的表情……好像喝了一堆苦茶似的……」

「小聲點，伯爵……你很驚訝他們會有這種表情嗎？要是傳言屬實，恩菲爾等於是打了那些古老家族一記耳光，讓他們難堪……」

「傳言都是不可信的。王上不會娶那個撿來的女孩！他不能這麼做……」

「恩菲爾什麼都可以做。請您注意言辭，男爵，請小心您說的話。說恩菲爾不能做這做那的人，最後都上了斷頭台，這已有先例。」

「聽說他已經頒了賞賜給她。每個月三百菊符那，你們想像得到嗎？」

「還有公主頭銜，你們有誰已經見過她了嗎？」

「她到了這裡之後，馬上就被交給里德塔爾伯爵夫人照顧了，她的住處外面全都是守衛。」

「她之所以被托給伯爵夫人照顧，是要讓夫人教這丫頭一點禮節。聽說那個公主殿下的行爲舉止就像是牛棚來的村姑……」

「這有什麼好奇怪的？她是北方來的，從野蠻的琴特拉來的……」

「所以說恩菲爾娶她的傳聞就更不可信了。不不不，這絕對不可能。王上會挑戴維特的小女兒當妻子，就像之前計劃好的那樣，不會娶這個冒牌貨！」

「他也該成家了。這是爲了王朝打算……我們也該有個小大公了……」

「那就讓他去娶妻，但不是娶這個不知哪來的野丫頭！」

「小聲點，不要這麼高調。各位貴族先生，我向你們保證，這段婚配不可能成的，這種聯姻有什麼用呢？」

「這是政治，伯爵夫人。我們正在打仗，這類關係有非常重大的政治和戰略意義……公主所屬的王朝擁有合法頭銜，而且對下亞拉河的土地有分封權利。要是她成爲帝王之妻……哈，那可眞是一步絕妙好棋，您只要看看那邊那些艾斯特拉德王的使節團是怎樣地交頭接耳……」

「所以您是支持這種奇怪的血親通婚囉，公爵大人？說不定根本就是您向恩菲爾建議的，是嗎？」

「我支持什麼、不支持什麼，是我的事，侯爵，但我不建議您質疑帝王的決定。」

「也就是說，他已經決定了？」

「我不這麼認爲。」

「要是您不這麼認爲，那您就錯得離譜了。」

「妳想說什麼？女士。」

「恩菲爾把湯罕男爵之妻送出宮，命她回到丈夫身邊。」

「他和黛芙拉·特麗芬·布洛伊內分手了？這不可能！黛芙拉已經當了他三年的愛人……」

「這是眞的。聽說金髮黛芙拉鬧得可厲害了，四名衛兵硬把她塞進了馬車……」

「她的丈夫會很高興……」

「我很懷疑。」

「我偉大的太陽啊！恩菲爾和黛芙拉分手了？爲了那個撿來的女孩和她分手？爲了那個北方來的野蠻人？」

「小聲點……眞是的，小聲點……」

「這是誰支持的？是哪一方支持的？」

「我說過了，安靜點，他們在看我們……」

「那女孩……我是說公主……好像很醜……要是王上見到她……」

「您是說他還沒見過她？」

「他沒時間，他一個鐘頭前才從達倫魯哈堡那邊過來的。」

「恩菲爾從來就不好醜女。安妮．得摩特、克拉拉．阿波．葛維多林．勾爾……至於黛芙拉．特麗芬．布洛伊內，那可是個眞正的大美女……」

「說不定這次找來的那女孩以後也會變漂亮……」

「在她把身子洗乾淨之後？聽說北方的諸位公主很少淨身……」

「注意您的言辭。您現在說的，也許就是將來的帝王之妻……」

「她還只是個孩子，還不到十四歲。」

「我再說一次，這是政治聯姻……只是形式……」

「如果是這樣，金髮黛芙拉還是會留在皇宮裡。從琴特拉找來的小姑娘在名義上與政治上，會坐在恩菲爾身邊的寶座……不過到了夜晚，恩菲爾會拿頭飾和王冠上的寶石給她玩，自己則是去黛芙拉的寢殿……至少在那丫頭長到可以安全生育的年紀之前會是這樣。」

「嗯……沒錯……差不多就是這樣。她叫什麼名字？那個……公主？」

「克賽莉拉還什麼的。」

「哪是啊，不對，她叫……紀莉拉。對，應該就是紀莉拉。」

「眞是個粗野的名字。」

「該死的，小聲點……」

「還有莊重點，您的舉止就像個小毛頭似的！」

「注意您的言辭！小心點，免得我把您的話當成了侮辱！」

「如果要決鬥，您知道去哪找我，侯爵！」

「小聲點！別吵了！王上……」

傳令官不用特別費力，只要以手杖擊地一下，就能讓戴著黑色貝雷帽的貴族與騎士們像被強風壓倒的穗子般一個個把頭低了下去。王座廳裡一片寂靜，讓傳信官無須特別拉高聲音。

「恩菲爾．法．恩瑞斯──代以溫阿丹引卡倫阿波摩爾伏得！」

「舞動於敵軍墓上的白色之焰」進到了大廳，一如往常精力充沛地揮著右手，以快速的步伐從列隊站好的貴族中間走過。除了沒戴輪狀飾領，他的黑色衣著與朝臣服飾沒有任何相異之處。帝王的黑髮一如往常披散，唯有一只金色圓環圈著，頭上則戴著閃閃發亮，代表帝王象徵的項鏈。

恩菲爾十分隨意地坐到了台階上的王座，托著下頷撐在王座的扶手上。他並沒有將腳擱到另一隻扶把上，也就是說，禮節還是有它的約束力。那一顆顆壓低的腦袋，就連一吋也沒有抬高。

帝王維持原姿勢不動，大聲清了下喉嚨。朝臣都鬆了口氣，挺回身子。傳信官再度以手杖擊地。

「奇莉拉．費歐娜．愛蓮．黎安弄，琴特拉女王，布魯格女公爵與索登女公爵，伊尼斯阿爾得斯格利加與伊尼斯安斯格利加之繼承人，阿特爾與阿布亞拉之共同領主！」

在場每一雙眼睛都轉向大門，看見高挑莊重的里德塔爾伯爵夫人史黛拉．康格瑞夫站在那兒，而從她身旁走來的，便是剛剛那一連串令人印象深刻的頭銜所有人。她的身材纖細，髮色金黃，肌膚蒼白異常，還有些微駝背。她穿了一件湛藍色裙裝，顯然令她感到不自在且尷尬。

代以溫恩菲爾在王位上坐直了身，朝臣們便馬上鞠躬行禮。史黛拉．康格瑞夫不著痕跡地推了下金髮女孩，兩人一起從列隊鞠躬的貴族，也就是尼夫加爾德位階最高的各大家族代表中間慢慢走過。女孩的步伐既僵硬又不踏實。她會絆到腳。侯爵夫人心想。

奇莉拉．費歐娜．愛蓮．黎安弄絆了一跤。

長得不怎樣，身材也瘦巴巴的。走向王座的同時，伯爵夫人心想。笨手笨腳，腦袋也不太靈光。不過我會把她變成美人、變成女王，就像你命令的那樣，恩菲爾。

尼夫加爾德的白色之焰從王位居高臨下地看著她們。就像往常一樣，他的雙眼微瞇，唇上有一抹嘲諷的笑。

琴特拉女王再度絆了一下。帝王托著下頷枕在椅子扶手上。他笑了。史黛拉．康格瑞夫已經離他很近，近到看得出這抹笑。她嚇得全身僵硬。事情不對勁，她害怕地想著。不對勁，有人要掉腦袋了。我以偉大的太陽發誓，有人要掉腦袋了……

她回過神，拉著女孩一起行禮。

恩菲爾．法．恩瑞斯並沒有從王位上起身，但是微微點了下頭。在場的大臣們屏住了呼吸。

「女王。」恩菲爾開了口。女孩當場縮了一下。帝王沒有看著她，他看的是聚在廳裡的貴族們。

「女王。」他又說了一次。「很高興能在我的國家及我的王宮裡歡迎妳。我以帝王身分向妳保證，那些妳有權繼承、不容旁人質疑其合法性的頭銜與土地將回到妳手上。那一天已經不遠了。那些篡奪妳權利的人向我宣戰，藉著保衛妳的權利與正義之名攻擊我。就讓全世界知道妳尋求援助的對象是我，不是他們吧。就讓全世界知道，當妳在我的敵人之中，只是一名流浪者；在這裡、在我的國家，妳可以擁有皇族該有的威望與皇室頭銜。就讓全世界知道，當我的敵人不只阻撓妳登基，還設法要奪妳性命的同時，在我的王國裡，妳是安全的。」

尼夫加爾德大帝的目光停在科維爾統治者艾斯特拉德・迪森的使節團，以及漢格佛斯聯盟的國王涅達米爾所派來的大使身上。

「讓全世界，包括那些假裝不知公平正義在哪一方的國王們，看清楚事情眞相。讓全世界知道會有人援助妳，妳和我的敵人將會落敗。琴特拉、索登與布魯格、阿特瑞、斯格利加群島，還有亞拉河口都將再度回復和平，而妳會在同胞與所有愛好正義之人的喜悅中登上寶座。」

穿著藍色裙裝的女孩把頭垂得更低了。

「在這之前，」恩菲爾說：「妳在我的帝國裡將享有我和我子民對妳的尊敬。因爲妳的王國仍陷於戰火之中，爲了證明尼夫加爾德的尊敬、重視及友誼，我封妳爲羅旺與伊姆拉茲公主，妳將成爲達倫羅旺堡之主，並在那裡等待更加平靜而幸福的時刻來臨。」

史黛拉・康格瑞夫努力維持平靜，不流露一分訝異。他不把她留在身邊，她忖度著，他把她送去達倫羅旺堡，送去世界的盡頭，送去他這輩子從來不踏足的地方。很顯然他一點也不打算對這女孩獻殷勤，不考慮要閃電結婚。那麼他爲什麼要送走黛芙拉？這到底是怎麼回事？

她搖了搖頭，飛快抓住公主的手。晉見已經結束了。她們走出大廳時，帝王沒在看她們。大臣們紛紛躬身行禮。

她們走後，恩菲爾．法．恩瑞斯便把一隻腳跨到王座的扶手上。

「凱羅。」他說：「過來我這。」

總管在禮節規範與王者應有的距離外停了下來，屈身行禮。

「過來一點。」恩菲爾說。「靠過來一點，凱羅。我會說得很小聲，而我要說的話只有你能聽。」

「陛下……」

「今天還有什麼事？」

「接受科維爾的艾斯特拉德王派來的使節到任書，還要頒發正式領事許可。」總管飛快地說道。「替新省分與新領地任命領主、執政與管理官。確認爵位頭銜與封地，這是要給……」

「頒一張領事許可給那使節，讓他私下晉見。其他的事明天再說。」

「遵命，陛下。」

「通知伊登子爵與斯凱蘭，讓他們見過使節後馬上到圖書館來，要祕密行動。你也來，帶上你們那個大名鼎鼎的魔法師，那個占星家……叫什麼的？」

「克薩爾提修斯，陛下。他住在城外的一座塔裡……」

「我不管他住哪，派人去找他，把他送到宮殿裡來。安安靜靜地，不要引人注目，要祕密進行。」

「陛下……關於星象師的事，是否要再斟酌一下……」

「凱羅，我已經下了命令。」

「遵命。」

不到三個鐘頭，所有被傳喚來的人齊聚帝國圖書館內。這道傳喚並沒有令瓦鐵・德里多──伊登子爵感到驚訝，畢竟現在是戰爭時期，而瓦鐵是軍情總長，恩菲爾時常傳喚瓦鐵。人稱夜梟的史蒂芬・斯凱蘭對於這次傳喚也同樣不覺訝異。他在帝王跟前擔任驗屍官，專門負責特殊勤務與任務。向來沒有任何事情能讓夜梟吃驚。

第三個受召的人，對於自己被傳喚一事則是驚訝萬分。更甚者，他還是帝王第一個談話的對象。

「克薩爾提修斯大師。」

「大帝陛下……」

「我必須找出某個人的所在。這人可能失蹤了，也可能被藏了起來，又或者是被關住了。之前我授命的那些巫師全都失敗了，你做得到嗎？」

「在多遠的距離內……可以找到這人？」

「我要是知道，就用不著你的巫術了。」

星象師困難地說：「大帝陛下，請您原諒……我想說的是，用占星很難去推算這麼遙遠的距離……呃……要是那人受魔法保護，可以試試看，不過……」

「長話短說，大師。」

「我需要一些時間，還有施咒的元素……要是星體成功交會，那……呃……大帝陛下，您要求的並不容易……要花時間……」

要是再這樣繼續下去，恩菲爾就會把他插到木樁上，夜梟想。要是這法師再說一些沒意義的話……出乎意料地，帝王以有禮且溫和的方式打斷他：「克薩爾提修斯大師，你會得到需要的一切，包括合理範圍內的時間。」

「我會盡我所能。」星象師宣誓著。「不過只能找到大概的位置……比如一個區域或範圍……」

「什麼？」

「星象……」克薩爾提修斯瑟縮地說：「距離這麼遠，用星象只能找出目標附近的位置……很靠近目標，不過容許誤差範圍很大……由於容許誤差範圍很大，老實說我不知道有沒有辦法……」

「你有辦法的，大師。」帝王慢條斯理地說著，深色眼瞳映出一股不祥的光芒。「我對你的能力非常有信心。要說到容許範圍的話，你的容許範圍越小，我的容許範圍就越大。」

克薩爾提修斯整個人縮了起來。

「我得知道那人的確切出生日期。」他嘀咕著：「可能的話，最好連時辰都知道……要是有那人的什麼物品，那就是無價之寶了……」

「頭髮。」恩菲爾輕聲道。「頭髮行嗎？」

「哦！」星象師高興地道。「頭髮！這可眞是幫了大忙！噢，要是能拿到那人的糞便或尿液……」

恩菲爾危險地瞇起雙眼，魔法師整個人便立刻縮了起來，身子彎得老低。

「大帝陛下，非常抱歉……」他勉強擠出話來。「請原諒我……我知道了……對，頭髮就夠用……完全夠用了……我什麼時候能拿到那些頭髮？」

「今天就會連生辰一起送去給你。大師，我就不耽誤你了，請回到你的塔裡開始觀察星軌吧。」

「願偉大的太陽保祐您的帝國……」

「好了，好了。你可以走了。」

現在輪到我們了，夜梟想著。不知道等著我們的是什麼呢。

「要是有任何人，」帝王慢慢地說：「把我接下來要說的話洩露半句，就等著被五馬分屍吧。瓦鐵！」

「王，屬下在。」

「那個公主……是怎麼到這裡來的？這件事有誰牽扯在內？」

「公主是從那斯洛格要塞來的。」情報首領皺著眉頭回答。「是在衛兵護送下……」

「該死的，我問的不是這個！那女孩是怎麼出現在那斯洛格，出現在維爾登的？是誰把她送到要塞的？現在那裡的指揮官是誰？報告就是他交上來的？那個叫高地佛倫什麼的？」

「高地佛倫．皮卡恩。」瓦鐵．德里多立刻回答。「當然，關於黎恩斯與卡希．阿波．凱羅伯爵的任務，也有事先通知他。塔奈島事件過後三天，有兩個人出現在那斯洛格。準確地說，是一個人類和一個半精靈。就是他們兩個以黎恩斯和卡希伯爵的名義，把公主交到高地佛倫手上。」

「喔，是嗎？」大帝笑了起來，夜梟卻覺得背上傳來一股冷意。「維列佛茲擔保過會在塔奈島逮住奇莉拉，黎恩斯也向我保證過同樣的事。卡希．馬夫．狄福林．阿波．凱羅也有收到明確的指令。而就在島上事發後的三天，奇莉拉從亞拉河去了那斯洛格，載她去的不是維列佛茲，不是黎恩斯，也不是卡希，而是人類和半精靈；很顯然，高地佛倫也沒想過要把他們兩個抓起來。」

「沒有。王，要處罰他嗎？」

「不。」

夜梟嚥了下口水。恩菲爾揉著額頭，一句話也沒說，戒指上那顆大鑽石像星星般閃閃發亮著。過了一會兒，帝王抬起了頭。

「瓦鐵。」

「在。」

「你去動員手下所有人，把黎恩斯和卡希伯爵抓回來，他們兩個應該是在我軍還未攻下的地方，你可以利用斯寇亞塔也或精靈女王艾妮得去辦這件事。抓到他們兩人後，送到達倫魯哈堡用刑。」

「王，要問什麼？」瓦鐵·德里多瞇起眼睛，假裝沒看見總管凱羅一臉的蒼白。

「什麼也不用問。等過些時候，他們稍微軟化了，我再來親自審問。斯凱蘭！」

「在。」

「等那個老傢伙克薩爾提修斯……要是那個愚蠢的星象師把位置定出來了，你就按他指示的地點去找人。你會拿到那人的畫像。這個星象師提供的地點也可能是在我們統治的領土上。如果是這樣，就去動員所有負責那塊地的人，動員所有行政與軍事力量。這件事比其他事情都來得重要，明白了嗎？」

「是。那我可以……」

「不，你不可以。坐下來好好聽著，夜梟。克薩爾提修斯大概什麼東西都看不出來。我叫他去找的那人應該是在其他國家的疆土上，而且受到魔法保護。我敢打賭，我要找的這個人，是和盧格溫的巫師維列佛茲，我們那位神祕消失的朋友在同個地方。正因如此，斯凱蘭，你去組一支特種部隊，由你親自領軍。從最頂尖的士兵裡挑人，他們必須準備好面對一切……而且不能迷信，意思是要不畏魔法。」

夜梟挑起眉。

「部隊的任務，」恩菲爾接著說，「是去攻擊並掌控我們之前的朋友兼盟友、維列佛茲的藏身處。地點我暫時還不清楚，不過那裡一定有不錯的屏蔽與密實的保護。」

「明白了。」夜梟冷漠地說。「我在那裡應該可以找到要找的人，我想，這人連根頭髮都不能掉？」

「你想得很對。」

「那維列佛茲呢？」

「他可以。」帝王一臉殘酷地笑著。「他甚至是該連腦袋一起掉。一勞永逸。在他巢穴裡找到的那些巫師也一樣，沒有例外。」

「我知道了。誰負責去找維列佛茲的藏身處？」

「你，夜梟。」

史蒂芬．斯凱蘭與瓦鐵．德里多交換了下眼神。恩菲爾將身體靠到椅背上。

「一切都清楚了嗎？那麼……凱羅，你是怎麼回事？」

「王……」總管哽咽說著。直到這一刻前，似乎沒有人注意到他的存在。「我請求您的憐憫……」

「凡是叛徒都沒好下場。那些違背我意願的人，不會得到任何憐憫。」

「卡希……我的兒子……」

「你的兒子……」恩菲爾瞇起眼睛。「我還不知道你兒子犯的是什麼錯。我也想相信他是錯在愚蠢與無能，而不是背叛。不過要真是這樣，那他就得被砍頭，而不是上車輪了。」

「王！卡希不是叛徒……卡希不可能……」

「夠了，凱羅，一個字都別再說了。有罪的人會受到懲罰。他們想要欺騙我，這件事我不會原諒。瓦鐵、斯凱蘭，一個鐘頭後你們來拿簽好的指示、命令和授權書，然後馬上去辦。還有一件事：應該不用我再多說，剛才你們在王座廳裡見到的那名女子，在人前要把她當作是奇莉拉，琴特拉女王與羅旺公國的公主。我命你們把這件事當作是國家機密、牽動社稷的大事。」

與會眾人皆訝異地看著帝王。代以溫阿丹引卡倫阿波摩爾伏得露出一抹淺笑。

「難道你們還不懂嗎？他們送來給我的是個蠢貨，而不是真正的琴特拉奇莉。那些叛徒肯定是抱著僥倖心態，以為我會認不出來。不過我認得出真正的奇莉。就算是到世界的盡頭、下到十八層地獄的幽冥之中，我也認得出她。」

獨角獸儘管羞怯萬分，懼怕人類，但一旦碰上了尚未與男子親近熱吻的處子，卻會靠近她，跪在她身旁，毫不畏懼地將頭枕在她膝上。這是很大的謎團。據說在遠古的過去，便曾有處子利用這點，來進行些實屬骯髒的勾當。多年來她們一直禁慾獨身，好作爲獵人捕捉獨角獸的誘餌。然而不久後人們發現，獨角獸只會走向稚嫩的處子，對年紀稍長者則絲毫不感興趣。作爲聰明的動物，獨角獸絕對了解，保留過久的童貞是可疑又違反自然的。

《自然史》

第六章

她是被熱醒的。一股炙熱，如劊子手手上的鐵刃那般灼燒肌膚，讓她醒了過來。

她好像被什麼東西按住，沒辦法轉頭。她掙扎一番，吃痛出聲，太陽穴上的肌膚好似已經撕裂。她張開眼睛。她的頭靠著一塊石頭，由於上面的血跡已乾，讓石塊成了褐色。她揉了揉鬢角，感覺到指尖下有塊乾硬的結痂已經裂開，黏到了石頭上；在她扭動頭的時候，便從石頭上被拔了下來，血漿也跟著流出。奇莉用力咳了咳，吐出混著沙子的黏稠痰液。她以雙肘支地，撐住身子，坐了起來，張望四周。

周圍淨是灰色調的紅、被峽谷深鑿切割的光滑石壁，有幾處堆了一些石塊，幾處立著一些形狀怪異的巨石。石壁上方高掛著一輪巨大的炙熱金陽，將整個天空照得一片黃澄，用刺眼奪目的光芒與扭曲空氣的熱度模糊了她的視野。

我在哪裡？

她小心翼翼地碰了下腫脹裂傷的太陽穴。很痛，非常痛。我一定撞得不輕，她猜想，一定是在地上滾了好幾圈。突然，她注意到自己的衣服已經磨得破破爛爛，身上還有其他幾處地方也在發痛——後背、肩膀、髖骨。她是摔下來的，不論頭髮或耳朵到處都沾滿粗糙的塵土砂礫，眼中也灼出了淚水，就連手掌與手肘也都燒磨見肉。

她謹慎地把腳慢慢伸直，但因爲移動時左膝突然劇痛，再度呻吟了一下。她隔著沒有破損的皮褲四處按壓了一下，但沒感覺到腫脹。每一次吸氣，身側都傳來一陣猛烈的刺痛；嘗試彎身時，後背部穿出的那股痙攣，又讓她痛得差點叫出聲。還眞是撞得亂七八糟，她想。不過應該沒有摔斷哪裡。要是我把骨頭摔斷了，應該會更痛才對。我沒事，只是有點腰痠背痛。我可以站起來，現在就要站起來。

她萬分小心地慢慢改變姿勢，試著保護破皮膝蓋的同時，笨拙地跪起身。然後，她一邊哇哇大叫，一邊吃力地改爲四肢趴地。最後，她站了起來，卻覺得好像已經花了一輩子時間。可是改變姿勢的結果，卻是讓自己立刻重重摔回石頭上；因爲就在起身之後，一股暈眩瞬間襲上腦，讓她眼前一黑、雙腿瞬間癱軟。她突然感到一陣噁心，側著身子躺了下來。巨石在太陽照射下，像燒紅的木炭一樣燙人。

「我站不起來……」她抽泣著：「我做不到……我會被太陽烤焦……」

可惡的悶痛不斷在她腦中發作，每動一下，痛楚就加深一分，所以奇莉不敢再動，而是以手臂遮住頭；可是不久，那股熱度便讓她無法忍受。她知道自己還是得逃離這片炙熱。太陽穴傳來撕裂心肺的痛楚，讓她瞇起了眼睛。她克服全身痛楚，像狗一樣地慢慢爬往較大的石塊。那石塊在強風雕刻下成了一朵怪異石菇，在不成形的菇傘遮擋下，菇腳處有些許遮蔭。她邊咳嗽邊吸著鼻子，把自己縮成一團。

她躺了許久，一直到漫步天空的太陽，再度從上方往她身上傾倒熱火。她移到石塊另一邊，卻發現這是多此一舉。太陽已經走到頂點，所以石菇已無法再提供遮蔭。她把兩手按在疼痛欲裂的雙鬢上。

爬滿全身的顫抖喚醒了她。太陽的火圈已失去讓人目盲的金光。現在，太陽已經不再那麼高高地掛著，而是懸在遭啃咬般的岩石上方，轉爲橘紅。那股熱氣已稍稍趨緩。

奇莉吃力地坐起來，看了看四周。頭痛已經停歇，不再模糊她的視線。她摸了摸腦袋，認爲太陽穴上的傷痂已被那股炙熱烤乾，變成一層硬皮。但她全身上下依然很痛，似乎沒有一處完好。她清了清喉嚨，在齒間咬到沙粒。她試著把沙吐出來，卻一點用也沒有。她把背靠到菇狀巨石上，被太陽曬過的巨石依舊留有熱度。總算沒那麼曬了。她想。現在太陽已經往西走，就不會再那麼難受了，再過不久……

再過不久就是晚上了。她打了個冷顫。我在哪？該死，到底在哪？要怎麼出去？要從哪出去？要往哪走？還是就待在這裡等人來找我？反正會有人來找我啊。傑洛特、葉妮芙，反正我不會是一個人……

她再度試著把沙子吐出來，不過還是沒用。就在那時，她知道爲什麼了。

口渴。

她想起來了。之前她逃跑的時候，就已經很渴了。她記得很清楚，逃往海鷗之塔時騎的那匹黑馬鞍頭有個木製水瓶。不過當時她沒有把它解下，也沒有把它放在身邊，因爲沒有時間。現在那個水瓶已經沒了，什麼都沒了。除了這些燙人的石頭、太陽穴上扯著她皮膚的那個硬痂、一身痛和連呑口水也沒用的乾渴喉嚨外，什麼都沒有。

我不能待在這裡，必須前進，必須去找水。要是找不到水，我會死的。

她試著站起來，卻在石菇上傷了指頭。她站了起來，踏出一步，然後嗚咽一聲摔倒，像狗一樣爬在地上。一陣痙攣乾嘔，讓她整個人拱了起來。抽搐與頭暈來得如此猛烈，讓她再度躺了下去。

我全身都沒力，又是一個人。又來了。大家都背叛我、拋棄我，丟下我一個。就像以前那樣……

奇莉覺得喉嚨被一把看不見的鉗子夾住，嘴巴周圍的肌肉抽筋發疼，乾裂的嘴唇開始打顫。女巫哭的樣子最難看了。她想起葉妮芙的話。

反正……反正這裡也不會有人看到我……不會有人……

奇莉在石菇底下縮成一團，先是啜泣，然後鋪天蓋地的大聲哭叫，卻沒流下一滴淚。當她抬起浮腫的眼瞼，覺得熱氣好像又降了些，而不久前還是一片金黃的天空也染上了鈷藍，甚至還飄著細細的白色雲帶。轉爲紅色的日輪即使已經降低，還是不斷對這片岩漠送出波波熱浪；又或者，是因爲石頭被曬燙後反射出來的熱氣？

她坐了下來，覺得像被拆散的身體似乎已經不痛了。與不斷緊縮的胃部，以及乾癢難受、讓她一直想咳嗽的喉嚨相比，現在身體和骨頭的疼痛已經不算什麼。

不可以放棄，她想著。不准放棄。就像在卡爾默罕一樣，要站起來，要克服困難、戰鬥下去，要把身體裡的疼痛和軟弱都除掉。要站起來繼續走下去。至少現在我知道方向了。太陽現在所在的地方，就是西邊。我得走下去，要找到水，還有吃的東西。一定要，不然我會死。這裡是沙漠，我飛到沙漠裡來了。我在海鷗之塔進去的地方，是魔法傳送點，那是有魔力的裝置，所以我才會跑得這麼遠……

托爾拉拉的傳送點是個奇怪的傳送裝置。她跑上塔的最頂層時，那裡什麼都沒有，甚至沒有窗戶，只有幾道光禿禿的發霉牆面。其中一道牆上有個形狀不太固定的橢圓火圈，裡頭是一片蛋白石般的亮光。她猶豫著，但那個傳送點卻吸引、呼喚著她，甚至直接請求她。塔裡沒有其他出路，只有這個發亮的橢圓。於是，她閉上眼睛，走了進去。

之後，是刺眼亮光與狂亂的漩渦，還有一陣奪走她呼吸、粉碎她胸骨的暴風。她記得自己在一片寂靜、冰冷和虛無中飛翔，然後是一道閃光與令人窒息的空氣。上方是一片湛藍，下方則是模糊的灰……

托爾拉拉把飛行中的她往下丟，就像小鷹把過於沉重的大魚往下丟一樣。她摔到石頭上便失去了意識，不知道自己昏了多久。

*我在神殿裡看過關於傳送點的書，*她邊把頭髮裡的沙子抖掉，邊回想。*書上提到，傳送點錯亂或混淆時，預設目的地與最後實際的降落點會變成未知。海鷗之塔裡的傳送點一定就是這樣。它把我丟到了世界盡頭某個沒人知曉的地方。沒有人會來這裡找我，也沒有人找得到我。要是留在這裡，我會死。*

她站了起來，扶著巨石、動用全身之力，跨出了第一步。接著是第二步，然後是第三步。

走了這開頭的幾步後，她注意到右腳的鞋釦已經掉了，穿著這隻要掉不掉的短靴走不了路。她坐下來，刻意放慢動作，並檢視身上的衣服和裝備，也因爲專注在這件事上，讓她忘了疲憊與疼痛。

她發現的第一樣東西就是短劍。因爲劍鞘跑到後面去了，她都忘了還有這件東西。短劍旁邊，就像平常一樣，有個小袋子綁在劍帶上。那是葉妮芙送的禮物，裡面裝的是「女士隨身攜帶的東西」。奇莉把袋子解開，很不幸地，女士的標準裝備裡並沒有考慮到她目前的情況。袋子裡有一把玳瑁扁梳，一把組合刀、指甲銼刀，一根消毒過且包好的亞麻生理條，還有裝了護手膏的小巧碧玉罐。

奇莉立刻在曬傷的臉上、嘴上塗滿護手膏，隨即又貪婪地舔吮唇上的軟膏。她毫不猶豫便把油膩又帶點滋潤的小罐子舔了個一乾二淨。用來增添軟膏香氣的洋甘菊、琥珀和樟腦混在一起的味道雖然噁心，卻爲她提振了精神。

她把袖子撕下一小塊，綁住快掉的短靴，站起來試探性地踏了幾下。接著把亞麻生理條拆封展開，做成寬且粗的頭帶，以保護裂傷的太陽穴與曬紅的額頭。

她站起身，調整了下腰帶，把短劍移往左髖骨，然後俐落地把劍拔了出來，以拇指檢視劍刃。很鋒利，這她早就知道了。

我有武器，她想。我是個獵魔士。不，我不會死在這裡。肚子餓有什麼了不起，我受得了，在梅莉特列神殿裡偶爾也要齋戒，有時候要齋戒兩天。至於水……我得找到水，要一直走到發現水爲止。這片該死的沙漠一定有盡頭。這沙漠要是很大，那我一定多少會知道它，和亞瑞一起看的那些地圖上，我一定會注意到它。亞瑞……不知道他現在在做什麼……

我要出發了，她在心裡做了決定。我要往西走，我有看到太陽在哪邊落下，那是唯一確定的方向。反正我從來不會迷路，我每次都知道該往哪個方向走。必要的話，我會走上一整晚。我是個獵魔士。等我恢復力氣就用跑的，就像在奪魂道上那樣。到時我很快就能到達這片沙漠的盡頭。我撐得下去，要撐下去……哈，傑洛特一定也像我這樣，在這種沙漠裡待過好幾次，搞不好還待過更糟的呢……

我要走了。

她行走的第一個鐘頭內，周圍景色沒有任何改變。四周仍舊空無一物，只有腳下不斷滾動的石頭，灰灰紅紅、稜稜角角，讓她不得不小心謹慎。稀疏的樹叢又乾又刺，從岩縫中伸出的歪曲嫩芽往她刺來。奇莉在第一株樹叢前停下來，希望能找到可以嚼吮的樹葉或嫩枝。不過那樹叢上只有扎手的荊棘，甚至沒辦法折來當棍子用。第二株樹叢也是如此，接下來的，她已視而不見，直接走過，不再駐足。

黃昏很快來臨。太陽降到形如齜牙咧嘴、狀似參差不齊的地平線上，天空綻放著紅色與紫色光輝。冷意伴隨黑暗一同來襲。起先，她還滿心歡喜地迎接這股冷意，曬傷的肌膚因此得到舒緩。可是，過沒多久，氣溫更低了，奇莉的牙齒開始打顫。她加快了腳步，希望快走能讓身體變暖，不過這一使勁，也喚回了膝上的痛楚。她開始一拐一拐地走著。禍不單行的是，太陽已經完全隱於地平線下，黑暗瞬間降臨。時逢朔月，夜空中閃爍的星光無濟於事，奇莉很快便看不見路。她絆倒了好幾次，擦破了皮的手腕讓她吃痛不已。她的腳兩度卡進石縫，要不是她已經學會獵魔士失足時會使出的閃避，她的腳大概就斷了或拐了。她知道這樣下去不行，黑暗中根本就不可能行走。

她在玄武岩上找了平坦處坐下，內心生出一股無力的沮喪感。她不知道自己有沒有走偏，早就看不見太陽在地平線落下的地點，而原本在日落後還為她指路的那道餘暉也同樣不見蹤影。四周只留下天鵝絨般讓人看不透的一片黑，還有籠罩一切的寒冷。她冷得全身僵硬、牙關打顫，不得不拱著身子，把頭埋進抽筋發痛的雙臂中。即使明知陽光一旦返回，又會將岩石曬到發燙，會讓她無法忍受、無法繼續行走，奇莉還是開始想念太陽；想哭的慾望緊壓喉頭，沮喪與失望如浪潮般襲捲而來。不過這一次，沮喪與失望化成了憤怒。

「我不會哭！」她在黑暗中大叫：「我是獵魔士！我是……」

女巫。

奇莉舉起雙手，把手掌按到兩邊的太陽穴上。能量無所不在，水中、空中、土中……

她快速起身，伸出雙手，緩緩地、不太確定地走了幾步，迫切地尋找能量。她很走運，幾乎立刻就在耳朵裡聽見似曾相識的聲音與脈動，感受到一股深藏地底的水脈能量。她小心屏住呼吸，將能量擷取完畢，她知道自己目前很虛弱，這種情況下，腦部的急劇脫氧能讓她瞬間失去意識，一切努力也就白費了。能量慢慢充滿她體內，帶來了熟悉的愉悅。她的肺部開始運作得更快、更用力。奇莉抑止加劇的呼吸——氧化太嚴重的話，也可能帶來淒慘的效果。

成功了。

先減輕疲勞，她想，先處理肩上和腿上讓人動不了的痛。然後是寒冷，我必須提高體溫……

她一步一步地回想咒語和手勢。有些部分她做得頗急，結果是一陣抽搐與顫抖，劇烈的痙攣與暈眩讓她雙膝癱軟。她在玄武岩板上坐了下來，穩住雙手，控制住激動、紊亂的氣息。

她再試了一次咒語，逼自己要冷靜確實、徹底集中注意力。這一次，成效立見。一股暖意湧了上來，被她引到大腿與肩部。她站了起來，感覺疲憊已然消失，肌肉痠痛亦舒緩許多。

「我是女巫！」她高舉雙手，大叫勝利。「來吧，不滅之光！我召喚你！阿恩德雷安法，也為耶阿伊內！」

一顆不大的溫暖光球像蝴蝶般自她掌心飛出，在石頭上映出模糊、晃動的暗影。她的手慢慢移動，把光球穩定下來，讓它移到自己面前，就像吊在那裡一樣。這主意似乎不太好——光球阻擋了她的視線。她試著伸手擋住光球，不過沒用——她的影子映在路上，影響了視線。奇莉把那發亮的球體緩緩移開，放到右肩上方。雖然這顆光球不能算是眞正的魔法阿伊內，小女孩還是對自己的成果自豪不已。

「哈！」她驕傲地說：「眞可惜葉妮芙沒看到！」

光球帶來的明暗對比雖然閃爍晃動，她還是選定了道路，帶著活力輕快地上路，腳步快速又踏實。行走時，她試著努力回想其他咒語，卻沒有一個可以用在當前的情況。除此之外，她想到的咒語有的十分費力，她有點怕，因此不想在非必要時使用。不幸的是，她不曉得可以創造水或食物的咒語；她知道有這種咒語，可是她一個也不會。

在魔法光球的照射下，死氣沉沉的荒漠現在突然有了生氣。動作遲緩的閃亮甲蟲與毛絨絨的蜘蛛從奇莉腳下逃開。一隻體型不大的紅黃蠍子舉著一節節尾巴，飛快地從奇莉面前經過，閃進石縫之中。一隻綠色長尾蜥蜴在碎石上沙沙跑過，迅速躲進黑暗裡。大型老鼠般的囓齒動物後腿使力，靈巧地從她面前跳過。有好幾回，她注意到黑暗中有閃閃發光的眼睛，還聽見石礫堆中讓人血管凍結的嘶嘶聲。假如她一開始有打算獵點東西來吃，這道嘶聲絕對會讓她打消到石堆中翻找的念頭。她更加留心腳下，腦中浮現在卡爾默罕書卷裡看過的圖像：巨型蠍、恐怖怪、嚇人妖、可怕妖、蛇女拉米亞、蟹蜘蛛……這些都是沙漠中出沒的怪物。她繼續走，膽怯地觀望四周，警戒地豎耳聆聽，出汗的掌心緊握著那把短劍。

幾個鐘頭後，光球轉弱，投射出的光環也跟著縮小、轉暗、暈散。奇莉發現很難再集中精神施咒，那顆球體射出幾秒更爲明亮的光芒後，隨即黯淡下來，再度熄滅。氣力的耗費讓她有些頭昏，腳步虛浮，眼前有黑紅斑漬舞動著。她重重坐下，身下的石礫與鬆動的石塊嘎吱作響。

光球徹底熄滅了。奇莉再度唸咒，試圖擷取能量，但體內那股空虛匱乏已提前預告成功的渺茫。

眼前遠方的地平線上透出了晦暗的光芒。我走錯路了，她驚恐地發現。我全搞混了……我一開始是往西走，但現在太陽卻從正前方升起，這就表示……

她感到一股令她力量盡失的疲憊，還有就連讓她冷得發抖的寒意也嚇不走的睡意。我不會睡著的，她下了決定。我不能睡……不能……

凍徹心肺的寒冷與逐漸升高的明亮將她喚醒過來，在她體內扭轉的腹痛與乾癢灼熱的喉嚨讓她恢復意識。她試圖站起來但做不到。疼痛、僵硬的四肢不肯聽話。在她以手掌按揉全身時，指尖有股濕意。

「水……」她嘶啞著說：「水！」

她抖著身子，撐起四肢，把嘴貼到玄武岩板上，迫切地用舌頭舔舐凝在平坦岩板上的水珠，把巨石凹陷處的濕氣全都吸光。從一塊巨石上所能採集到的露水，連掌心一半都不到，不過她還是混著細沙與石礫一起喝下，不敢吐掉。她看向四周。

石縫中長著不知以何種方式生存下來的矮灌木叢，上頭的尖刺掛著閃閃發亮的水珠，她伸舌接飲，小心翼翼，不浪費任何一滴。她的短劍躺在地上。她不記得自己何時將它拔出鞘的；劍身上覆了一層薄薄的露氣，她將這片冰冷的金屬徹底舔過一遍。

她克服身體僵硬的痛楚，像狗一樣趴在地上追舔前方石塊上的濕氣。不過朝日的金輪已經升離石塊構成的地平線，在荒漠上灑下刺眼的金光，轉瞬曬乾巨石。奇莉開心擁抱逐漸升高的溫暖，然而，這也意味著不久後又將是令人難受的炎熱，她也將再度想念夜晚的寒冷。

她轉身背對光亮的圓球。光球所在的地方是東方，而她一定要往西走。一定要。

熱氣快速增強攀升，沒多久，那熱度就讓人無法忍受。到了正午時分，她已經無法忍受，不管她願不願意，都只得改變行進方向以尋遮蔭。最後，她終於找到遮蔽——一塊形狀如菇的大石頭。就在那時，她看見石塊間的那個東西——那是個被舔食一空、用來裝護手膏的玉罐子。

她已經沒有哭的力氣了。

□

飢餓與乾渴壓過了疲憊與退縮，她搖搖晃晃地繼續走下去。太陽烤曬著。遠方地平線上，那片波動的熱浪之後，她看見了一個東西；那是山脈，不可能是其他東西。一條距離很遠的山脈。

夜晚降臨時，她費了極大心力使出能量；試過好幾次後才成功做出魔法球，而她也累得無法再走。她試了非常多次能讓人溫暖、放鬆的咒語，但都沒成功，而能量已然用盡。魔法之光爲她增添了勇氣，也爲她振奮了精神，可是寒意卻毀了這一切；強烈而刺骨的寒冷讓她一直顫抖到天明。她不停打哆嗦，熱切盼望日出的到來。她已經虛耗殆盡，但飢餓與乾渴卻將睡意逼退。她撐到黎明，四周仍是一片漆黑，但她已經開始貪婪地舔舐劍上的露水。一等天色轉亮，她馬上趴在地上尋找凹陷與裂縫中的水氣。

耳畔傳來一陣嘶聲。一隻大型的彩色蜥蜴就坐在附近岩塊上，對她張大無牙的獸嘴，豎起背上令人驚歎的尖刺，鼓著雙腮用尾巴大力拍打石頭。這隻蜥蜴的前方正是一條塡滿水的小裂縫。

一開始，奇莉害怕地退了退，不過沮喪與狂怒陡然生起。她伸著不斷發抖的雙手在周圍摸索，抓到崩落的方形石塊。

「這是我的水！」她吼道：「我的！」

她丟出石塊，沒有命中。那蜥蜴蹬著長有長爪的腳跳開，靈巧躲進岩石迷宮中。奇莉撲到石塊上，吸乾裂縫中殘存的水。而她就是在那時候看見的——

石頭後方的圓槽裡，有七顆蛋從紅沙中露出了頭。小女孩沒有片刻猶豫，直接跪著往那個窩爬去。她抓起其中一個蛋，放入齒間一咬，像皮革般強韌的蛋殼隨即在她掌中碎裂，黏稠的汁液流進了她的袖子。奇莉把蛋汁吸光，把手整個舔過。她困難地把蛋嚥下肚，完全感覺不到味道。

她把全部的蛋都吸得一乾二淨，整個人像狗一樣趴著，又黏又髒、渾身是沙、滿口殘渣，發狂地挖著沙子，還發出一種非人的嗚咽。突然間，她僵住了。

「身體坐正了，公主！不要用手肘靠著桌子。拿菜時要注意，妳把袖飾都弄髒了！拿餐巾把嘴巴周圍擦一擦，還有別再發出聲音了！眾神啊，難道沒有人教過這孩子在餐桌前該有的儀態嗎？奇莉拉！」

奇莉放聲大哭，把頭埋進腿中。

□

她一直撐著走到中午，接著酷熱打敗了她，逼得她停下來休息。她躲到石壁間的陰影裡睡了許久。那片陰影並沒有帶來涼意，但總比燙人的陽光來得好。飢餓與乾渴總是逼得睡意打退堂鼓。

她覺得遠方的山脈看起來好似著了火，在陽光下閃閃發光。那些山頭上，她想著，可能有積雪、寒冰、溪流。我得走到那裡，得快點走到那裡。

她幾乎走了一整夜。她決定靠夜星指路。看著滿天星斗，奇莉後悔自己當初在課堂上沒有專心，沒興趣研究神殿圖書館中的天體圖。當然，最重要的那些星座她都知道——七羊座、水瓶座、鐮刀座、天龍座與冬女座，不過這些剛好都位在天空上部，很難靠它們來決定步行方向。最後，她終於在這一大片閃爍中找到一顆亮度夠高的星星，並且認定那顆星指的就是正確方向。她不知道那顆星叫什麼，所以為它起了個名字，叫它「睛星」。

□

她一直走，想去的那座山脈一點也沒有變近，仍舊和前一天一樣遙遠。不過，這可以為她指路。她一邊走，一邊留心四周。她還找到一個蜥蜴窩，裡頭有四顆蛋；她發現一株比小指頭還矮的綠色植物奇蹟似地長在巨石之間；她追捕到棕色甲蟲，還有細腳蜘蛛。這些，她全都吃了下去。

□

中午時分，她把先前吃的東西全都吐了出來，然後昏睡過去。當她醒來後，找到一點陰影，躺了下來，縮成一團，雙手緊緊按住發痛的肚子。

日落時分，她又開始走。步伐僵硬，跌了好幾次，但都站了起來，繼續往前走。

她一直走，她必須走下去。

傍晚，休息。入夜，睛星為她指路。她一直走到精疲力盡，但離太陽升起還有好長一段時間。休息。她睡得很不安穩。飢餓。寒冷。沒有魔法能量，召喚光線和溫暖的咒語也跟著失敗。而清晨時舔食短劍與石頭上的朝露，只是加深了喝水的渴望。

太陽升起後，她在逐漸升高的溫暖中睡去。隨後，燙人的炙熱將她喚醒；她站起身繼續上路。她走不到一個鐘頭便昏了過去。當她恢復意識，太陽已經爬上巔峰狂野地燃燒著。她沒力氣去找遮蔭、沒力氣起身，不過，她還是站了起來。

她繼續走，沒有放棄。隔日，她幾乎整個白天都在走路，就連入夜之後，也走了一段時間。

□

她在埋於沙堆的歪倒巨石下縮成一團，又一次在睡夢中度過最為酷熱的時候。那場夢斷斷續續的，很累人——她夢到水，飲用水。一道霧氣與彩虹環繞的白色大瀑布。唱著歌兒的流水。森林裡，叢生蕨類中的一道道泉水。城堡中，散發濕潤大理石氣味的座座噴泉。長滿青苔的水井與傾倒的木桶……從逐漸融化之冰柱滴落的水珠……水。讓人神清氣爽的冷水雖然刺痛著牙齒，卻有股獨特的神奇味道……

她醒了過來，跳起身，開始往回走。她跌跌撞撞地轉回頭。她必須回頭！她竟然錯過水源，直接走了過去！她竟然連停都沒停，就直接走過那道石塊間潺潺作響的水流！她怎麼可以這麼蠢！

接著她恢復了理智。

炎熱趨緩，夜晚已近。太陽標示著西方，落在山後。太陽不可能會在她背後。奇莉揮開幻覺，忍住哭泣的衝動。她轉過身，再度開始步行。

她整晚都在走路，但走得非常慢。她並沒有走太遠。她在行進間睡著，夢見了水。東方的太陽升起，她坐在一塊石板上，盯著短劍的劍刃和裸露的前臂看。

血是流動的，可以喝。

她把惡靈與夢魘趕走，舔了舔覆著露水的短劍，然後繼續前進。

□

她昏了過去，然後在太陽的烤曬與石塊的燒灼下醒了過來。

前方，在那道扭曲的熱浪之幕後方，她看見了參差不齊的山脈。

比較近了，近多了。

不過她已經沒力氣了。她坐了下來。掌中短劍反射著日光燃燒了起來。她早就知道這把劍很利。

爲什麼要活得這麼辛苦？那把短劍嚴肅地問，那冷靜的聲音來自名爲緹莎亞·德芙利斯的古板女巫。妳爲什麼要這樣折磨自己？快把這一切都結束吧！

不，我不認輸。

妳撐不下去。妳知道渴死的樣子嗎？再過一會兒，妳就會發狂，到那時候就來不及了。到那時候，妳就沒辦法結束這一切了。

不，我不認輸。我一定要撐下去。

她把短劍收回鞘裡，站起來，但身形一晃又跌了下去。她再站起來，又是一晃，然後邁出步伐。在她上方，在那高高的黃色天空中，她看見了禿鷹。

當她再度清醒時，已不記得自己是何時倒下，也不記得躺了多久。她抬頭往上看，有兩隻禿鷹加入了在頭上盤旋那些禿鷹的行列。她沒有足夠力氣站起來。

她知道一切即將結束。她很平靜地接受了，甚至鬆了一口氣。

□

有個東西碰了她一下。

那東西小心翼翼地觸碰她的手臂。在孤獨了那麼長一段時間，身邊只有死氣沉沉、毫無動靜的石塊，縱使精疲力盡，這一下觸碰仍讓她猛然跳了起來——至少她試著要跳起來。碰她的那東西退縮了一下，往後跳開，發出一聲重響。

奇莉用指節拭掉眼角分泌物，困難地坐起身。

我瘋了。她想。

有匹馬站在她面前幾步遠的地方。她眨了眨眼。這不是錯覺，是匹活生生的馬，幾乎算是小馬的年輕馬兒。她舔了舔龜裂的嘴唇，不由自主地喝了一聲。小馬沙沙踩著砂礫，輕快地朝她跑了過來。那馬跑的姿態非常奇怪，毛色也很不尋常，既非棕色，也非灰色。不過，這可能是因爲牠站在背光處。

馬兒噴了口氣，跳了幾下。現在她看得比較清楚了。除了那確實不尋常的毛色外，她還注意到牠的身材比例也不對勁——頭很小，脖子特別長，小腿很細，尾巴又長又多毛。小馬停了下來，轉過頭來側臉看她。奇莉無聲地嘆了一口氣。

馬兒突起的前額上長了一支角，至少有二拃長。

不可能，不可能，奇莉想，漸漸清醒過來，腦袋也開始運作。這世上沒有獨角獸啊，牠們明明都已經死光了。就算是卡爾默罕那本獵魔士書上，也沒有獨角獸啊！我只有在神殿那本《神話之卷》裡讀過有關牠們的事……喔，還有在吉安卡第先生的銀行裡看的《自然史》，上面也有獨角獸的畫像……可是圖上獨角獸比較像羊，不像馬，有毛絨絨的獸蹄毛和山羊鬍，牠的角大概有兩肘長……

她很訝異自己竟把這一切記得那麼清楚，這些已經是幾百年前的事了。突然，她頭昏，體內一陣絞痛。她呻吟著把自己縮成一團。獨角獸噴了口氣，往她踏近一步後停住，高高揚起了頭。奇莉突然想起那些書裡提到有關獨角獸的事。

「你不用怕，過來……」她一邊試著坐下，一邊啞著聲音說：「不用怕，因爲我是……」

獨角獸又噴了口氣，往後一跳，便甩著尾巴跑開了。可是，過了一會兒，牠停了下來，晃晃腦袋，扒扒地面，然後放聲嘶鳴了一下。

「才沒有！」她哭喊著：「亞瑞只有親過我一下，那不算！回來！」

這番激動讓她眼前一黑，虛軟地倒在石塊上。當她終於有力氣抬頭時，獨角獸又出現在她附近。牠低下頭，微微噴了口氣，觀察著她。

「不要怕我……」她喃喃說著：「你不用怕，因爲……因爲我就要死了啊……」

獨角獸晃著腦袋，發出一聲嘶鳴。奇莉昏了過去。

□

當她醒過來時，已是獨自一人，渾身僵硬發痛，又餓又渴，形單影隻。獨角獸只是她的妄想、幻覺、夢境。牠的消失也像夢那樣，就這麼不見了。她體悟到這點，也接受了；然而，她很遺憾、很沮喪，好似這個動物是眞實存在的，牠曾經來到她身邊，然後拋棄她，就像所有人一樣拋棄她。

她想起身，卻爬不起來。她把臉抵在石塊上，慢慢伸手往身側探去，摸到短劍的柄上。

血是液體，我得喝東西。

她聽見馬蹄聲與噴氣聲。「你回來了……」她抬起頭，虛弱地說著：「你眞的回來了？」獨角獸大聲地噴了一口氣。她看見牠的馬蹄，很近，就在她跟前。馬蹄是濕的，而且還在滴水。

□

希望爲她帶來了力量，讓她滿心歡喜。獨角獸領著路，奇莉跟在後頭，始終無法確定這不是夢。當這股喜悅帶來的力量耗盡之後，她便手腳並用，改爲爬行。接著，又整個人趴在地上繼續爬。

獨角獸把她帶進岩石之間，來到一條很淺的山溝，溝底滿是沙子。奇莉用盡了最後的力氣爬行，但她仍繼續爬下去，因爲那沙是濕的。

獨角獸看到滿是沙子上的凹陷後便停了下來，牠嘶鳴一聲，奮力用腳蹄挖著，一次、兩次、三次。她看懂了。她爬近了些，也幫著牠挖。她挖著洞，把指甲挖斷了，但仍繼續挖、把沙推向一邊。她好像有啜泣，可是她不太確定。當凹洞底部出現泥水時，她馬上把嘴湊過去，呼嚕呼嚕地吸著帶沙的渾水，她是如此貪婪，冒出來那一點水都被吸光了。奇莉費了好大的力氣才穩定下來，她用短劍把凹洞挖深，接著坐下來等待。她磨著齒縫中的沙，心急得發抖，可還是等著，直到挖深的凹洞再次填滿水。然後，她喝了這些水，喝了很久。

到了第三次，她讓水稍微沉澱了一下，然後喝了四口，裡面沒有沙，只有些微沉積物。就在那時候，她想起了獨角獸。

「小馬，你現在一定很渴了吧。」她說：「可是你不會去喝泥巴，沒有哪隻小馬會想去喝泥巴。」

獨角獸叫了一聲。

奇莉把凹洞挖得更深，用石塊把凹洞周圍鞏固好。

「小馬，等一下。讓水稍微沉澱一下……」

「小馬」噴出一口氣，踏了幾下後，轉過頭來。

「不要站在一邊，來喝吧。」

獨角獸謹慎地把鼻孔湊近水窪。

「喝吧，小馬。這不是夢，這是眞的水。」

□

一開始，奇莉不想，也不願離開這個小水源。事實上，她還想出新的方式喝水；用手帕把凹洞裡的水擠到嘴裡，這樣一來，就可以過濾掉許多泥沙。不過獨角獸堅持，牠踏蹄嘶鳴著，不斷地跑開再跑回來。牠在呼喚她上路，把方向指給她看。奇莉仔細考慮過後，決定聽牠的話——這動物是對的，必須前進，往山脈的方向前進、離開這片荒漠。她跟在獨角獸後面出發了，一路上還不斷張望四周，仔細記好這片水源的位置。要是得回來，她可不想走錯路。

他們一起走了一整天。那匹叫作「小馬」的獨角獸一直帶著路。牠是匹很奇怪的小馬。一般的馬不會去吃草莖，就連餓壞的山羊也不會，可是牠會去咬來嚼。當牠找到在石塊間閒逛的一列大螞蟻，也吃了下去。奇莉一開始只是訝異地看著，後來，她也加入這場宴會。她餓壞了。

螞蟻非常酸，不過也因此不會讓人想吐。此外，螞蟻的數量很多，可以讓僵化的牙關稍微活動一下。獨角獸把螞蟻整個吃掉，而她只吃腹部，還把堅硬的甲殼都吐掉。

他們繼續走，獨角獸發現幾叢枯黃的薊草，把它們吃了下去，而且還吃得津津有味。這一次，奇莉沒加入牠，不過當她用短刀在沙子裡找到幾顆蜥蜴蛋後，便把它們吃了下去，而牠則在旁邊看著。他們又往前走。奇莉注意到一小叢薊草，把它指給小馬看。過了一段時間後，小馬要她注意一隻尾巴大概有一扠半長的黑色巨蠍。奇莉把這個噁心的東西踩死。獨角獸看她沒興趣食用，便自己把牠吃了，過沒多久，牠又爲她指了另一個蜥蜴窩。

到頭來，這竟是一場還不賴的合作。

□

他們一直走著。山脈越來越近。

夜晚降臨，獨角獸停了下來，站著入睡。奇莉深諳馬的習性，所以一開始試著讓牠躺下，好睡在牠身上汲取溫暖。不過，她怎麼試也試不成。小馬一生氣便走開了，始終和她保持距離。牠的舉動和書上寫的完全不一樣——很明顯，牠一點也不想把頭靠在她的大腿上。奇莉現在滿腹疑問，不排除書上有關獨角獸與處女的事都是假的。不過，還有其他可能。這匹獨角獸顯然還只是小馬駒，這種年幼動物，可能根本就還搞不清楚什麼是處女。有可能，小馬感應到她之前夢過的那幾個怪夢，而且還很認眞看待那些夢。不，她不這麼認爲——有誰會對夢那麼認眞呢？

□

她對牠有點失望。他們走了兩天兩夜，牠雖然一直搜尋，卻找不到半點水。有好幾次牠停了下來，轉過頭、轉動頭上的角，然後跑到石縫間探索，用腳蹄在沙裡挖找。牠找到螞蟻、螞蟻卵與幼蟲，還找到蜥蜴窩。牠找到一條彩蛇，並俐落地將牠踩死。不過，牠找不到水。

奇莉注意到獨角獸是以迂迴方式行進，而不走一直線。因此，她懷疑這生物根本不住在沙漠裡，不然就是像她一樣，在沙漠裡迷了路。

□

他們找到一大堆螞蟻，這些螞蟻體內都含有酸液，不過奇莉越來越想回去水源那裡。當他們又走了一段，卻仍找不到水源後，她已經沒力氣回頭了。天氣依舊熱得嚇人，再走下去，他們會虛耗過度。

她本來已經打算要向小馬解釋這點，結果牠突然放聲長鳴，甩著尾巴輕快地往嶙峋岩塊間奔下去。奇莉追在牠後面，行進間還一邊吃著蟻腹。

岩塊中有個偌大的空間，那是條很寬的舊河道，上頭積滿了沙，河床中央可以清楚看見一個凹陷。

「哈！」奇莉開心起來。「小馬啊，你真是匹聰明的小馬。你又找到水了，這凹洞裡一定有水！」

獨角獸噴了一大口氣，繞著那個凹洞小跑著。奇莉靠了過去。凹洞的範圍很大，直徑至少有十吋寬，是個很精準平均的圓形，標準得好像有人曾把一顆巨蛋塞進沙裡似的，讓人聯想到漏斗。奇莉突然想到，如此標準的形狀不可能是天然形成的，不過已經太慢了。

漏斗底部有東西在移動，一股細沙與石礫混成的風暴猛然打在奇莉臉上。她撲到一旁，發現自己正往下滑。那座石礫噴泉不只打在她身上，也打在漏斗邊緣，邊緣開始一波波地崩散，往底部流去。她大聲尖叫，像個溺水的泳者那樣擺手、試著站穩腳步，卻是徒勞無功。當下她了解到，大動作只會把情況搞得更糟，讓沙崩散得更快。她轉身仰躺、併攏雙腳，同時把兩隻手大大打開。凹陷底部的沙開始移動，掀起一陣浪潮，她看見一雙半碼長的帶鉤棕鉗從裡頭探了出來。她再度尖叫。這次聲音大了許多。

石礫風暴突然不再往她身上倒，改攻向漏斗另一邊。獨角獸高舉前蹄，放聲狂鳴。牠腳下的沙緣開始崩塌，牠試著從濕黏的沙中掙脫，卻只是白費力氣。牠不停地往底部下沉，越陷越深、越來越快。嚇人的棕鉗喀擦、喀擦地大肆開合。獨角獸絕望地嘶鳴，不斷掙扎，舉著前蹄猛踢不斷蓋過來的沙流，但這一點幫助也沒有。當牠流到沙漏正中央，那頭躲在沙中的怪物便以可怕的鉗爪夾住牠。

聽到獨角獸痛苦慘叫，奇莉憤怒地大喝一聲，拔出短劍往下衝去。她一到漏斗底部，就發現自己錯了。那怪物藏得很深，隔著這層沙，用短劍根本就刺不到它。此外，被怪物鉗住、不斷往沙裡陷下的獨角獸已經痛得發狂，一直發出尖銳的叫聲，盲目地舉著前蹄亂踢，隨時有可能踢斷她的骨頭。

獵魔士的招式與技巧在這裡全都派不上用場，不過她還有一個挺簡單的咒語。奇莉開始召喚「能量」，使出隔空移物攻擊。

一朵沙雲往上飛升，讓躲在下面夾住獨角獸大腿、讓牠痛得不斷慘叫的怪物現了形。奇莉見狀，嚇得大叫出聲。她這輩子還沒見過像這頭怪物這樣噁心的東西，就算是在圖片上或獵魔士的藏書上都沒看過。她連想都沒想過會有這樣猙獰的東西存在。

那怪物灰灰髒髒的，像根圓柱，身上裂痕滿布，像吸飽了血的臭蟲。木桶般片片搭成的身體上覆著稀疏的刺毛。它看起來好像根本就沒有腳，不過那兩把鉗子幾乎和身體一樣長。

少了沙的掩護，那生物馬上放開獨角獸，快速抖動龜裂的龐大身軀、拚命想把自己蓋住。牠挖得格外順利，而且急著掙脫的獨角獸把沙子往下撥，也幫了牠的忙。狂怒與報復的慾望席捲奇莉。她衝向幾乎已整個埋進沙中的醜八怪，把短劍插進牠拱起的刺背。她發現怪物的鉗可以往後伸得很遠，所以謹慎地從背後攻擊，與不斷開夾的雙鉗保持一定距離。她再刺一劍，那怪物卻以令人匪夷所思的速度將自己往沙裡埋，以求脫逃。它之所以這麼做，是爲了要展開攻擊。只要再抖動兩次，牠就能把自己完全埋住。在牠自我掩埋的時候，掀起一陣礫浪，把奇莉一半的大腿都埋住了。她掙扎出來、往後撲倒，但無路可逃。而漏斗底部的沙如同浪潮般向她湧來，兩隻不斷夾動的尖勾大鉗也從沙浪裡露了出來。

小馬救了她。牠慢慢往漏斗底部移動，舉起腳蹄狠狠擊向那淺藏於沙堆中的怪物。在牠瘋狂的踢踹下，怪物的黑色脊背露了出來。獨角獸低下頭，用角往怪物身上刺，不偏不倚正中牠有雙鉗保護的腦袋與龜裂身軀相接的地方。倒在地上的怪物仍虛軟地用雙鉗耙著沙，奇莉見狀跳了過去，高舉短劍一把刺進怪物仍舊抖動的身體。她猛力拔出劍身，再度一擊。接著，又再一擊。獨角獸把角抽出，用前蹄重重踩在怪物木桶般的軀體上。

被踩中的怪物已不再試著把自己埋住，已經動也不動，身上流出的綠色液體把周圍的沙都沾濕了。他們費了番工夫才從漏斗中脫身。奇莉跑了幾步後整個人癱在沙上，呼吸沉重，在腎上腺素對喉嚨與太陽穴的波波攻勢下頻頻顫抖。獨角獸繞著她走了一圈，不甚靈巧地踏著步伐，大腿上的傷滲著血，流過整隻腳，直到獸蹄毛，留下紅色蹄印。奇莉跪著爬起來，劇烈嘔吐。過了一會兒，她蹣跚走向獨角獸，可是小馬不讓她碰。牠跑開，卻在沙地上絆倒滾了一圈。然後牠數次把角戳進沙裡，把它清乾淨。奇莉也把短劍清理一番，時不時看一下不遠處的漏斗。獨角獸站了起來，嘶鳴一聲，緩緩踩向她。

「小馬，我想看一下你的傷口。」

小馬嘶鳴一聲，搖了搖長著角的腦袋。

「不要的話就算了。要是你可以走的話，我們就走吧。最好不要待在這裡。」

□

他們走沒多久後，前方又出現另一個淺灘，其範圍大得與周遭岩塊直接接壤。淺灘裡布滿了一個個漏斗狀的凹陷。奇莉一臉驚恐地看著眼前景象。與他們適才從中逃出生天的那個漏斗相比，眼前有幾個至少是剛才的兩倍大。

他們並沒有大膽地直接從漏斗中間走過，而是左右迂迴地穿梭在漏斗之間。奇莉很確定，那些漏斗都是陷阱，是做給那些粗心大意的犧牲品用的，而待在裡頭的長鉗怪物也只對掉進漏斗的犧牲品有威脅。要是小心謹慎、遠離那些凹陷處，其實可以不用害怕哪個怪物會從漏斗中爬出來追他們，直接征服這片沙地。她很確定如此一來就不會有任何風險，不過她還是傾向不要去驗證這個論點。獨角獸與她的看法雷同——牠噴了口氣後往後跑，把奇莉拉離那淺灘。他們繞了一大圈避開危險區域，只走在沒有任何一個怪物能挖穿的岩塊與硬石地面上。

奇莉一邊行進，還是一邊緊盯那些漏斗。有好幾次，她看見那些沙泉從殺人陷阱中噴發——那些怪物在加深並翻新據點。有幾個大漏斗十分相近，一個怪物拋出的碎礫飛到其他凹陷之中，讓躲在裡頭的生物個個拉響警報，一場可怕的砲戰便就此引開。有好幾次，黃沙不斷叫囂，如冰雹般刷洗周圍一切。

奇莉不禁開始思索，在這片沒有水源的死寂荒漠裡，那些怪物想要捕捉的是什麼。最後，答案自動現身——一個黑色物體從離他們較近的其中一個凹處飛了出來，啪地一聲摔到離他們不遠的地方。奇莉猶豫了一下後，從岩上跳落沙地。從漏斗裡飛出來的那個東西，看起來像是被咬過的兔子屍體，至少從皮毛來看很像。那具屍體已經縮水乾硬，成了又輕又空的皮囊，連一滴血也不剩。奇莉打了一個冷顫。她已經知道那些醜陋的傢伙在捉的是什麼，又是靠什麼維生了。

獨角獸發出一聲警告，讓奇莉抬起了頭。她附近並沒有任何漏斗，沙地十分平坦。然而，就在她眼前，那片平坦的沙地突然隆起，並且快速朝她移動。她丟開被吸乾的那一小具屍體，快速跳上岩塊。

現在看來，避開沙地淺灘的決定是明智的。

他們又繼續前進，只走在堅硬的地面上，避開所有沙地，哪怕只是一小片也一樣。獨角獸走得很慢，一瘸一拐，被夾傷的大腿依舊血流不止，卻仍不允許她走近檢查傷勢。

□

積了沙的淺灘縮減許多，且開始變得曲折。細細粉粉的沙粒先是將地方讓給了粗人的石礫，然後又讓給了鵝卵石。他們已經有一段時間沒看見漏斗，因此決定走由淺灘劃下的路線。奇莉雖然再度因飢渴而疲憊，卻決定開始加快腳步。她還是有一線希望。那是從山脈那邊延伸過來的河流底部。這條河裡沒有水，卻會帶人走向水源。那水源當是十分微弱涓細、塡不滿河道，可是一定夠他們大肆暢飲。

她原本加快了腳步，卻因爲獨角獸越走越慢而不得不減速；牠走得很吃力，腳步不穩，往身側踏了幾步。當夜晚來臨，牠躺了下來，在她靠近時，牠並沒有起身。牠同意讓她檢查傷勢了。傷處有兩個，分別在腫脹發燙的大腿兩側，都發炎了，不斷流出黏稠的血，混著氣味難聞的惡膿。那怪物有毒。

□

隔天情況更糟了，獨角獸幾乎無法走動。到了晚上，牠躺到石塊上不想起身。當她在牠面前蹲下，牠用鼻孔和角碰了受傷的大腿，然後發出一聲嘶鳴。這聲鳴叫中帶了痛楚。

膿水越流越多，也越發惡臭。奇莉拿出短劍。獨角獸微弱地叫了聲想站起來，卻重重摔到石塊上。

「我不知道該怎麼辦……」她看著劍身，抽泣著。「我真的不知道……應該要切開那個傷口，把膿水和毒液擠出來……可是我不會！我可能會把你傷得更重！」

獨角獸試著抬頭，牠叫了一聲。奇莉坐到石塊上，雙手掩面。

「他們沒教我怎麼療傷。」她痛苦地說：「他們只教我殺人，說這樣我就可以救人。這根本就是騙人的，小馬。他們都在騙我。」

入夜了，四周很快地便一片漆黑。獨角獸躺在地上，奇莉則拚命在想辦法。她摘了些薊草和長在乾水河道旁的草莖，不過小馬卻不想吃。牠已經不再試著抬頭，只是無力地把頭枕在石塊上，只剩眼睛還在轉動，嘴裡出現了白沫。

「我幫不了你，小馬。」她的語氣很沮喪。「我什麼都沒……」

還有魔法。我是女巫啊。

她站了起來，伸出雙手。什麼都沒有。她需要很多能量，可是現在卻一點也感覺不到。她沒想到會是這樣，吃了一驚。

明明就到處都有水脈啊！

她朝一個方向走了幾步，然後換了個方向走了幾步。她開始繞著圈子走。然後，她退了回來。什麼都沒有。

「你這個該死的沙漠！」她揮著拳頭大叫：「什麼都沒有！沒有水，也沒有魔法！可是魔法應該要到處都是！這也是騙人的！所有人都在騙我！所有人！」

獨角獸又叫了一聲。

魔法無所不在，水裡、土裡、空氣裡……

還有火裡。

奇莉生氣地掄起拳頭在額頭上敲了下。她先前沒想到這點，可能因爲四周都是光禿禿的石塊，根本沒有東西可燒。不過現在她手邊就有乾燥的薊草和草莖，要變出一點小火花，應該只要再加上她體內還感覺得到的那點能量就夠了……

她又多撿了些枯枝，把它們堆疊起來，在周圍放了乾薊草。然後她小心地把一隻手伸了進去。

「阿恩夜！」

枯枝堆亮了起來，火光晃動，捲住葉片吞食入腹，然後一把向上竄起。奇莉把草莖也丟了進去。

看著越來越活躍的火光，她心想，現在該怎麼辦？擷取能量嗎？要怎麼做？葉妮芙不准我碰火之能……可是我沒有選擇！沒有時間！我一定得這麼做！枯枝和葉子很快就會燒完了……火一滅掉……火……看起來好美、好溫暖……

她不知道事情是怎麼發生的，又是何時發生的。她看焰火看得入迷了，然後，突然間，她感受到雙鬢中有一股脈動。她揪住胸口，覺得自己的肋骨好像要裂開似的。一股痛楚脹滿她的下腹、股溝與乳房，卻又在瞬間轉爲令人無法言喻的歡愉。她站了起來。不，她不是站起來，她是飛了起來。

能量像熔化的鉛塊般充滿她全身。天際間的星體如水塘上的倒影般舞動。燃燒於西方的晴星爆發出一片白光；她把那片光連帶其中的能量一起收了過來。

「哈耶，阿恩夜！」

獨角獸狂鳴一聲，抵著前腳想爬起來。奇莉的一隻手自動抬起、擺出手勢，嘴巴自動喊出咒語。晃動奪目的光亮自指尖流出，熾焰從烈火中轟然升起。

她手裡射出的光波聚到獨角獸腿上的傷處，滲了進去。

「好起來！我要你好起來！維斯哈耶，阿恩夜！」

能量在她體內爆發，讓她渾身塡滿令人瘋狂的歡愉。烈火竄向天空，照亮四周。獨角獸抬起頭，叫了一聲，接著，牠突然快速從地上起身，踉蹌了幾步。牠伸長脖子，把嘴湊到大腿旁，動了動鼻子，噴出一口氣，好像不太敢相信似的。牠放聲長鳴，踢動腳蹄，甩了甩尾巴，繞著火堆奔跑起來。

「我治好你了！」奇莉驕傲地大叫：「我治好你了！我是個女巫！我從火裡成功把能量抽出來了！我現在有這股能量了！我現在已經無所不能了！」

她跌了一跤。火堆熊熊燃燒，噴出點點星火。

「我們不用再去找水源了！不用再挖泥水喝了！我現在有能量！我感覺到這堆火裡的能量！我要讓這片該死的沙漠下雨！要讓水從岩縫裡噴出來！要讓這裡開花！長草！長蕪菁！我已經無所不能了！無所不能！」

她猛然舉起雙手，大聲唸咒，向天空祈求。她不知道自己在說什麼，也不記得是什麼時候在哪裡學了這些咒語。不過這不重要。她感覺到那股能量、那股力量，那火讓她燃燒了起來，成了一團火焰，全身因體內竄流的強大力量而顫抖。

夜空中突然打下一大片閃電，風聲在岩塊與薊草間呼嘯。獨角獸放聲嘶鳴，高舉前蹄。奇莉撿來的枯枝與草莖早就化為灰燼，只剩岩塊本身還燒得通紅，不過奇莉沒注意到這點；她渾身充滿能量。她眼中看到的，只有焰火；耳中聽到的，只有焰火。

妳現在無所不能了，烈焰低喃著，妳有我們的能量，妳現在無所不能了。整個世界都在妳腳下。現在的妳，是偉大的，是強大的。

火光之中，有個影子。那是個有頭筆直烏黑長髮的高挑年輕女子。那女子大聲笑著，既狂野又殘酷，而火焰則在她周遭瘋狂舞動。

妳是強大的！那些傷害過妳的人，不知道他們冒犯了誰！復仇吧！讓他們付出代價吧！讓他們所有人都付出代價！讓他們趴在妳腳下，因恐懼而發抖，嚇得牙齒打顫，不敢抬起頭，不敢直視妳的臉！讓他們跪地求饒！不過不要放過他們！讓他們付出代價！讓所有人為所有事付出代價！復仇吧！

黑髮女子的背後是一片濃煙烈焰，當中有一排排絞刑架、一列列木樁與斷頭台，堆疊成塔的木塊與一堆堆屍體。那些屍體都是尼夫加爾德人，是那些佔領、搜刮琴特拉的人，是那些弒殺艾斯特國王與她外婆卡蘭特女王的人，是那些在市街上屠殺民眾的人。一名穿著黑甲的騎士在絞刑架上晃動著，套索咿軋作響地吊在刑架上的軀體四周，聚集了一團鴉群，試圖啄食翼盔目縫中的眼珠。冉過去的絞刑架，一直排到地平線上，吊在上頭的是在喀艾德殺死波力．大伯格、在塔奈島上追趕她的斯寇亞塔也。而在高聳木樁上不斷抽搐的，是巫師維列佛茲，他那張假高貴的俊美臉龐已經扭曲、因折磨而變得青紫，木樁染血的銳利尖端自他的鎖骨穿出……其他來自塔奈島的巫師都跪在地上，雙手反綁身後，刨尖了的木樁正在等待他們……

成堆的木樁和柴薪一路排到飄著大片濃煙、正在燃燒的地平線上；最近的木樁前站著拴了鏈條的特瑞絲．梅莉戈德，再過去是馬格麗塔．老克斯安提列……南娜卡媽媽……亞瑞……法比歐．薩赫斯……

不。不。不。

對，黑髮女子叫著，讓所有人都死吧，讓他們爲這一切付出代價，蔑視他們！這些人不是傷害過妳，就是打算要傷害妳！或者未來會想要傷害妳！蔑視他們吧，因爲蔑視時代就要來臨！蔑視、憎恨與死亡！讓全世界都邁向死亡！死亡、滅絕，還有血！

讓妳的手染上鮮血，讓妳的裙襬染上鮮血……他們背叛了妳！欺騙了妳！傷害了妳！現在妳有力量了，復仇吧！

葉妮芙的雙唇破了，不斷滲血，她的手上、腳上都銬了鏈條，被鎖在又濕又髒的地牢牆上。斷頭台周遭的群眾破口大罵，詩人亞斯克爾把頭枕在木台上，行刑的斧刃在他頭上閃動。斷頭台下的民眾把布攤開，準備接住鮮血……落下的重擊晃動整個刑台，卻讓群眾的喊叫給消了音……

他們背叛了妳！欺騙、愚弄了妳！所有人都是！妳對他們來說只是傀儡，是黏在棍上的人偶！他們利用了妳！他們判妳要忍受飢渴、烈日烤曬，要受苦受難，要孤單一人！蔑視與報復的時刻即將來臨！妳現在有力量了！現在妳已經變得強大！讓全世界在妳面前顫抖吧！讓全世界在上古之血面前顫抖吧！

獵魔士們被帶上斷頭台。維瑟米爾、艾斯科、可恩、蘭伯特，還有傑洛特……傑洛特的步伐蹣跚，全身是血……

「不——」

她的周圍都是火光，狂亂的叫聲從烈焰之牆的後方傳來，一群獨角獸高舉前腳、甩頭晃腦、揮動雙蹄。牠們的鬃毛就像殘破的戰旗，牠們的角都很長，像劍一般銳利。這些獨角獸都很高大，就像騎士之馬，比她的小馬要大上許多。牠們是從哪兒來的？怎麼會有這麼多匹？烈焰呼喝一聲向上竄。黑髮女子舉起雙手，手上都是血。她的髮絲因熱氣而飛散。

燃燒吧，燃燒吧，法兒卡！

「走開！不要過來！我不要妳！我不要妳的力量！」

燃燒吧，法兒卡！

「我不要！」

妳要！這就是妳渴望的！渴求與慾望如烈焰般在妳體內沸騰，歡愉駕馭了妳！這就是能力，這就是力量，這就是權力！這就是全世界最令人歡愉的歡愉！

雷、電、風。在焰火周圍那群獨角獸狂放奔馳的蹄聲與嘶鳴聲。

「我不要這股力量！我不要！我放棄！」

她不知道是那焰火熄了，還是她眼前突然一黑。她倒了下去，感覺雨水打在臉上。

□

必須剝奪人類的存在，不能允許其存在。人類很危險。確認？

反對。人類不是爲了自己而召喚能量，她是爲了拯救伊華拉夸克斯。人類是慈悲的。是因爲這人類，伊華拉夸克斯才得以再度回到我們之中。

可是人類擁有能量，要是她想使用這股能量……

她沒辦法使用的，永遠也沒辦法。她放棄了它，她放棄了這股能量，完完全全地放棄了，能量已經離她遠去。這是個很奇怪的現象……

我們永遠都不可能了解人類。

而我們也不用去一一了解！我們讓人類消失吧，趁一切都還來得及之前。確認？

反對。我們離開這裡吧，我們把人類留下，把她留給她的命運吧。

□

她不知道自己就這樣發著抖，躺在石堆上看著天色變化躺了多久。黑暗與光明、寒冷與炙熱交會，而她就這麼渾身無力地躺著，整個人被曬乾掏空，就像先前那具皮囊、那具被吸乾、丟出漏斗的屍體。

她的腦袋完全放空。孤單，空洞。她已經什麼都沒有，也感覺不到身體裡的任何一部分了。飢渴、疲憊、恐懼都已不再。一切都已經消失，就連活下去的意願也是。剩下的，只是巨大、又冷、又可怕的空虛。這股空虛佔滿了她所有感官和體內每一個細胞。

她感覺到大腿內側的血液，但她已經無所謂了。她整個人都空了，什麼都沒了。

天空變換了色彩。她動也不動。在曠野中的移動，有任何意義嗎？

當四周響起躂躂的馬蹄聲、鏗鏘的蹄鐵聲時，她一點動靜也沒有。明顯的叫喊與呼喚、興奮的聲音、馬匹的鼻息，她對這些都沒有任何反應。在一雙堅硬有力的手抓住她時，她動也不動。她被拉了起來，軟趴趴地懸掛著。她對搖晃、拉扯沒有任何反應，對大聲、粗暴的提問也沒有任何反應。她不明白那些問題，也不想明白。

她是空洞的，無動於衷。她呆呆地承受濺到臉上的水珠。當她嘴裡被塞了水瓶時，她沒有嗆到。她就這麼喝著，呆呆地喝著。

在那之後，她依舊沒有任何反應。她被拉上了馬鞍頭，胯下被抵得難受發痛。她冷得發抖，所以就被包了一張毯子。她渾身無力虛軟，從來人的手間滑下，因此她被一條帶子綁到身後的騎士上。那騎士又是汗臭、又是尿臭，不過她完全無所謂。

四周盡是騎兵，很多騎兵。奇莉呆呆地看著他們。她整個人被掏空，已經一無所有了。一切的一切對她來說已經沒有意義。

沒有。

就算指揮那些騎兵的騎士戴了一頂猛鷲翼頭盔也一樣。

當火把放上處決重犯的火架、她被烈焰包圍之時，她開始辱罵廣場上的騎士、貴族、巫師與議會成員，其用詞之可怕，讓他們全身爬滿恐懼。爲免火刑太快結束，魔女太快化爲灰燼，火架已事先噴濕。可是現在他們卻命人迅速增添乾柴，以求儘快行刑完畢。不過，她體內顯然有隻魔鬼，縱使全身已被燒得滋滋作響，卻沒因爲疼痛而發出一點聲音，只是不斷吼著更可怕的詛咒。「復仇者將會自我的血液之中誕生，」她大叫著：「摧毀這個世界及世上所有國家的毀滅者，將會從受到污染的上古之血血中誕生！他將會爲我復仇！死亡，死亡與復仇將一一找上你們！」這是她被燒盡前唯一留下的話語。這便是法兒卡之死，是她濫殺無辜的懲罰。

——《世界史》第二卷

羅德利克・德諾曼伯勒

第七章

「你們看看她，整個人都被太陽烤焦了，不但渾身是傷，還髒兮兮的。像塊海綿一樣一直喝水，而且那副餓死鬼樣還眞是嚇死人喔。告訴你們，她是從東邊來的，越過了渴什拉，越過了大煎鍋啊。」

「少在那邊編故事！沒有人可以在大煎鍋裡活下來。她是從西邊山脈那裡、走乾水河的河道來的，只稍稍沾到渴什拉沙漠的邊，但也夠她受了。我們找到人的時候，她已經倒下，像個空殼一樣躺著。」

「那沙漠在西邊也有好幾哩，所以她到底是從哪邊走來的？」

「她不是用走的，是騎馬，天曉得她是從多遠的地方來的。她身旁有排馬蹄印，那匹馬一定是把她給甩開了，所以她才會渾身是傷，青一塊、紫一塊的。」

「我很好奇，爲什麼她對尼夫加爾德這麼重要？執政派我們去找人的時候，我還以爲是什麼重要貴族不見了。可是，她不過就是個普普通通、全身髒兮兮、穿得破破爛爛的丫頭，像根木頭似地不會講話。說眞的，斯空力克，我不知道我們是不是找對人了……」

「是她沒錯，她不是普通人，要是普通人的話，我們找到的就會是具死屍了。」

「她也差不多了，一定是那場雨救了她。眞是見鬼了，就算是最早以前的老祖宗也不記得那大煎鍋裡什麼時候下過雨。雲每次都會避開渴什拉……就算河谷下了雨，渴什拉那裡還是一滴雨水也沒有！」

「看她那狼吞虎嚥的樣子，活像整個禮拜沒吃東西……喂，餓死鬼！豬油好吃嗎？乾麵包好吃嗎？」

「你要用精靈話問，不然就是用尼夫加爾德話。她聽不懂人話啦，好像是精靈的種……」

「她是個傻子、蠢貨。早上我把她放到馬背上的時候，覺得好像在放個木頭人似的。」

「你們都瞎了眼啊？」那個名叫斯空力克的亮著一口牙說道。他的身材壯碩，頭髮稀疏。「你們要是還看不穿的話，那算什麼追獵人！她一點都不笨，也不傻，只是在裝，這是隻詭異又狡猾的小鳥。」

「那她爲什麼對尼夫加爾德這麼重要？到處都有軍隊急著找她……爲什麼？」

「這我不知道。不過要是好好問她的話……要是讓她背上挨點鞭子，也許可以問出個什麼……哈！你們看到她是怎麼瞄我的嗎？她什麼都知道，聽得可專心了。喂，丫頭！我是斯空力克，追跡專家，大家都叫我追獵人。看看這個，這是馬鞭，又叫車鞭！妳想留著妳背上的皮膚嗎？那就說……」

「夠了！安靜！」

火堆另一邊傳來一道不容反抗的嚴峻命令。一個騎士和他的扈從坐在那裡。

「你們這群追獵人很無聊是嗎？」騎士的問話中，透露了恫嚇的氣息。「那就起來做事去吧！去把馬備好！把我的盔甲和武器清乾淨！到林子裡撿火柴去！別碰這女孩！聽懂了嗎？你們這群老粗！」

「當然，尊貴的史維斯先生。」斯空力克悶悶地說。他的同伴全都把頭低了下去。

「去做事！把交代的事都辦好！」

那群追獵人開始忙了起來。

「命運眞是拿那個混蛋來懲罰我們。」其中一人唸唸有詞：「還有執政怎麼就那麼剛好，把他放到我們頭上，這個欠人操的騎士……」

「是騎士大人。」另一人也打破沉默說，一邊悄悄地張望。「明明是我們追獵人找到那丫頭……是憑我們的直覺才去走那乾水河的河道。」

「就是啊。做事的是我們，領賞的卻是那高貴的大人，而我們分到的就只有幾毛錢……他們會把弗洛倫丟到我們腳邊，然後說：『拿去，追獵人，要好好感謝大人的恩典……』」

「你們都把嘴閉上。」斯空力克壓低聲音說著：「他會聽到的……」

奇莉獨自一人留在營火旁。騎士與他的扈從打量著她，但沒有與她交談。

那騎士的年紀雖然較大，卻是個身材魁梧的男子，臉部線條很剛硬，上頭還有許多疤痕。騎馬時他總是戴著鳥翼頭盔，不過那對翅膀不是她在夢魘中看見的，也不是之後在塔奈島上看到的。他不是琴特拉的黑騎士，而是尼夫加爾德的騎士。他剛才下令時，說的是流利的共通語，卻有類似精靈那種明顯的口音。他和扈從，那個比奇莉大不了多少的男孩說的話，很像上古語，只是比較沒那麼有音律，比較生硬。這一定就是尼夫加爾德語了。奇莉的上古語說得很好，所以他們說的她大多了解。不過，她並沒有表現出來。他們第一次下馬，是在那個叫作大煎鍋或渴什拉的沙漠邊緣；這個尼夫加爾德騎士與他的扈從連珠砲似地對她提出一大堆問題。當時她並沒有回答，因爲當時她漠然、呆滯、不甚清醒。經過幾天路程，他們離開盡是岩塊的山溝，下到綠意盎然的河谷後，奇莉恢復了神智，總算把目光放在周遭的世界，並遲緩地反應著。不過，她還是沒回答任何問題，所以騎士便不再對她說話，不太理會她。負責她的，只有一票自稱爲追獵人的流氓。他們也試著問她問題，態度很暴躁。

不過，頭戴翼盔的尼夫加爾德人很快便讓他們安分下來。誰是主，誰是僕，當下一目了然。

奇莉假裝是個不太聰明的啞子，耳朵卻拉得老高。漸漸地，她開始了解目前的情況。她落到了尼夫加爾德人手上。尼夫加爾德人在找她，也找到了她，他們一定是追蹤了托爾拉拉傳送她的路徑——那條混亂的瞬間移動路徑。葉妮芙找不到，傑洛特也找不到的，翼盔騎士和這群追跡專家追獵人卻找到了。

葉妮芙和傑洛特在塔奈島上最後怎樣了？她現在身在何處？她內心有最糟的假設。那群追獵人和他們的老大斯空力克說的是共通語，用字都很簡單普通，但沒有尼夫加爾德口音。這些追獵人都是普通人類，卻替尼夫加爾德騎士辦事。光想到找著奇莉後執政會付的獎賞，那些追獵人便很開心。那獎賞是用弗洛倫付的。

以弗洛倫作為流通貨幣，其人民還要聽命於尼夫加爾德人的國家，就只有遠在南方、受帝國執政管理的各個省分。

□

翌日，他們在溪畔放馬吃草時，奇莉開始思索逃跑的可能。加上魔法她會更有把握。她小心謹慎地試用最簡單的咒語近距離隔空取物。然而，她的擔憂並非多餘，她體內連一丁點魔法能量也沒有。那場不理智的玩火遊戲後，魔法已完全離她而去。

不過，這情況只維持到藍甲騎士從石楠荒野中現身，攔住他們去路的那一天。

□

「哎呀呀。」斯空力克看著把他們圍在路上的那群騎兵，喃喃說道：「這下麻煩了。這可是薩爾達堡來的，法倫哈根家的人啊……」

那群騎兵越來越近。領頭人騎著一匹高大灰馬，身形碩大，身穿閃著藍光的鑲金盔甲。緊跟在那人身後的是另一個裝甲騎兵，後方還有兩個顯然是僕從、穿著簡單灰暗服飾的騎士。

戴著鳥翼頭盔的尼夫加爾德人迎了上去，讓自己的栗馬保持小踏步；他的扈從在馬上探了探劍把後掉轉馬頭。

「站到後面去，看好那女孩。」他對斯空力克和他的追獵人吼著：「不要來攪局！」

「我又不是笨蛋。」等扈從離開後，斯空力克小聲說道。「才不會跑去和尼夫加爾德來的那些高貴大人攪局。」

「斯空力克，會開打嗎？」

「那還用說嗎？史維斯和法倫哈根這兩家可是彼此恨到骨子裡了。下馬，去把那丫頭看好，她可是我們的搖錢樹啊。運氣好的話，拿她換來的賞錢就全是我們的了。」

「法倫哈根一定也在找這丫頭。他們要是真的動手，就會從我們手上搶走她，我們才四個人……」

「五個。」斯空力克亮出滿口牙說。「薩爾達的士兵裡，有一個是我的同鄉。看著吧，這場打鬥只會對我們有利，而不是那些騎士大人……」

藍甲騎士拉住了灰馬的轡繩，翼盔騎士則站在他對面。藍甲的同伴也趕著坐騎停在他身後。那人的頭盔很是怪異，有兩條皮帶掛在面罩上做裝飾，看起來像兩根大鬍鬚，也像是海象的獠牙。雙獠牙在鞍頭放了個挺嚇人的兵器，看起來像是琴特拉衛兵用的短矛，不過上頭的木桿短了許多，鐵矛長了許多。

藍甲與翼盔簡短地談了幾句。奇莉沒聽清楚內容，不過兩個騎士的聲調代表的意思卻很清楚，一定不是在閒話家常。藍甲突然從鞍上挺起身，往奇莉猛地一指，不知說了什麼，聲音很大，火氣也很大。翼盔也同樣一肚子火地吼了回去，鎧甲大手一揮，顯然是要藍甲滾一邊去。就在那時，雙方打了起來。

藍甲用馬刺狠狠往灰馬一踹，拔起插在鞍旁的戰斧往前衝去。翼盔也抽出寶劍，用力地一夾身下的栗馬。然而，這兩個盔甲武士還沒來得及交手，雙獠牙已手持短矛，一馬當先展開攻擊。翼盔的扈從抄起劍向他跳去，不過雙獠牙從馬上起身，用短矛一把刺進他胸口。長長的矛頭應聲戳穿護胸與鎖子甲，扈從悶哼一聲，墜馬在地，雙手還握著刺穿他胸膛的矛柄。

藍甲與翼盔兩人策馬衝向對方，短兵交接，發出清脆響聲。利斧雖然凶猛，但銳劍更爲迅速。藍甲肩部中劍，臂甲被掀開一塊，連帶扯開繫帶，馬上之人身形一晃，湛藍鎧甲亮出一道嫣紅。一陣急促馬蹄聲將交戰中的兩人分開。頭戴翼盔的尼夫加爾德人將栗馬掉頭，但於此同時，雙獠牙雙手舉劍向他攻去。翼盔一把拉住轡繩，只靠雙腳御馬的雙獠牙雖然飛快閃邊，還是被翼盔狠狠撞了一下；奇莉目睹他的肩甲凹陷變形，鮮血自鎧甲下噴灑而出。

此時的藍甲高舉利斧，怒吼著回過頭。兩名鎧甲武士再度交鋒，然後分開。雙獠牙又一次攻向翼盔，兩馬相撞，劍聲響亮。雙獠牙向翼盔揮了一劍，砍破他的上腕甲與盾牌；翼盔隨即坐正，從右方朝雙獠牙的胸甲側邊猛力刺去。雙獠牙在鞍上晃了晃。翼盔踩著馬鐙，大劍一揮，再度朝已經變形凹陷的肩甲與頭盔之間砍了過去。那把寬劍唰地一聲戳入對方甲片，嵌了進去。雙獠牙整個人拱了起來，不停抖動。兩匹馬纏在一起，不斷踏動、磨咬嘴銜。翼盔抵住鞍橋，用力把劍拔出。雙獠牙滑下鞍座，摔落馬蹄；凹凸不平的鎧甲遭鐵蹄大聲踩踏。

藍甲將灰馬掉頭，舉起利斧發動攻擊。因為手傷，他駕起馬來頗為吃力。翼盔注意到這點，於是靈巧地繞到對方右邊，踏著馬鐙準備狠狠一擊。藍甲以斧擋擊，打掉翼盔手裡的劍。雙方的坐騎再度糾纏。藍甲顯然天生神力，沉重的斧頭被他高高一舉，像根細蘆葦般落下，唰一聲砍在翼盔的鎧甲上，壓得栗馬一屁股跌坐在地。翼盔在鞍上晃了晃，但還是穩了下來。趕在重斧二度落下之前，他放開韁繩，左手一轉，抓住吊在皮繩上的狼牙棒，反手打在藍甲的頭盔上。頭盔像大鐘般響了一聲，現在輪到藍甲在鞍上搖晃。馬兒們紛紛高聲嘶鳴，試圖咬住彼此，不願分開。

藍甲雖然被狼牙棒打得渾身發麻，還是大斧一揮，轟然打在對手的胸甲上。兩人至今仍安坐馬上，看似奇蹟，實則是因為他們用的都是高橋馬鞍。在兩馬的身側可以看見鮮血不斷流出，尤以毛色較淡的灰馬更為顯眼。奇莉膽顫心驚地看著這一切。在卡爾默罕，他們有教她如何戰鬥，可是她無法想像自己怎麼能站到這樣力大無窮的對手面前，也無法想像該怎麼躲掉如此猛烈的攻擊；就算是一次也不可能。

藍甲以雙手握住深深砍進翼盔胸甲的斧柄，弓起身，試著將對手推下馬鞍。翼盔揮起狼牙棒朝他打去，一下、二下、三下。鮮血自盔下噴發，濺到湛藍鎧甲與灰馬頸項之上。翼盔用馬刺朝栗馬一踢，馬兒一跳，便把斧刃從他的胸甲上扯開。鞍上的藍甲已是搖搖晃晃，鬆開了斧柄。翼盔將狼牙棒換到右手，一把將藍甲的頭打到馬頸上。尼夫加爾德人再用空著那手抓住灰馬轠繩，用狼牙棒不停猛鎚，打得那具湛藍盔甲像鐵鍋般鏗鏘作響，鮮血不斷從變形的頭盔下流出。翼盔再下一擊，藍甲整個人腦袋朝前摔到灰馬蹄下。灰馬跳了開來，不過翼盔的栗馬顯然受過訓練，喀啦一聲踩在落馬人身上。藍甲還未斷氣，痛得大聲哀號，但栗馬仍舊在他身上踐踏，其力道之猛，讓鞍上的翼盔摔落一旁。

「該死，他們全都死光了。」抓著奇莉的那個追獵人埋怨道。

「這些騎士大人，管他們去死。」第二個人不屑地說。

藍甲的扈從自遠處觀望，其中一人將馬掉了頭。

「站住，雷米茲！」斯空力克吼道：「你要去哪？去薩爾達？你就這麼急著要上刑架嗎？」

那群扈從停了下來，其中一人伸手抵在眉上，看了一眼。

「斯空力克，是你嗎？」

「是我啊！過來，雷米茲，不用怕！那些騎士不干我們的事。」

奇莉突然覺得已經受夠了什麼都無所謂。她俐落地掙脫抓著自己的追獵人，衝到藍甲的灰馬旁，縱身一躍、跳上高橋馬鞍。

要不是薩爾達的扈從都坐在休息充足的馬上，她早就成功了。他們輕輕鬆鬆就追上她，拉住她的轠繩。她跳下馬衝向森林，不過那些騎士又趕上她。有人一把扯住她的頭髮，拖著她走。奇莉大叫一聲，整個掛在那人手上；對方直接把她扔到斯空力克腳下。馬鞭呼嘯而下，奇莉慘叫著，抱頭縮成一團。馬鞭再度呼嘯，在她手上劃下傷痕。她滾到一旁，但斯空力克跳了過來踹她一腳，踩在她胸口上。

「賤貨，妳想逃嗎？」

鞭子聲再度響起，奇莉慘叫一聲。斯空力克又踢了她一下，補上一鞭。

「別打我！」她縮成一團大喊著。

「會說話啦？妳這個該死的！終於肯開金口了嗎？我現在就教妳……」

「斯空力克，冷靜點！」某個追獵人喊道：「你是想要她的命還是怎樣？她太值錢，不能浪費！」

「不會吧？」雷米茲下了馬，說：「尼夫加爾德這一個多禮拜來找的就是她？」

「就是她。」

「哈！所有的駐軍都在找她。這可是個對尼夫加爾德很重要的人啊！好像是某個重要的魔法師說了，她一定在這附近。薩爾達的人都這麼說。你們在哪裡找到她的？」

「大煎鍋。」

「不可能！」

「就是這樣。」斯空力克生氣地吼著：「她在我們手上，賞金就是我們的！你們圍在那裡幹什麼？趕快把這隻小鳥給我綁起來，抱上馬鞍去。兄弟們，我們走了！快點！」

「史維斯大人，」一個追獵人說：「好像還有呼吸……」

「他喘沒幾口氣了，管他去死！兄弟們，我們直接去阿馬里洛找執政，把丫頭交給他好拿賞金。」

「去阿馬里洛？」雷米茲雙手枕在腦後，看著剛才的戰場。「去那裡是去送死！你要怎麼跟執政說？說那些騎士死光了而你們沒事？要是這件事爆開來，執政會讓你們幾個上絞架，會把我們押到薩爾達去，然後法倫哈根家會扒了我們的皮。你們可以去阿馬里洛，不過我要躲到林子裡比較妥當……」

「你是我的小舅子啊，雷米茲。」斯空力克說。「雖然你這狗娘養的打了我妹妹，但還是自己人啊。我不會讓你被扒皮的。聽我說，我們去阿馬里洛。執政知道史維斯和法倫哈根兩家有仇。他們碰上了，就打了起來，這對他們來說是常有的事。我們又能怎樣？至於這丫頭，注意聽好我現在說的，是我們追獵人後來才找到的。雷米茲，現在起你也算是追獵人。我們有幾個人跟史維斯一起出來，那個執政知道個屁，不會有人算得那麼……」

「斯空力克，你是不是忘了什麼？」雷米茲看向另一個薩爾達來的扈從，慢條斯理地問道。

斯空力克慢慢轉過身，快速抽刀，用力刺進那扈從的喉嚨。扈從抽了一口冷氣，摔落地面。

「我什麼也沒忘。」追獵人冷漠地說。「好了，現在只剩我們自己人了。沒有人證，分賞金的腦袋也不算太多。兄弟們，上馬，去阿馬里洛！賞金和我們還隔了一大段路，不要再拖了！」

□

他們走出又濕又暗的山毛櫸林後，看見山腳下有一座村莊；小河曲流處，圍有低矮的尖木樁，裡頭有十幾間茅草搭成的屋子。

風帶來了炊煙的味道。奇莉動了動被皮帶綁在鞍橋上，已然僵化的手指。她全身麻木，臀部疼痛難忍，膀胱也脹滿了。她從日出就坐在鞍上了。昨天一整晚都沒好好休息，因爲他們把她的兩隻手分別綁到躺在她兩邊的追獵人腕上，要她就這樣睡。她每動一下，追獵人就罵一次，威脅著要打她。

「有村子。」其中一人說。

「我看到了。」斯空力克答道。

馬蹄窸窣踏在長得很高但被烈日烤焦的雜草上，他們下了山。沒多久，就來到一條直直通往村子的路上，木橋與圍欄大門就在前方。

斯空力克拉住馬，在腳鐙上站了起來。

「這是什麼村？我沒在這邊落腳過。雷米茲，這一帶你熟嗎？」

「早期這裡叫作白河村。」雷米茲說：「可是叛變剛起時，幾個叛軍跑到這來，結果薩爾達的法倫哈根家放火燒了這裡，當地人不是被殺，就是被抓去當奴隸。現在這裡的村民都是新來的尼夫加爾德人，村名也改成哥雷斯文。那些村民都很頑固，不是好人。我跟你們說，不要在這裡落腳，繼續走。」

「不過馬要休息，也要吃飼料啊。」一個追獵人反對道：「我的肚子也在打鼓，就好像有一團樂隊在裡頭叫似的。那些新的村民能把我們怎麼樣，不過就是堆草包、鄉巴佬。我就指著他們的鼻子，把執政的命令告訴他們；反正執政也是尼夫加爾德人。你們看著吧，他們一個個都會向我們行大禮的。」

「尼夫加爾德人什麼時候對人行過大禮了。雷米茲，那個哥雷斯文裡有酒館嗎？」

「有，法倫哈根沒把酒館燒了。」

斯空力克坐在鞍上，轉頭看了下奇莉。

「得替她鬆綁。」他說。「要是被人認了出來……給她一件斗篷，帽子要戴上……喂！去哪啊，小髒鬼？」

「我得去樹叢裡……」

「我去妳的樹叢，賤貨！去路邊蹲！還有，給我記住了，在那村子裡一個字也不准說。不要自以為很聰明！妳只要說一個字，我就把妳的脖子捏斷。要是我不能拿妳去換弗洛倫的話，那誰也別想去。」

他們慢慢騎著，馬兒踏在小橋上，蹄聲響亮。幾道身影馬上出現在尖樁之後，那些村民手上都拿了長矛。

「大門有人看守。」雷米茲低聲說著。「眞有趣，不知道是爲了什麼。」

「我也想知道。」斯空力克踩著馬鐙，同樣低聲回答。「他們守著大門，可是磨坊那邊的木欄卻破了個大洞，連馬車都開得進去……」

他們又走近些，然後停了下來。

「各位好啊！」斯空力克故作輕鬆地喊著，但聽起來有些不自然。「你們來得正好！」

「你們是誰？」個頭最高的村民簡短問道。

「我們是軍人，兄弟。」斯空力克倚著馬鞍撒謊說。「我們是阿馬里洛的執政大人麾下。」

那村民的手在長矛上順了順，懷疑地看著斯空力克。毫無疑問，他顯然不記得追獵人什麼時候成了他的兄弟。

「尊貴的執政大人派我們到這裡，」斯空力克繼續編著謊。「要我們來看看他的子民——哥雷斯文的好人們過得怎樣。大人向各位問好，想問哥雷斯文的人們需不需要什麼幫助？」

「我們還過得去。」那村民說。奇莉覺得那人的共通語說得和翼盔差不多，有同樣的口音，但卻很努力在模仿斯空力克的語調。「我們已經習慣凡事靠自己了。」

「執政大人要是聽到我這樣回報，一定會很高興。酒館現在有開嗎？我們渴死了……」

「有開。」村民陰鬱地說。「至少現在還開著。」

「至少現在？」

「對，因為不久我們就要把酒館拆了，那些木頭梁板可以拿來做穀倉。那家酒館一點都不賺錢。我們每天辛苦工作，沒時間上酒館。那些人現在也在那裡休息。」

「誰？」雷米茲微微刷白了臉。「不會剛好是薩爾達堡來的吧？不會是尊貴的法倫哈根家吧？」

那村民一臉不悅，動了動嘴唇，好像想吐口水似的。

「可惜不是。他們是男爵大人家的護衛軍，叫尼希爾幫。」

「尼希爾？」斯空力克皺起了眉。「他們是打哪來的？是誰麾下的？」

「他們帶頭的那個又黑又高，鬍子長得像鯰魚。」

「嘿！」斯空力克轉向同伴說：「正好，我們只認識一個這樣的人，對吧？這肯定是我們的老夥伴維克塔，那個『相信我』，你們記得嗎？老兄，尼希爾幫到你們這裡做什麼？」

陰鬱的村民解釋道：「尼希爾幫的大人們，打算去提飛城。他們來這裡讓我們覺得很光榮。他們押了個戰俘，一個老鼠幫成員被他們當囚犯給抓了去。」

「真的假的？」雷米茲哼了一聲。「尼夫加爾德的大帝老子也被他們抓了嗎？」

村民皺起眉，雙手緊握長矛。他的同伴開始低聲交談。

「各位戰士先生，你們去酒館吧。」那村民的下頷肌肉緊繃，喀喀發響。「去和尼希爾幫的大人們、你們的夥伴好好談談。你們是執政的人，那就去問問尼希爾幫那些大人，爲什麼要把那惡棍押到提飛城，而不是在這就地把他綁上木樁讓閹牛分屍，就像執政交代的那樣。還有麻煩你們提醒尼希爾幫的大人們、你們的夥伴，說這裡是執政管的，不是提飛城的男爵。我們已經把閹牛趕進牛棚，木樁也削好了。要是尼希爾家那些大人不想做的話，我們就會做我們該做的事。你們把這話告訴他們。」

「我會告訴他們的，一定。」斯空力克給了同伴一個眼色。「再會了，各位。」

他們慢慢穿梭在茅舍間。整座村子看起來死氣沉沉，一個活人也沒見到。籬笆下，一隻餓壞的豬隻嚎叫著；泥坑裡，一群髒兮兮的鴨子在玩泥巴。一隻很大的黑貓截斷了這群人的去路。

「該死的貓，呸，呸。」雷米斯從鞍上俯身，啐了一口，並比了個惡運退散的手勢。「狗娘養的，牠越過這條路了！」

「牠最好是被老鼠給噎死！」

「什麼？」斯空力克轉過身。

「那隻黑得像焦油的貓越過這條路了，呸，呸。」

「該死的貓。」斯空力克看了一下四周。「你們看看，這裡空得像什麼一樣。不過我瞄到屋裡都坐了人，在觀察我們；那道大門後頭，還有一把長矛閃著。」

「他們是在顧自己的娘兒們吧。」詛咒貓會碰上鼠雞的那人戲稱道。「尼希爾幫在這村裡！你們沒聽見那個鄉巴佬是怎麼說的？他擺明了不喜歡尼希爾幫。」

「這也沒什麼好奇怪的。只要是穿裙子的，『相信我』和他那一票兄弟都不會放過。算了，那些尼希爾幫的大人們會有報應的。貴族說他們是『秩序悍將』，付錢要他們去維持秩序，到各個路上顧著。要是你在農民耳朵旁喊：『尼希爾！』包准嚇得他屁滾尿流！不過這只是時機未到，時機未到。等著看吧，只要他們再宰一頭牛、再姦一個婆娘，那些鄉巴佬就會拿著鐵叉把他們都叉起來。你們有注意到嗎？大門那邊那些傢伙都快把牙齒咬碎了。他們都是尼夫加爾德的屯民，可不是開玩笑的……哈，酒館到了……」

他們催著馬兒加快腳步。

酒館屋頂是茅草搭的，已經微微塌斜，長滿青苔。酒館所在的地方離那些茅屋和農舍雖然有點距離，卻是位於這個以歪斜木樁圍住的村落中心，也是穿過村落的那兩條路的交會點。周圍唯一一棵大樹所投射出的陰影下有個欄圈，是關閹牛用的，另外還隔了一塊給馬用。馬圈裡，有五、六匹仍舊繫著鞍的馬。酒館門前的階梯上，坐了兩名身穿皮外套，頭戴短毛皮帽的男子。兩人胸前都抱了個土製酒杯，他們中間則擺了一個碗，裡頭盡是吃剩的骨頭。

「你們是誰？」其中一人看到斯空力克和他那些正在下馬的夥伴，大聲吼道：「要幹什麼？快滾！以法律之名，這酒館已經客滿了！」

「不要叫，尼希爾幫的，不要叫了。」斯空力克把奇莉拉下馬鞍，說道：「把門打開點，我們要進去了，我認識你的首領維克塔。」

「我不認識你們！」

「你這個兔崽子！當年我和『相信我』一起做事的時候，尼夫加爾德都還沒管到這兒呢。」

「喔，這樣的話……」男子猶豫了一下，然後鬆開劍把，說：「你們進來吧，反正我無所謂……」

斯空力克戳了下奇莉，另一個追獵人則揪住她的衣領。他們進到了裡面。

酒館裡頭很暗、很悶，充滿油煙與燒烤味，幾乎沒人；但從魚膜窗子透進的光線照到的那張桌子除外，那裡坐了幾個男人。再往裡面一點，酒館主人正在爐邊忙著，鍋盆碰撞的聲音不時傳來。

「尼希爾幫的各位，你們好啊！」斯空力克大聲說著。

「我們可不是阿貓阿狗都可以問好的。」窗邊那群人之一朝地上啐了一口，粗聲粗氣地答著。另一人出手阻止。

「慢著，」那人說。「這是自己人，你認不出來嗎？是斯空力克和他的追獵隊。歡迎，歡迎！」

斯空力克笑得一臉開心，往那張桌子走去；發現同伴都盯著支撐屋頂橫梁的柱子後，便停下腳步。柱子底下，有個身材瘦小，年約十多歲的金髮男孩坐在凳子上，身體伸展成奇怪的姿勢。奇莉注意到這種不自然的姿勢，是由於男孩雙手被反綁身後，脖子則被一條皮帶固定在柱子上。

「我雞皮疙瘩都掉滿地了。」扯著奇莉衣領的追獵人驚歎道。「斯空力克，你看！這是凱雷嘛！」

「凱雷？」斯空力克偏過頭。「老鼠幫的凱雷？不可能！」

坐在桌邊那些尼希爾幫的人中，一個頭髮剃成獨特尖狀的大胖子大笑起來。

「怎麼不可能？」他舔著湯匙說：「這是凱雷本尊沒錯。一大清早起來是值得的。就憑他，我至少可以領三十枚帝國製的上好弗洛倫。」

「你們逮到凱雷，好、好。」斯空力克皺起眉。「所以說那個尼夫加爾德鄉巴佬說的是真的……」

「三十弗洛倫，眞他媽的。」雷米茲嘆道。「可不是幾毛錢啊……是提飛城的路次男爵要給嗎？」

「沒錯。」尼希爾幫裡另一個黑髮黑鬍的傢伙肯定道。「就是提飛城的路次男爵大人，我們的主人兼恩人。老鼠幫在商道上擄走他的管事，把他惹火了，所以他懸賞抓人。而我們呢，相信我，斯空力克，就是要去拿這筆獎賞。哈，兄弟們，你們看，他氣得像隻河豚似的！雖然執政也叫他去追老鼠幫這夥人，不過抓到人的是我們，不是他，他一定很不是滋味！」

「追獵人斯空力克也有抓到東西啊。」尖髮胖子用湯匙指著奇莉，說：「維克塔，看到沒？是個小丫頭呢。」

「看到了。」黑鬍子亮出一排牙齒。「怎麼，斯空力克，窮得要抓小孩去要贖金啊？這是哪來的髒鬼？」

「和你沒關係！」

「凶什麼。」尖髮的那個譏笑道。「不過想確定這不是你的女兒罷了。」

「他女兒？」黑鬍子維克塔笑了出來。「怎麼可能，要想生女兒，也得要有種才行啊。」

語畢，尼希爾幫哄堂大笑。

「笑吧，笑吧，一群豬腦袋！」被激怒的斯空力克吼著。「而你呢，維克塔，我只說一句：不用等星期日過完，你就會曉得到底誰比較出名，是你們和那隻『老鼠』，還是我和我做到的事，到時包准嚇死你。我倒要看看是誰比較大方——是你們的男爵，還是阿馬里洛的帝國執政！」

「相信我，你和你的執政、你的大帝，還有整個尼夫加爾德可以一起去吃屎了。」維克塔輕蔑地宣告道。「還有，別自以爲有多了不起，我知道你在說什麼。尼夫加爾德人到處在找一個女孩，已經找了一個多禮拜，連路上的塵土都被他們掀了起來。我知道找到她就有獎賞，不過這關我屁事？我現在是替路次男爵辦事，只聽他的命令，其他人和我沒有關係。」

「你的男爵和你不一樣。」斯空力克粗著嗓子說：「他可是要去親尼夫加爾德人的手，去舔尼夫加爾德人的鞋子，所以才輪不到你，你才可以說得那麼容易。」

「不要裝得那麼高貴。」尼希爾幫的那人無所謂地說。「我不是針對你，相信我。你找到尼夫加爾德要找的女孩，這很好，我很高興去領賞的人是你，而不是尼夫加爾德那幫渾帳。沒有人可以選主子，都是主子來選我們，不是嗎？好了，來和我們一起坐吧，爲這次碰面好好喝一場吧。」

「也好，有何不可。」斯空力克同意道。「不過先給我條麻繩，我要把這丫頭像你們那隻老鼠一樣綁到柱子上去，行吧？」

尼希爾幫聞言，放聲大笑。

「你們看看他，一個堂堂的邊境惡煞！」頂著尖髮造型的胖子咯咯笑著。「堂堂的尼夫加爾德鐵臂！把她綁起來，斯空力克，綁起來，要綁好啊。不過要用鐵鏈喔，因爲你那個重要的犯人可是會扯斷麻繩，先賞你個幾巴掌再跑掉。她看起來還眞可怕，嚇得我都渾身發抖了！」

這會兒，就連斯空力克的夥伴也跟著爆笑出聲。追獵人漲紅了臉，拽住腰帶，朝那張桌子走去。

「我只是要確定她不會溜掉……」

「別給自己找麻煩了。」維克塔剝了塊麵包，打斷他說：「你不是想聊聊嗎？過來坐吧，請大夥喝一輪才是你該做的事。至於那丫頭，就把她倒吊到天花板上好了。我才懶得管這種鳥事。不過這也太好笑了，斯空力克。這丫頭對你和你的總督來說，或許是什麼重要的犯人，不過對我來說，她不過就是個沒吃飯又受了驚嚇的孩子。你想把她綁起來？她啊，相信我，連站都快站不住了，哪裡還跑得掉？你怕什麼啊？」

「我就告訴你們我怕什麼。」斯空力克抿了抿嘴。「這裡是尼夫加爾德的屯村。這裡的村民可不是拿麵包和鹽來招待我們，至於你們那隻『老鼠』，他們說已經削好木樁要伺候他了。而且，他們這樣做的確有道理，因爲總督的命令就是要把盜匪就地正法。要是你們不把犯人交出來，他們也準備好要替你們削木樁了。」

「哦，是喔？」尖髮胖子說道：「他們只配嚇嚇寒鴉，一群土包子。最好別來惹我們，不然我就替他們放血。」

「我們是不會把那隻『老鼠』交出來的。」維克塔也說。「他是我們的，要送去提飛城。至於執政那邊，路次男爵會搞定的。哎，講這些幹什麼，坐啊。」

追獵隊成員個個把繫了劍的腰帶轉到一邊，高興地坐到尼希爾幫的桌子前，並叫來酒館主人，按先前說好的，指著斯空力克請客。斯空力克把凳子踹到柱子旁，用力扯了奇莉的肩膀，力道之大，讓她整個人跌了下去，手臂還撞到被綁在一旁的男孩膝蓋。

「在這裡坐好。」他大聲嚷著。「還有，別給我動一下，不然我就讓妳像母狗一樣吃鞭子。」

「你這個混蛋。」年輕人瞇起眼睛對他咆哮。「你這個狗……」

從男孩生氣扭曲的嘴巴裡說出的字眼，奇莉大多數都不曉得，不過看著斯空力克的表情變化，她的結論是：一定都很難聽又惹人厭。追獵人氣得臉色發白，大手一揮，甩在被綁住的男孩臉上，然後他扯住男孩的金色頭髮，用力一推，男孩的後腦便重重撞在柱子上。

「喂！」坐在桌子後方的維克塔站起來叫道：「你幹什麼？」

「我要把他滿口的尖牙給拔掉，這隻犯賤的老鼠！」斯空力克咆哮著。「我要把他的兩條腿從屁股上折下來！」

「過來啦，別再鬼叫了。」尼希爾幫的那人坐了下來，一口氣喝光整杯啤酒，擦了擦鬍子，說：「你的犯人要怎麼做是你的事，不過離我們的遠一點。至於你，凱雷，不要充英雄。安安靜靜地坐著，好好想想斷頭台吧，男爵已經叫人在城裡搭好了，在那上頭等著你的可不是什麼好事，清單已經列出來了，相信我，有三隻手肘那麼長。半座城都已經下了注，要賭你能忍多久。所以現在還是省點力氣吧，『老鼠』。我自己也小小賭了一下，希望你不會讓我失望，至少要撐到閹刑。」

凱雷啐了一口，雖然脖子被皮帶牢牢綁住，他還是盡可能地把頭轉開。斯空力克拉了下腰帶，用凶狠的眼光看了下坐在凳子上的奇莉，然後加入了桌邊那群人，嘴裡還咒罵著，因爲酒館主人端過來的酒壺裡只剩下殘餘的酒沫了。

他向老闆示意要再點酒，並問著：「你們是怎麼抓到凱雷的？而且還活捉？我可不信老鼠幫其他人都讓你們給砍了。」

「這是真的。」維克塔仔細審視著剛從鼻子裡挖出來的東西，回答道：「我們不過就是運氣好。他剛好脫隊要去新鐵村找女人過夜，落了單。村長知道我們正好在附近，就給我們打了暗號。我們在黎明前趕到，把他從稻草堆裡挖出來，他連叫都來不及叫。」

「他那個女人我們就一起玩玩了。」尖髮胖子笑著說：「要是凱雷沒有讓她滿足，她也不吃虧。我們那個早上可是好好滿足了她，讓她連手腳都動不了呢！」

「要我說，你們還真是群浪費時間的蠢蛋。」斯空力克大聲嘲諷道：「把這麼一大筆錢都操光了，真是有夠傻。不好好把握時間，燒鐵拷問那隻『老鼠』其他人在哪過夜，反倒跑去玩女人。你們本來可以把他們全都抓起來，吉澤赫和瑞夫……薩爾達的法倫哈根家一年前就出價二十弗洛倫要抓吉澤赫。至於那個賤貨……叫麼來著？好像是米絲特……自從老鼠幫在杜魯伊城外搶了執政侄子的馬車、她對他做了那件事後，執政給的價碼又更高了。」

「斯空力克，」維克塔皺起眉頭，「你要不是天生就這麼蠢，就是腦子被苦日子消耗光了。我們一共是六個人，要我們六個去對付那一整幫嗎？反正不管怎樣，我們都拿得到賞金。路次男爵會在地牢裡好好幫凱雷烤腳，不急，相信我。到時候，凱雷什麼都會說，會把他們藏身過夜的地方都講出來，我們只要帶足人馬去包圍那群土匪，再來個甕中捉鱉就行了。」

「哦，是喔？那我就等著看。他們要是知道凱雷被你們抓了，會躲到別的地方去。不，維克塔，你得認清事實：你們搞砸了，拿了賞金去換娘兒們的淫穴。你們就是這樣，大家都知道你們腦子裡就只有淫穴。」

「你才是滿腦子淫穴！」維克塔從桌子後方站了起來。「你這麼急的話，就和你那群英雄去逮老鼠幫啊！不過當心了，尊貴的尼夫加爾德扈從，抓老鼠幫和抓個未成年小丫頭，可是兩回事啊！」

尼希爾幫與追獵隊兩邊開始叫囂辱罵。酒館老闆趕緊上酒，然後一把搶過尖髮胖子正打算拿來砸斯空力克的空酒壺。酒精下肚後，眾人的情緒也跟著緩和，一場糾紛就這麼被啤酒平息了。

「拿吃的來！」胖子對老闆喊道：「要香腸炒蛋、四季豆、麵包和起司！」

「還有啤酒！」

「你眼珠子瞪那麼大幹嘛啊？斯空力克，我們今天可是口袋滿滿啊！我們從凱雷那裡抄了一匹馬、錢袋、一堆亮閃閃的飾品、一把劍、一具馬鞍和一張羊皮，這些我們全都賣給矮人了！」

「我們也賣了他女人那雙紅鞋，還有珠鍊！」

「呵呵，這樣的話，確實有必要好好來喝一下。正好！痛快！」

「你高興個什麼勁啊？有本錢喝的是我們，又不是你。你從你那個重要俘虜身上能拿的，也只有她鼻子下掛的那兩串鼻涕，再不然就是從她頭髮裡挑出來的頭蝨。有什麼樣的俘虜，就有什麼樣的贓物。哈，哈，哈！」

「你們這群狗娘養的！」

「哈，哈，坐啦，我開玩笑的，嘴巴不要張那麼大啦！」

「我們好好乾一杯，講和吧！我們請客！」

「老闆，炒蛋咧？你乾脆讓瘟疫給吞了算！動作快點！」

「還有啤酒快點拿來！」

縮在凳子上的奇莉抬起頭，剛好瞧見凱雷濃密的金色劉海下那雙綠眸，正火大地盯著她看。她身上竄過一陣顫慄。凱雷的臉雖然不醜，但看起來很邪惡，非常邪惡。奇莉馬上了解到，這個大不了自己幾歲的男孩，是什麼事都做得出來的。

「妳大概是天上眾神派來幫我的。」那個老鼠幫成員用一對綠眼審視著她。「知道嗎？我根本就不信神，可是祂們卻派了使者來。不要到處看，小白痴。妳得幫我……妳這該死的傢伙給我聽好了……」

奇莉整個人縮得更緊，把頭埋進腿間。

「聽著，」凱雷亮著一口牙，壓低聲音說話，確實很像老鼠，「等一下老闆經過這裡的時候，妳就大喊……該死的，聽我說……」

「不要。」她小聲說：「他們會打死我……」

凱雷聞言，嘴一偏，奇莉馬上就知道被斯空力克打其實不算是最糟的。雖然斯空力克的身材很壯，而凱雷不但瘦小，還被綁了起來，直覺卻告訴她誰比較可怕。

「要是妳幫我，」老鼠小聲說著。「那我也會幫妳。我不是自己一個人，還有同伴，而且他們絕對不會丟下我……妳懂嗎？不過等一下我同伴來了，要開打的時候，我不能被困在這根柱子上，因爲那些流氓會把我給宰了……他媽的，妳給我聽好了，我會告訴妳該怎麼做……」

奇莉把頭壓得更低，雙唇不斷發抖。

追獵隊和尼希爾幫狼吞虎嚥地吃著炒蛋，聲音之大，就像野豬在進食。酒館主人在大鍋裡攪拌了一下，然後又端了一壺啤酒和一條全麥麵包上桌。

「我餓了！」奇莉乖乖照凱雷說的那樣叫了起來，臉色卻微微發白。老闆停下腳步，和藹地看了她一眼，又把目光轉向正在大吃大喝的那群人。

「先生，可以給她點吃的嗎？」

「滾！」斯空力克漲紅了臉，吐掉炒蛋，含糊吼著：「你他媽的給我離她遠一點，不然我就打斷你的狗腿！不准給她！至於妳，給我安靜地坐著，再不安分，我就把妳……」

「喂，斯空力克，你吃錯藥了是不是？」維克塔嚥下一口配了洋蔥的麵包，插話道。「兄弟們，看看他，還真小氣，用別人的錢去大吃大喝，卻捨不得讓那丫頭吃點東西。老闆，給她一碗吧。錢是我付的，誰有得吃、誰沒得吃，我說了算。要是有人不高興，我馬上賞他一巴掌。」

斯空力克的臉更紅了，可是他一句話也沒說。

「我還想到一件事。」維克塔接著說：「那隻『老鼠』也得要餵一餵，要是他在路上掛了，相信我，男爵不把我們的皮給扒了才怪。叫那丫頭去餵他。喂，老闆！給他們做點吃的！斯空力克，你在那邊唸什麼唸啊？你對她到底有什麼意見？」

「要小心點。」追獵人用頭比了比奇莉說。「這可是隻奇怪的小鳥。如果她只是個普通丫頭，尼夫加爾德就不會到處找她，執政也不會拿賞金出來……」

「她普不普通，只要看一下兩腿中間，馬上就清楚啦！兄弟們，你們說呢？我帶她去穀倉怎樣？」

「你敢給我碰她一下試試！」斯空力克咆哮著。「我不准！」

「哦，是嗎？那我就來好好向你請教一下！」

「賞金是我的，我就算拚了這條命，也要把她完完整整地送到！阿馬里洛的執政……」

「我們管你的執政去死。你用我們的錢來吃吃喝喝，現在就要把娘兒們讓給我們操。你捨不得啊？欸，斯空力克，別這麼錢錢錢的好不好？又不是要你的命，也不會和你搶那筆賞金，怕什麼！會讓你完完整整地把人帶到。女人又不是魚鰾，捏了不會破啦！」

尼希爾幫聽了哈哈大笑，斯空力克的人也跟著一起大笑。奇莉渾身發抖，一臉慘白地抬起了頭，凱雷則是滿臉嘲諷地笑著。

「現在妳懂了吧？」他的聲音從微微上揚的嘴唇裡傳出。「他們再多喝幾杯，就會對妳出手了，會把妳弄得生不如死。我們現在在同一條船上，照我的話去做。要是我成功的話，那妳也會成功……」

「吃的來了！」老闆叫著。他沒有尼夫加爾德的口音。「小姑娘，過來這兒！」

「刀子。」奇莉從他手中接過碗，小聲地說。

「什麼？」

「刀子，快點。」

「要是不夠的話，我再給妳一些！」酒館主人不自然地嚷著，一邊瞄著正在吃喝的那群人，一邊把燕麥添到碗裡。「拜託妳，快點走開。」

「刀子。」

「快走，不然我要叫他們了……不行……他們會燒了酒館。」

「刀子。」

「不行。孩子，我很同情妳，可是不行。不可以，妳也替我想想吧。快走……」

「這酒館裡，沒有人可以活著走出去。刀子，快點。等一下打起來的時候，趕快跑。」她抖著聲音把凱雷教的話說出來。

「把碗拿好，妳這個沒用的丫頭！」老闆一邊喊著，一邊轉身把奇莉遮住。他的臉色發白，牙齒也微微打顫。「離鍋子近點！」

奇莉感覺到菜刀的冰冷觸感，酒館主人用背心擋住刀柄，將它插進她的腰帶底下。

「非常好。」凱雷壓低聲音說。「現在坐下，擋住我。把碗給我放在膝蓋上，左手拿湯匙，右手拿刀，然後鋸繩子。不是這裡，笨蛋。手肘下面，在柱子上。小心點，他們在看。」

奇莉覺得喉嚨乾澀，整個頭幾乎都要埋進碗裡了。

「餵我，妳自己也吃一點。」那雙綠色眼睛透過半闔的眼瞼看著她，將她催眠。「繼續鋸，繼續鋸。勇敢一點，小丫頭。要是我成功的話，妳也會成功……」

沒錯，奇莉一邊鋸著麻繩，一邊想著。那把刀不時散發出鐵片與洋蔥的臭味，刀刃也因爲磨過太多次而內凹。他說得對。我知道這群流氓會把我帶去哪兒嗎？我知道那個尼夫加爾德的執政想對我做什麼嗎？說不定在那個阿馬里洛等著我的，不是什麼好事，說不定是車輪、鐵鑽、鐵鉗、燒紅的鐵……我才不會像隻小羊一樣讓他們把我送去屠宰場，現在至少還有機會……

砰地一聲，一個劈柴用的木墩從外頭飛了進來，連窗帶框一起掉到桌上，把碗盤酒杯撞得亂七八糟。一名身穿紅色背心、腳踏閃亮及膝長靴的銀色短髮女孩，跟在木墩後頭跳了進來，落在桌上，手中還不斷舞著劍。尼希爾幫裡動作最慢的人來不及跳開，連人帶椅往後倒，鮮血從他被切斷的喉嚨裡大量噴出。那女孩靈巧地翻身下桌，把位置留給從窗外跳進來、身穿羊皮短上衣的男孩。

「老鼠幫——！」維克塔一邊喊著，一邊急著想把纏在腰帶上的劍拔出來。

尖髮胖子拿起武器跳向蹲在地上的女孩，揮了一劍，不過那女孩縱使蹲跪，仍靈巧地把這一劍擋下來，然後往後退開。而跟在她後頭跳進來的羊皮短衣男孩，快速地朝那個尼希爾幫成員的太陽穴刺了一劍，胖子瞬間便像張草墊似地倒下。酒館大門被人猛然踹開，又進來兩個老鼠幫成員。第一個進來的個子很高、頭髮很黑，身穿釘滿大顆釦子的長衫，額頭上還綁了條猩紅色頭帶。那人刷刷兩劍，把兩個追獵人送到對角去，然後和維克塔廝殺了起來。第二個塊頭很大，一頭金髮，用他的寬肩撞翻斯空力克的小舅子雷米茲。剩下的人個個衝向廚房後門，搶著逃出酒館，不過老鼠幫早已等在那裡。一個黑髮女孩突然跳出，身上那件衣服顏色花俏得讓人驚奇。她先是飛快給了某個追獵人一劍，然後一個迴旋，又把另一個追獵人掃到一邊，接著她又馬上砍向酒館主人，讓他沒機會喊出自己是誰。

酒館裡慘叫四起，劍聲交集。奇莉藏到柱子後面。

「米絲特！」凱雷掙開鋸到一半的麻繩，用力扯著仍把他的頸子拴在柱上的皮帶。「吉澤赫！瑞夫！過來我這裡！」

不過老鼠幫的成員都忙著打鬥，凱雷的叫喊只有斯空力克聽得見。追獵人轉過身，打算一劍把他釘到柱子上。奇莉反應奇快，就像在葛思維冷與翼龍戰鬥時、就像在塔奈島上那樣，在卡爾默罕所學的一切就像反射動作一樣，幾乎不用靠意志力控制。她從柱子後方跳出來，一個旋身，用力撞在斯空力克的髖部。她的個子太小，身材太瘦，沒辦法撞倒龐大的追獵人，卻成功阻撓了他的攻勢，並把他的注意力轉移到自己身上。

「妳這個賤貨！」

斯空力克用力一揮，手上的劍在空氣中呼嘯而過。奇莉的身體又再度自動微微一閃，而追獵人反倒被揮劍的力道帶著走，差點跌跤。他破口大罵，用盡全力再揮了一劍。奇莉靈巧地跳了起來，反身一轉，以左腳穩穩落地。斯空力克又是一劍，不過這次她已經跳出他的攻擊範圍。

維克塔突然摔進兩人之間，將他們噴得滿身是血。追獵人暫時收手，看了看四周。堆在他身邊的只有屍體，而那群老鼠幫正舉著劍，從四面八方向他逼近。

「慢著。」戴著猩紅頭帶的黑髮男孩冷冷地說──凱雷總算被他救了下來。「看來他很想幹掉這女孩。我不知道原因，也不知道他怎麼會到現在還沒辦法幹掉她。不過既然他這麼想，就給他機會吧。」

「也給她機會吧，吉澤赫。」那個寬肩膀的說。「就來一場公平決鬥。星火，拿塊鐵給她吧。」

奇莉感覺到手上多了劍把，可是很沉。

斯空力克怒吼一聲，轉動手中的劍，帶著閃亮劍影向她衝去。他的動作不甚敏捷，奇莉藉閃躲與半迴旋屢屢避開攻擊，甚至沒試著去阻擋那雨點般落下的攻勢。那把劍之於她，不過是閃躲上的累贅。

「真是太驚人了。」剃了一頭短髮的女孩笑了起來。「她分明是個搞雜耍的嘛！」

「她的動作很快。」穿得五顏六色，給了她那把劍的女孩說：「像精靈那麼快。喂，你，胖子！還是你想要和我們其中一個打？你是打不贏她的！」

斯空力克往後退開，環顧四周，然後倏地舉劍跳向奇莉，好似一隻頂著尖嘴的蒼鷺。奇莉微微一閃，轉開身避掉攻擊。有一秒，她看見斯空力克頸上波波流動的靜脈，知道要是自己下手的話，以他目前的位置，是絕對閃不了也擋不掉的。她知道自己該如何下手、在哪裡下手。

不過，她並沒有出手。

「夠了。」她感覺有一隻手搭上她的肩。那個穿得五顏六色的女孩把她推開，同一時間，另外兩個老鼠幫成員——穿羊皮上衣的男孩與短髮女孩把斯空力克推到房間一角，直接餵他兩劍。

「玩夠了。」彩衣女孩把奇莉轉向自己說。「有點太久了，而且是妳的錯，小姐。妳大可把他殺了，可是妳沒有。看樣子，妳大概也不會長命吧。」

奇莉看著那雙大大的黑色杏眼，身體不住發抖，她看見那笑容裡的牙齒是如此細小，看起來就像鬼魅的牙齒。那不是人類的眼睛，也不是人類的牙齒。彩衣女孩是個精靈。

「時間不等人。」戴著猩紅頭帶的吉澤赫顯然是這群人的領頭，他直截了當地說道。「這的確花太多時間了！米絲特，把那渾帳解決掉。」

短髮女孩舉著劍，靠了過去。

「放過我吧！」斯空力克跪著大喊：「放我一條生路吧！我家還有小孩……他們還那麼小……」

那女孩轉動腰際，狠狠揮了一劍。鮮血濺上寬廣的白色牆面，灑下不規則紅點。

「我最受不了小孩了。」短髮女孩用手指飛快地彈掉劍上的血跡。

「別光是站在那裡，米絲特。」紅頭帶的催促著她：「上馬了！動作要快！這是尼夫加爾德的村子，我們在這裡可沒朋友！」

老鼠幫成員個個飛快跑出酒館。奇莉不知道該怎麼辦，不過她沒時間考慮，那個短髮女孩米絲特已經把她往門口推了。

酒館前的酒杯碎片與啃過的骨頭堆中，躺著那兩個負責看門的尼希爾幫眾屍體。村民們已經帶著長矛從村子那頭跑了過來，不過看見跳出酒館的「老鼠」後，馬上躲到各個茅屋之間。

「妳會騎馬嗎？」米絲特對著奇莉喊道。

「會……」

「那就上馬，隨便找一匹馬騎上去快走！我們的腦袋可以換賞金，而這裡是尼夫加爾德村子！離那些茅屋遠一點！」

奇莉翻過矮欄，抓住韁繩就跳上馬背，那匹是追獵人的馬。她用劍背拍了下馬臀，那把劍她始終抓在手中。她極速狂奔，超過凱雷與名喚星火的彩衣精靈，跟在老鼠幫後面，往磨坊而去。她看見轉角處茅屋裡，跳出一個手持弩弓的人，正瞄準吉澤赫的背。

「砍他！」她聽見後方傳來聲音。「女孩，把他砍了！」

奇莉往後一仰，用力扯住韁繩，並以腳掌逼得奔馳中的馬兒轉向。她舉起了劍。手持弩弓那人在最後一刻轉身，她看見他臉上的驚恐。原本要攻擊的那隻手猶豫了片刻，卻已足夠讓馬偏向一旁。她聽見一道放弦的聲音，身下的馬兒高聲嘶鳴，晃著臀部，立起前蹄。奇莉踹開腳鐙，跳下馬，俐落跪地。朝她奔來的星火滑下馬鞍，用力一揮，一把砍在弩弓手後腦。弩弓手雙膝落地，面部朝地倒進泥坑，把泥水濺得到處都是。受了傷的馬兒不斷嘶鳴，往一旁擠去，最後跑進茅屋間，高舉後腳大力踢著。

「妳這個白痴！」快速奔馳的精靈在閃過奇莉的時候，大吼著：「妳這該死的白痴！」

「跳上來！」凱雷往她騎過來喊道。奇莉跑了過去，抓住伸向她的那隻手。她被那股衝勁拖著走，就連肩膀的關節都被拉出聲，不過她還是成功跳上了那匹馬，貼到金髮的老鼠幫成員背上。他們快馬加鞭，超過星火。那精靈掉過頭，又殺了一個丟下武器、逃往穀倉大門的弩弓手。星火輕而易舉就追上了他。奇莉轉過頭，聽見被殺的弩弓手是如何慘叫，那聲音十分短促且狂野，就像動物一樣。

米絲特拉著一匹沒人騎的馬追上他們。她不知喊了什麼，奇莉一個字也聽不懂，不過馬上就了解對方的意思。她放開凱雷的背，在高速中跳到地面，冒險跑向那匹沒人騎的馬，但也等於跑向屋舍附近。米絲特把韁繩拋給她，看了看四周，警告似地大叫著。一個手持長矛的矮壯村民從豬圈出現，奇莉及時回身，俐落轉了半圈，避開他的惡意攻擊。

後來發生的這些事，有好長一段時間，一直出現在她夢中。每個細節、每個動作她都記得一清二楚。在矛尖當口救了她的那次半迴旋，讓她站到絕佳位置。至於拿長矛的那人，因為攻擊力道而往前衝，既沒辦法跳開，也沒辦法用手上的矛桿阻擋。奇莉平平砍了一劍，身體順勢帶了半圈。有一刻，她從對方滿是鬍碴的臉上，看見了張得老開、打算大叫的嘴。她看見對方又禿又高的額頭上，有一條因為戴了長簷帽或圓邊帽而留下的曬痕。然後，一座鮮血噴泉把她所見這一切全都擋住。

奇莉一直把韁繩抓在手裡，馬兒卻發出了可怕的叫聲，不斷掙扎，甩得她跌跪在地，但她仍然沒放開韁繩。受了傷的那人發出慘叫，一陣痙攣後便跌進麥桿與糞便堆中，血從他的身體流了出來，就好像他是頭豬一樣。奇莉覺得她的胃都快頂到喉嚨了。

星火在她旁邊逮住那匹馬，抓住韁繩。馬兒不斷踏動，她用力一扯，把手裡仍抓著韁繩的奇莉拉了起來。

「上馬！」她吼著。「快走！」

奇莉忍住噁心跳上馬鞍，她一直握在手裡的那把劍上染了血跡。她得拚命忍住，才不會把那個鐵塊丟到十萬八千里外。

米絲特從茅舍間跳了出來，追著兩個人跑。其中一個翻過籬笆，成功脫逃；另一個被快速刺了一劍，雙膝跪著，兩手抓在腦後。

她們兩個跟著精靈女孩快速跑了起來，過了一會之後又同時拉住馬匹，踩在腳鐙上站了起來，因爲吉澤赫與老鼠幫其他成員從磨坊那邊回來了，身後傳來一陣鼓足勇氣的大聲叫喊，還跟著一群手持武器，朝他們衝來的村民。

「跟我們來！」吉澤赫在極速奔馳中如是喊著。「米絲特，跟在我們後面！去小河那裡！」

米絲特一個側身，拉住韁繩掉轉馬頭，越過矮籬追在他後面跑。奇莉把臉貼到馬鬃上，也跟在她後頭。星火則挨著她身邊奔馳，美麗的黑髮被風吹得凌亂，露出戴著精緻金絲耳環的小巧尖耳。

被米絲特所傷的那人仍然跪在路中央，兩手按著流了一堆血的腦袋，不斷晃動。星火策馬跑向他，用盡全身力量，從上往下給了那人一劍。那人發出一聲慘叫。奇莉看見那些斷指好似碎裂的木柴般噴到地上，看起來像一條條肥膩的白蟲。

她幾乎都要吐出來了。

米絲特與凱雷在圍欄的破洞前等著她們，其餘老鼠幫成員早已遠去。他們四人快馬加鞭，馳騁狂奔，躍過小河，濺起的水花直接噴到了馬的頭上。他們壓低身子貼緊馬鬃，攀上沙丘、跑過紫色的羽扇豆原。星火所騎的馬最好，衝到前頭，把其他人拋在腦後。

他們躍入森林、進到櫸木間的潮濕暗影中，趕上吉澤赫與其他成員後暫時減速；不過進入森林、騎上石楠原後，又開始狂奔。很快地，奇莉與凱雷開始落後，追獵隊的馬匹跟不上老鼠幫那些純種駿馬的步調。此之，奇莉還有個問題——她騎的馬太高大，她幾乎踩不到腳鐙，馳騁中也不能調整腳鐙皮帶。就算沒有馬鐙，她騎得也不比有馬鐙時候，不過她知道以目前的姿勢，自己是沒辦法奔馳太久的。

所幸沒幾分鐘後，吉澤赫便放慢速度，稍稍拉住領頭馬，讓她和凱雷跟上。奇莉讓馬改爲小跑。她依舊沒辦法把馬鐙的皮帶縮短，因爲帶子上沒有鑽洞。她的右腳跨過鞍橋，改成淑女坐姿，不過她的速度還是保持一樣。

米絲特看見小女孩的騎姿，不禁噴笑。

「吉澤赫，你看到了嗎？她不只是個演雜耍的，還會在馬背上表演體操！喂，凱雷，你是從哪兒找來這個小鬼的？」

星火的那匹栗色駿馬依舊全身乾爽，迫不及待想繼續跑。她拉住馬兒，靠過去擠住奇莉的褐斑灰馬。馬兒噴了口氣，甩著頭往後退。奇莉一個仰躺，把韁繩收緊。

「妳知道妳為什麼還活著嗎？蠢蛋。」精靈女孩撥掉額前的髮絲，生氣地說：「妳好心留下的鄉巴佬太早放箭，所以射到的是馬，不是妳。不然妳早就背部中箭摔下馬了！妳拿這把劍到底有什麼用？」

「星火，別為難她。」米絲特擦著身下馬兒的汗濕頸項說。「吉澤赫，我們得放慢速度，不然馬匹會被我們操死！又沒有人在追我們。」

「我想要儘快渡過薇兒塔河。」吉澤赫說。「過了河再休息。凱雷，你的馬怎樣？」

「還撐得住。這匹不是什麼名種，沒辦法參加比賽，不過是頭強壯的野獸。」

「那麼，出發吧。」

「等一下。」星火說道：「這丫頭呢？」

吉澤赫先是看了看四周，調整好額前的猩紅頭帶，最後把目光落在奇莉身上。她覺得他的長相和表情都有點像凱雷──兩人都有一張凶惡的面容、微瞇的眼睛，一樣削瘦挺翹的下巴。不過他比金髮的老鼠幫成員年長，泛青的雙頰透露了他有定期剃鬍子。

「就是啊，」他粗著嗓子說：「妳要怎麼辦，天真的小女孩？」

奇莉垂下了頭。

「她幫了我。」凱雷出聲道：「要不是她，我早就被那個卑鄙的追獵人釘到柱子上去了……」

米絲特也說：「在村子裡，他們看到她跟著我們一起逃。她砍了一個人，我想那人大概活不了。那是尼夫加爾德的屯民。這女孩要是落到他們手上，會被打死的，不能放著她不管。」

星火不悅地哼了一聲，不過吉澤赫卻揮了手。

「去薇兒塔。」他下了決定。「就讓她跟我們一起走吧，以後再說。女孩，騎馬時該怎麼坐就坐好。要是妳落後了，我們可不會回頭找妳，懂嗎？」

奇莉堅定地點了點頭。

□

「說吧，女孩。妳是誰？從哪來的？叫什麼名字？爲什麼有人押著妳上路？」

奇莉低著頭。騎在馬上的時候，她有許多時間可以試著編個故事。她想了幾個，不過老鼠幫的頭目看起來不像那種什麼都會信的人。

「說啊。」吉澤赫催促著。「妳和我們一起跑了幾個小時，和我們一起停下來休息，而我還沒機會聽一下妳的聲音。妳是啞巴嗎？」

火堆熊熊燒了起來，不時噴出火花，讓殘破的牧羊人小屋籠罩在金色光波中。火光好像是聽命於吉澤赫似地，照亮了受質問的女孩臉龐，好讓大家更容易察覺她的謊言與僞裝。可是我不能說實話啊，奇莉沮喪地想。這是一群強盜、通緝犯。要是他們知道尼夫加爾德人的事，知道那群追獵人是抓我去領賞，可能也會想要拿到這份賞金。再說，事情的眞相太不可思議，很難讓他們相信。

「我們把妳從那村子裡帶了出來。」強盜頭目慢條斯理地繼續說道：「把妳帶到我們的藏身處之一。我們給妳吃的，讓妳坐在我們的火堆前，所以說吧，妳是誰！」

「別爲難她了。」米絲特突然答腔。「吉澤赫，我看著你，就好像突然看到那幫尼希爾、那群追獵人，又或是那些狗娘養的尼夫加爾德人，覺得好像被人銬在地牢的砍頭椅上受審！」

「米絲特說得對。」那個一頭金髮、穿著羊皮短衫的男子說。聽到他的口音，奇莉抖了一下。「這女孩顯然不想說自己是誰，而她也有權不說。我剛加入你們的時候，也是不多話。我不想讓你們知道自己也曾是那群狗娘養的尼夫加爾德人之一。」

「說什麼廢話，瑞夫。」吉澤赫揮了揮手。「你不一樣。至於妳，米絲特，妳太小題大作了。這不是什麼審問。我只是想要她告訴我們，她是誰、從哪來的。要是我知道了，就可以幫她指路回家，如此而已。我現在沒辦法幫她，因爲我不知道……」

「你什麼都不知道。」米絲特別開眼。「甚至連她到底有沒有家都不知道。而我認爲她沒有家。追獵隊是在商道上逮到她的，因爲那時她只有自己一人。這就像那些浣熊一樣。要是你就這樣叫她走，她自己一人在這山裡是活不了的，不是會被野狼吃了，就是會活活餓死。」

「所以我們要拿她怎麼辦？」那個寬肩男孩手裡拿著根棍子攪動柴火，用年輕低沉的聲音問著：「把她放到這附近的某個村落？」

「這主意眞是太棒了，阿瑟。」米絲特嘲諷著。「你是沒看過鄉下老粗嗎？現在他們正需要人手。他們會先打斷這女孩的腳，讓她跑不了，然後再叫她去餵牛。到了晚上，她會被當作沒主的，成爲大家共有的財產；你知道她得爲食物和棲身之處付出什麼代價。然後到了春天，她就會得產褥熱，在髒兮兮的豬圈裡生下不知道是誰的孩子。」

「要是我們把馬和劍留給她，我可不想當那個會打斷她腿，或是和她生孩子的農夫。」吉澤赫慢條斯理地說，始終盯著奇莉。「你們在酒館裡有看到，她是怎麼和那個被米絲特幹掉的追獵人跳舞嗎？他一直砍不到她，而她則是像個沒事人一樣地跳舞……哈，我確實沒興趣知道她的名字，不過倒是很樂意知道她是在哪裡學會這些技巧的……」

「那些技巧救不了她。」一直在磨劍的星火突然答腔。「她只會跳舞。想活下來還得要會殺人，而她做不到。」

「應該可以喔。」凱雷亮著一口牙說：「她在村裡割斷那農夫的脖子時，血可是噴了半呎高……」

「而那場面讓她差點暈了過去。」精靈女孩不屑地說。

「因爲她還只是個孩子。」米絲特插嘴道：「我可以想見她是誰，又是在哪裡學會這些技巧的。我看過像她這樣的女孩。她不是舞孃，就是在某個流浪劇團裡表演雜耍。」

「管他什麼舞孃和表演雜耍的！該死的，馬上就是午夜，我想睡了。我們趕快結束這場沒有意義的對話吧。現在應該要好好地睡個飽、充分休息，明天才能在黃昏時到達新鐵村。你們應該沒忘了吧？就是那邊的村長把凱雷交給了尼希爾幫。所以那一整村都該瞧瞧，夜晚是如何在臉龐染上紅色。至於這個女孩呢？她有馬、有劍，那是她自己踏踏實實得來的。我們給她一點錢和食物，就當作是感謝她救了凱雷。然後看她想去哪就隨她去吧，讓她自己照顧自己……」

「好啊。」奇莉說。她緊咬雙唇，站了起來。現場一片靜默，只有火堆燃燒的聲音，時不時地加入這片寂靜。老鼠幫的人都打趣地看著她，等著她的下一步。

「好啊。」她又說了一次，內心卻爲自己的陌生語調而感到訝異。「我不需要你們，又不是我求你們的……而且我根本就不想和你們一起！我馬上就走……」

「所以妳不是啞巴。」吉澤赫陰鬱地下了結論。「妳會說話，而且還挺大膽的。」

「看看她的眼睛。」星火輕蔑地說：「看看她的頭抬得有多高，這是隻猛禽！一頭年輕獵鷹！」

「妳想走。」凱雷說：「如果可以讓我知道的話，告訴我妳要去哪裡？。」

「這關你們什麼事？」奇莉大叫，眼裡竄起綠色火苗。「我有問你們要去哪裡嗎？我根本就不想知道！我也不想理你們！我根本就不需要你們！我會……我可以照顧自己！自己一個人！」

「自己一個人？」米絲特帶著詭異笑容重複道。奇莉不再說話，垂下了頭。老鼠幫也跟著沉默。

最後，吉澤赫說：「現在是晚上，沒有人會在晚上騎馬。沒有人會一個人騎馬，小姐。落單之人必死無疑。馬群附近有毯子和皮草，妳自己去拿吧，夜晚的山裡會很涼。妳幹嘛用妳那兩盞綠色燈籠這樣瞪著我？找個地方睡覺啊，妳得好好休息。」

她考慮了一下後，決定照他的話去做。當她扛著毯子與皮草回來時，火堆四周的「老鼠」都已經不在。他們排成半圓，眼裡都映著紅色火光。

「我們是遊走邊界的老鼠幫。」吉澤赫自豪地說。「一哩外就能嗅到值錢的東西。我們不怕陷阱，沒什麼東西是我們弄不到手的，我們是老鼠幫。女孩，過來這裡。」

她聞言照做。

「妳什麼都沒有。」吉澤赫接著又說，然後把一條嵌銀腰帶給她。「至少拿著這個吧。」

「妳什麼都沒有，也沒有任何人在身邊。」米絲特一面說，一面笑著在她肩上擺了件鑲亮片的綠色緊身衣，然後在她手上放了件繡花上衣。

「妳什麼都沒有。」凱雷說，而他的禮物是一把短劍，劍鞘上還閃爍著寶石光輝。

「妳沒有親人。」阿瑟接在他後頭又重複了一次。奇莉從他手上接過裝飾精緻的肩帶。

「妳沒有親人。」瑞夫操著尼夫加爾德口音說，給她一副柔軟的皮手套。「沒有親人，而且……」

「不管到哪裡，妳都是外人。」星火然後漫不經心，把話幽幽接完。然後又飛快把綴有雉雞毛的貝雷帽戴到奇莉頭上。「不管到哪裡都是外人，永遠和別人不一樣。我們該怎麼叫妳呢？小獵鷹。」

奇莉看著她的眼睛說：「葛娃兒卡。」

精靈女孩笑著說：「一旦妳開始說話，會說的語言可眞多種，妳這個小獵鷹！那好吧，妳就用上古一族的名字，那個妳自己選擇的名字吧。妳就叫作法兒卡吧。」

□

法兒卡。

她無法入睡。黑暗中，馬群不時踏步噴氣，風兒穿梭於冷杉樹冠之間。夜空中星光熠熠。晴星，那多日來在石漠中始終為她指路的嚮導，明亮地照耀著。晴星指的方向是西邊。不過奇莉已經不確定那是不是正確的方向。她已經什麼都不確定了。

雖然這麼多天以來，她現在最感到安全，但她無法入睡。她已經不是獨自一人。老鼠幫成員睡在被火堆烤暖的破屋地面，她自己則用樹枝在旁邊鋪了個睡覺的地方，離他們遠遠的。她離他們很遠，不過感覺得到他們就在附近。她不是一個人。

一陣細微的腳步聲傳來。

「別怕。」

是凱雷。

「我不會告訴他們尼夫加爾德在找妳，」金髮的老鼠幫成員跪在她旁邊，俯身低語：「還有阿馬里洛的執政懸賞抓妳的事。妳在酒館救了我一命。我會好好報答妳，我會給妳個好東西，先等一下。」

他非常緩慢而小心地在她旁邊躺下。奇莉本要跳起身，不過凱雷把她按在地上，他的動作不算粗魯，但是非常有力而堅決。他輕輕地摀住她的嘴，其實沒必要——奇莉已經嚇得渾身僵硬，緊縮且乾澀到發疼的喉頭已無法喊出聲音，就算她想也辦不到；不過她不想。靜靜的、暗暗的，比較好。這樣比較安全，比較自在。她的全身被驚慌與羞澀籠罩，發出一聲呻吟。

「小聲點，寶貝。」凱雷低聲說著，並慢慢解開她的上衣繫帶。他的動作很慢，非常溫柔地把她肩上的布料褪去，她的衣裳下襬也被拉到髖部以上。「別怕，妳會知道這是多麼美好。」

在乾硬粗糙的手掌碰觸下，奇莉抖了一下。她全身緊繃，一動也不動地躺著。

她體內漲滿了剝奪她意志的全面恐懼、絕對的厭惡，以及攻擊她臉頰與太陽穴的熱潮。奇莉不斷試著將上衣往下拉，卻無法成功。凱雷將自己的左手放到她的腦後，把她更按向自己一些，並試著拿開她那隻緊緊抓著上衣下襬的手。她開始發抖。

這一片黑暗中，她突然感覺到一點動靜，然後是一股猛然的晃動，還有什麼東西被踹到的聲音。

「妳瘋了啊？米絲特。」凱雷微微起身，咆哮著。

「不要煩她，你這個下流胚子。」

「滾開，睡妳的覺去。」

「我說了，不要煩她。」

「我是有讓她不安還是怎樣？她是有尖叫還是掙扎嗎？我只是想抱著她，讓她入睡。別來打擾。」

「你給我滾開，不然我就給你好看。」

奇莉聽到短劍從金屬劍鞘抽出的聲音。

「我不是開玩笑的。」米絲特又重複了一次。黑暗中，她的模糊身影映照在他們上方。「滾去男生那邊，快點。」

凱雷坐起身，嘴裡咒罵了幾句。然後，他什麼都沒說就站了起來，迅速離開。

奇莉覺得臉頰上有淚水流過，而且越流越快，滲進她耳畔的髮絲裡。米絲特躺到她旁邊，細心為她蓋好皮草；不過沒替她把衣衫拉好，讓她的衣服就維持剛才的樣子。奇莉又開始發抖。

「噓，法兒卡，已經沒事了。」

米絲特很溫暖，身上有股松香與煙燻的味道。她的手掌比凱雷的小，比較細緻柔軟，也讓人比較舒服。不過她的觸碰讓奇莉再度緊繃，再度因恐懼與厭惡而全身僵硬，讓奇莉緊咬牙關、喉頭緊窒。米絲特貼近她，像個保護者一樣地抱緊她，低聲對她說著讓她放心的話語，不過那隻小小的手掌也同時在她身上不斷遊走，像隻溫暖的小蝸牛，沉靜而堅決，知道自己要去的方向與目的。奇莉覺得厭惡與恐懼的鐵鉗正逐漸打開，慢慢放鬆，就像是有股壓力從中傾瀉；開始下墜、下墜，墜到深處，越來越深，進入順從與屈服的濕暖泥沼中。那是一種令人噁心、羞辱，卻讓人感到歡愉的屈服。

她呻吟著，小聲而激動。米絲特的氣息燒燙了她的頸子，天鵝絨般的濕潤雙唇先是在她的肩膀與鎖骨上掀起一股搔癢，然後再慢慢往下移動。奇莉再度發出呻吟。

「噓，小獵鷹。」米絲特低語，小心地把手枕到她頭下。「妳不會再是一個人了，再也不會了。」

□

這天清晨，奇莉起了個大早，慢慢從皮草底下滑出，小心不去吵醒前臂擺在眼睛上，睡到嘴巴大開的米絲特。她的前臂上覆了一張鵝皮。奇莉細心地幫女孩把被子蓋好。她猶豫了一會兒後，彎下身，輕輕吻了女孩那剃得像把硬刷的頭髮。睡夢中的米絲特呢喃了幾句，奇莉抹掉了頰邊的淚水。

我已經不是自己一個人了。

其他老鼠幫成員也還在睡，有人打呼，有人放屁。星火睡到一隻手擱在吉澤赫胸上，她那頭蓬鬆的頭髮隨性披散著。馬匹不時噴氣踏步，啄木鳥在松樹樹幹上快速敲打。

奇莉跑到溪邊，一邊冷得發抖，一邊洗著臉，一直洗了很久。她顫著手，粗魯地洗臉，想把身體裡那已經洗不掉的東西洗乾淨，淚水爬滿了她的臉。

法兒卡。溪水開始冒泡，潄潄沖上石塊，又向遠處退開，流進霧中。一切都流向遠方，流進霧中。

這一切的一切。

□

他們是一群棄兒，因戰爭、不幸與蔑視而聚集的怪異團體。戰爭、不幸與蔑視將他們連繫在一起、把他們拋到同一個岸上，就像滿溢的河水把被石頭磨平的黑色漂流碎木丟到灘頭一樣。

凱雷是在濃煙、烈焰與鮮血中，在被洗劫過的城堡裡醒來的，周圍盡是屍首，那是收養他的父母與手足。他跌跌撞撞地走過被屍體覆蓋的庭院，遇見了瑞夫。瑞夫是名軍人，在恩菲爾·法·恩瑞斯大帝派去艾冰格鎮壓叛變的討伐軍中服役。城堡受困兩日後失守，被大肆洗劫，而他就是破城洗劫的那群人之一。不過憐憫傷者，向來不是尼夫加爾德特種部隊裡那些屠夫的習慣，儘管他當時還活著，大軍卻在奪城後把他拋下。

起先，凱雷想打倒瑞夫。不過，他不想孤單一人，而瑞夫就和凱雷一樣，也是十六歲。

他們在一起舔舐傷口，一起殺人、搶劫稅吏，一起在路邊的小酒館裡暢飲啤酒。之後，他們騎著搶來的馬經過某個村子的時候，又把剩下那些搶來的錢撒得到處都是，然後一起笑到肚皮都快裂掉。

他們一起逃避尼希爾幫與尼夫加爾德警衛隊的追捕。

吉澤赫則是從軍隊裡開溜的。那大概是與艾冰格反抗軍結盟的蓋索統治者軍隊，大概是吧。吉澤赫並不是很清楚自己是被招募到哪裡去，當時他醉得一塌糊塗；酒醒後，在閱兵典禮上頭一回被名軍士打了幾下，他就閃人了。反抗軍聯盟被尼夫加爾德人瓦解後，逃兵與逃犯一窩蜂擁進了各個林子。那些逃犯迅速組成一個個團體，一開始本來自己一人到處閒晃的吉澤赫，也加入了其中一群。

那幫逃犯燒掠村莊、洗劫車隊，碰到尼夫加爾德騎兵隊追趕時，又瘋狂地四處散逃。在一次散逃中，那幫逃犯在一座廣大的密林裡撞見森林精靈，陷入了一場大屠殺，碰上了無形的死亡之戰。四面八方飛來的灰羽箭朝他們大聲示威；其中一支箭射穿吉澤赫的肩膀，把他釘到樹上。隔天清晨，愛娜維蒂安幫他把箭拔出來，爲他包紮傷口。

吉澤赫一直都不知道爲什麼愛娜維蒂安會被精靈們放逐，她犯了什麼錯要被處死；因爲這個死亡判決，就是要這個被放逐的精靈女孩獨自待在分隔上古一族與人類的一小塊狹長無主地上。落單的精靈如果找不到同伴，必將走向死亡。

愛娜維蒂安找到了同伴。她的名字是「火焰之子」的意思，可是這個名字對吉澤赫來說太複雜，也太詩意了。所以，他喚她「星火」。

米絲特來自邁阿赫特省北部的圖倫堡，出身於富裕的貴族家庭，父親是盧迪格王子的封臣，加入了反抗軍行列，被人狠狠揍了一頓後，就這麼沒消沒息了。當時圖倫的人民得知討伐軍即將抵達而紛紛棄城出逃，米絲特的家族聽說了臭名遠播的蓋梅拉鎮壓部隊，也跟著出逃；但米絲特卻在慌亂的人群中走散了。盛裝打扮、嬌貴柔弱，打小就坐轎子的她，沒辦法趕上逃難人群的腳步。三天後，孤單的迷失女孩落到了跟在尼夫加爾德人後頭的賞金獵人手上。當時年紀不到十七的女孩，如果還沒被人碰過，是很值錢的。那群賞金獵人檢查過米絲特後，便沒再碰她。米絲特被檢查完後啜泣了一整晚。

賞金獵人的車隊在薇兒塔河谷中，被一群趁火打劫的尼夫加爾德匪兵擊潰，所有賞金獵人和男囚犯全都被殺，只有女孩留了下來。那些女孩不明白爲什麼自己會被留下來，不久她們就明白了。

米絲特是唯一一個活下來的。她被丟到溝裡，渾身赤裸淤青，沾滿泥水髒垢及乾涸血跡，而拉她出來的人，就是阿瑟。他是村裡鐵匠的兒子，當時已經跟蹤了尼夫加爾德人三天，滿腦子只想替被匪兵殺掉的父母與妹妹報仇。爲此，他不得不躲在大麻叢中，眼睜睜地看著事情發生。

他們所有人都是在同一天、在蓋索某個小村落的收穫節上，在那場豐年祭中相遇。當時，戰爭與貧窮還沒蔓延到薇兒塔河上游的國家——村民像往常一樣大肆玩樂跳舞，慶祝鐮刀月的開始。

他們沒花太多時間在狂歡的人群中尋找彼此。他們和其他人太不一樣了，他們有太多共同點。誇張鮮艷的奇裝異服，偷來的晶亮飾品、美麗駿馬，以及就連跳舞也不解下的劍，這些喜好將他們連在一起。他們的不同，來自他們的高傲、不馴、自信、野蠻與殘暴。

還有蔑視一切。

他們是蔑視時代的孩子，對其他人就只有蔑視。對他們來說，力量才是一切。只有能讓他們在商道上快速搶奪武器的俐落動作才重要，還有絕對少不了的——快馬與利劍。

此外，還有同伴、好哥們、好兄弟。因為落單之人必死無疑——會死於饑餓、利劍之下，死於飛箭、莊稼漢的鐵桿之下，死於絞繩與烈火之中。落單之人必死無疑——會受人毆打砍傷、踢來踹去、唾棄辱罵，像個玩具一樣不斷被轉手於眾人之間。

他們在豐年祭上碰了面。吉澤赫黝黑陰鬱，身材高瘦。凱雷留了一頭長髮，眼神憤恨，笑容可怕，身材削瘦。瑞夫仍舊操著一口尼夫加爾德口音。個頭高挑、雙腿修長的米絲特頂了一頭又刺又硬，宛如鬃刷般的麥色短髮。跳舞時靈巧柔軟、打鬥時俐落狠準的星火，有雙大眼、薄唇和精靈特有的細牙，身上的衣服五顏六色。一頭金髮的阿瑟，肩膀很寬，下巴上的鬍子鬈曲柔軟而蓬鬆。

吉澤赫成了領頭老大。他們為自己取名叫「老鼠」——有人曾這樣喚過他們，而他們挺喜歡的。

他們又搶又殺，手段之殘暴已是眾所周知。

一開始，尼夫加爾德的那些執政對他們毫不在意，深信他們很快會像其他幫派一樣，成為憤怒農民手下的祭品。他們會為了想分到更多贓物，忽略幫派正義而自相殘殺。這些執政的看法確實很正確，但說到老鼠幫，他們卻是看走了眼。因為老鼠幫的成員、那些輕蔑之子，根本就不屑搜刮來的贓物。他們的襲擊、搶奪與殺戮，都只是為了好玩；而他們從各個軍用運輸隊裡搶來的馬匹、牛群、穀類、飼料、白鹽、焦油與布匹，全都分給了各地村落。他們付給裁縫與工匠的，是一把把金子與銀子，因為武器、服裝與飾品是他們的最愛。接受餽贈的人民，為他們提供伙食、招待他們過夜、提供他們地方躲藏；甚至在他們被尼夫加爾德人和尼希爾幫鞭打流血的時候，也沒洩露老鼠幫的藏身處與行蹤。

各地執政紛紛提出重金懸賞。起先，的確是有些人屈服於尼夫加爾德的黃金，不過他們的屋子卻在夜裡陷入火海；告密者也被出沒於濃煙中的鬼魅騎士以亮晃晃的劍刃結束生命。老鼠幫以老鼠的方式發動攻擊——無聲、鬼祟、殘忍，老鼠十分享受殺戮。

那些執政試著用對付其他幫派的方法來對付老鼠幫。他們好幾次想派臥底到老鼠幫裡，可是沒成功。老鼠幫不接受其他人，因這蔑視時代而緊密結合的六人並不想要別人加入。他們蔑視所有人。一直到如雜耍員般靈巧，卻又不多話的灰髮女孩出現的那天爲止。老鼠幫成員對她一無所知。除此之外，她就像以前的他們，像他們每個人以前的模樣。她隻身一人、滿腹傷悲——因蔑視時代從她身上拿走的東西而悲傷。

而在這樣的蔑視時代裡，落單之人必死無疑。

吉澤赫、凱雷、瑞夫、星火、米絲特、阿瑟與法兒卡。阿馬里洛的執政在得知老鼠幫增爲七人之後，著實訝異萬分。

□

「七個人？」阿馬里洛的執政不可置信地看著那士兵。「他們是七個人，不是六個？你確定？」

「希望講完後我還能活命。」那場殺戮中唯一生還的士兵說。

他的願望非常明智。那戰士整顆頭和半張臉都包了髒兮兮又滲血的繃帶。不只打過一場仗的執政，知道那名士兵是被人用劍從頭上往下砍，而且用的正是劍尖，準確無誤、老練迅速。那一劍是劃在沒有頭盔、也沒有頸甲保護的部位，從士兵左臉上方一直劃到右下方耳朵及臉頰。

「說吧。」

「我們當時正沿著薇兒塔河往圖倫的方向走。」那士兵開口道：「指令是要往南護送艾維森大人的其中一支運輸隊。當我們正在過河的時候，他們在斷橋前突擊我們。有一輛車卡住了，所以我們把另一輛車上的馬解過來拉車。其他車輛繼續往前走，我和其他五人，還有一個庫官留了下來。他們就是在那時把我們圍住的。庫官被他們殺掉之前，還來得及大叫他們是老鼠幫，然後他們就一把朝我們的脖子砍下來……把我們的人都殺了，我看到那場面的時候……」

「你看到那場面的時候，」執政皺起眉說。「就一鞭打在馬上，不過已經來不及救你的臉皮了。」

「把我攔下的，」士兵垂下頭，「就是那第七個女孩，可是我一開始並沒有看見她，那是個小女孩。我以爲他們只是讓她掛名老鼠幫，因爲她既年輕又沒經驗……」

執政那名一直坐在陰影處的客人現了身。

「那是個女孩？」他問。「長什麼樣子？」

「就和他們所有人一樣。她臉上化了妝，嘴上塗了口紅，像個精靈：全身紅紅綠綠的像鸚鵡一樣，身上又是亮晶晶的飾品，又是絲絨和亮片的，帽子上還插了羽毛……」

「金髮嗎？」

「大概吧，大人。我看到她，就騎著馬衝過去，想說至少可以幹掉她一個替大家報仇，讓她血債血償……我從她的右邊切入好方便出手……我不知道她怎麼辦到的，不過我沒砍中她。那情況就好像我砍的是幽靈還鬼魂似的……我不知道那魔女是怎麼辦到的，我雖然擋住她，她還是擊中了我，直接打在我嘴上……大人，索登那仗我打過，亞斯德堡那仗我打過，可是只有這個打扮得花枝招展的女孩，在我嘴上留下了一輩子的紀念……」

「你應該慶幸自己還活著。」執政看著自己的客人，不屑地說：「而且過河時沒被大卸八塊，現在你成了英雄。要是你不戰而逃，嘴上沒帶點紀念品就來和我說裝備跟馬匹全沒了，我會馬上把你掛到絞繩上，讓你去踢腳跟！好了，快走吧，到治療室去。」

那士兵離開了。執政轉向客人那邊。

「尊貴的驗屍官大人，您自己也看見了，我們這裡並不輕鬆啊；一刻都不得安寧，兩隻手都閒不下來。您在首都那頭，以為我們這些省府的人整天就只知道坐在那邊放屁、喝酒、玩女人兼收黑錢。沒人想過要派更多人或錢過來，只有命令、命令和命令：『那個交過來！』、『這個去辦好！』、『這個找出來！』、『所有人就定位，隔日天沒亮就要出發……』而我們這裡光是自己的問題，就搞得一個頭兩個大了。我們這邊有五、六個像老鼠幫這樣的幫派。的確，老鼠幫最令人頭痛，不過沒有一天……」

「夠了，夠了。」史蒂芬．斯凱蘭抿了抿嘴。「執政大人，我知道您唱這齣苦情戲的用意。不過，您是白唱一場了。沒有人會幫您把派下來的命令撤掉，這點您就別想了。管他什麼老鼠幫不老鼠幫，幫派不幫派，您還是要繼續派人去搜。用盡一切資源，直到找到為止。這是帝王的命令。」

「我們已經找了三個星期。」執政皺著一張臉說：「老實說，我們實在不是很明白要找的是人還是東西，是幽靈鬼怪還是稻草堆裡的縫衣針。結果呢？就是我平白無故損失了幾個人，下手的不是那些叛軍，就是盜匪。驗屍官大人，我再和您說一次，要是我們還沒找到您要的那女孩，那就是找不到了。而且我很懷疑她到底在不在這裡，或許……」

執政突然打住，抬眼瞄著驗屍官，猶豫了一下。

「那女孩……那個跟著老鼠幫一起跑的第七人……」

夜梟一副懶得聽的樣子揮著手，儘量讓自己的表情和手勢看起來有說服力。

「不，執政大人，請您別去找那種太過簡單的解決辦法。打扮得花枝招展的半精靈，或是其他穿亮片的女土匪，絕對不會是我們要的女孩，那一定不會是她。您繼續去找吧，這是命令。」

執政皺緊眉頭，往窗外看去。

「至於那群匪類，」史蒂芬．斯凱蘭，人稱夜梟，也就是恩菲爾大帝的驗屍官，以無所謂的語氣說。「至於那群老鼠幫還什麼的……您就好好地整治他們吧，執政大人。省區裡應該要保持紀律，您好好做事吧。把人抓起來，不用查也不用審，直接吊死，一個也別漏了。」

「說得倒容易。」執政嘴裡唸唸有詞。「不過我會儘我所能去辦的，這點您可以向大帝保證；可是我覺得，保險起見，老鼠幫那第七名女孩，還是要留個活口……」

「不。」夜梟打斷道，斟酌著語氣，免得洩露了什麼。「絞死所有人，沒有例外。七個人都要，我們不想再聽到任何和他們有關的事，一個字都不要。」

《獵魔士長篇2　蔑視時代》完

獵魔士

長篇

Vol. 3

SPRING 2015

國家圖書館出版品預行編目資料

獵魔士長篇 2 / 安傑・薩普科夫斯基（Andrzej Sapkowski）；
葉祉君譯——初版・——台北市：蓋亞文化，2014.1-
冊；公分.——（Fever；FR041）
譯自：Czas pogardy
ISBN 978-986-319-123-0（平裝）

882.157 103024042

Fever 041

獵魔士 長篇 Vol. 2 蔑視時代 Czas Pogardy

作者／安傑・薩普科夫斯基（Andrzej Sapkowski）
波蘭文譯者／葉祉君 審定／陳音卉
封面插畫／Alejandro Colucci 地圖插畫／爆野家
封面設計／克里斯
出版／蓋亞文化有限公司
地址◎台北市103承德路二段75巷35號1樓
電話◎（02）25585438 傳眞◎（02）25585439
網址◎http://www.gaeabooks.com.tw
電子信箱◎gaea@gaeabooks.com.tw
郵撥帳號◎19769541 戶名：蓋亞文化有限公司
法律顧問／宇達經貿法律事務所
總經銷／聯合發行股份有限公司
地址◎新北市新店區寶橋路二三五巷六弄六號二樓
電話◎（02）29178022 傳眞◎（02）29156275
港澳地區／一代匯集
電話◎（852）27838102 傳眞◎（852）23960050
地址◎九龍旺角塘尾道64號龍駒企業大廈10樓B&D室
初版十一刷／2023年8月
定價／新台幣 340 元
Printed in Taiwan

GAEA
ISBN／978-986-319-123-0